王睿　吴小强　等/编著

中国文化名著导读

社会科学文献出版社
SOCIAL SCIENCES ACADEMIC PRESS (CHINA)

广州大学 2017 年度教育教学研究立项成果

本教材得到广州大学省级在线开放课程培育项目、
广州大学教材建设项目资助

目　录

上篇　中国传统思想名著导读

下篇　中国传统文史名著导读

前哲之言

孔子："当仁，不让于师。"（《论语·卫灵公》第十五）

老子："道法自然。"（《老子》第二十五章）

亚里士多德："吾爱吾师，吾更爱真理。"《尼各马可伦理学》（10960a 15）

美国哈佛大学校训："Amicus Plato, Amicus Aristotle, Sed Magis Amicus Veritas."大意是："与柏拉图为友，与亚里士多德为友，更要与真理为友。"哈佛大学的校门上写道："为增长智慧走进来，为更好地服务祖国和同胞走出去。"

甘地："爱的定律，便是真理的定律，没有真理便没有爱，没有真理的爱，是盲目的感情，例如为着本国而伤害邻国，无知父母宠爱其子女，这不是真正的爱，而是盲目的感情。真理好像一枚铜元，一面印着真理，一面印着爱，这样才可以到处流通。"

钱穆《国史大纲》扉页："一、当信任何一国之国民，尤其是自称知识在水平线以上之国民，对其本国已往历史，应该略有所知。二、所谓对其本国已往历史略有所知者，尤必附随一种对其本国已往历史之温情与敬意。三、所谓对其本国已往历史有一种温情与敬意者，至少不会对其本国已往历史抱一种偏激的虚无主义，亦至少不会感到现在我们是站在已往历史最高之顶点，而将我们当身种种罪恶与弱点，一切诿卸于古人。四、当信每一国家必待其国民具备上列诸条件者比数渐多，其国家乃再有向前发展之希望。"

编者按：我们要与孔子为友，与老子为友，更要与真理为友。但掌握了真理，并不代表就能真诚无私地为祖国和同胞服务。因为，真理的服务，需要建立在对祖国和同胞的"温情与敬意"之上。

绪论：关于青年必读书

中国文化名著是经数千年岁月淘洗出来的一批记录中国人内在心智和德性的书。它们承载了中国人的价值观念、思维方式和审美情趣，是理解中国人之所以成为中国人的入门锁钥。

中国文化名著应该包括哪些书？这是我们首先应该思考的问题，尤其到了大学，要有自己的判断，知道老师推荐书目的标准是什么，这些标准有没有道理。即使认同老师的标准，阅读这些书籍的时候也要有自己的判断，有自己的保留，所谓"尽信《书》，则不如无《书》"（《孟子·尽心下》），又所谓"十分学七要抛三，各有灵苗各自探"（郑板桥诗），努力寻出自己的一条读书之路。

其实，早在百年以前，国内一批大师级学者就已经开始思考这一影响深远的问题。他们凭借自己深厚的学养、博通的见识以及寄望后学的真诚恻怛，探讨如何为大学青年的国学知识配餐。以下，将带领读者走进"五四"以来多位有代表性的大师名家开列过的经典书目。

一九二三年，胡适曾应清华学校学生之请，开出了《一个最低限度的国学书目》，收录图书约一百九十种。后经反复斟酌，又修订精简成《实在的最低限度的书目》。这个书目，经史子集、辞典佛经、小说戏曲，看似无所不包，却遭到高文博学、著作等身的梁启超的质疑："胡君这书目，我是不赞成的，因为他文不对题。"（见梁启超《评胡适之的"一个最低限度的国学书目"》）考虑到梁任公的学术地位和一流眼光，有必要将他有关的重要议论摘引，以供读者借鉴：

胡君说："并不为国学有根柢的人着想，只为普通青年人想得一点系统的国学知识的人设想。"依我看，这个书目，为"国学已略有根柢而知识绝无系统"的人说法，或者还有一部分适用。……殊不知一般青年，并不是人人都要做哲学史家、文学史家。不是做哲学史家、文学史家，这里头的书什有七八可以不读。真要做哲学史、文学史家，这些书却又不够了。……还有一层，胡君忘却学生若没最普通的国学常识时，有许多书是不能读的。试问连《史记》没有读过的人，读崔适《史记探源》，懂他说的什么？

该书单最令人诧异之处是，一份名为"国学"的书单里，有《三侠五义》和《九命奇冤》，却没有《史记》《汉书》《资治通鉴》，显然博而寡要，无怪乎梁启超认为是不可用的。梁启超这篇批评一针见血，很有分量，尤其展现出与晚清经学传统截然异趣的史学视野。当然，也在一定程度上降低了对具有时代新眼光的白话文和戏曲价值的关注。比如"五四"以来确立的"四大名著"等一批新经典，在正统学人眼中难登大雅之堂，但从结合实际的角度来看，却能跳出中国人研究中国文化与思想一般不能超出孔孟老庄、诸子百家的狭隘局面。

继胡适之后，梁启超也写出一部《国学入门书要目及其读法》，里面的书目并非笼统开列，而是有核心、有重点，由内而外依次展现中国文化内涵的一批传统优秀经典。它共分五类：

（甲）修养应用及思想史关系书类（如《论语》《孟子》）

（乙）政治史及其他文献学书类（如《史记》《资治通鉴》）

（丙）韵文书类（如《诗经》《李太白集》《杜工部集》）

（丁）小学书及文法类书（如《说文解字》）

（戊）随意涉览书类（如《徐霞客游记》）

在这五类重要度依次递减的书目基础上，梁氏又开出了一个"最低限度的必读书目"，并说：

右所列五项，倘能依法读之，则国学根柢略立，可以为将来大成之基矣。惟青年学生校课既繁，所治专门别有在，恐仍不能人人按表而读。今再为拟一真正之最低限度如下：

《四书》《易经》《书经》《诗经》《礼记》《左传》《老子》《墨子》《庄子》《荀子》《韩非子》《战国策》《史记》《汉书》《后汉书》《三国志》《资治通鉴》。(或《通鉴纪事本末》)《宋元明史纪事本末》《楚辞》《文选》《李太白集》《杜工部集》《韩昌黎集》《柳河东集》《白香山集》。其他词曲集随所好选读数种。

以上各书，无论学矿、学工程学……皆须一读，若并此未读，真不能认为中国学人矣。①

或许有读者对最后一句话产生怀疑，觉得梁启超所开最低限度的书目都是传统经史文学类书籍，在学科专业分工日益精细化的今天，完全不适用。殊不知，钱学森先生就曾明确指出："我父亲钱均夫很懂得现代教育，他一方面让我学理工，走技术强国的路；另一方面又送我去学音乐、绘画这些艺术课。我从小不仅对科学感兴趣，也对艺术有兴趣，读过许多艺术理论方面的书，像普列汉诺夫的《艺术论》，我在上海交通大学念书时就读过了。这些艺术上的修养不仅加深了我对艺术作品中那些诗情画意和人生哲理的深刻理解，也学会了艺术上大跨度的宏观形象思维。我认为，这些东西对启迪一个人在科学上的创新是很重要的。科学上的创新光靠严密的逻辑思维不行，创新的思想往往开始于形象思维，从大跨度的联想中得到启迪，然后再用严密的逻辑加以验证。"② 抗日战争时期的"兵工之父"俞大维也表达过文理兼通的意思，他说："我平生得益的只有一部半书。半部《论语》教我处世做人的道理。一部《几何原理》给我敏锐的逻辑思考和高度的判断能力。"③

钱穆先生对梁启超的书目曾作过一个精当的评价，他说：

---

① 梁启超：《饮冰室文集点校》第六集，云南教育出版社，2001，第3394页。
② 钱学森：《钱学森最后一次系统讲话：大学要有创新精神》，《教书育人》2010年第1期。
③ 俞大维：《给陈荔荔的一封信》，《团结报》第646期第6版，此据卞僧慧纂《陈寅恪先生年谱长编（初稿）》，卞学洛整理，中华书局，2010，第257页。此信亦刊载于台湾1984年1月25日的《中央副刊》，见《李敖大全集》卷28《要把金针度与人》，中国友谊出版公司，2010，第98~99页。

梁氏《书目》蕴含的重要精神，是在脱去教人做一专家的窠臼，不论是经学家、文学家、收藏家或博雅的读书人，以及正统的理学家，梁氏都不在这些方面指点人。梁氏只为一般中国人介绍一批标准有意义有价值的中国书，使从此认识了解中国文化的大义和理想，而可能在目前中国的政治、社会各方面都有其效益与影响。①

钱穆还特别注意到，梁启超的书目精神，很大程度上得自他的老师康有为，即"以孔学、佛学、宋学为体，以史学、西学为用。其教旨专在激厉气节，发扬精神，广求智慧"。这与乾嘉以来的学者有很大不同，他们只知重经学、文学，提倡"经籍书本"的"博士之学"，到梁氏始转移眼光看重史学。他说"我认定史部书为国学中最主要部分"。

当然，梁启超的这个书目应与清人袁枚打过的"四部园舍"比喻合观，才能尽得古籍经典的意蕴和妙趣："'四子书'如户牖，'九经'如厅堂，'十七史'如正寝，杂史如东西两厢，注疏如枢阃，类书如橱柜，说部如庖湢井匽，诸子百家诗文词如书舍花园。厅堂正寝，可以合宾；书舍花园，可以娱神。今之博通经史而不能为诗者，犹之有厅堂大厦，而无园榭之乐也。能吟诗词而不博通经史者，犹之有园榭而无正屋高堂也。是皆不可偏废。"②

一九二五年二月二十一日的《京报副刊》，刊载了鲁迅对"青年必读书"的回应，他的提法比较特别："以为要少——或者竟不——看中国书，多看外国书。少看中国书，其结果不过不能作文而已。但现在的青年最要紧的是'行'，不是'言'。"③ 作为中国文化名著的推荐理由，鲁迅这段话似宜刊落。但考虑到本教材并非为博雅的读书人选编，而是为文化人格的成就者而选编，以及"世界之中国"（梁启超语）阶段的中国文化名著，必不能自外于世界文化的潮流，所以鲁迅的"不必读"书单实有苦口良药的自省功效。中国古典中的智慧、明哲和超脱，如果没有融入西方的活

---

① 《钱宾四先生全集》24 册《学龠》，台北联经出版事业有限公司，1998，第 123 页。
② 袁枚：《随园诗话》卷 10，第 1 册，人民文学出版社，2006，第 333 页。
③ 《鲁迅全集》第 3 卷《华盖集》，人民文学出版社，2005，第 12 页。

力、热情和大无畏精神，新的文化气象是无法彰显出来的，而这恰恰是鲁迅反复强调的"行胜于言"的"活人"文化道理。其实，鲁迅本人浸润传统思想文化甚深，也表达过对传统国学的关注。如他在《且介亭杂文·随便翻翻》一文中说：

> 我也曾用过正经工夫，如什么"国学"之类，请过先生指教，留心过学者所开的参考书目。结果都不满意。有些书目开得太多，要十来年才能看完，我还疑心他自己就没有看；只开几部的较好，可是这须看这位开书目的先生了，如果他是一位胡涂虫，那么，开出来的几部一定也是极顶胡涂书，不看还好，一看就胡涂。
>
> 我并不是说，天下没有指导后学看书的先生，有是有的，不过很难得。①

一九七八年，香港中文大学新亚书院设立"钱宾四先生学术文化讲座"，请钱穆作了系列讲座。在讲演中，钱穆指出有七部书是"中国人所人人必读的书"：《论语》、《孟子》、《老子》、《庄子》、《坛经》、《近思录》和《传习录》。这七部书数量不多，却贵在精要，只是偏重思想文化，哲学味较浓。如能与复旦大学王运熙教授推荐给中文系研究生的书目《论语》、《孟子》、《老子》、《庄子》、《史记》和《汉书》合观，必能打好古文功底，融通文史哲思维，进而在学术殿堂的指路明灯——《四库全书总目提要》的指引下，养成人文学术的根基。

在今人推荐的青年必读书中，有几份是特别值得注意的。

一是张岂之先生在《中华人文精神》一书中向大学生和青年朋友推荐的中华文化书目，因为具有哲学思想方面的代表性，所以逐一介绍如下。

（一）《论语》，儒家创始人孔子和其弟子编写的一本书，主要记载了孔子和其弟子的言论。

（二）《墨子》，墨家学派的著作总汇，全书七十一篇，现存五十三篇。

① 《鲁迅全集》第6卷《且介亭杂文》，人民文学出版社，2005，第140~143页。

其中的《天志》《兼爱》《尚同》《尚贤》诸篇可以细读。

（三）《老子》，也称《道德经》，相传为老聃所著，保留了老子的主要思想。《道德经》有三种，一是通行本，就是王弼注的本子；二是一九七三年湖南长沙马王堆西汉墓中出土的帛书《老子》甲乙种；三是一九九三年湖北荆门郭店战国楚墓出土的《老子》甲乙丙三种。这三种本子当中，最流行的是王弼注的《老子》。

（四）《庄子》，道家又称《南华经》，是战国时期道家学派的著述总集，分《内篇》和《外篇》。一般认为《内篇》是庄周所写，《外篇》以及《杂篇》是其后学所著，共三十三篇。其中的《逍遥游》《齐物论》《大宗师》《知北游》等篇可以细读。

（五）《孟子》，战国中期孟轲及其弟子所著，也有说是孟子的弟子或再传弟子记述的。《孟子》当中的《梁惠王》《公孙丑》《滕文公》《告子》《尽心》等几篇都是可以细读的。

（六）《孙子兵法》，共十三篇，春秋晚期著名的军事家孙武所著，其中的《势篇》《虚实》《谋攻》《九变》等篇可以仔细阅读。

（七）《韩非子》，原名《韩子》，《汉书·艺文志》著录为五十五篇。其中的《五蠹》《显学》《解老》篇可以细读。

（八）《荀子》，汉代人称为《孙卿子》，共三十二篇，大部分为战国末期的荀况所著。其中《劝学》《王制》《富国》《天论》《解蔽》《正名》《性恶》诸篇值得细读。

（九）《易传·系辞》，是解说和发挥《易经》的著作，约在战国末期成书，又称《十翼》或《易大传》。其中《系辞》上下篇阐述了人们顺应时势、自强不息的道理。

（十）《吕氏春秋》，也称《吕览》，战国末期的秦国宰相吕不韦所著，其实主要是吕不韦召集他的门客所编著，是杂家代表作。其中《重己》《贵生》《爱士》《去宥》《上农》诸篇可细读。

（十一）《史记·太史公自序》，西汉著名的历史学家、文学家、思想家司马迁所著。《自序》主要是司马迁介绍自己的身世以及写《史记》的初衷。

（十二）《论衡》，东汉王充著，其中《自然》《谈天》《实知》《论死》《订鬼》几篇可以细读。

（十三）《不真空论》、《物不迁论》和《神灭论》是魏晋南北朝时期的铭文。僧肇的《不真空论》和《物不迁论》是对当时中国佛教所讨论的重大理论问题的总结；《神灭论》则是南齐范缜所著，以问答形式阐述"形神相即"的无神论思想，反对佛教形神相异的理论。以上三篇均见于任继愈先生的《汉唐佛教思想论集》附录。

（十四）《六祖坛经》，也称《法宝坛经》或《坛经》，是佛教禅宗的代表作，六祖惠能的传教记录。六祖惠能是广东人，禅宗对中国影响非常深远。

（十五）《张载集》，原名《张子全书》，北宋思想家张载的著作，后由中华书局改版为《张载集》。

（十六）《朱子语类》，南宋理学家朱熹的语录汇编。朱熹的《四书集注》影响非常大，《四书集注》也叫《四书章句集注》。

（十七）《传习录》，明代心学家王阳明著。王阳明是儒家思想的代表人物，他和曾国藩都是非常少见的、能文能武的儒生，他的心学著作《传习录》是以问答形式来阐释其心学理论的。

（十八）《明夷待访录》，明末清初的思想家黄宗羲的著作，可以仔细阅读其中的《原君》《原臣》《学校》等篇。

（十九）《张子正蒙注》，明末清初的思想家王夫之著，他继承和发展了张载的思想。

（二十）《严复集》，近代著名翻译家严复著，可以选读其中的《论世变之亟》《原强》《救亡决论》《辟韩》《天演论·译序》等。

（二十一）《康有为诗文选》，康有为是1898年戊戌变法的倡导者；近代最有影响的思想家之一。此书分别于1952年和1958年由北京人民出版社、人民文学出版社出版。

（二十二）《梁启超哲学论文选》，梁启超是近代有影响的思想家和学者。此书1984年北京大学出版社出版。

（二十三）《仁学》，近代湖南人谭嗣同著，谭嗣同是著名的戊戌变法六君子之一。该书记述了中国实行变法的必要性及谭氏的哲学、政治思想。

（二十四）《孙中山选集》，民主之父孙中山先生的著作。其中精选了孙中山的著作论文、讲演和函电。可选读其中部分内容。

二是北京大学中文系教授李零推荐的四部经典：《论语》、《老子》、《孙子》和《周易》。这四部书篇幅不大，但代表性很强，有较高的指导意义。按照李先生的说法，"我们的经典，是现代人眼中最能代表中国古典智慧的四部书。《论语》是儒家的代表，《老子》是道家的代表。讲人文，这两本最有代表性。《孙子》讲行为哲学，《周易》讲自然哲学。讲技术，这两本最有代表性。这四本书年代早，篇幅小，比其他古书更能代表中国文化，也更容易融入世界文化"。①

三是郑丽芬所作的传统经典推荐书目的量化统计。她根据一九九九年北大王余光教授主编的《中国读者理想藏书》中所列的中外推荐书目八十种，又从二〇〇〇年以后出版的中外推荐书目中遴选了八十种，综合出一百六十种被推荐的中国著作书目，排在前十名的是：《论语》（五十八次）、《史记》（五十八次）、《红楼梦》（五十三次）、《庄子》（五十一次）、《诗经》（四十七次）、《老子》（四十六次）、《孟子》（四十四次）、《周易》（三十五次）、《孙子兵法》（三十四次）和《楚辞》（三十三次）。这十部书贯穿了中国从先秦到清代数千年的发展历程，涵盖了诸子学、文学、史学等诸多领域，至今仍为人们所尊崇。但也有一些经典的影响力随着时代的变化而变化，如《礼记》在二十世纪前被推荐了十八次，二十世纪后却只推荐了两次。另外还有《明夷待访录》《古文观止》《唐诗三百首》《说文解字》及古典小说等，也随着时代的变化影响力有所改变。②

四是凤凰网国学于二〇一五年十二月十八日发布的学者赵寻为友人开的教子书目（赵寻：与友人拟《新教子书》）。③这份书目包括了中西文经典，其中的中国经典包括四书、经子史、诗文等共计四十八篇（部），

---

① 李零：《我们的经典》，生活·读书·新知三联书店，2013。
② 王余光：《图书馆阅读推广研究》，朝华出版社，2015，第347~348页。
③ 赵寻：与友人拟《新教子书》，凤凰国学，2015年12月18日，http://guoxue.ifeng.com/a/20151218/46721177_0.shtml；其友旷新年的回应见12月23日网文《学者赵寻开教子书目被批迂腐 清华教授撰文鸣不平》，http://guoxue.ifeng.com/a/20151223/46795161_0.shtml。

分初读参考和进一步阅读书目，也有版本方面的考虑。对于中国之书，赵寻认为应以"四书"为根基——这是中国学问的根本，也是未来中国文明的根本——即以文史为气血，期望能与义理解悟相濡相响，充实而化成他们的君子言行。而且，在精神上注重对其他文明的汲取，没有任何的自我设限。

然而，这份书单竟引起了众多网友的争论，其中不乏批评、辱骂、嘲笑者，赵寻也被视为"呆子、迂腐、愚蠢"，他所推荐的书读了只能"饿死"，"不如一本《厚黑学》来得实用"。① 赵寻书目被批评，令人痛心。正如赵寻所言，由于彻底否定文明的倾向在中国现代思想文化中的存在，一些以吃狼奶长大而自豪的"狼人"们，仍在以各种名义制造黑暗，愚弄民众，致使人类文明几千年的积累，却因中西之名、古今之别，不仅得不到深入系统完整的说明，甚至必须反目成仇。为了对治这一中国现代性的顽疾，他才提出了以四书为纲，融合中、西的规划。值得我们深深记取的有这么一段话："这里要开列的，不是那些要折断他们（即孩子）灵魂翅膀的黑暗与世故之书，也不是那些丢人的按历史教科书排列出的名著大全。它要宽，容得下人类的世代；它要深，映照得出人性的至善。"

通过以上近百年的回顾，我们似乎可以更加理性地看待读书这件事：书目推荐没有终结，也没有哪一家的"青年必读书"能够完全代表博大精深的中国文化。面对体量庞杂的书单，我们或许望而却步，但有一件学林掌故，却足以给人启发：据俞大维回忆，陈寅恪先生一九一二年第一次由欧洲回国，往见父亲散原老人的老友夏曾佑。夏先生对他说："我很高兴你懂得很多种文字，有很多书可看。我只能看中国书，但可惜都看完了，现已无书可看了。"年轻的陈寅恪心想："此老真荒唐。中国书籍浩如烟海，哪能都看完了！"但他到七十岁左右的时候却说："现在我老了，也与夏先生同感。中国书虽多，不过基本几十种而已。其他不过翻来覆去，东抄西抄。"（前引《给陈荔荔的一封信》）中国传统文化博大精深，中国古代典籍也确实浩如烟海，然而我们不必一一尽览。我们需要做，也可以做到的，就是选取真正的

---

① 旷新年的回应，《学者赵寻开教子书目被批迂腐 清华教授撰文鸣不平》。

经典文化名著细细咀嚼，好好吸收。

本书从体现中国文化精神面貌的儒释道三教，以及经史子集四部的经典当中遴选出十八部最具代表性的中华文化原典，按历史时序和时代影响度对其进行概说和导读，期望能使广大学子得到精神上的涵养与教化。虽然选目不多，但基本涵盖了中国传统思想和文史类典籍。由于侧重思想类经典，文史名著选入者不多。文史名著仅选入《诗经》《楚辞》《史记》《资治通鉴》《三国演义》和《红楼梦》六部，旨在有限篇幅内凸显文史不分家的历史文化传统。为方便同学们阅读，繁难字标注了拼音，个别字增加了释义。

大学生的爱国主义教育和传统文化教育，既是我国当前高等教育着重解决的问题，也是我们中华民族永远存在的重要命题。我们以为，倘使中国二千多万大学生对中华五千年的重要文化遗产怀有真正的"温情与敬意"，则以上两个问题便不再是问题，而我民族复兴、国家富强的盛况也将足以令人期待、欣喜与叹慰！

中国传统思想名著导读

中国传统思想名著概说

中国传统思想名著主要包括儒释道经典和诸子名著。所谓儒家治世，道家治身，佛家治心，三教合一，彼此贯通，无一焉而亡，是中国文化贡献给世界最大的一笔精神财富。子书则是六经以外持之有故、言之成理的入道见志之书，也就是通常讲的思想家的著作。

儒家的经典汇编是"十三经"，具体包括：一《周易》，二《尚书》，三《诗经》，四《周礼》，五《仪礼》，六《礼记》，七《春秋左传》，八《春秋公羊传》，九《春秋穀梁传》，十《论语》，十一《孝经》，十二《尔雅》，十三《孟子》。它们承载了中国人的道德精神与价值核心，成为儒家思想的精华荟萃。

"十三经"不是自来有之，而是长期形成的儒家经典汇编，其思想精华最早是"六经"。"六经"并非简单的六本书，而是六位中国先贤认为必不可少的教化方向。"六经"的思想以《礼记·经解》为代表，孔子曰："入其国，其教可知也。其为人也，温柔敦厚，《诗》教也；疏通知远，《书》教也；广博易良，《乐》教也；洁静精微，《易》教也；恭俭庄敬，《礼》教也；属辞比事，《春秋》教也。故《诗》之失愚，《书》之失诬，《乐》之失奢，《易》之失贼，《礼》之失烦，《春秋》之失乱。其为人也，温柔敦厚而不愚，则深于《诗》者也；疏通知远而不诬，则深于《书》者也；广博易良而不奢，则深于《乐》者也；洁静精微而不贼，则深于《易》者也；恭俭庄敬而不烦，则深于《礼》者也；属辞比事而不乱，则深于《春秋》者也。"①

---

① 王文锦译解：《礼记译解》下《经解第二十六》，中华书局，2001，第727页。

王文锦先生的译文作，孔子说："进入一个国家，对这个国家的教化就可以知晓了。国民们的为人，如果辞气温柔，性情敦厚，那是属于《诗》的教化；如果通达时政，远知古事，那是属于《书》的教化；如果心胸宽广，和易善良，那是属于《乐》的教化；如果安详沉静，推测精微，那是属于《易》的教化；如果谦恭节俭，庄重诚敬，那是属于《礼》的教化；如果善于连属文辞，排比事例，那是属于《春秋》的教化。各种教化节制失宜，掌握不妥，也容易产生各自的偏向。《诗》教的流弊在于愚昧不明，《书》教的流弊在于言过其实，《乐》教的流弊在于奢侈浪费，《易》教的流弊在于迷信害人，《礼》教的流弊在于烦苛琐细，《春秋》教的流弊在于乱加褒贬。为人既能温柔敦厚，又不愚昧不明，那就是深于《诗》教的人了；为人既能通达知远，又不言过其实，那就是深于《书》教的人了；为人既能洁静精微，又不迷信害人，那就是深于《易》教的人了；为人既能恭俭庄敬，又不烦琐苛细，那就是深于《礼》教的人了；为人既能属辞比事，又不乱加褒贬，那就是深于《春秋》教的人了。"①

因《乐经》亡佚，汉代只立了"五经博士"，经过汉晋唐宋，才逐渐演变为"十三经"。"十三经"量大浩繁，南宋朱熹删繁就简，编成"四书"，以理学精神加以贯串，虽然简明便学，但毕竟只是"十三经"的阶梯。《四库全书总目》将经抬高到无以复加的地步，但《总目》所尊的经乃孔子手定的"五经"，而非朱熹所定的"四书"。真要掌握儒家精义，必然要通"十三经"。为有心志士求学问道计，需要稍微介绍一下清嘉庆二十一年（公元一八一六年）由江西巡抚阮元主持重刻的宋版《十三经注疏》，其中收录的是历代注释"十三经"的权威版本，具体是《周易正义》十卷，为王弼、韩康伯注，唐孔颖达等正义。《尚书正义》二十卷，汉孔安国传、唐孔颖达等正义。《毛诗正义》七十卷，汉毛公传、郑玄笺，唐孔颖达等正义。《周礼注疏》四十二卷，汉郑玄注、唐贾公彦疏。《仪礼注疏》五十卷，汉郑玄注、唐贾公彦疏。《礼记正义》六十三卷，汉郑玄注、唐孔颖达等正义。《春秋左传正义》六十卷，晋杜预注、唐孔颖达等

---

① 王文锦译解：《礼记译解》下《经解第二十六》，中华书局，2001，第 727~728 页。

正义。《春秋公羊传注疏》二十八卷，汉何休注、唐徐彦疏。《春秋穀梁传注疏》二十卷，晋范宁注、唐杨士勋疏。《论语注疏》二十卷，魏何晏等注、宋邢昺疏。《孝经注疏》九卷，唐玄宗明皇帝御注、宋邢昺疏，唐玄宗注疏的《孝经》石刻版就在今天的西安碑林。还有《尔雅注疏》十卷，晋郭璞注、宋邢昺疏。《孟子注疏》十四卷，汉赵岐注、宋孙奭疏。共计四百一十六卷，十一万八千一百页。所谓注和疏都是对经文的解释，疏是在注的基础上进一步解释，可谓解释之解释，所以合成注疏。

值得一提的是陈寅恪先生对"经"的认识，因为他是站在西学角度下的国学审视，故脱去了传统保守派的迂执狭隘，具有更高的国际视野和比较眼光。

　　他说：无论你的爱憎好恶如何，《诗经》和《尚书》是我们先民智慧的结晶，乃人人必读之书。寅恪先生对玄学的兴趣极淡薄，他甚恶抽象空洞的理论，本人从未见他提及易经中的玄学。

　　再讲《春秋》，他除认为《左传》为优美的文学外，对《公羊》"三科九旨"之说很少兴趣。关于《尔雅》，他归于《说文》一类。对《孝经》，他认为是一部好书，但篇幅太小，至多只抵得过《礼记》中的一篇而已。

　　他很注意"三礼"，认为《周礼》是一部记载法令典章最完备的书，不论其真伪，则不可不研读，他尤其佩服孙诒让的《周礼正义》一书。关于《仪礼》，寅恪先生认为"礼"与"法"为稳定社会的因素，虽然随时俗而变更，但礼之根本，则终不可废。他常提起"礼教"思想在《唐律疏议》中的地位，说这些是人人应该重视的。他认为《礼记》是儒家杂凑之书，但包含了儒家最精辟的理论。除了解释仪礼及杂论部分以外，其他所谓通论者，如《大学》《中庸》《礼运》《经解》《乐记》《坊记》等，不但在中国，就是在世界上，也是最精采的作品。我们不但须看书，且须要背诵。

　　次讲《四书》。他说，《论语》的重要性在论"仁"，此书为儒门弟子所编纂，而非孔子亲撰的、有系统的一部哲学论文。大哲学家黑格尔看了《论语》的拉丁文译本后，误认是一部很普通的书，尚不如西塞罗（Cicero）的《论义务》（De officiis）。寅恪先生喜欢《孟子》一书，但对孟子提到的典章制度部分及有关历史的议论，他认为多不可靠。我们这代普通的念书人不过能背诵"四书"《诗经》《左传》等，寅恪先生则不然，他不仅能背诵"十三经"的大部分内容，而且对每字必求正解。因此，《皇清经解》及《续皇清经解》成了他经常看读的书。①

道家是儒家之外影响最大的学派。"《易》衍儒、道"，在中国思想文化史上，与儒家相反相成，互补为用，堪称双璧。鲁迅曾说"中国根柢全在道教"（一九一八年八月二十日给许寿裳的信），英国李约瑟博士也表达过类似的意思。② 对于"根柢"二字，我想可以从现实和超越两个方面加以理解：现实方面，按照《汉书·艺文志》的记载，道家原本出自史官，对成败、存亡、祸福及古今之道看得比一般人透彻，但又不像太史公那样客观呈现史事真相，而是通过哲学抽象的方式，总结一套使自己永远立于不败之地的形而上理论，即"秉要执本，清虚以自守，卑弱以自持"的"君人南面之术"。按《隋书·经籍志》的记载，"圣人体道成性，清虚自守，为而不恃，长而不宰"。说明道家在政治致用当中所体现的致虚守静、有利万物而不争的自然无为特征。超越方面，道家以"道"作为最高的哲学范畴和终极关怀，用"道"来统摄自然、社会和人生，全面渗透社会生活的方方面面，充满了辩证智慧的光芒。

道家与道教不同，前者是一种思想文化流派，后者是一种宗教，本书侧重于前者。在道家发展过程中，涌现出一批重要的经典。道家学说的源祖是黄帝，其思想流传至战国，形成《黄帝内经》和《黄老帛书》。《黄帝内经》认为"人与天地相应"（《灵枢·邪客》），人须顺应阴阳才能愈

---

① 《陈寅恪先生论文集》，台湾里仁书局，1980，第12~16页。
② "中国人的特性中，很多最吸引人的地方都来自道家的传统。中国如果没有道家，就像大树没有根一样。"〔英〕李约瑟著《中国古代科学思想史》，陈立夫等译，江西人民出版社，1999，第186页。

疾保生，阐发"圣人不治已病治未病"（《素问·四气调神大论》）的法则思想，使它不仅成为最古老的医学经典，也成为重要的道家经典。《黄老帛书》盛行于汉初，本是贵族子弟的必读书籍，但后来失传。一九七三年长沙马王堆三号汉墓出土《道德经》乙本卷前的《法经》、《十六经》、《称》及《道原》四篇，引起巨大轰动。再就是老子的《道德经》、庄周的《庄子》，以及与《老》《庄》并称的贵虚尚玄的《列子》。《列子》一书的真伪至今无定论，但里面几个寓言故事——"愚公移山"、"夸父逐日"和"杞人忧天"，却脍炙人口，引人深思。与道教相关的两部经典，一为西汉蜀地严遵的《老子指归》，该书会通易老，创立了对后代道家易玄人士影响极大的以无为本、无中生有和万物自化的思想体系。二为东汉成书的《老子河上公章句》（河上公为战国时人），作者极为重视养生，并将养生等同于经世治国，身国一理。其中谈到的行气、固精和和养神三术，上承汉代黄老道家之学，下启魏晋神仙道教，为后世道教徒所重视。

佛教是世界最古老的宗教之一，由印度的释迦牟尼于公元前六至前五世纪创立，反对婆罗门教的种姓制度，主张"众生平等""有生皆苦"，提出苦集灭道"四圣谛"，其中的灭苦之理想境界是超脱生死的涅槃。佛教于公元一世纪（东汉明帝）时传入中国，宣播扩散，至晋以后盛行中土，对我国的文学、艺术、哲学以及社会风俗习惯都有较深影响。自此以降，中国文化就不再是纯粹的儒家文化，而是儒、道、佛三家汇合的文化形态。佛教中国化后形成禅宗，对中国本土文化又产生了巨大的影响。佛教典籍浩瀚，有所谓三藏十二部经、八万四千法门，佛典有经律论、大小乘之分，每部佛经又有节译、别译等多种版本。出于"阅藏知津"的考虑，杨仁山、梅吉庆以及中国佛学院都做过与儒学"十三经"相拟配的"佛教十三经"的选编本，其中最著者包括《心经》、《金刚经》、《无量寿经》、《圆觉经》、《梵网经》、《坛经》、《楞严经》、《解深密经》、《维摩诘经》、《楞伽经》、《金光明经》、《法华经》和《四十二章经》。

印度早期的佛经以上座部的小乘经典为主，经中主要阐明人生无常的佛教基本教义和远离诸欲、弃恶修善、注重心证等修证义理。后来大乘佛教发展，又因其思想内容的不同而分为空、有二宗，空宗的般若浓缩本经典就是《金刚经》和《心经》，其渊海为唐僧玄奘所译之六百卷的《大般若经》。般若空宗认为世间万物都是条件的产物，这个条件就是"缘"，条件具备了，事物就产生（缘起）了；条件消失了，事物就消亡（缘灭）了。除此之外，世间万物都是一成不变、念念不住的过程，因此都是没有自性的，这就是所谓的"缘起有，自性空"，简称为"缘起性空"。有宗也认为外境非有，但又提倡"万法唯识"，即认为一切外法和外境都是"内识"的变现。与印度佛教不同，中国佛教的主流不在纯粹的空、有二宗，而在大乘佛教的基本精神与中国传统文化（特别是儒家心性学说）汇集交融的真如妙有思想。《法华经》主张一切众生皆有佛性，只是因为被妄念和情欲遮蔽住了（《圆觉经》），才在六道中轮回，如能即心顿悟成佛（《坛经》），了悟"心净即佛土净"的道理，就能成就无上正等正觉，获得《楞严经》所说的"菩提妙明元心"。

赵朴初先生曾说："佛教文化对中国古代思想文化的影响如此之大，要搞中国古代文史哲艺术等的研究，不搞清它们与佛教的关系及所受的影响，就不能得出令人信服的结论，也不能总结出符合历史实际的规律。"[①]可见佛教之于中国文化的重要性。

代表性的诸子名著可见《二十二子集注》、《诸子集成》和《新编诸子集成》。诸子兴起于春秋战国时期，前有老子、孔子及七十子之徒，后有墨、杨、孟、庄、荀、韩之流，是各家为救时急而创立的，习惯上称为诸子百家。汉代司马谈将其分为阴阳、儒、墨、名、法、道德六家。（《论六家要旨》）《汉书·艺文志》在此基础上又增加了纵横、杂、农、小说四家。《隋书·经籍志》把兵书、天文、历数、五行、医方之类并归子部。《四库全书总目》则确立了子部"三教""九流"的子学主体。子书是六经流裔，是应时而变的治世理乱之书。因此不同时期的思想实践就体现了不同的精神价值和治世方略。秦为法家思想统治时期，汉初道家黄老无为思想占据主导，汉武帝时独尊儒术，但儒表法里，"霸、王道杂之"。魏晋

---

① 赵朴初：《佛教与中国文化的关系》，《赵朴初文集》（下），华文出版社，2007，第807页。

南北朝，道家玄学和佛学思想大放光芒。宋明为儒家理学思潮时代，近代以降中西交会、西学东渐成为新的洪趋。二十世纪是革命与改革相互交织的岁月，疾风骤雨和如油春雨的灌溉让中国步入"富而后教"的春风化雨时代，是全新的文化变奏。

中国思想名著导读书目

《尚书》：前两千五百年的政治思想结晶

【典籍概述】

一 《尚书》之成书

《尚书》是春秋以前历代史官所收藏的政府重要文件及部分追述上古事迹著作的汇编，也是我国现存最早的一部历史文献汇编。《尚书》原称《书》，汉代改称为《尚书》，因是儒家五经之一，又称《书经》。汉人何以将《书》称为《尚书》，历来有不同的解释。一种说法认为"尚"是遵从的意思，《尚书》是"人们所遵从的书"。另一种说法认为，"尚"通"上"，"上"是代表君上的意思，因为这本书的内容大多是臣下对君上言论的记载。汉代孔安国以为，"尚"是上古的意思，《尚书》意为"上古之书"，此说为多数人接受，成为最为流行的一种说法。

《尚书》成于何时，为何人所编定，由于资料缺乏，目前很难考究。据《汉书·艺文志》的记载，这部书是由孔子编纂的，共一百篇。但这种说法自宋代开始就遭到怀疑，从而形成了两种意见：一是坚持《尚书》为孔子所删定，二是认为孔子并没有删定《尚书》。现在一般认为，《尚书》中最早的文献大约写成于公元前十四世纪上半叶，《尚书》固定版本的出现大约始于战国。

二　今古文《尚书》

《尚书》在历史上分为《今文尚书》和《古文尚书》两种版本，对《尚书》的研究也有今古文之分和真伪之争。秦始皇焚书时，《尚书》也在被禁之列，民间私藏的先秦古文《尚书》大都被烧毁。汉初，原秦朝博士伏生传《尚书》二十八篇，因是用当时通行的隶书写成，故被称为《今文尚书》。汉武帝末期，鲁恭王刘余拆孔子旧宅，从孔壁中发现了用蝌蚪文（古文）写成的《尚书》，被称为《古文尚书》。《古文尚书》经孔子后代孔安国校读整理，比《今文尚书》多出十六篇，但却一直未被官府重视，又无人传授，不久就亡佚了。东晋元帝时，豫章内史梅赜（zé——作者注，下同不赘）突然向朝廷献上孔安国的《尚书传》和《古文尚书》五十八篇，其中除三十三篇（梅赜从原先的二十八篇中析出五篇）与《今文尚书》大致相同外，另外多出了二十五篇。梅本《尚书》出现后，很快就被朝廷立为官学，到了唐代，更是被官方奉为经典，居于正统地位。南宋初年，学者吴棫（yù）开始怀疑梅氏《尚书》为伪作，后来朱熹也怀疑其为伪书。明清时期，许多学者继续攻击梅本《尚书》，最后经过梅鷟（zhuó）、阎若璩（qú）、惠栋等人的考证，确定梅本所多出来的二十五篇为魏、晋时期的伪作，被称为《伪古文尚书》。

现在通行的清代《十三经注疏》本中的《尚书》就是《今文尚书》和梅氏伪《古文尚书》的合编，共五十八篇，即《虞书》五篇、《夏书》四篇、《商书》十七篇、《周书》三十二篇。其中《孔安国序》和《孔传》是伪造的，另外二十五篇伪造的篇目为：大禹谟、五子之歌、胤征、仲虺（huǐ）之诰、汤诰、伊训、太甲（三篇）、咸有一德、说命（三篇）、泰誓（三篇）、武成、旅獒（áo）、微子之命、蔡仲之命、周官、君陈、毕命、君牙、冏命。属于《今文尚书》的二十八篇篇目为：尧典、皋陶谟、禹贡、甘誓、汤誓、盘庚、高宗肜（róng）日、西伯戡黎、微子、牧誓、洪范、金縢、大诰、康诰、酒诰、梓材、召诰、洛诰、多士、无逸、君奭、多方、立政、顾命、吕刑、文侯之命、费誓、秦誓。伏生曾用这些篇在齐、鲁之间传授门徒，经过数传形成西汉的《尚书》学三家，即欧阳高的

"欧阳氏学"、夏侯胜的"大夏侯氏学"和夏侯建的"小夏侯氏学",都立于学官。三家所教的是伏生二十八篇和民间所献的伪《太誓》,共二十九篇(欧阳氏本《盘庚》分三篇成三十一篇)。由于伏生所藏之书是用汉代通行的隶书所写,为区别新出现的"古文"本,遂称为《今文尚书》,这三家便称为"今文三家"。汉末把欧阳氏的《尚书》刻入《熹平石经》,用以统一文字的分歧。

三 《尚书》的内容

二十八篇《今文尚书》的内容上起传说中的帝尧,下至春秋时期的秦穆公,按时间顺序分为《虞书》、《夏书》、《商书》和《周书》四个部分。《虞书》二篇所记为上古尧舜时期的历史传说,《尧典》记叙了尧舜的事迹与政绩,《皋陶谟》记录了虞舜与禹、皋陶等人在一次会议上的政治对话。《夏书》二篇所记为夏代初期之事,《禹贡》记述了大禹治水的功绩及治水后全国的地理状况,《甘誓》为夏王启征讨诸侯有扈氏时的誓师之辞。《商书》五篇,《汤誓》为商汤讨伐夏桀时发布的战争动员令,《盘庚》为盘庚迁都于殷之际对臣民的训话,其余三篇(《高宗肜日》《西伯戡黎》《微子》)是记载商代后期的一些史事。《周书》的内容最为宏富,共十九篇,主要记录了周灭商的过程、周人对商人征服与统治的史实以及周朝的一部分档案资料,是《尚书》的精华之所在。需要注意的是,《文侯之命》、《费誓》和《秦誓》三篇为春秋诸侯国的史料,《尧典》、《皋陶谟》和《禹贡》为战国时编写的古史资料。

《尚书》的文体主要有典、谟、训、诰、誓、命六种。典,是对圣王重要史实和言论的追述,如《尧典》。谟,谋议,是对君臣谋略的记录,如《皋陶谟》。训,是记臣开导君主的话。诰,是勉励、教戒的文告,如《大诰》《酒诰》。誓,是君主训诫士众的作战誓词,如《汤誓》《牧誓》《秦誓》等。此外,还有以人名为题的,如《盘庚》《微子》;有以事标题的,如《高宗肜日》《西伯戡黎》;有以内容命篇的,如《禹贡》《洪范》。

四　《尚书》的影响

《尚书》在我国古代典籍中占有十分重要的地位，儒家将其奉为"五经"之一。早在春秋时期，孔子就用《尚书》作为教材来教育弟子。自汉代被立为官学以后，《尚书》更是备受人们尊崇，成为我国历代统治者治理国家的"政治课本"和理论依据，是整个封建社会最重要的教科书之一。

《庄子·天下篇》说："《书》以道事。"《荀子·劝学篇》说："《书》者，政事之纪也。"司马迁《史记·太史公自序》也说："书记先王之事，故长于政。"这些都是说《尚书》的内容主要是记录先王的事迹，与政治有极大的关联。通观《尚书》全书内容，这些说法是符合实际的，因此，可以说《尚书》是一部记录先王政治活动的"政书"。《尚书》作为我国"政书"之祖，一直被视为中国封建社会的政治哲学经典，既是帝王的教科书，又是贵族子弟及士大夫必修的"大经大法"，在历史上有很大的影响。它不仅型塑了中国传统政治思想的基本面貌，而且是华夏文明思想、理论、概念的渊薮。如《尚书》开篇的《尧典》首节就提出了"修齐治平"的政治哲学思想："克明俊德，以亲九族；九族既睦，平章百姓；百姓昭明，协和万邦。"《大禹谟》中所提出的"人心惟危，道心惟微；惟精惟一，允执厥中"十六字诀，是构建宋明理学思想体系的理论基础，也是明代心学的真正源头；《洪范》中的"五行"说，是汉代"天人感应"思想的理论基石；《尚书》中"敬天""明德""慎罚""保民"等核心思想为后来儒家所继承发展，成为"民本思想""仁政思想"和"德威兼施""宽猛相济"政治哲学的基础和蓝本。

五　《尚书》的史料价值

《尚书》是我国最早的史学名著，保存了虞、夏、商、周几个时代有关政治、经济、军事及风俗文化等许多珍贵史料。如《尧典》记载了尧舜禅让之事，反映了我国原始社会末期一些重要的历史情况；《禹贡》详细记载了政治制度、九州的划分、山川的方位和脉络、物产的分布、土壤性质等，是我国现存最早的地理著作，对后世地理学的发展产生了较大影响，历来为人们所重视；《牧誓》中"时甲子昧爽"可与利簋（guǐ）所铭"武王征商唯甲子朝"互证，从而以历法推演克商之时，是确定商周断代的重要依据；《吕刑》记述了西周的法律原则和详尽的刑律条目及一般的司法制度，是我国现存最早的系统性刑法文献，具有很高的史料价值。从历史编纂学方面看，《尚书》记言叙事，具有"因事命篇，不为常例所拘"的编纂特色，开启了先秦史传文献的"记言"体式，且对纪传体、纪事本末体的生成产生了一定影响，是中国古代传统史书体裁的发端，在历史编纂学中具有开宗明义的地位。另外，《尚书》还铸就了中国传统史学思想的基本框架，中国传统史学中最有特色和价值的"大一统思想""民本思想""天人合一思想""历史忧患意识"等，都可以从《尚书》中找到源头。

六　《尚书》的文体

《尚书》所包括的"典""谟""训""诰""誓""命"六体，不仅是我国文告、会议记录等文体的滥觞，而且还开辟了古代散文创作的先河。《尚书》整体的文章体裁当属于散文。据《左传》等书记载，在三皇五帝时代，有《三坟》《五典》《八索》《九丘》等"档案"文献，但这些在《尚书》之前的书失传很久，在《汉书·艺文志》也不见著录，其体裁内容早已无从知晓。商周时期的甲骨文和金文虽有记事，但因受到篇幅的限制，叙事大都直陈其事，少有修饰，没有篇章规模，只能是我国记事散文的萌芽。《尚书》中的《盘庚》记录了盘庚迁都于殷的三次训话，全文中心突出，议中夹叙，有生动的比喻，富于感情色彩。《周书》中的《无逸》《召诰》等篇，在对殷商统治经验总结时条理分明，层次清楚，是较为完整的论说文。《顾命》记叙周成王之死和周康王即位的经过，记叙具体而有层次，是《尚书》中较为典型的叙事散文。《尚书》中许多篇章记言叙事，绘声绘色，形象生动，具有鲜明的写作特色，因此，从某种意义上说，《尚书》真正标志着中国古代散文的形成，叙先秦散文当从《尚书》开始。春秋战国时期散文的勃兴，是对它的继承和发展。秦汉以后，各个朝代的制诰、诏令、奏章之文，都明显受到它的影响。刘勰《文心雕龙》在论述"昭策""章表""奏议""奏启""议对""书记"等文体时，也溯源到《尚书》。此外，《尚书》中保存有大量的古词汇，这些古词古义虽"佶屈聱牙"，古奥难懂，但却反映出殷商时代的语言特点，是研究我国上古语言学的珍贵材料。

《尚书》的参考书有伪《孔安国传》本十三卷，有相台本及翻刻本。唐孔颖达《正义》本二十卷，有《十三经注疏》本。宋蔡沈《书集传》本六卷，有明监本《五经》通行本。顾颉刚和刘起釪的《尚书校释译论》集其成，二〇〇五年由中华书局出版。

【文本选读】

无 逸

【解题】 《无逸》是《尚书·周书》中的一篇，旧传是周公归政时所作。武王姬发死后，嗣子成王年幼，于是暂由武王的弟弟周公姬旦摄政，等天下平定，东都建成后，周公便将政权归还给了成王。本篇就是周公归政时对成王的一番谆谆教导，要他知道"稼穑之艰难"，不要贪图安逸，牢记前代败亡的教训，敬德保民。

周公曰：呜呼！君子所，其无逸。[1]先知稼穑之艰难，乃逸，则知小人之依。[2]相小人，厥（jué）父母勤劳稼穑，厥子乃不知稼穑之艰难，乃逸乃谚。既诞[3]，否则[4]侮厥[5]父母曰："昔之人无闻知。"

〔1〕"君子"二句：君子居其位，不要贪图安逸。
〔2〕小人之依：庶民内心的苦衷，依指隐情。
〔3〕"乃谚"二句：一个人由于贪图享乐，粗野不恭，以至于到欺骗虚夸。
〔4〕否则：即丕则，"大大地"意思。

〔5〕侮厥：欺侮、轻视。

周公曰：呜呼！我闻曰：昔在殷王中宗，严恭寅畏，天命[1]自度，治民[2]祇（zhī）惧[3]，不敢荒宁。[4]肆中宗之享国七十有五年。其在高宗，时旧劳于外，爰暨（yuán jì）小人。[5]作其即位，乃或亮阴，三年不言。[6]其惟不言，言乃雍[7]。不敢荒宁，嘉靖殷邦[8]。至于小大，无时或怨。肆高宗之享国五十年有九年。其在祖甲，不义惟王，旧为小人。[9]作其即位，爰知小人之依，能保惠于庶民，不敢侮鳏（guān）寡。肆祖甲之享国三十有三年。自时厥后立王，生则逸。生则逸，不知稼穑之艰难，不闻小人之劳，惟耽乐[10]之从。自时厥后，亦罔或克寿。[11]或十年，或七八年，或五六年，或四三年。[12]

〔1〕“昔在殷王”句：殷王祖乙（一说是太戊）严肃地对待他的王位，能敬畏上天托付给殷王朝的大命。

〔2〕自度治民：用诚信来约束自己，治理人民。

〔3〕祇惧：祇，敬。很小心地对待一切事务。

〔4〕荒宁：荒废政事，以图安逸。

〔5〕“高宗”句：高宗即殷王朝第十一世贤王武丁，他在位时是殷王朝最隆盛的时代。本句是说，高宗幼时在外面有过一段较久的劳动生活，与庶民有较密切的生活接触。

〔6〕“作其即位”句：武丁即位之初，怀着满腔的诚信，态度上却很沉默，三年都不大讲话。

〔7〕雍：和悦。

〔8〕嘉靖殷邦：武丁善于安定殷商的天下。

〔9〕武丁欲废祖庚，立祖甲为帝，祖甲认为这样不合理，于是逃到民间，做了很长时间的小民。

〔10〕耽乐：过度放纵享乐。

〔11〕罔或克寿：没有人能长寿。

〔12〕“或”之后的年数均指在位年数。

周公曰：呜呼！厥亦惟我周太王、王季，克自抑畏。[1]文王卑服，即康功田功。[2]徽柔懿（yì）恭，怀保小民，惠鲜鳏寡。[3]自朝至于日中昃（zè），不遑暇食，用咸和万民。[4]文王不敢盘于游田，以庶邦惟正之供。[5]文王受命惟中身[6]，厥享国五十年。

〔1〕克自抑畏：恭慎自抑，敬畏天命。

〔2〕"文王"句：周文王顺序治事，成就了安定人民和开垦土地的事业。

〔3〕"徽柔懿恭"三句：文王内心仁厚，深美谦恭，使百姓和睦、安定，施德恩惠及于鳏寡。"鲜"作"于"解。

〔4〕"自朝至于"四句：从早晨到中午，到太阳偏西，一直都在和谐万民，而没时间吃饭。

〔5〕庶邦惟正之供：不敢使众国只是进献赋税，供他享乐。

〔6〕惟中身：周文王九十七岁而终，四十七岁即位，即举全数五十为中身。

周公曰：呜呼！继自今嗣王，则其无淫[1]于观、于逸、于游、于田[2]，以万民惟正之供。无皇曰："今日耽乐！"[3]乃非民攸训，非天攸若，时人丕则有愆（qiān）。[4]无若殷王受之迷乱，酗于酒德哉！[5]

〔1〕淫：纵恣无节制。

〔2〕田：亦作"畋"，指猎取禽兽的田猎行为。

〔3〕"无皇"句：更不要去说这样的话：这次就尽情享乐，下不为例。"皇"作"况"，解为益。

〔4〕"乃非民攸"句：放肆享乐的行为，不是老百姓所赞成的，也不是上天所喜爱的，这种人就有罪过了。

〔5〕"无若殷王"二句：不要像殷纣王那样陷于迷乱，在酗酒情况下做出种种恶行。

周公曰：呜呼！我闻曰："古之人犹胥训告，胥保惠，胥教诲[1]，民无或胥诪（zhōu）张为幻。"[2]此厥不听，人乃训之[3]，乃变乱先王之正刑，至于小大。[4]民否则厥心违怨[5]，否则厥口诅祝。[6]

〔1〕"古之人"三句：古代的明君良臣，还能以做人的正道互相劝导、爱护和教诲。

〔2〕诪张为幻：诳骗诈惑。

〔3〕人乃训之：君王不听，大臣就顺着他的意思去办。训作顺从解。

〔4〕"乃变乱"二句：指变乱先王的政法，起先是小的，渐渐地原则性大法也要改变了。

〔5〕厥心违怨：心里怨恨。

〔6〕诅祝：诅咒。

周公曰：呜呼！自殷王中宗及高宗及祖甲及我周文王，兹四人迪哲[1]。厥或告之曰："小人怨汝詈（lì）汝。"[2]则皇自敬德[3]。厥愆[4]，曰："朕之愆。"允若时，不啻（chì）不敢[5]含怒。此厥不听，人乃或诪张为幻，曰小人怨汝詈汝，则信之，则若时，不永念厥辟（bì）[6]，不宽绰厥心[7]，乱罚无罪，杀无辜。怨有同，是丛于厥身[8]。

〔1〕迪哲：明智。

〔2〕怨汝詈汝：怨你骂你。

〔3〕皇自敬德：更加敬慎自己的德行修养。皇：通"况"，作"益"解。

〔4〕愆：过错。

〔5〕不啻不敢：不但不敢。

〔6〕"则若时"二句：真的如此，就不会去想为君之道。

〔7〕不宽绰厥心：不能放开心怀，宽宏大量。

〔8〕"怨有同"二句：人民的怨气聚合起来，就会集中在他的身上。"厥"：代词，他的。

周公曰：呜呼！嗣王其监于兹。[1]

〔1〕监：同"鉴"，借鉴。

《周易》：象数与义理相结合的天人图式

【典籍概述】

《周易》是《易经》和《易传》的总称，是我国三千多年前的一部古典哲学著作，是我国最古老、最有权威、最著名的一部经典，是中华民族聪明智慧的结晶，集中代表了我国古代的哲学思想。

一　《易经》和《易传》

《易经》是《周易》的原文，供占筮吉凶使用，包括卦名、六十四卦的卦象、卦辞和三百八十六爻的爻辞四个部分。卦象是由基本的两个阴、阳符号组成，阴为两短横画"－－"，叫阴爻，用"六"表示；阳为一长横画"一"，叫阳爻，用"九"表示。阴爻阳爻连叠三层组成八卦，称为经卦。八卦再两两重叠组成六十四卦，称为别卦。每卦中的两个"八卦"符号，居下者称为"下卦"（也称"内卦"，《左传》称"贞卦"），居上者称为"上卦"（也称"外卦"，《左传》称"悔卦"）。《说文解字》云："爻，交也。"王弼解释说："夫爻者何也？言乎变者也。""爻"的原意也就是阴阳之交变。六爻的位置称为"爻位"，自下而上分别为"初""二""三""四""五""上"，如《泰》卦各爻分别叫作"初九""九二""九三""六四""六五""上六"。每卦六爻，六十四卦共有三百八十四爻，再加上乾卦中多一个"用九"爻，坤卦中多一个"用六"爻，总共三百八十六爻。每卦有卦辞，每爻有爻辞，但卦辞和爻辞十分简单古朴，全文不到五千字，是《周易》的基础内容。六十四卦的排列顺序，现传有两种本子：一是通行的《周易》本，分上下经，上经始于乾卦，次为坤卦，终于离卦，下经始于咸卦，终于未济卦；二是长沙马王堆汉墓出土的帛书本，首卦为乾，次卦为否，终于益卦。

《易传》又称《易大传》，是解释说明《易经》的，因为它包括《彖》上下、《象》上下、《文言》《系辞》上下、《序卦》《说卦》《杂卦》七种共十篇文章，因其阐发经文大义，如本经之羽翼，故汉人称之为"十翼"。在"十翼"中，《象传》分别附在六十四卦之下，随上下经分为上下两篇，共六十四节，分释六十四卦卦名、卦辞和一卦的核心内容。王弼说："夫彖者何也？统论一卦之体，明其所由之主者也。"《象传》共有四百五十条，由大象辞和小象辞两部分内容组成，大象辞有六十四条，主要是从上下卦的卦象组合来推演和解释六十四卦的卦义，而小象辞则是说明三百八十六爻的爻象或爻辞的意义。《文言》是专门对乾、坤两卦深奥意义的重点阐发，分别附在乾、坤两卦的卦、爻、彖、象辞之后，主要是在《彖》和《象》的基础上作出进一步阐发与拓展，其中解释乾卦的称《乾文言》，解释坤卦的称《坤文言》。《系辞》是有关《易经》的总论，附在六十四卦的后面，分上下两篇，其内容主要是探讨《易经》的起源、阐述《易经》的哲学理论，是中国古代思想史上十分重要的文献。《序卦》是专门论述六十四卦排列顺序的，它按照卦名的含义将六十四卦串联在一起，说明一卦与一卦的关系，揭示六十四卦为何如此排列的原因，前半段从《乾》至《离》共三十卦，主说天道，后半段自《咸》至《未济》三十四卦，主说人伦。《说卦》主要是说明八个基本卦所象征的具体事物及其特性。《杂卦》是将六十四卦重新编为三十二对"错综卦"，将意义相对或相关的卦放在一起对比，说明六十四卦的卦名含义，旨在阐发事物的发展在正反相对因素中体现的变化规律，因内容比较杂乱简略，通常放在《周易》全书的最后。

二 《周易》的作者

《周易》的作者到底是谁，至今尚无定论。《周易·系辞下》记载："古者包牺氏之王天下也，仰则观象于天，俯则观法于地，观鸟兽之文与地之宜，近取诸身，远取诸物，于是始作八卦。"《汉书·艺文志》说："易道深矣，人更三圣，世历三古。"这种说法广为汉儒接受。《周易乾凿度》称："垂皇策者羲，益卦德者文，成名者孔也。"所谓"三圣"是指伏羲、周文王和孔子，"三古"是指上古、中古和下古。按照汉儒的说法，在上古时代，通天之黄河出现神兽"龙马"，背上布满神奇的图案，圣人伏羲将其临摹下来，并仰观天文、俯察地理，发明了"八卦"；到中古时代，姬昌被纣囚禁于羑里，他体察天道人伦、阴阳消息之理，重八卦为六十四卦，并作卦辞和爻辞；到下古时代，孔子喜"易"，感叹礼崩乐坏，故撰写《易传》十篇。而在宋朝之前，对于重卦者多有疑义，王弼认为伏羲画八卦之后自己又重为六十四卦，郑玄认为是神农氏重卦，而孙盛则认为是夏禹重卦。直至北宋学者欧阳修撰《易童子问》，认为《易传》七种之间有互相抵牾之处，并非孔子一人所作："其说虽多，要其旨归，止于系辞明吉凶尔，可一言而足也。凡此数说者，其略也。其余辞虽小异而大旨则同者，不可以胜举也。谓其说出于诸家，而昔之人杂取以释经，故择之不精，则不足怪也。谓其说出于一人，则是繁衍丛脞之言也。其遂以为圣人之作，则又大谬矣。"至于后世，疑古之风渐起，清代姚际恒所著的《易传通论》与康有为的《新学伪经考》都认为《易传》并非出自孔子之手。据现代学者研究，《易经》乃是一部卜筮之书，大约产生于殷周之际，是殷商时卜辞之官所收藏编辑的古人占卜情况的记录。《易传》的成书则经历了一个漫长的过程，大约产生于春秋战国至秦汉之际，由孔子及其后学所作。

据古代文献记载，《周易》是从《连山》和《归藏》发展而来的，《连山》是夏朝时期的《易》，《归藏》是商朝时期的《易》，《周易》则是周朝时期的《易》。而它们最早的源头又是上古时代的《三坟》，即伏羲氏的《山坟》、神农氏的《气坟》、轩辕氏的《形坟》。《山坟》后来被夏人继承发展成为《连山》，《气坟》被商人发展成为《归藏》，《形坟》被周人发展成为《周易》。《连山》和《归藏》早已失传，据说《连山》以艮卦开始，象征"山之出云，连绵不断"；《归藏》以坤卦开始，象征"万物莫不藏其中"。尽管它们的体系和《周易》并不完全相同，但六十四卦的大体框架还是一致的。

三 《周易》书名的意义

对于《周易》书名的意义也有不同的解释。按照传统的说法，"易"包含有三义：① 简易、平易。因为《周易》阐明的是天地自然的法则，而天地自然的法则是简朴而平易的，所以《周易·系辞上》说："乾以易知，坤以简能；易则易知，简则易从；易知则有亲，易从则有功；有亲则可久，有功则可大；可久则贤人之德，可大则贤人之业。易简而天下之理得矣。"② 变易、变化。从文字学看，有人认为"易"字是由"日"和"月"构成的。"易"上为"日"，下为"月"，象征日月阴阳变化。有人说"易"的甲骨文象征将一器皿水（或酒）倒入另一器皿之中，以示变换、交易。从《周易》内容看，包含着变化的思想：如卦爻辞中，《乾》卦初爻到上爻"龙"由"潜""见""飞""亢"的变化，《泰》卦中大小、往来、平陂、往复的变化；行筮时运算而显示出数的变化等。《周易》认为天地自然、万事万物以及人事都是处在不断变化之中的，而这种变化是有必然的准则可循的，《周易》探讨的就是天地自然变化之道。③ 不易。《周易》中认为，虽然变化是永不休止的，但变化只是现象，而现象背后的本质以及变化的准则却是不变的。关于"周"的意义，一说是指周代，古代常称周朝的书为周书，如《周礼》《周语》等，以别于夏、商诸代；一说为周密、周遍、周流，即易道广大，无所不包。

历史上人们对《周易》有很多称法。春秋时，就有《周易》的提法，在《春秋左传》这部史书当中，多次提到"周易"，但从当时人们运用的《周易》看，当包括六十四卦的卦画（符号）卦爻辞。战国时，以解释《周易》为宗旨的《易传》成书。《周易》和《易传》并称为《易》，如《庄子》所谓的"易以道阴阳"、《荀子》所谓的"善为易者不占"之"易"包含了《易传》。西汉以降，汉武帝为了加强中央集权，采纳了董仲舒"独尊儒术"的建议，把孔子儒家的著作称为"经"。《周易》和《易传》被称为《易经》，或直接称为《易》。自此以后，《周易》、《易经》和《易》混合使用，有称《周易》，有称《易经》，也有称《易》，其实含义一致，均指六十四卦及《易传》，一直沿用到今天，仍然没有严格的区分。

有的学者为了区分《周易》经传之不同，称六十四卦及卦爻辞为《周易古经》，称孔子儒家注释《周易古经》的十篇著作为《周易大传》。

相传《易经》是用蓍草占验吉凶的，由于没有实物资料证明，其原始的占筮方法无从知晓，我们只有通过《易传》和古代学者留下的文献记载来推测古人如何占筮。

四　《易经》的内容和思想

《易经》中的卦辞和爻辞，从性质上可以分为筮辞和非筮辞两类。筮辞是占筮的内容与结果的记录，非筮辞记载的是有关伦理方面的内容。筮辞是经文的主要部分，可以分为三种：一是贞事辞，即对所占筮之事的记录；二是贞兆辞，是对占筮时所得神灵兆示的记录；三是象占辞，是对占筮之外兆示的记录。非筮辞在经文中所占的分量较少，但却集中表现了《易经》作者的哲学思想和政治主张。

《易经》中卦辞和爻辞所涉及的内容十分广泛，包括了社会斗争、军事战争、农业生产、商业旅行、家庭婚姻、自然灾害等。如在《需》卦中探讨了饮食方面的规律，在《师》卦中阐述了出师必须有名的军事原则和为将为帅之道，在《旅》卦中描述了一次完整的商旅活动，在《革》《讼》等卦中反映了一系列的社会矛盾和斗争，在《贲》《归妹》等卦中记载了男女婚嫁的全部过程。所以，《周易》不仅广泛地记录了殷周社会生活的各个方面，反映了当时的政治、经济、生产状况，甚至还保存有文献上不可多见的原始社会的遗风，是我们研究中国古代社会珍贵的历史材料。

《周易》虽属占卦书，但在其神秘的形式中蕴含着较深刻的理论思维和朴素的辩证观念，特别是在《易传》中包含了许多儒家的伦理思想和政治哲学。书中的内容从"一阴一阳之谓道"出发，在肯定事物运动变化永无穷尽的基础上，预测事物发展到一定程度后，就会变成它的反面。《周易》认为，变化莫测的宇宙是由阴和阳两个方面构成的，世界上的万事万物都是阴阳二气相互感应和变化的结果，宇宙的根本规律就是阴阳两个对立统一的运动变化。例如，它承认事物存在着对立面，六十四卦由三十二个对立卦组成，其卦的爻象和爻辞反映了自然界和社会生活中的"大人"和"小人"、吉和凶、得和失、益和损、泰和否、既济和未济等一系列对立统一的现象，《庄子·天下》篇将其概括为"易以道阴阳"。再如，《泰》卦卦辞说："小往大来"，《否》卦卦辞说："大往小来"，《泰》卦九三爻辞说："无平不陂，无往不复"，《乾》卦上九爻辞则说："亢龙有悔"，都是表现物极则反的观点。《周易》还提出了"穷则变、变则通"和"天地革即四时成，汤武革命，顺乎天而应乎人"等一系列哲学命题，认为事物的发展实际上是一个由矛盾趋向于调和及不断往复循环的过程。所以，从《易经》中可以看出中国古代辩证法思想的萌芽，因而在中国哲学史上占有重要地位。

五 《周易》的地位和影响

《周易》堪称我国文化的源头，对中国后来历代的政治、经济、文化等诸多方面产生了巨大而又深远的影响，中国的建筑、医学、音乐、绘画、日常生活等无不与《周易》有着千丝万缕的联系，乃至影响到中国人的民族性格与民族精神。无论孔孟之道、老庄学说，还是《孙子兵法》，抑或是《黄帝内经》，无不和《易经》有着密切的联系。一代大医孙思邈曾说："不知易便不足以言知医。"书中所提出的形而上学宇宙观成为中华传统思想的思维方式，我国传统文化的各个领域无不是以《周易》的基本理论作为基石，我国古代各个门类的学术几乎都是从《周易》中衍生发展起来的。

《周易》在战国时期就被儒家学派视为经典，《汉书·艺文志》称之为"六经之原"，在之后的两千多年里也一直被奉为"群经之首，诸子百家之源"。同时，《周易》也是道家和道家学派所信奉的三部最重要的经典之一。因此，学习和了解《周易》对我们更好地认识中国传统哲学思想、理解我国古代文化具有十分重要的意义。

研究《周易》是中国文化思想史上最热门的课题，数千年来研究注解《周易》的著作达三千多种。历史各个时期的人们根据自身不同的需要，从不同的角度对《周易》展开了广泛的研究，可谓流派纷呈。他们互相争鸣、互相否定，也互相吸收、取长补短。春秋时期，筮法上出现过变卦说、取象说、取义说、吉凶由人、天道无常说；战国时期出现过阴阳变易说；汉代有象数之学（卦气说、五行说、纳甲说）；魏晋唐时期称玄学；宋明时期又出现了理学派、数学派、气学派、心学派和功利学派。不过，从宏观的角度来看，他们大致可归为两派：义理派和象数派。象数派认为《周易》是运用八卦的变化和其他一些神秘主义方法来预测未来，参悟宇宙中的奥秘，以期逢凶化吉、遇难呈祥，实现人类自身的愿望；义理派则将《周易》看作一部纯粹的哲学著作，运用理性的哲学方法来探讨自然和社会的发展规律。

德国哲学家、数学家莱布尼茨对二进制算术的研究也从中国古代的《易经》中得到过重大启示。他于一六七九年写了一篇《论二进制算术》的论文，全部论述发表于一七〇三年的《皇家科学院纪录》，标题为《二进制算术的解说》，副标题中就有"……它只用〇与一，并论述其用途以及伏羲氏所使用的古代中国数字的意义"。这个"伏羲氏所使用的古代中国数字"指的就是一七〇一年法国传教士白晋给他信中附寄的两张易图——《伏羲六十四卦次序图》和《伏羲六十四卦方位图》。莱布尼茨对图表详加研究，认为八卦的排列是人类史上第一次提出了数学上"二进位"的思想。[1]

流传下来且影响最大的《周易》版本是魏王弼注本、唐孔颖达疏，亦称《周易正义》，收入《十三经注疏》中。宋朱熹所撰的《周易本义》为宋代以后的通行本。一九七三年，湖南长沙马王堆三号汉墓出土的帛书《周易》抄写于汉文帝初年，与传世各家的《易》本均不同，是现存《周易》中最早的别本。在古今解易的著作中，影响较大和具有特色的注解有：唐朝李鼎祚的《周易集解》、唐朝孔颖达的《周易正义》、宋朝程颐的《程氏易传》、宋朝朱熹的《周易本义》、现代闻一多的《周易义证类纂》和高亨的《周易古经今注》。

---

[1] 〔英〕李约瑟：《中国科学技术史》第二卷《科学思想史》"附论：《易经》和莱布尼茨的二进制算术"，王铃协助，科学出版社、上海古籍出版社，1990，第367~368页。

【文本选读】

乾　卦

【解题】　乾卦是《易经》中的首卦，在《易经》中起着总纲的作用。乾卦卦辞用"元亨利贞"四字高度概括了天道循环往复运行的总规律。乾卦爻辞以龙在"潜、现、惕、跃、飞、亢"六个阶段的活动为喻，阐明了事物总是以一种波浪起伏、螺旋上升的方式向前发展的，物极必反，否极泰来。

　　䷀[1]《乾》：[2]元，亨，利，贞[3]。初九：潜龙，勿用[4]。九二：见龙在田，利见大人[5]。九三：君子终日乾乾，夕惕若厉。无咎[6]。九四：或跃在渊，无咎[7]。九五：飞龙在天，利见大人[8]。上九：亢龙，有悔[9]。用九：见群龙无首，吉[10]。

〔1〕䷀：《易经》乾卦卦形，由八卦中的乾卦相重而成，为纯阳之卦。

〔2〕乾：卦名，《易经》六十四卦中的首卦。乾代表天，象征至刚至阳。

〔3〕元亨利贞：乾卦的卦辞。古人对这四个字有很多不同的解说。据朱熹之说，元为大、为始，亨为通，利为和、为宜，贞为正。据近代对甲骨文和其他出土文献的研究，学术界基本认为"贞"在这里为"占问"之意。全句的意思为，筮遇此卦大为亨通，利于占问。

〔4〕"初九"句：初九，爻题。《易经》六十四卦，每卦六爻，每爻都有两个字组成的爻题，第一个字表示爻的次序（亦称爻位），六爻的次序自下而上，分别以初、二、三、四、五、上来表示。另一个字表示爻的性质和属性，奇数爻（—）用"九"字，因为在筮法中"九"为老阳之数；偶数爻（--）用"六"字，因为"六"在筮法中为老阴之数。初九表示为下面处于第一位的奇数爻。其余类推。潜，潜藏。勿用，不宜有作为。"潜龙勿用"意为事物发展之初，位卑力微，须养精蓄锐，不宜轻举

妄动。

〔5〕"见龙"句："见"通"现"，出现。田，指地上。大人，指有德或有一定地位的贵人。全句的意思为，筮遇此爻，"君子"可以走出压抑的处境，犹如龙出现在大地上。

〔6〕"君子"句："乾乾"，忧愁的样子。惕若，敬惧的样子。厉，危险。全句的意思为，君子整日里勤奋努力，夜晚戒惧反省，虽然处境艰难，但终究没有灾难。

〔7〕"或跃"句：或，有时。全句的意思为，龙或腾跃上进，或退处在渊，只要审时度势，就不会有什么灾害。

〔8〕"飞龙"句：《易经》中每卦六爻，下二爻属地位，中间二爻为人位，上面二爻属天位。"龙"进于第五爻，在天位，为飞龙之象。龙飞在天上，比喻君子大有作为。

〔9〕"亢龙"句：亢，极、高、满。由于"龙"已上升到极高的位置，不知进退则物极必反，将会陷于困厄，故称"亢龙"。有悔，在《易经》中，"悔"指致成悔恨，值得担心的困厄之后果或境地，其害处比作为灾祸的"咎"和"凶"要轻。

〔10〕"用九"句：用九，在《易经》中，本来每卦只有六爻，但乾卦多一爻"用九"，坤卦多一爻"用六"，因为乾坤两卦是全阳全阴。古人占筮时，占得一卦，又占变爻。一个卦的卦画，只要变动一爻，就成了另外一卦的卦画。如乾卦的第六爻变为阴爻，就成为夬卦。在这种情况下，往往就引用乾卦中的第六爻（上九）来判断吉凶。如果遇上乾卦六爻全变，就成了坤卦，这时就往往用乾卦的第七爻来论吉凶。所以"用九"就是表示全阳爻尽变为阴爻，即乾卦变为坤卦，"用六"就是表示全阴爻尽变为阳爻，即坤卦变为乾卦。而这种六爻全变的现象是在别的卦中所没有的，所以六十四卦中只有乾坤两卦各多了一爻。"群龙无首"意谓群龙并进，平等无首的象征，吉利。

系辞下（节选）

【解题】　《系辞》，亦称《系辞传》，分为上、下两部分，是关于

《周易》全书宗旨的一篇系统、详尽的通论。本篇所节选的《系辞下》中的几段文字，是关于"观象制器"的一段记述。文中认为，八卦的生成是观天地之象、察鸟兽之文，近取诸身、远取诸物的结果。一切文化和器物都是由"圣人"取法卦象发明的。

　　古者包牺氏之王天下也[1]，仰则观象于天，俯则观法于地[2]，观鸟兽之文[3]与地之宜[4]，近取诸身，远取诸物，于是始作八卦，以通神明之德[5]，以类万物之情。[6]作结绳而为网罟（gǔ）[7]，以佃（tián）以渔[8]，盖取诸《离》。[9]

〔1〕古者包牺氏之王天下也：包牺氏，即伏羲氏，传说中原始社会的首领。王，作动词用，称王，统治。

〔2〕仰则观象于天，俯则观法于地：象，日月风雷等天象。法，法则。地，山泽等大地的形状。

〔3〕文：花纹，指鸟兽皮毛的斑斓纹理。

〔4〕地之宜：适宜存在于地上的种种事物。

〔5〕以通神明之德：通，通晓。神明，天地之神。神明之德，指健顺动止等阴阳变化的德性。

〔6〕以类万物之情：类，类归，此作动词用。情，情状。

〔7〕罟：网的通称。

〔8〕佃：通"畋"，打猎。

〔9〕盖取诸《离》：盖，大概。《离》，卦名。《周易》用六十四卦以象万物，每卦都有各自的象征，如《乾》为天，《坤》为地等。《离》为火，又为目、为绳，有网象。此句意为，伏羲氏大概是受到《离卦》上下离犹两目相重的卦象启发才发明了网罟。

　　包牺氏没（mò）[1]，神农氏作[2]，斫（zhuó）木为耜（sì）[3]，揉（róu）木为耒（lěi）[4]，耒耨（nòu）之利[5]，以教天下，盖取诸《益》。[6]日中为市，致天下之民[7]，聚天下之货，交易而退，各得其所，盖取诸《噬嗑（shì hé）》。[8]

〔1〕没：通"殁"，死亡。

〔2〕作：兴起。

〔3〕斫木为耜：斫，砍削。耜，古代木制翻土工具。

〔4〕揉木为耒：揉，使木弯曲。耒，古代木制翻土工具。

〔5〕耨：除草。

〔6〕盖取诸《益》：《益》，卦名。《益卦》由经卦《巽》和《震》重叠而成，上《巽》下《震》。据《说卦》，《巽》为木、为入，《震》为动，故《益卦》有木动而入之象，恰如木制农具耒耜操作时上入下动。此句意为，神农氏取象于《益卦》，用木创制出耒耜。

〔7〕致天下之民：致，招来。

〔8〕所：代指人所需之物。盖取诸《噬嗑》：《噬嗑》，卦名。《噬嗑卦》由经卦《离》和《震》重叠而成，上《离》下《震》，有"咬合"之象。又《离》为日、为明，《震》为动，故《噬嗑卦》有日下众人往来活动聚集之象，且贸易交合与"咬合"义通。此句意为神农氏取象于《噬嗑卦》而作"市"。

神农氏没，黄帝、尧、舜氏作，通其变，使民不倦，神而化之，使民宜之。《易》穷则变，变则通，通则久。是以"自天祐之，吉无不利"。黄帝、尧、舜垂衣裳而天下治，盖取诸《乾》、《坤》。[1]刳（kū）木为舟，剡（yǎn）木为楫[2]，舟楫之利，以济不通，致远以利天下，盖取诸《涣》。[3]服牛乘马，引重致远，以利天下，盖取诸《随》。[4]重门击柝（tuò），以待暴客，盖取诸《豫》。[5]断木为杵（chǔ），掘地为臼（jiù），臼杵之利，万民以济，盖取诸《小过》。[6]弦木为弧，剡木为矢，弧矢之利，以威天下，盖取诸《睽》。[7]

〔1〕"黄帝"句：《乾》《坤》，二卦名。乾为天、为君，居上，坤为地、为臣，处下。《乾》《坤》二卦有君上臣下，各居其位之象。此言黄

帝、尧、舜无为而治，大概是取象于《乾》《坤》二卦。

〔2〕刳：劈开，挖空。剡：削尖。楫，划船用的短浆。

〔3〕盖取诸《涣》：《涣》，卦名。《涣卦》由经卦《巽》和《坎》重叠而成，上《巽》下《坎》。《巽》为木、为风，《坎》为水，所以《涣卦》有木行水上，风吹舟行之象。此言舟楫的发明和利用，大概是取象于《涣卦》。

〔4〕"服牛"句：服和乘都有"驾"的意思。重，层。柝，巡夜所敲的木棒。《随卦》由经卦《兑》和《震》重叠而成，上《兑》下《震》。《兑》为悦、为正秋，《震》为动、为涂，所以《随卦》有车载秋收之物行走在大道上的喜悦之象。此句的意思为，牛车、马车的发明，大概是取象于《随卦》。

〔5〕"重门"句：暴客，指盗贼。《豫》，卦名。《豫卦》由经卦《震》和《坤》重叠而成，上《震》下《坤》。《震》为动、为雷，《坤》为地，故《豫卦》有声响行于地之象。此句意为，设置重门，敲棒巡夜，以防御盗贼的侵入，大概是取象于《豫卦》。

〔6〕"断木"句：杵，捣、捶东西所用的棒槌。臼，舂米的凹形器具。《小过》，卦名。《小过卦》由经卦《震》和《艮》重叠而成，上《震》和《艮》，《震》为动、为雷，《艮》为果、为蓏（luǒ），故《小过卦》有用杵在窠臼中捣果实之象。

〔7〕"弦木"句：弧，弓。《睽》，卦名。《睽卦》由经卦《离》和《兑》重叠而成，上《离》下《兑》。《离》为矢，《兑》为弦木，故《睽卦》有将矢加于弦木上之象。此句意谓弓箭的发明，大概是取象于《睽卦》。

上古穴居而野处，后世圣人易之以宫室，上栋下宇〔1〕，以待风雨〔2〕，盖取诸《大壮》。〔3〕古之葬者，厚衣之以薪，葬之中野〔4〕，不封不树〔5〕，丧期无数〔6〕，后世圣人易之以棺椁（guǒ）〔7〕，盖取诸《大过》。〔8〕上古结绳而治，后世圣人易之以书契〔9〕，百官以治，万民以察，盖取诸《夬》〔10〕。

〔1〕上栋下宇：栋，屋梁。宇：屋檐。

〔2〕待：防避。

〔3〕盖取诸《大壮》：《大壮》，卦名。《大壮卦》由经卦《震》和《乾》重叠而成，上《震》下《乾》。《震》为雷，《乾》为圆，故《大壮卦》有上有雷雨，下有穹隆之象。此句意为，发明宫室以防避风雨，大概是取象于《大壮卦》。

〔4〕薪：覆盖在物体表面的东西。薪：柴草。中野：即荒野、田野。

〔5〕不封不树：封，积土为坟。树，植树为标记。

〔6〕丧期无数：服丧的日期没有固定的日数、月数、年数。

〔7〕椁：棺材外的套棺，"内棺外椁"。

〔8〕盖取诸《大过》：《大过》，卦名。《大过卦》由经卦《兑》和《巽》重叠而成，上《兑》下《巽》。《兑》为泽，有坑穴之象，《巽》为木、为入，故《大过卦》有下棺入穴之象。

〔9〕书契：把文字刻在竹木简上。书：文字。契：用刀刻。

〔10〕盖取诸《夬》：《夬》，卦名。《夬卦》由经卦《兑》和《乾》重叠而成，上《兑》下《乾》。《兑》为弦木、为口，《乾》为金，故《夬卦》有用金属器物在小木片上刻画之象。此句意谓文字的发明，大概是取象于《夬卦》。

【参考书目】

1.（清）焦循著、陈居渊校点《雕菰楼易学五种》，凤凰出版社，2012。

2. 尚秉和：《周易尚氏学》，中华书局，2008。

3. 高亨：《周易大传今注》，清华大学出版社，2010。

4. 周振甫：《周易译注》，中华书局，1991。

5. 李零：《死生有命，富贵在天：〈周易〉的自然哲学》，生活·读书·新知三联书店，2014。

《礼记》：包含儒家最精辟理论的杂凑之书

【典籍概述】

《礼记》是古代儒家经典——"十三经"之一，与《周礼》《仪礼》合称"三礼"。它是先秦至秦汉时期的礼学文献选编，内容主要侧重阐明礼的作用和意义，是研究中国古代社会情况、典章制度和儒家思想的重要著作。今本为东汉郑玄注本，共四十九篇，包括《曲礼》《檀弓》《王制》《月令》《礼运》《学记》《乐记》《中庸》《大学》等。

《礼记》有《大戴礼》和《小戴礼》两种，现在一般是指《小戴礼》，相传为西汉今文经学家戴圣所纂辑。这就涉及《礼记》成书过程的说法。一为大小戴分传说。东汉郑玄《六艺论》称：《汉书·艺文志》著录《礼记》一百三十一篇，西汉宣帝（公元前七十三至前四十九年在位）时，戴德及其侄子戴圣分别传授，戴德所传为《大戴礼记》，戴圣所传为《小戴礼记》。二为小戴删成说。晋人陈邵的《周礼论叙》载，戴德删古《礼》二〇四篇为八十五篇，为《大戴礼记》；戴圣又删八十五篇为四十六篇，为《小戴礼记》。东汉末年，马融传续《小戴礼》又增补了三篇，共四十九篇，成为我们现在所看到的《礼记》。《隋书·经籍志》赞成后一种说法。

实则所谓"记"，是对经文的解释、说明和补充。这种"记"，累世相传原有很多，不是一人一时之作。东汉史学家班固在《汉书·艺文志》中说："《礼》百三十一篇，七十子后学所记也。"唐代孔颖达的《礼记正义序》中说得比较具体："《中庸》是子思伋所作，《缁衣》公孙尼子所撰。郑康成云：《月令》，吕不韦所修。卢植云：《王制》，谓汉文时博士所录。其余众篇，皆如此例，但未能尽知所记之人也。"西汉礼学在传授《仪礼》时会各自选辑一些"记"作为辅助资料，它们的共同特点是：都用今文录文抄写；都附《仪礼》传习，没有独立成书；因属附带传习性质，往往随个人兴趣而有所增删，即使是一个较好的选辑本，它的篇数和编次也没有绝对的固定性。西汉末王莽当政，大力推行古文经学，将《仪礼》列入学官。后汉虽遭排斥，但总的情况是古今文日趋混同。东汉今文派礼学家不再"抱残守缺"（西汉刘歆语）习《士礼》（即《仪礼》），而致力于博学洽闻，在资料汇辑上也趋向于兼收并蓄。经长时间流传，到东汉中期，大多数《记》的选辑本被先后淘汰，而形成和保留了八十五篇本和四十九篇本。前者篇数多，遂名为《大戴礼记》，后者篇数少，遂名为《小戴礼记》。然而，这两个选辑本都非大、小戴原辑本的原貌，如今本《礼记》中的《奔丧》和《投壶》就是东汉中期掺入的古文学派文字。因此，不能说今天所见的这部《礼记》是西汉礼学家戴圣编写的。

《礼记》原本并不是经。西汉时，《仪礼》取得经的地位，而有关于礼的一些"记"，仅是《仪礼》的辅助性资料。东汉学者郑玄为《礼记》作了出色的注解，才使其摆脱了从属地位而独立成书，地位也逐渐上升。此后习《礼记》的渐多，到了唐代，开始取得经典的地位，近十万字的《礼记》被列为大经，五万字的《仪礼》却被列为中经，其原因主要是《礼记》文字比较通畅，难度较小，且被国家重视，所以即使字数比《仪礼》多近一倍，但攻习的人却很多。从汉末到明、清，就三礼而言，《礼记》的地位越来越高，对人们思想的影响也最大，这是一个值得注意的历史现象。王文锦先生对《礼记》越来越受重视、《仪礼》越来越受漠视的原因作了中肯分析：因为《仪礼》记的是一大堆礼节单子，枯燥乏味，难读难懂，又离现实生活较远，社会的发展使它日益憔悴而丧失了吸引力。而《礼记》呢，它不仅记载了许多生活中实用性较大的细仪末节，而且详尽地论述了各种典礼的意义和制礼的精神，相当透彻地宣扬了儒家的礼治主义。王朝统治者深深地意识到，在强化国家机器的同时，利用以礼治主义为中心的儒家思想吸引广大知识阶层、规范世人的思想和行为是维护社会秩序而获得长治久安的、不容忽视的大政方针。几千年来，对中华民族意识形态影响最大的书是儒家的书。从所起作用的大小来估计，《礼记》仅次于《论语》，比肩于《孟子》，而远远超过《荀子》。西汉以后，《礼记》由一部儒学短篇杂编上升为泱泱大国的一部重要经典，史实本身就值得注意。①

《礼记》这部儒学杂编，内容庞杂，梁启超在《要籍解题及其读法·礼记、大戴礼记》中，曾试图将大、小《戴记》内容混在一起，并划分为十类。

（甲）记述某项礼节条文之专篇。如《诸侯迁庙》《诸侯衅庙》《投壶》《奔丧》《公冠》等篇，《四库提要》谓"皆《礼古经》遗文"，虽无他证，要之当为春秋以前礼制书之断片，其性质略如《开元礼》《大清通礼》等之一篇。又如《内则》《少仪》《曲礼》等篇之一部分，亦记礼节之条文，其性质略如《文公家礼》之一节。

（乙）记述某项政令之专篇。如《夏小正》《月令》等，其性质略如《大清会典》之一部门。

（丙）解释礼经之专篇。如《冠义》《昏义》《乡饮酒义》《射义》《燕义》《聘义》《丧服》《丧服四制》等，实《仪礼》十七篇之传注。

（丁）专记孔子言论。如《表记》《缁衣》《仲尼燕居》《孔子闲居》等，其性质略如《论语》。又如《哀公问》及《孔子三朝记》之七篇——《千乘》《四代》《虞戴德》《诰志》《小辨》《用兵》《少间》，皆先秦儒家所传，至于《曾子问》《子张问入官》《卫将军文子》等专记孔门弟子七十子言的篇章，也隶属于孔子传记的部分。

（戊）记孔门及时人杂事。如《檀弓》及《杂记》之一部分，其性质略如《韩非子》之《内、外储说》。

（己）制度之杂记载。如《王制》《玉藻》《明堂位》等。

（庚）制度礼节之专门的考证及杂考证。如《礼器》《郊特牲》《祭法》《祭统》《大传》《丧服记》《奔丧》《问丧》《间传》等。

（辛）通论礼意或学术。如《礼运》《礼察》《经解》《礼三本》《祭义》《三年问》《乐记》《学记》《大学》《中庸》《劝学》《本命》《易本命》等。

（壬）杂记格言。如《曲礼》《少仪》《劝学》《儒行》等。

---

① 王文锦：《礼记译解》（上）"前言"，中华书局，2001。

（癸）某项掌故之专记。如《五帝德》《帝系》《文王世子》《武王践阼》等。

梁氏的划分较有利于人们理解大、小《戴记》的复杂内容，虽未为尽当，但比起前人的分类来，要合理得多。《礼记》包含的儒家思想史料相当丰富。

首先是社会生活中的各种规定和仪式。《礼记》的内容包括对"礼"的详细描述，可以分为吉礼、凶礼、军礼、宾礼和嘉礼五类。吉礼，就是祭祀的典礼。古时的人们很重视祭祀，因为他们无法解释许多自然现象和社会现象，就只有通过祭祀各种鬼神的方式来取得一种心理平衡。祭祀的对象主要是天地日月星辰、社稷、五岳、山林川泽以及四方百物，是具有极大力量的自然物。我国是农业社会，祭祀是"国之大事"，所以吉礼为五礼之首。凶礼，一般指丧葬活动，包括对天灾人祸的哀吊等。军礼，主要指战事，包括校阅、出师、乞师、致师、献捷、献俘等项。由于那时的社会常处于战争之中，故对军礼也很重视。它还包括一些需要动员大量人力的活动，如建造城邑、田猎等。古代大规模的狩猎是按军事组织进行的，实际上也就是军事训练和演习，因此狩猎前后及进行中也要举行各种仪式，是被包括在军礼的范围之内的。当时有许多诸侯国，各国之间外交活动频繁且关系复杂，因此外交礼节——宾礼也是五礼之一。嘉礼是一个人成长过程中几个有代表性的阶段，需要举行一定的仪式，如冠礼、婚礼、乡饮酒礼、立储等。我国是"礼制"国家，因此"礼"本身也就具有了法的性质，"礼"的各项规定很详细具体，违背"礼制"就要受到惩罚。

其次是《礼记》阐述的思想，包括社会、政治、伦理、哲学、宗教等各方面的内容，其中《大学》《中庸》《王制》《礼运》等篇有较丰富的哲学思想。《大学》篇提出为政的"三纲领"（明明德、亲民、止于至善）及"八条目"（格物、致知、诚意、正心、修身、齐家、治国、平天下）。《中庸》篇发挥孔子的中庸思想，认为"诚"是至上道德以及世界的本源。这些是研究儒家人生哲学的重要资料。《王制》和《礼运》篇记述了儒家对国家和社会制度的设想——"天下为公"的大同理想。《礼运》对该理想展示如下："大道之行也，天下为公，选贤与能，讲信修睦。故人不独亲其亲，不独子其子，使老有所终，壮有所用，幼有所长，矜、寡、孤、独、废疾者皆有所养，男有分，女有归。货恶其弃于地也，不必藏于己；力恶其不出于身也，不必为己……"像这类光辉的语言，并不因为年深日久而失去光芒，它极为精练地反映了我们祖先对美满、公正社会的强烈向往。《礼记》对各种礼仪制度的规定充分表达了古代社会对礼的极端重视及其对我国社会心理的影响。直到现在，我们讲究礼尚往来等与此不无关系。礼对中国文化发展影响很大，同时也影响着中国人的心灵。如认为礼是道德修养及人伦关系的基础，只要从自身的道德修养开始，修身、齐家、治国、平天下，按礼的规定举手投足就可以达到天下太平的目的了。再如专讲教育的《学记》、专讲音乐理论的《乐记》，凡此篇章均对后代思想产生了重要影响，其中精粹的语言至今仍有研读的价值。

当然，以《礼记》为代表的儒家思想中，也有烦琐、迂腐、呆板、缺乏生气的细枝末节。如《曲礼》、《少仪》和《内则》中的一些内容就对社会发展、人类进步起消极作用，像全力维护等级制度，顽固宣扬男尊女卑等，在《礼记》中有充分体现。

至于读《礼记》的方法，杨天宇在其《礼记译注·前言》① 中进行了归纳凝练，今撮其要如下。第一，《礼记》，唐代号称"大经"，体量不小，如果毫无目的地通读，费时既多，效果也不一定好。所以读者当先确定自己的阅读目的。对于一般读者，虽无必要逐篇通读，但也要有个目的，如为增长知识、提高文化素养或借鉴古代的为人处世之道等。《礼记》中有许多说得很好的有关学习、教育生活、修养身心和为人处世的道理，其中有不少精粹的语言，对今人仍有教益，很值得一般读者去读。梁启超在《要籍解题及其读法》中，曾为"以常识或修养应用为目的而读《礼记》者"，即我们所谓一般读者，按阅读先后顺序开了一个阅读篇目，兹抄录如下。

第一等：《大学》《中庸》《学记》《乐记》《礼运》《王制》。

第二等：《经解》《坊记》《表记》《缁衣》《儒行》《大传》《礼器》

---

① 杨天宇：《礼记译注》（上），上海古籍出版社，2004，第34~37页。

之一部分、《祭义》之一部分。

第三等:《曲礼》之一部分,《月令》《檀弓》之一部分。

第四等:其他。

梁启超说:"吾愿学者于第一等诸篇精读,第二三等摘读,第四等或竟不读可也。"又说:"右所分等,吾自知为极不科学的极不论理的极狂妄的,吾并非对于读者有所轩轾,问吾以何为标准,吾亦不能回答。吾惟觉《礼记》为青年不可不读之书,而又为万不能全读之书,吾但以吾之主观的意见设此方便耳。通人责备,不敢辞也。"梁氏的意见至今仍可供一般读者参考。

第二,要真正理解《礼记》,必须先读《仪礼》的相关部分,二者关系至密。《礼记》中除《冠义》以下若干篇,大体上可看作解释《仪礼》中相关礼义的篇章。当然,《礼记》是一部杂记性著作,所记礼制、礼事和礼仪是零星、片段和不成系统的,不能把《礼记》直接定性为《仪礼》的解经之作。如果读者对于《礼记》所涉某种礼仪没有全面了解,就很难理解《礼记》的内容。如《礼记》中记丧礼、丧事或阐明其意义的篇章很多,四十九篇中就有《檀弓》(上、下)、《曾子问》《丧服小记》《杂记》(上、下)、《丧大记》《奔丧》《问丧》《服问》《间传》《三年间》和《丧服四制》十三篇。还有的篇章虽然主要不是记丧礼的,但也颇涉丧礼,如《大传》。《礼记》中有关丧祭的篇章占了很大比重,它们琐碎、枯燥、难懂,远离今天的生活,可是对于研究中国古代社会,尤其是宗法制度的人来说,却是最珍贵的文字资料。可如果事先没有读过《仪礼》中的《丧服》、《士丧礼》、《既夕礼》以及《士虞礼》等篇,就很难真正读懂《礼记》中上述诸篇的内容。即就《冠义》以下六篇而论,虽非专为释《仪礼》而作,但如果没有读过《仪礼》中的《士冠礼》《士昏礼》《乡饮酒礼》《乡射礼》《大射》《燕礼》《聘礼》等篇,也就很难真正理解这些篇的内容。《礼记》中还有许多篇章所记甚杂,亦颇涉冠、婚、丧、祭、燕、聘、朝觐等礼,也必须对《仪礼》相关篇章内容有所了解。举例来说,《礼记·昏(同婚)义》是解释《仪礼·昏礼》意义的专篇,"昏礼者,将合二姓之好,上以事宗庙,而下以继后世也,故君子重之"。

这就回答了为什么自古以来都那么重视婚礼，但凡子女成婚，家长都要主持一套隆重的仪节。总之，《礼记》必须结合《仪礼》来读，才能收到较好的效果。

第三，《礼记》四十九篇，非出一时一人之手，又属于杂记性质，因此各篇之间的矛盾抵牾处甚多，至于《礼记》所记与其他典籍（如《周礼》《仪礼》等）的矛盾处更不可胜数。我们读《礼记》，对于这些矛盾的地方，只需随文研索，切勿强求会通。正如王引之所说："大抵礼家各记所闻，不能尽合。学者依文解之而阙疑可矣。必欲合以为一，则治丝而棼也"（《经义述闻·礼记下》）。当然，如果旨在做某种专门的研究，于某项矛盾处寻出证据，以考辨其是非正谬，或指出两种不同说法各自的根据所在，自然是大有益于学术之事，但这是专家们的工作。对于一般读者来说，就没有这个必要了，更不必因为不明其矛盾之缘由而苦恼。

自古注释《礼记》的书籍很多，堪称浩如烟海。《小戴礼记》最早的注本是东汉郑玄的《礼记注》，孔颖达据此作《礼记正义》，宋代卫湜（shí）采用郑玄以来的异说，作《礼记集说》；元代陈澔也撰《礼记集说》，因综述朱熹的思想，明代大行于世；清代有朱彬的《礼记训纂》和孔希旦的《礼记集解》等。要之，读《礼记》者，仍当以郑《注》为主，辅之以孔《疏》。郑《注》集两汉经学之大成而得其精要，孔《疏》博采唐以前学者研究的成果，并着重对郑《注》作了阐释。若要作深入的研究，唐以后有代表性的学者的著作也应当读。宋人不信《注》《疏》，务出新意，除道学的说教外，也甚多创获，颇能启人之思。清人的著作又集汉、宋学研究之大成，而少元、明学者空疏之弊，虽《礼记》的研究在清代未能称"盛"，然亦有许多值得重视的成果。

【文本选读】

学　记

【解题】本篇选自《礼记》第十八篇，专讲教育理论。它的结构比较完整，记述学习的功用、目的、效果，而及于教学为师的道理。与《大学》发明的为学道术相表里，故为宋儒所推重，以为《礼记》除《中庸》《大学》以外，唯《学记》和《乐记》最近道。按：本篇谈亲师敬学，是初入学者不可不知的事。比较《大学》所谈的深奥理论，更切于实用。

发虑宪[1]，求善良，足以谀（xiāo）闻[2]，不足以动众。就贤体远[3]，足以动众，未足以化民。君子如欲化民成俗，其必由学乎！

〔1〕宪，法则。

〔2〕谀闻，有小声誉。

〔3〕体远，亲近疏远者。

玉不琢，不成器；人不学，不知道。[1]是故古之王者建国君民，教学为先。《兑（yuè）命》[2]曰：念终始典于学[3]其此之谓乎！

〔1〕不知道：不懂得道理。

〔2〕《兑命》：又作《说命》，《尚书》佚篇之名。

〔3〕念终始，典于学：始终要想着学习。

虽有嘉肴，弗食，不知其旨[1]也；虽有至道，弗学，不知其善也。是故学然后知不足，教然后知困。知不足，然后能自反也；知困，然后能自强也。故曰：教学相长也。《兑命》曰：学（xiào）[2]学半。其此之谓乎。

〔1〕旨：美味。

〔2〕学：教。本句谓：教别人，能收到学习一半的效果。

古之教者，家有塾，党有庠（xiáng），术有序[1]，国有学。比年入学，中年考校。一年视离经辨志，[2]三年视敬业乐群，五年视博习亲师，七年视论学取友，谓之小成；九年知类通达，强立而不反^{〔3〕}，谓之大成。夫然后足以化民易俗，近者说服，而远者怀之，此大学之道也。《记》曰："蛾子时术之。"^{〔4〕}其此之谓乎。

〔1〕"家有塾"三句：古者二十五家为一闾（lǘ），致仕者归教闾里，朝夕坐于门，门侧所设之堂叫作塾。五百家为党，一万二千五百家为序（又作遂）。党属于乡，遂又在远郊之外。

〔2〕离经辨志：通过读经断句的能力辨别他的学习志趣。

〔3〕"知类通达"二句：触类旁通，有独立的见解而又不违背师教。

〔4〕蛾子时术之：蚂蚁之子衔土〔也能造成土堆〕。蛾即蚁，术是衔之误。

　　大学始教，皮弁祭菜^{〔1〕}，示敬道也。宵雅肆三，官其始也^{〔2〕}，入学鼓箧，孙（xùn）其业也^{〔3〕}；夏楚二物^{〔4〕}，收其威也。未卜禘不视学，游其志也。^{〔5〕}时观而弗语，存其心也^{〔6〕}，幼者听而弗问，学不躐（liè）等^{〔7〕}也。此七者，教之大伦也。《记》曰："凡学，官先事，士先志。"^{〔8〕}其此之谓乎。

〔1〕皮弁祭菜：穿皮弁服、行释菜礼以祭至圣、先师。

〔2〕"宵雅"二句：宵就是小，《宵雅》就是《小雅》。肆就是学，学习《小雅》中的三首诗（《鹿鸣》《四牡》《皇皇者华》），让学生树立做官入仕的志向。

〔3〕入学鼓箧：先击鼓召集入学学生，然后打开书箧，是要学生对学业恭顺。

〔4〕夏楚二物：用山楸木和荆条做成的两种教鞭。

〔5〕"未卜禘"二句：夏天未禘祭以前，天子不去学校视察，是要让学生有充裕的时间按自己的志愿去学习。据说入学在春季，而视学在夏季，所以宽其期限，使学生不至于太迫蹙。

〔6〕"时观而弗语"二句：在教学过程中，教师发现学生有所不逮，

但不到必要时不会加以指导，以便让他们自行思考。

〔7〕学不躐等：学习应当循序渐进，依进度进行。

〔8〕"凡学"三句：要学做官，先学做事，要当学者，首在立志。

　　大学之教也时[1]，教必有正业[2]，退息必有居。[3]学，不学操缦[4]，不能安弦；不学博依[5]，不能安诗；不学杂服[6]，不能安礼；不兴其艺，不能乐学。故君子之于学也，藏焉，修焉，息焉，游焉。[7]夫然，故安其学而亲其师，乐其友而信其道。是以虽离师辅而不反也。《兑命》曰："敬孙务时敏，厥修乃来。"[8]其此之谓乎。

〔1〕时：按时序而教。

〔2〕正业：先王经典。

〔3〕退息必有居：退居所习之业。

〔4〕操缦：操弄乐器，以练指法。

〔5〕博依：譬喻，指诗的比兴而言。

〔6〕杂服：洒扫应对等杂事。

〔7〕"君子之于学"数句：君子对待学习，课内受业要学好正课；在家休息，要学好各种杂艺。

〔8〕"敬孙"二句：专心致志，恭敬谦顺，努力不倦，在学业上就能有所成就。

　　今之教者，呻其占毕[1]，多其讯[2]，言及于数，进而不顾其安，使人不由其诚[3]，教人不尽其材；其施之也悖，其求之也佛。[4]夫然，故隐其学而疾其师，苦其难而不知其益也，虽终其业，其去之必速。教之不刑[5]，其此之由乎！

〔1〕占毕：笘毕，指书本。

〔2〕讯：问难。

〔3〕不由其诚：对待学生不从诚心实意出发。

〔4〕求之也佛：教不得法，要求乖戾。佛，同"拂"。

〔5〕刑：成效。

　　大学之法，禁于未发[1]之谓豫[2]，当其可[3]之谓时[4]，不陵节而施之谓孙[5]，相观而善之谓摩。[6]此四者，教之所由兴也。

〔1〕未发：邪恶的念头未发。

〔2〕豫：预防。

〔3〕可：恰好可以受教的时候。

〔4〕时：及时。

〔5〕"不陵节"句：不超越学生可领会的学习阶段而讲授，叫作循序。

〔6〕"相观而善"句：组织学生互相观看学习方法，以吸取别人的优点叫作观摩。

　　发然后禁，则扞（hàn）格而不胜[1]；时过然后学，则勤苦而难成；杂施而不孙，则坏乱而不修[2]；独学而无友，则孤陋而寡闻；燕朋逆其师[3]，燕辟[4]废其学。此六者，教之所由废也。

〔1〕"发然后禁"二句：邪念已经发生，再去禁止，恶习已经根深蒂固，教育就会格格不入，难以战胜邪恶。扞，同"捍"。

〔2〕"杂施而不孙"二句：杂乱施教而不遵循进度，那就会破坏知识的系统性而不可收拾。

〔3〕燕朋逆其师：交友不慎，就违背师训。

〔4〕燕辟：染上不良嗜好，就会荒废学业。

　　君子既知教之所由兴，又知教之所由废，然后可以为人师也。故君子之教喻[1]也，道而弗牵[2]，强而弗抑[3]，开而弗达。[4]道而弗牵则和[5]，强而弗抑则易[6]，开而弗达则思。和易以思，可谓善喻矣。

〔1〕喻：晓喻，明白告知。

〔2〕道而弗牵：引导而不强迫。

〔3〕强而弗抑：勉励而不压制。

〔4〕开而弗达：启发而不径直表达。

〔5〕和：态度温和。

〔6〕易：作风平易。

　　学者有四失，教者必知之。人之学也，或失则多，或失则寡，或失则易[1]，或失则止。此四者，心之莫同也。[2]知其心，然后能救其失也。教也者，长善而救其失者也。[3]

〔1〕易：轻易对待学业，浅尝辄止，不求甚解。

〔2〕心之莫同：心理状态不相同。

〔3〕长善救失：就是要发扬学生的优点，克服其缺点。

　　善歌者，使人继其声[1]；善教者，使人继其志。其言也约而达[2]，微而臧（zāng）[3]，罕譬而喻[4]，可谓继志矣。

〔1〕使人继其声：让人跟着他唱。

〔2〕其言也：约而达，老师的讲解简约而通达。

〔3〕微而臧：精微而完善。臧，美好。

〔4〕罕譬而喻：少用比喻而明白易晓。

　　君子知至学之难易[1]，而知其美恶[2]，然后能博喻[3]，能博喻然后能为师；能为师然后能为长[4]，能为长然后能为君。故师也者，所以学为君也。是故择师不可不慎也。《记》曰："三王四代唯其师。"[5]此之谓乎？

〔1〕至学之难易：学者入学的深浅次第。

〔2〕知其美恶：知道学生品性资质的不同。

〔3〕博喻：多方引导，广泛晓喻。

〔4〕长：官长。

〔5〕三王四代唯其师：三王谓夏殷周，加虞，则虞夏殷周四代，最重视师资的选择。

凡学之道，严〔1〕师为难。师严然后道尊〔2〕，道尊然后民知敬学〔3〕是故君之所不臣于其臣者〔4〕二，当其为尸〔5〕则弗臣也，当其为师则弗臣也。大学之礼，虽诏于天子〔6〕，无北面〔7〕，所以尊师也。

〔1〕严：尊敬。

〔2〕道尊：真理才会得到敬重。

〔3〕敬学：才会严肃地对待学习。

〔4〕不臣于其臣者：不把臣子当作臣子的情况。

〔5〕当其为尸：祭尸礼中臣子扮作尸主。

〔6〕诏于天子：对天子讲授。

〔7〕无北面：不必面北居臣位，即不用行君臣之礼。

善学者，师逸〔1〕而功倍，又从而庸〔2〕之。不善学者，师勤而功半，又从而怨之。善问者，如攻坚木，先其易者，后其节目〔3〕，及其久也，相说以解，不善问者反此。善待问者，如撞钟，叩之以小者则小鸣，叩之以大者则大鸣，待其从容，然后尽其声。〔4〕不善答问者反此。此皆进学之道〔5〕也。

〔1〕师逸：老师安闲而省力。

〔2〕庸：归功于师。

〔3〕"如攻坚木"三句：砍伐坚硬的大树，先砍平易的地方，再砍疙瘩节疤和纹理不顺的地方。

〔4〕"待其从容"二句：敲钟从容不迫，钟声才会缓缓尽其余音。喻

指善于答问的人，会根据学生情况区别对待，小问小答，大问大答，这才是明智的教学方法。

〔5〕进学之道：增进学识的方式。

　　记问之学，不足以为人师。[1]必也其听语乎！力不能问[2]，然后语（yù）之；语之而不知，虽舍之[3]可也。

〔1〕"记问之学"二句：只靠预先记诵一些问题资料〔以备学生提问〕而没有自己的见解和想法，是没有资格做别人老师的。

〔2〕力不能问：学生有疑难而没有能力表达。

〔3〕舍之：放一放〔等以后再说〕。

　　良冶之子，必学为裘（qiú）。[1]良弓之子，必学为箕（jī）。[2]始驾马者反之，车在马前。[3]君子察于此三者，可以有志于学矣。

〔1〕"良冶之子"二句：好铁匠的儿子，一定要先去学会用碎皮补缀成裘衣，这是因为熔铸金铁，使之柔乃合，以补器具，与补续兽皮成裘，片片相合，以至完全的道理相通。

〔2〕"良弓之子"二句：好弓匠的儿子，一定要先去学会用柳枝编织畚箕，这是因为屈曲竹木制弓与矫揉竹柳制箕的道理相通。以上两句强调学者贵在善悟，举一反三，触类旁通。

〔3〕"始驾马者"二句：开始学驾车的小马都先被拴在车后，这样小马驹天天见车之行，而后用之驾车，才不会受到惊吓而奔突。

　　古之学者，比物丑类。[1]鼓无当于五声，五声弗得不和[2]；水无当于五色，五色弗得不章[3]；学无当于五官，五官弗得不治[4]；师无当于五服，五服弗得不亲。[5]

〔1〕比物丑类：排比事物，为之分类，有了综合归纳，才能从中体会

事物的关系。丑作俦（chóu）解，俦是"同类"的意思。

〔2〕"鼓无当于五声"二句：鼓与五声并不相关，但五声没有鼓的节奏就不能和谐。

〔3〕"水无当于五色"二句：水不是青黄赤白黑五色中的任何一色，但五色相配，如果没有水的调和，色彩就不能鲜明。

〔4〕"学无当于五官"二句：学者不是司徒、宗伯、司马、司寇、司空等五官中的任何一官，但任何一级官长如果不学习的话，就处理不好公事。

〔5〕"师无当于五服"二句：老师不是斩衰、齐衰、大功、小功、缌麻五服亲属中的任何一种，但如果五服亲属没有得到老师的教导，他们就不知道怎样亲和。

　　君子曰：大德不官，大道不器，大信不约，大时不齐。察此四者，可以有志于学矣。[1]

〔1〕君子说：具有大德行的人不拘于一官之任，掌握大道理的人不偏于一器之用（普遍的真理不仅适用于某一件事物），真正守信的人无须订立盟约，大的天时，并不整齐一样（但春温夏热秋凉冬寒却每年皆至）。观察这四种情况，懂得这四个道理，就能从大处着眼，以立志向学为本了。

　　三王[1]之祭川也，皆先河而后海，或源也[2]，或委也。[3]此之谓务本。

〔1〕三王：夏商周三代君王。
〔2〕或源也：一个是水流的源头，河为海之本。
〔3〕或委也：一个是水流汇聚的所在，海为河之末。

【参考书目】

1. 王文锦：《礼记译解》，中华书局，2016。

2. 杨天宇：《礼记译注》，上海古籍出版社，2004。

3. 王梦鸥：《礼记今注今译》，台湾商务印书馆，1979。

《论语》：人之为人的中国文化源泉

【典籍概述】

《论语》是儒家经典之一，为孔子弟子、再传弟子所记孔子及其弟子的言行。内容综合孔子道德和教育的多方面论述，反映其哲学与政治观点，是研究孔子思想的主要资料。孟子说："颂其诗，读其书，不知其人可乎？是以论其世也。"（《孟子·万章下》）作为本书的重点导读对象，在具体介绍这部经典之前，有必要先介绍孔子其人，再论《论语》其书。

一　孔子其人

孔子的祖先是殷王的后代，是宋国的贵族。孔子本人出生于鲁襄公二十二年（公元前五五一年），另一说他生于鲁襄公二十一年（公元前五五〇年），夏历八月二十七日，卒于鲁哀公十六年（公元前四七九年），夏历二月十一日。孔子是鲁国人，即今天的山东曲阜人。后来民国政府推定，将公历九月二十八日确定为孔子诞辰纪念日。

《礼记》记载，孔子自称"丘也，殷人也"；《孔子家语》也说，孔子是宋微子之后。宋微子就是宋国开国君主微子启，他是殷商末代国王帝乙的庶长兄，宋国的第一代国君。孔子的六世祖叫孔父嘉，任宋国大司马，其妻美艳。太宰华父督嫉妒孔子的六世祖孔父嘉，羡慕他美丽的妻子，就杀害了宋殇公，也杀害了孔父嘉，夺其美妻。孔父嘉的曾孙孔防叔，"畏华氏之逼而奔鲁"，来到了鲁国。防叔生伯夏，伯夏生叔梁纥。叔梁纥就是孔子的父亲。

叔梁纥以勇闻世，任鲁国昌平乡陬（zōu）邑大夫。《孔子家语》：
"梁纥娶鲁之施氏，生九女。其妾生孟皮，孟皮病足，乃求婚于颜氏徵在，
从父命为婚。"

《史记·孔子世家》载："纥与颜氏女野合而生孔子。祷于尼丘得孔
子。"年近七旬的叔梁纥娶了比自己小很多的颜氏女徵在，作为他第三任
妻子，这本身就有点传奇。据孔令朋介绍，叔梁纥与颜徵在，年龄相差约
五十四岁。①《史记索隐》注解："此云野合者，盖谓梁纥老而徵在少。非
当壮室初笄（jī）之礼，故云野合，谓不合礼仪。"将"野合"解释为不合
礼仪，《史记正义》记载："男八月生齿，八岁毁齿，二八十六阳道通，八
八六十四阳道绝。女七月生齿，七岁毁齿，二七十四阴道通，七七四十九
阴道绝。婚姻过此者，皆为野合。"古人规定，男女结婚的年龄，男的在
十六岁到六十四岁，女的在十四岁到四十九岁，在此期间结婚的都合礼
仪，超过这个年龄或低于这个年龄结婚的，就不合礼仪，称为野合。当
然，这只是一种说法。

下面，我们看看孔子的一生。

1. 年少好礼

孔子，名丘，字仲尼。据说他的头比较大，所以取的名字叫"丘"。
实际上，他的名字得于尼丘山。其字仲尼，仲就是老二，尼就来自于尼丘
山。孔子的父母是在曲阜东南的尼丘山祈祷而得了孔子，对于孔子的父亲
叔梁纥可谓老来得子。《史记·孔子世家》记载，孔子儿时"常陈俎
（zǔ）豆（古代祭祀、宴会用的两种器皿），设礼容"。就是他在做游戏的
时候，就按照《周礼》的规定嬉戏，由此可见孔子的早慧。孔子的父亲在
孔子三岁的时候去世了。

那么孔子的相貌是什么样子呢？孔子的形象异于常人。《史记·孔子
世家》说他"生而首上圩（wéi）顶，故因名曰丘云。字仲尼，姓孔氏。
丘生而叔梁纥死，葬于防山"。结合相关资料，孔子相貌有以下五点特征：
① 头部：凹顶、突额，眼睛大而有神，深蕴高远之志，耳轮大而后翻，暴

---

① 孔令朋：《孔裔谈孔》，中国文史出版社，1998，第5页。

牙、长嘴、面黑、貌恶；② 身材：个高，"孔子长九尺有六寸，人皆谓之长人而异之"①，驼背，上身长、下身短。据梅林《马克思传》，革命导师马克思也是上身长、下身短；③ 仪容：威严而慈祥；④ 风度：宏毅而儒雅；⑤ 气质：朴厚而高贵。总括来说，孔子面黑、重目、宽额、貌丑，身长九尺，入朝堂仪态威严，闲居则慈祥率真可爱，丑貌透出内心的仁善高德。唐人吴道子所绘的《先师孔子行教像》是今天我们看到的孔子标准像，而明人所绘的《孔子燕居像》应该是最符合典籍记载的孔子形象。

孔子幼年丧父（《孔子家语》），虽出身贵族，但家境贫寒。他自述"丘少也贱，故多能鄙事。"这个"鄙事"，实际上指的是田野农活。《史记·孔子世家》记载"孔子贫且贱。及长，尝为季氏史，料量平；尝为司职吏而畜蕃息"。意思是，孔子担任过鲁国权臣季氏的委吏（相当于会计、仓库保管员）、乘田（主畜牧的小吏）等低级职务。孔子的母亲对他要求很严格，从小教他礼仪。可惜在孔子十七岁的时候，他痛失慈母。孔子十九岁娶妻，勤学好问、学无常师、精通六艺，被称为"儒"。

"儒"本来是古代术士之称，即艺士。关于儒的解释，东汉许慎的《说文解字》曰："儒，柔也，术士之称。"段玉裁的《说文解字注》中有"道德"为"儒"，"儒行者，以其记有道德所行。儒之言，优也，柔也；能安人，能服人。又，儒者濡也，以先王之道能濡其身"。"术，邑中也，因以为道之称。《周礼》儒以道得民。注曰：儒有六艺以教民者。《大司徒》以本俗六，安万民。四曰联师儒，注云：师儒，乡里教以道艺者。按六艺者，礼乐射御书数也。"也就是说，儒家之所以被称为儒者，是因为通过礼乐射御书数等六门功课来教育百姓。

2. 从政三月

孔子怀抱着远大的政治理想，曾去东周洛阳问礼于老子。《孔子世家》载，孔子三十岁时，齐景公访问鲁国，问孔子："昔秦穆公国小辟处，其霸何也？"就是说，秦穆公作为春秋五霸，僻处西部，国家并不大，怎么能称霸呢？对曰："秦，国虽小，其志大；处虽辟，行中正。"孔子回答说，

---

① 　注：周尺一尺等于 19.91 厘米，孔子身高折合今天大概一米九左右。

秦国虽然国家小，但是他的国君有远大志向；它位置虽然偏僻，但是国君行为很端正，因此才称霸。

孔子三十五岁到齐国，"为高昭子家臣，欲以通乎景公"，希望与齐景公建立联系。曾经"与齐太师语乐，闻《韶》音，学之，三月不知肉味，齐人称之"。孔子在齐国首都临淄，听到了周代著名的宗教音乐《韶乐》，非常痴迷，三个月没有吃肉，也不觉得难受。齐景公曾经问政于孔子，孔子回答说："君君，臣臣，父父，子子。"意思是，君王要像君王的样子，大臣要像大臣的样子，父亲要像父亲的样子，儿子要像儿子的样子。又说，"政在节财"。齐景公想留住孔子，遭到大臣晏婴的反对，他认为"孔子盛容饰，繁登降之礼，趋详之节，累世不能殚（dān，尽）其学，当年不能究其礼"。孔子的学问不适合齐国的需要，没有受到齐国的重用，孔子只好回到鲁国。

孔子五十一岁时任鲁国中都宰，五十六岁时来运转，担任鲁国的大司寇，行摄相事，大司寇相当于司法部长，临时管理国家大事。他在执政期间，诛杀了扰乱鲁国朝政的大夫少正卯。《史记·孔子世家》记载他"与闻国政三月"，"途不拾遗"。就是鲁国在孔子治理下，道不拾遗。"齐人闻而惧，曰：孔子为政必霸，霸则吾地近焉，我之为先并矣。""于是选齐国中女子好者八十人，皆衣文衣而舞《康乐》，文马三十驷，遗鲁君。陈女乐、文马于鲁城南高门外。季桓子微服往观再三；将受，乃语鲁君为周道游，往观终日，怠于政事。""桓子卒受齐女乐，三日不听政。"就是齐国送给鲁国国君美女和车马，鲁国国君接受了齐国的大礼，就沉溺于女乐，不理朝政。孔子因为得不到季氏和鲁国国君的支持，最后只能离开鲁国。

3. 周游列国

孔子曾率弟子周游列国十四年，去过卫、陈、曹、宋、郑、楚等国，这些国家大体上位于今天河南省境内，但是孔子周游列国，并没有得到其他国家国君的重用。

他不仅没有得到重用，反而路上曾遭遇很多艰难险阻。比如经过匡地赴陈国途中，被匡人误为鲁国的权臣阳虎而受到五天的围攻。孔子说："天之未丧斯文也，匡人其如予何！"孔子很镇定，但受到围困，日子也不好过。

在卫国，孔子拜见卫灵公夫人南子。《孔子世家》载："居卫月余，灵公与夫人同车，宦者雍渠参乘（shèng，即车右），出，使孔子为次乘，招摇过市之。"孔子希望通过南子来游说卫灵公，以施行他的学说。南子是当时著名的美女，孔子去见她，受到弟子们的怀疑，便做了解释。见了卫灵公以后，他发现卫灵公根本没有意思来实施他的学说，只是把他当作一个贵宾对待而已。孔子说"吾未见好德如好色者也"，说的就是卫灵公。

孔子从曹国到宋国，与他的弟子在一棵大树下习礼，宋国的司马桓魋（tuí）砍倒了大树，想杀害孔子。孔子的弟子曰"可以速矣"，就是赶快离开吧。孔子曰："天生德于予，桓魋其如予何！"就说苍天赋德于我，桓魋能奈我何呢？

孔子来到郑国，和弟子失散，他一个人站在东门。当时他的弟子子贡在寻找他，向郑人询问，郑人对子贡说："东门有人，其颡（sǎng）似尧，其项类皋（gāo）陶（yáo），其肩类子产，然自要（yāo）以下不及禹三寸，累累若丧家之狗。"就是说，东门有一个人，他的额头像尧，他的脖子像皋陶，他的肩膀像郑国的贤臣子产。但是腰以下很短，那个样子看上去像丧家狗一样。孔子听说之后，"欣然笑曰：形状，未也。而谓似丧家之狗，然哉！然哉！"他自嘲说，我的样子像尧舜禹这样的先王，肯定是不对的，但是说我像丧家之狗，说的对。

孔子后来在蔡国又住了三年，吴国讨伐陈国，楚国救陈国，并且使人礼聘孔子，孔子想去拜礼。陈国和蔡国的大夫谋曰："孔子贤者，所刺讥皆中诸侯之疾。今者久留陈蔡之间，诸大夫所设行皆非仲尼之意。今楚，大国也，来聘孔子。孔子用于楚，则陈蔡用事大夫危矣。"陈国和蔡国的大夫怕孔子被楚国所用而对陈国和蔡国不利，就发兵把孔子和其弟子包围在旷野上而不能成行，并断粮。这个时候，孔子一行人陷入困境，很多学生病倒，都不能吟诵诗词，但孔子自己却弦歌不辍，每天坚持抚琴。子路看到孔子这样有些生气，就对老师说，"君子亦有穷乎？"孔子说："君子固穷，小人穷斯滥矣。"说君子当然也有穷困的时候，但是小人就更加难以自持。

孔子六十八岁返回鲁国，结束了他的周游列国之行。

4. 创设私学

《孔子世家》记载，鲁国"自大夫以下皆僭（jiàn，超越本分）离于正道。故孔子不仕，退而修诗、书、礼、乐，弟子弥众，至自远方，莫不受业焉"。就是说，由于鲁国大夫以下全都僭越礼法，背离正道，所以孔子不愿意当官，而回到家里，专门编修诗、书、礼、乐等典籍，弟子更加众多，纷纷从远方而来，无不接受孔子传授的学业。孔子终生从事教育，开中国私学之先河。孔子主要是以西周贵族学校的诗、书、礼、乐来教育学生，所以司马迁说："孔子以诗、书、礼、乐教，弟子盖三千焉，身通六艺者七十有二人。"被后代尊称为"至圣先师"。孔子总共有弟子三千人左右，其中精通六艺的，也就是优秀的学生有七十多人。《史记》专门设《仲尼弟子列传》，司马迁在其中说："余以弟子名姓文字悉取《论语》弟子问并次为篇，疑者阙焉。"就是说，司马迁在编纂《仲尼弟子列传》时的材料主要来自《论语》。《孔子世家》记载："孔子以四教：文、行、忠、信。绝四：毋意，毋必，毋固，毋我。"这些都来自《论语》。子贡曰："夫子之文章，可得而闻也。夫子言性与天道，弗可得而闻也。"达巷党人曰："大哉孔子，博学而无所成名。"这是对孔子的一种称颂。子闻之曰："我何执？执御乎？执射乎？我执御矣。"这也是来自于《论语》。

《论语·子罕》篇曾记载颜渊对孔子的一段评语。颜渊喟然叹曰："仰之弥高，钻之弥坚。瞻之在前，忽焉在后。夫子循循然善诱人，博我以文，约我以礼，欲罢不能。既竭吾才，如有所立卓尔，虽欲从之，末由也已。"我们今天知道的成语"循循善诱"就是出自颜渊之口，说明孔子比较关心教育学生。

5. 孔子为人

《史记·孔子世家》记载："其于乡党，恂恂似不能言者。其于宗庙朝廷，辩辩言，唯谨尔。朝，与上大夫言，訚訚（yín）如也；与下大夫言，侃侃如也。"这里讲，孔子在乡里，显得温和恭敬，像是不会说话的样子。但在宗庙、朝廷，孔子却谈吐流利，能言善辩，只是说话非常谨慎，从不口无遮拦地乱说一通。孔子上朝时，与比自己级别高的官员说话，态度热情有礼貌，没有诌媚奉承；与比自己级别低的官员说话，态度和蔼可亲，没有摆架子。这是说孔子在不同的场合如何与不同的人说话。乡党与宗庙朝廷分别代表了私事与公事两个场合，要求别人遵守礼仪，自己就要先按照礼仪要求行事。"

"入公门，鞠躬如也；趋进，翼如也。君召使傧，色勃如也。君命召，不俟驾行矣"（《史记·孔子世家》）。孔子到了鲁国国君宫殿的门口，低头弯腰、恭敬谨慎；进门后小步急行、恭敬有礼。国君召他迎接宾客，容色庄重认真。国君召见他，不等车驾准备好，就动身起行。说明孔子对君王的旨意非常在意。这是孔子亲身示范儒家"礼"的样子，是儒者的标准做派，尤其是在一些重要场合和重大事件上，肢体语言十分讲究。

孔子晚年喜欢《周易》。《孔子世家》记载："孔子晚而喜易，……读《易》，韦编三绝。曰：'假我数年，若是，我于易则彬彬（文质兼备貌）矣。'"特别是他五十岁以后，对《周易》手不释卷，编《周易》竹简的绳子就断过三次，这就是成语"韦编三绝"的由来。他晚年将《诗》《书》《礼》《乐》《易》《春秋》这六本书整理出来，就是儒家的"六艺"，或者说是儒家的六种经典，只是《乐经》已经亡佚。

6. 孔子的影响

孔子享年七十三岁。司马迁在《孔子世家》中记载："孔子葬鲁城北泗上，弟子皆服三年。三年心丧毕，相诀而去，则哭，各复尽哀；或复留。唯子赣庐于冢上，凡六年，然后去。弟子及鲁人往从冢而家者百有余室，因命曰孔里。鲁世世相传以岁时奉祠孔子冢，而诸儒亦讲礼乡饮大射于孔子冢。孔子冢大一顷。故所居堂弟子内，后世因庙藏孔子衣冠琴车书，至于汉二百余年不绝。高皇帝过鲁，以太牢祠焉。诸侯卿相至，常先谒然后从政。"司马迁的这段文字记载了以下两点：一是孔子去世后，他的弟子们为其服丧三年，而子赣（即子贡）单独在孔子的墓边建了一个茅庐，住了六年后方才离去。二是孔子的弟子及鲁国人因为敬仰孔子，就在其住宅和墓地周围居住，鲁国居住在此的儒者们世世代代在孔子的居室和墓前举行"周礼"。到了汉朝，高祖刘邦以皇帝身份第一次祭祀孔子。汉代的诸侯卿相们来到鲁国，也是先祭拜孔子，然后再从政。对孔子的评价，孟子有一段话，是很有意思的。他列举了前代的一些圣人："孟子曰：'伯夷，圣之清者也；伊尹，圣之任者也。柳下惠，圣之和者也；孔子，圣之时者也。孔子之谓集大成。集大成也者，金声而玉振之也。金声也者，始条理也。玉振之也者，终条理也，始条理者，智之事也。终条理者，圣之事也。'"① 孟子把孔子比作"圣之时者"，认为孔子是识时务的圣人。孔子是集古代所有圣人优点之大成者，所以又把孔子称为"集大成者"，这也是后世孔庙又叫"大成殿"的来历。

孔子的嫡裔孔令朋在《孔裔谈孔》前言中指出："孔子乃圣之时者，如复生于今日，必亦改忠为忠于国家人民，而非忠于君。倡导引进技术，温故知新。主工欲善其事，必先利其器，视科技为第一生产力。"

孔子是中国古代伟大的思想家、教育家，他所创建的儒家学说博大精深，包括政治、经济、哲学、伦理、教育、艺术等方面的思想和主张，构成了中华民族传统文化的基础，对于中华民族的形成、繁衍、统一、稳定和自立于世界民族之林起了不可替代的作用，对于人类文明的进步和发展做出了极其重大的贡献，有着超越时代、超越国界的深远影响。儒学的许多重要论著，特别是做人、处事、立国的至理名言，至今还被人们广为引用。二千多年来的历史充分证明，儒家学说可以为我们解决人类社会面临的问题提供有益的启示。

德国柏林得月园人口处立有两米多高的大理石孔子像，基座上刻着"己所不欲，勿施于人"的名言。德国人把孔子和康德共同尊为教育学的奠基人。德国前总统约翰内斯·劳说：中国的先哲孔子在德国广为人知，他的至理名言至今依然能给人们深刻的启迪。②

西方出版的"一百个历史上最有影响的人物"中，孔子排名第五。美国人尊孔子为世界十大思想家之首。

对孔子著作的传播，当首推明代来华的耶稣会传教士利玛窦。他在中

---

① （清）阮元校刻《十三经注疏·孟子注疏》卷 10 上《万章章句下》，中华书局，2009，第 5962 页。
② 《参考消息》2005 年 3 月 8 日，第 14 版。

国居住了二十七年，把《论语》翻译成拉丁文，介绍到欧洲，其中把"孔夫子"译为"Confucius"。利玛窦翻译的《论语》于一六八七年在巴黎出版。学者莫格（William Rees Mogg）一九九三年在德国汉堡发现了一六九一年出版的《论语》英译本，英译本是从法译本转译的，而法译本又是由利玛窦的拉丁文译本转译而来。该书前言说："这位哲学家的道德是无限辉煌的。"莫格在《他说的仍在实行》一文中称孔子是"伟大文明的奠基者"，"孔子的教诲属于全人类。他和莎士比亚一样，都有着实用主义哲学：相信和谐、等级、社会秩序和奉行爱国主义"。

传教士理雅各（James Legge）曾经花费数十年功力，将"四书五经"《老子》和《庄子》译成英语，被称为十九世纪英语世界最杰出的汉学成果之一，他还成为牛津大学的第一任汉学教授。

二十世纪六十年代，在西方大众文化中形成了"东方文化热"，"Confucius says"（"子曰"）也时常出自百姓之口。

孔子是人类历史上没有留下自己"亲笔"作品，但对人类文明产生了重大影响的三位伟人之一。其他两位是：记录古希腊苏格拉底思想的《申辩篇》，是由他的学生柏拉图在他被处死后撰写的；描述耶稣言行的《福音书》由其门徒在他被钉上十字架后几十年里完成的。也就是说，苏格拉底、耶稣和孔子，身前都没有留下亲笔的著作。

美国波士顿大学南乐山（Robert C. Neville）教授认为，儒学要想成为一门"世界哲学"，必须在实践中接受文化多样性与多元性的挑战。儒家必须表现出与现代科学的亲和性，才可能使儒家在科学技术发达的西方找到立足之地。

一九九六年一月八日，伦敦《金融时报》刊登了《孔子规则：在今后十年美国将保持在亚洲的经济领先，但它可能会从该地区学到更有价值的社会课程》一文，称："美国如果鼓励美国人自愿地去采用一些孔子的教诲，其社会将会有莫大的受益。"与西方"新教资本主义"相对应，有人把东亚经济模式称为东方"儒家资本主义"。

孔子的中庸之道与现代管理学有着异曲同工之妙。日本的竹添光鸿把中庸解释为"合情、合理、合法"，即"中道管理""合理化管理"。有人用 M 理论来代表中国人的管理之道，M 是"人"（man）、"中庸"（medium）与"管理"（management）的字首。从字形看，它左右均衡，切合"中"的特性。英文二十六个字母中，M 正好居中，也正合"中庸之道"。

当然，对儒家思想的批评也不绝于耳。比如，著名的科学家、诺贝尔奖得主杨振宁先生就认为，儒家的"长幼有序""谦虚是美德"等思想教条妨碍了培养年轻人进取向上的精神，也影响了亚洲社会发展的速度。这当然也是一种观点。

二 《论语》其书

大家都知道，《论语》是孔子思想的集中体现，保留了孔子的语录。孔子"述而不作，信而好古"，和苏格拉底、耶稣一样，没有自己的亲笔著作。《论语》这本书是由孔子的弟子及再传弟子将他的平生言论整理汇编而成，成书大概在战国初年（即公元前四百年前后）。据杨伯峻先生统计，《论语》总共有一万二千七百余字。

《论语》在秦代是被官方禁止的，秦始皇"焚书坑儒"，其中焚的书当中就有《论语》。到了西汉初年，汉朝倡导恢复儒学，使《论语》再次出世。到了西汉中后期，《论语》有了三种版本：一是《鲁论语》，总共二十篇；二是齐国的《论语》，简称《齐论语》，总共二十二篇；三是《古文论语》，总共二十一篇，据说是西汉景帝时的诸侯王鲁恭王刘余在孔子住宅的墙壁中所得。《古文论语》与传世的《论语》在篇目和篇次上都不一样，文字差异有四百多字。汉武帝"罢黜百家，独尊儒术"，使对儒学著作的需求急剧上升，包括《论语》。西汉末年，皇帝命令安昌侯张禹以鲁国《论语》为基础，融合齐国《论语》，编成了《张侯论》，就是张侯编的《论语》。《张侯论》为时人所推崇，并被东汉灵帝时的"熹平石经"所录用。也就是说，汉灵帝在东汉的首都洛阳太学树立的"熹平石经"当中，就有《论语》。《论语》成为官方的经典。东汉末年的经学家郑玄以《张侯论》为依据，做《论语注》，流传至今，也就是我们今天看到的《论语》，共二十篇。

【文本选读】

一　孔子的"学习革命"与教育理论创新

　　《论语》的第一篇就是《学而》篇，它的首句我们都非常熟悉："子曰：学而时习之，不亦说乎？有朋自远方来，不亦乐乎？人不知，而不愠，不亦君子乎？"

　　这段话可以说是人人耳熟能详，但是准确地理解却需要我们深入分析。首先孔子说"学而时习之，不亦说乎？"这个"时"，以往我们常理解成"经常、时时"的意思，其实杨伯峻先生认为，这个"时"应当作"时机""适时"讲，也就是说，学习之时，应当在适当的时候进行实习、实践，难道不快乐吗？"有朋自远方来，不亦乐乎？"有志同道合的朋友从遥远的地方来，难道不快乐吗？这是相对"独学而无友，则孤陋而寡闻"（《礼记·学记》）的情况而言。"人不知，而不愠，不亦君子乎？"人家不了解自己而自己又不恼火，难道不是君子的风范吗？在讨论学问的时候也是如此，别人不理解我的意见或与我的意见相左时，我也不会生气怨恨。当然，对这句话还有一种理解，君子学习是为了充实自己，小人学习是为了显示自己，只有君子才能做到"人不知而不愠"。

　　《为政》篇：子曰："吾十有五而志于学，三十而立，四十而不惑，五十而知天命，六十而耳顺，七十而从心所欲，不逾矩。"

　　这段话是孔子晚年对自己毕生求学的一个总结，也可以说是孔子一生的写照。他说：我十五岁的时候有志于学习，三十岁时能依照礼仪立足于社会，四十岁时能辨惑解疑，五十能乐天知命，六十岁能闻言知心，可以听进不同的意见，到了七十岁，我可以按照我的心愿来行事而不逾越礼制。由于这段话非常有名，所以我们后人经常用来代指人们的年龄。比如，用治学之年代指十五岁，用而立之年代指三十岁，用不惑之年代指四十岁等。

　　　　子曰："温故而知新，可以为师矣。"

　　这段话非常重要，"温故而知新"指我们探索新的知识必须是在了解、认识已有的知识体系的基础上进行，离开了继承就谈不上创新。过去我们常认为中国是一个缺乏创新的国家，似乎儒家不主张创新，只主张守旧、守成，其实是错怪了儒家，错怪了孔老夫子。孔老夫子在这里明明讲"温故而知新"，就是要我们对以往知识进行继承，而后在继承的基础上进行创新。"知新"也可以说是探求、了解新的知识，从而创造新的知识。杨树达先生就说过："余恒谓温故而不能知新者，其人必庸；不温故而欲知新者，其人必妄。"①

　　　　子曰："学而不思则罔，思而不学则殆。"

　　意思是学习知识的同时，也要进行思考。一味读书而不思考，会因为不能深刻理解书本的意义而不能合理有效地利用书本的知识，甚至会陷入迷惘；而一味苦思冥想，却不去实实在在地学习和钻研，则终究是沙上建塔，一无所得。学和思要结合起来。

　　　　子张学干禄。子曰："多闻阙疑，慎言其余，则寡尤；多见阙殆，慎行其余，则寡悔。言寡尤，行寡悔，禄在其中矣。"

　　这段话的意思是，孔子的学生子张学习如何做官。孔子告诉他，你要多听，有疑问的地方先有所保留，自己观察，不明白的地方要慎言，这样你就会减少犯错误。你不了解的事情可以暂放一边，谨慎地去做有把握的，就能减少后悔。你的仕途就会很顺利，即"禄在其中矣"。

----

　　① 杨树达：《积微翁回忆录》，北京大学出版社，2007，第91页。

《公冶长》篇：子贡问曰："孔文子何以谓之'文'也?"子曰："敏而好学，不耻下问，是以谓之'文'也。"

孔子的学生子贡问孔子："孔文子为什么死后被封谥为'文'呢?"孔子回答："（他）聪明好学，不以向比自己地位低的人请教为耻，所以被谥为'文'。"这就是"不耻下问"这个成语的来历。当然，"不耻下问"不仅指身份尊贵的人向身份低微的人请教，也包括有本事的人向没本事的人请教，以及知识渊博的人向知识不渊博的人请教的情况。俞樾（yuè）在《群经平议·论语平议》中有："所谓下问者，非必以贵下贱之谓，凡以能问于不能，以多问于寡，皆是。"[1]

季文子三思而后行。子闻之，曰："再，斯可矣。"

这段话的意思是，季文子这个人做事喜欢三思而行，孔子听到后说，"没有必要思考那么久，思考两次就够了"。也就是说，一个人不要太优柔寡断，思考太多也不是好事情。

《雍也》篇：哀公问："弟子孰为好学?"孔子对曰："有颜回者好学，不迁怒，不贰过。不幸短命死矣。今也则亡，未闻好学者也。"

鲁哀公问孔子："你的弟子中，哪一个是最好学的呀?"孔子说："有一个名叫颜回的学生最是好学，他从不迁怒于别人，也从不重犯同样的错误。可惜啊，他不幸短命死了。现在没有像颜回这样好学的青年啦。"

子曰："回也，其心三月不违仁，其余则日月至焉而已矣。"

孔子对颜回评价很高，他说："颜回啊，他的心可以三个月都不离开

---

① 俞樾：《群经平议》卷三十《论语平议》，《春在堂全书》光绪九年重定本。

仁德，其余的学生则可能一天或一个月就违背了。"孔子对颜回称赞有加：

《雍也》篇：子曰："贤哉回也！一箪食，一瓢饮，在陋巷，人不堪其忧，回也不改其乐。贤哉回也！"

意思就是说："贤能啊，颜回，他可以吃用竹筐盛的饭，喝用葫芦瓢装的水，住在简陋的巷子里。一般人都忍受不了这样穷困的生活条件而整天忧愁，但颜回却没有改变他好学的乐趣。颜回的品质是多么高尚啊！"

子曰："质胜文则野，文胜质则史。文质彬彬，然后君子。"

孔子说："一个人质朴得超过了他的修饰，会显得粗野；但如果他的修饰超过了质朴，则显得过分造作。当他的修饰和质朴相辅相成、配合恰当时，就可以成为君子了。""文质彬彬"的意思就是质朴和修饰都要恰到好处。

子曰："知之者，不如好之者；好之者，不如乐之者。"

孔子这句话的意思是："对于学习，知道怎么学习的人不如爱好学习的人；爱好学习的人又不如以学习为乐趣的人。"这段话非常重要，说明了学习的三种境界——"知""好""乐"，是孔子所倡导的"快乐学习"的一个重要原则，更强调了兴趣在学习过程中的重要作用。我们知道，现代教育倡导"快乐学习"和"快乐教育"，而"快乐学习"最早是由孔子提出的。一个人以学习为乐趣，既能提高学习效率，还能加深对知识的理解，学到的才能灵活地运用。

孔子主张因材施教，对不同的人应该采取不同的教育方式。

子曰："中人以上，可以语上也；中人以下，不可以语上也。"

意思就是："具有中等资质或道德水平以上的人，可以告诉他高深的学问或道理；而具有中等资质或道德水平以下的人，则不可以告诉他高深的学问或道理。"

《述而》篇：子曰："述而不作，信而好古，窃比于我老彭。"

这是孔子自己对自己的一个评价，他说："我自己喜欢讲述而不去创作，喜欢并相信古代的圣王之书，私下里把自己比作老、彭。"老、彭指的是谁，也有不同说法。一说"老"指道家的代表人物老子，"彭"指商代的一位贤大夫，名叫彭祖。也有人说，这个"彭祖"是道家的代表人物。孔子追求长寿，因为老、彭都代表着长寿。

子曰："默而识之，学而不厌，诲人不倦，何有于我哉。"

翻译成现代文，就是："把所学的知识默默地记在心中，勤奋学习而不满足，教导别人而不倦怠，于我而言，（除了这些之外）还有什么呢？"这当然是孔子的自谦，他所说的这三件事是他日常所践行的，看似平凡简单，但能持之以恒地真正做到却不容易，孔子恰恰就是这么一个人，所以他可以成为万世师表。

子曰："德之不修，学之不讲，闻义不能徙，不善不能改，是吾忧也。"

孔子说："（许多人）不去培养品德，不研究学问，听到了应当做的事情，却不能马上去做，有错误却不去改正，这些都是我所担忧的啊。"

孔子的教学方法中还有著名的讨论法和启发式，但他所讲的启发式和我们今天讲的不太一样。

子曰："不愤不启，不悱不发，举一隅不以三隅反，则不复也。"

意思是说："一个人追求、探索知识，不到他努力想弄明白而不得的程度，不要去开导他；不到他心里明白却不能完善表达出来的程度，不要去启发他。如果他不能举一反三，就不要再反复地给他举例了。"孔子的启发式涉及了两个方面：一是学生必须好学、愿意学，而且在学的过程当中，必须努力、刻苦；二是老师不要轻易地把答案告诉学生，也不要过多地替学生思考，更不要给学生灌输标准答案，等学生学习达到了一定程度的时候，再对其进行启发，否则是达不到效果的。

子曰："加我数年，五十以学《易》，可以无大过矣。"

他说："假如多给我几年，五十岁时学习《易》，我便可以没有大的过错了。"孔子说这句话的时候，大概不到五十岁。孔子后来活到七十三岁，他之所以在人生修养上取得了很好的成绩，也和他对《周易》的学习有关。据说《周易》的《传》和《系辞》是孔子和他的学生增加的。

子曰："三人行，必有我师焉；择其善者而从之，其不善者而改之。"

这是一句我们非常熟悉的名言。孔子说："几个人一起走路，其中必有我可师法的人；选择他们的优点照着去做，借鉴他们的缺点对照改正。""三人行"中的"三"字其实代表很少的意思，这是古汉语行文当中的一个特点。比如"三五成群"是人不多的意思，并不一定指具体的数字。

子曰："我非生而知之者，好古，敏以求之者也。"

孔子说："我不是生来就有知识的人，而是爱好古代文化，经过努力勤奋的追求而获得知识。"他是在教育人们，人非生来就是天才，要通过后天的刻苦学习、勤奋追求学问，才会有丰富的知识，懂得人世间的一切道理。

子不语怪、力、乱、神。

孔子给自己定了一个戒律，就是在探索知识的时候，对于四种现象，他是避而不谈的：一是怪异的事情；二是暴力的事情；三是大恶的事情，如弑父弑君；四是鬼神的事情。对这四种事情，孔子不愿意谈论。当然，孔子不谈论，并不等于孔子不了解这四类事物。只是说，孔子认为这四种事物，对于学生来说是没有意义、没有教益的。所以他不愿意给学生讲这四种事物。当然，我们说，对于探索自然界，自然界中发生的那些奇怪的现象，其实有些是值得探索的。这也可以说是孔子思想方面的一块短板。对于自然界的知识，孔子和儒家的探索是不够的，甚至是有意回避的。

《泰伯》篇：子曰："笃信好学，守死善道。"

这句话非常有名，是孔子对自己行为的一个注解：君子立身处世，应该坚定地相信仁义之道，并努力地去探索知识，至死都要坚守善道。这是做人的底线。

孔子非常喜欢学习，是学习的榜样。

子曰："学如不及，犹恐失之。"

孔子说："学习就好像是追赶什么一样，总怕赶不上，赶上了又怕被甩掉。"形容孔子学习勤奋，进取心强，担心失去很多应该学的东西。同时，也暗示了后面的一句潜台词："何况不学习呢？"所以孔子最讨厌的就是不学习和不爱学习的人，最喜欢的就是像颜回那样好学的人。

《子罕》篇：子绝四：毋意，毋必，毋固，毋我。

孔子杜绝四种学习方面的缺点：不臆测、不绝对、不固执、不自我。这四点其实也是今天科学探索当中非常可贵的一个原则和精神。

《卫灵公》篇：子曰："吾尝终日不食，终夜不寝，以思，无益，不如学也。"

孔子说："我曾经整天不吃饭，整晚不睡觉，用来思索，但是并没有益处，这样还不如去学习。"

孔子还有一句名言——"有教无类"。一般批为对任何人都可以有所教诲，而没有（贫富、地域等的）区别限制。在孔子创办私学之前，中国古代社会的教育主要是贵族教育，学校只接受有贵族身份的人入学受教，平民和奴隶是没有资格入学的。孔子创办私学，打破了贵族垄断教育的格局，他倡导有教无类，就是主张教育不应该区分对象，只要愿意学习，都应该一视同仁地加以教育。"有教无类"的思想在今天仍然闪烁着人道主义的光芒和人类平等思想的光辉。此外还有另一种观点，指人原本是"有类"的，比如有的智、有的愚、有的贤、有的不肖，但通过教育可以消除这些差别。

《乡党》篇：入太庙，每事问。

孔子进入太庙参与国家祭祀大典的进修，每件事、每个细节都要仔细询问。这是孔子"知礼"的表现，虽然他熟知各种"礼仪"，但进入太庙参与国家重大祭祀活动，为了慎重起见，也是尊重这个典礼，才会一一问清楚，以保无虞。清代学者刘宝楠在《论语正义》中说："鲁祭太庙，用四代礼乐，多不经见，故夫子每事问之，以示审慎。"

《子张》篇：子夏曰："仕而优则学，学而优则仕。"

这句话我们非常熟悉，其实是通过子夏之口反映了孔子对学习和做官之间的关系的一种认识，也就是说，做官之余还有时间和精力，就可以更广泛地去学习，以求更好；学习好了还余力，就可以去做官，以便更好地推行仁道。子夏还说："日知其所亡，月无忘其所能，可谓好学也已矣。"

就是要求每个学生每天都学到一些过去所不知道的东西，每月要复习，不要忘了自己所学的东西，这样才是一个好学的态度。子夏又说："博学而笃志，切问而近思，仁在其中矣。"意思是，一个仁人君子博览群书、广泛学习并记得牢固，坚定自己求仁的志向，对与切身有关的问题提出疑问并去思考，才能称得上"仁"。

孔子非常重视学习，认为这是一个人美德产生的基础，也是美德巩固的必须条件。《阳货》篇中有著名的"六言六蔽"之说，是孔子对他的弟子仲由所说。"子曰：'由也，女闻六言六蔽矣乎？'对曰：'未也。''居，吾语女。好仁不好学，其蔽也愚；好知不好学，其蔽也荡；好信不好学，其蔽也贼；好直不好学，其蔽也绞；好勇不好学，其蔽也乱；好刚不好学，其蔽也狂。'"

具体来说，孔子认为，一个人喜欢仁德但不爱学习，他的缺点就是容易被人愚弄；喜欢智慧但不爱学习，他的缺点就是好高骛远；喜欢讲信用但不爱学习，他的缺点就是容易被人利用而受到伤害；喜欢直率但不爱学习，他的缺点就是容易说话尖酸刻薄伤害人；喜欢勇敢但不爱学习，他的缺点就是容易犯上作乱；喜欢刚正但不爱学习，他的缺点就是狂妄自大。可见，孔子认为，一个人如果光有美德而不爱学习，这种美德就会走向反面。

二　以"仁"为核心的古典人文主义

我们知道，"仁"是孔子思想的核心，《论语》中就出现了一百多次有关"仁"的论述。《论语·里仁》篇："子曰：'参乎！吾道一以贯之。'曾子曰：'唯。'子出，门人问曰：'何谓也？'曾子曰；'夫子之道，忠恕而已矣！'"

这是孔子对他的得意弟子曾参所说的一段话。孔子告诉曾参："我的道理是由一个基本的思想贯彻始终的。"曾子说："我明白了。"孔子出去以后，其他学生就请教曾子："老师说的是什么意思？"曾子就告诉他们："老师所讲的道其实就是忠恕之道罢了。""忠"就是忠于事，敏于事。"恕"指的是推己及人。

《雍也》篇：子曰："中庸之为德也，其至矣乎！民鲜久矣。"

孔子认为，中庸是最高层次的美德，而百姓缺少这种美德已经很长时间了。作为《四书》之一的《中庸》有这么一段话："仲尼曰：君子中庸，小人反中庸。君子之中庸也，君子而时中。小人之反中庸也，小人而无忌惮也。"意思是：君子做事、说话都是符合中庸之道的，是恰如其分的，总是在适当的时候做出适当的表示；而小人之所以不遵守中庸的原则，是因为他们做事、说话肆无忌惮、专走极端。

《雍也》篇：夫仁者，己欲立而立人；己欲达而达人。能近取譬，可谓仁之方也已。

意思是：仁德之人，一定是自己先要站稳，也要让别人站稳；自己想要腾达，也要让别人腾达。只有从自己身边力所能及的事情做起，乐于助人，才是可能取仁的方法。"己欲立而立人，己欲达而达人"是孔子仁爱思想的一种正面表达，体现了孔子推己及人、仁爱大众的一种思想。西方往往把这句话翻译成"自己想要幸福，也要让别人幸福"，我们今天也可以把它理解为自己要成功，也要帮助别人成功，或者说，不能妨碍别人取得成功，这才是仁者所为。

《雍也》篇：子谓子夏曰："女为君子儒，无为小人儒。"（要做就做君子式的儒者，不要做小人式的儒者。）

《八佾》篇：子曰："人而不仁，如礼何？人而不仁，如乐何？"（一个人如果没有仁爱之德，还能讲礼仪吗？如果没有仁爱之心，还能讲音乐吗？也就是说，礼乐是和仁德相配的。）

《卫灵公》篇：子贡问曰："有一言而可以终身行之者乎？'子曰：'其恕乎！己所不欲，勿施于人。"

我们非常熟悉这句话，世界各地的孔子像的基座上往往也镌刻着这八个字。这句话的意思似乎很清楚，但它蕴含着一种深意。"己所不欲，勿施于人"，就字面意思来说，就是自己不愿意做的事情也不要施加与别人。反过来说，自己愿意的事情能不能施加于人呢？显然也不是。著名学者杜维明认为，孔子这里包含有另一层意思——"人所不欲，勿施于人"。不光自己不愿意做的事，不要强加于人，别人不愿意做的事，也不要加强于人。孔子这八个字实际强调的是尊重他人的意愿，尊重别人的选择，而不能单纯地从个人的喜好和愿望出发行事。这就是"恕"的本质。

《颜渊》篇：颜渊问仁。子曰："克己复礼为仁。一日克己复礼，天下归仁焉。为仁由己，而由人乎哉？"

这段话也非常有名。孔子的弟子颜回向孔子请教："怎样做才是仁呢？"孔子说："克制自己，一切都按照礼的要求去做，这就是仁。一旦这样做了，天下的一切就都归于仁了。实行仁德，完全在于自己，不是由别人决定的。""克己复礼"这句话曾经被认为是孔子要复辟奴隶制的一种提法，非常荒谬。周礼在孔子的心目当中是一种理想，是一种美好的社会，孔子讲的克己复礼是说仁人君子应该克制自己的欲望，努力去建设、实现一个美好的社会，而这个美好的社会就是周礼所显示出来的一种和谐社会。这代表着孔子的人生理想和政治抱负，所以孔子认为，如果天下都能实现周礼那样的一种和谐社会，那么就是仁的社会了。

樊迟问仁。子曰："爱人。"问知。子曰："知人。"

孔子另一个学生樊迟向孔子请教什么是仁，孔子回答得很简单："就是爱人。"他又问什么是智，孔子就告诉他："就是善于了解、识别人。"爱人就成为"己民不欲，勿施于人"的最简单的概括。能够爱别人，当然也是仁人，但具体怎么爱别人呢？孔子有一个事例。

《乡党》篇：厩焚。子退朝，曰："伤人乎?"不问马。

孔子家的马厩着火了，孔子退朝回来听说此事后，先问是否有人受伤了，而没有问马的情况。这句话在今天看来很普通，也是人之常情，但在二千五百年前等级森严的社会制度下，奴隶是不被人重视的，贵族的马比养马的人更加珍贵。孔子只问人而不问马，表明他重人不重财，养马的人在他眼中比马更高贵、更需要关心。孔子用自己的贤行诠释了什么是仁人君子，体现了他的人本思想。

《阳货》篇：子张问仁于孔子。孔子曰："能行五者于天下为仁矣。""请问之。"曰："恭、宽、信、敏、惠。恭则不侮，宽则得众，信则人任焉，敏则有功，惠则足以使人。"

孔子的学生子张向孔子请教仁，孔子回答他：能够处处实行五种美德——恭、宽、信、敏、惠——就是仁人。"恭则不侮"就是对别人恭敬，别人也会敬你，就不会受到侮辱；"宽则得众"就是对别人宽厚，别人就会拥戴你；"信则人任焉"就是对别人讲诚信，别人就会相信你，就会得到别人的任用；"敏则有功"是指做事勤勉机敏，就会提高工作效率；"惠则足以使人"指的是对别人施以恩惠，别人就会愿意听你的指使。恭、宽、信、敏、惠成为孔子"仁"的另一种解释。

《雍也》篇：子曰："知者乐水，仁者乐山；知者动，仁者静；知者乐，仁者寿。"

这是孔子对仁者和智者的一种概括。他认为，智者喜欢水、好动、快乐，仁者喜欢山、安静、长寿。按照朱熹的解释，智者通达事理、周流不滞，像水一样，故而乐水；仁者安于义理、厚重不迁，有似于山，因此乐山。

《子罕》篇：子曰："知者不惑，仁者不忧，勇者不惧。"

孔子说："有智慧的人不会对事情感到迷惑，有仁德的人安贫乐道，不会忧愁和担心，而勇敢的人不会感到畏惧。"引申也可以理解为一个人要是有足够的道德修养，内心足够强大，没有什么能扰乱他平静的心态。

《里仁篇》：子曰："里仁为美。择不处仁，焉得知？"

孔子说："选择居住在有仁爱风尚的地方才好，居住在没有仁爱风尚的地方，怎么能说是明智呢？"

三　孔子论"孝"

《学而》篇：有子曰："其为人也孝弟，而好犯上者，鲜矣；不好犯上，而好作乱者，未之有也。君子务本，本立而道生。孝弟也者，其为仁之本与！"

孔子的学生有子（即有若）说："在家孝敬父母（孝）、敬爱兄长（弟，即悌），却喜欢冒犯上级的人很少；规矩老实、不喜欢触犯上级，却能作乱造反的人，根本没有。君子应专心致力于根本，根本建立了，仁义之道就产生了。孝顺父母、敬爱兄弟就是仁德的根本吧。"

《学而》篇：子夏曰："贤贤易色，事父母，能竭其力；事君，能致其身；与朋友交，言而有信。虽曰未学，吾必谓之学矣。"

孔子的学生子夏说："一个人能够尊重有贤德的人，看重贤德而改变好色之心；侍奉父母，竭尽全力；侍奉君主，忠于职守；和朋友交往，讲求信誉。这样的人，即使没有学过仁义道德，我也一定要说他已经有学问了。"所以"贤贤易色"是对于孔子仁德思想的另一种解释。

子曰："父在，观其志；父没，观其行；三年无改于父之道，可谓孝矣。"

孔子说："父亲在世的时候，要观察儿子的志向；父亲去世了，要观察儿子的行为。在父亲去世三年后，儿子仍然没有改变父亲为他选择的道路（父亲对他的教诲），就算得上是有孝心的人了。"与之对照的是《子张》篇中的孟庄子之孝：曾子曾听孔子说过孟庄子对父亲的孝，别的都容易做到，但他仍旧任用他父亲所用之人，仍旧守着他父亲的政治措施，是很难做到的。

《为政》篇：孟懿子问孝。子曰："无违。"

孟懿子是鲁国贵族的后代，也是孔子的学生，孔子告诉他，"无违"就是不违背敬父之道，不违背周礼。

孟武伯问孝。子曰："父母唯其疾之忧。"

孟武伯是孟懿子的儿子，他问什么是孝，孔子告诉他，"父母对儿子，只为他的疾病担忧。"也就是说，父母为子女担忧的只应是疾病之类不由人定的事，而不能做出违背礼义的事，让父母因为自己的品行不端而担忧。

子游问孝。子曰："今之孝者，是谓能养。至于犬马，皆能有养。不敬，何以别乎？"

这段话讲的是，孔子认为孝是指对父母的敬，而不仅是能够赡养父母。如果只在经济上赡养父母而缺乏对父母的敬爱之心，那么就和养狗、养马没什么区别。

子夏问孝。子曰："色难。有事,弟子服其劳;有酒食,先生馔,曾是以为孝乎?"

子夏作为孔子的学生,向孔子请教"孝"是什么。孔子回答,关键是这个"色"字,它指的是颜色、态度、脸色的意思。孔子认为,孝最难的是态度,也就是子女对父母的态度。如果子女只是为父母做一些事情、招待父母好吃好喝就是孝,那么显然是不够的,最重要的是敬爱和悦的容态。《礼记·祭义》篇记载,一个真正深爱父母的孝子,心中必然充满和顺之气,心中充满和顺之气,脸上就一定会表现出愉悦之色,脸上表现出愉悦之色,则整个人的态度必定委婉柔顺。

《里仁》篇:子曰:"事父母几谏,见志不从,又敬不违,劳而不怨。"

孔子认:"侍奉父母,他们有不对的地方应该委婉地劝止,如果自己的意见没有被采纳,也仍然要对他们恭敬,不加违抗,只在心里替他们操劳而不怨恨。"

四 "和"与中庸思想

在孔子看来,礼是人们外在的社会规范,仁是人们的内在道德修养,礼与仁相互作用,呈现的则是中庸与和谐之美。这种理念通过孔子弟子有若之口表达出来。《论语·学而》:"有子曰:'礼之用,和为贵。先王之道斯为美,小大由之。有所不行,知和而和,不以礼节之,亦不可行也。'"《论语·子路》:"子曰:'君子和而不同,小人同而不和。'"朱熹《集注》:"和者,无乖戾之心。同者,有阿比之意。尹氏曰:'君子尚义,故有不同。小人尚利,安得而和?'"和谐理念是黄帝精神的重要内容,已然成为春秋时期大国社会精英阶层普遍认同的思想理念。《左传·昭公二十年》完整记载了齐国大夫晏子为齐侯阐释"和"概念的君臣对话,颇有代表性:

公（齐景公）曰："唯据（梁丘据）与我和夫！"

晏子对曰："据亦同也，焉得为和？"

公曰："和与同异乎？"

对曰："异。和如羹焉，水火醯（xī，醋）醢（hǎi，肉酱）盐梅以烹鱼肉，燀（chǎn，炊）之以薪。宰夫和之，齐之以味，济其不及，以泄其过。君子食之，以平其心。君臣亦然。君所谓可而有否（不可）焉，臣献其否以成其可。君所谓否而有可焉，臣献其可以去其否。是以政平而不干（犯），民无争心。故《诗》曰：'亦有和羹，既戒既平。鬷嘏（zōng gǔ，总齐大政）无言，时靡有争。'先王之济五味，和五声也，以平其心，成其政也。声亦如味，一气，二体，三类，四物，五声，六律，七音，八风，九歌，以相成也。清浊，小大，短长，疾徐，哀乐，刚柔，迟速，高下，出入，周疏，以相济也。君子听之，以平其心。心平，德和。故《诗》曰：'德音不瑕。'今据不然。君所谓可，据亦曰可；君所谓否，据亦曰否。若以水济水，谁能食之？若琴瑟之专一，谁能听之？同之不可也如是。"

"和"是一种蕴含差异的协调，是一种包容异议的和谐，是一种宽容歧见的厚德，"和"的最高境界是中庸。《论语·雍也》："子曰：'中庸之为德也，其至矣乎！民鲜久矣。'"何谓"中庸"？《论语·先进》："子贡曰：'师（子张）与商（子夏）也孰贤？'子曰：'师也过，商也不及。'曰：'然则师愈（强）与？'子曰：'过犹不及。'"何晏《集解》引孔安国曰："言俱不得中。"朱熹《章句》则解释为："道以中庸为至。贤知之过，虽若胜于愚不肖之不及，然其失中则一也。尹氏曰：'中庸之为德也，其至矣乎！夫过与不及，均也。差之毫厘，谬以千里。故圣人之教，抑其过，引其不及，归于中道而已。"

朱熹的《中庸章句》："中者，不偏不倚、无过不及之名。庸，平常也。"作序引子程子曰："不偏之谓中，不易之谓庸。中者，天下之正道；庸者，天下之定理。"《中庸》第一章："天命之谓性，率性之谓道，修道之谓教。道也者，不可须臾离也，可离非道也。是故君子戒慎乎其所不睹，恐惧乎其所不闻。莫见乎隐，莫显乎微，故君子慎其独也。喜怒哀乐之未发，谓之中；发而皆中节，谓之和。中也者，天下之大本也；和也者，天下之达道也。致中和，天地位焉，万物育焉。""仲尼曰：'君子中庸，小人反中庸。君子之中庸也，君子而时中；小人之反中庸也，小人而无忌惮也。'"

五　励志有为的人生观

《学而篇》：

子曰："君子不重，则不威。学则不固。主忠信。无友不如己者。过则勿惮改。"

"固"指牢固。"友"为动词，交朋友。

子曰："君子食无求饱，居无求安，敏于事而慎于言，就有道而正焉，可谓好学也已。"

"无"同"勿"。"有道"指有德、有才者。

《为政》篇：

子曰："《诗》三百，一言以蔽之，曰：'思无邪'。"

"思无邪"指思想主旨纯正无邪。

《里仁》篇：

子曰："朝闻道，夕死可矣。"

《泰伯》篇：子曰："笃信好学，守死善道。"

子曰："士志于道，而耻恶衣恶食者，未足与议也。"

反映孔子安贫乐道的思想。

子曰："君子喻于义，小人喻于利。"

子曰："君子欲讷（nè）于言而敏于行。"

反映孔子行胜于言的思想。

子曰："德不孤，必有邻。"

有道德的人是不会孤单的，一定有志同道合的人来和他相伴。

《述而》篇：

子曰："德之不修，学之不讲，闻义不能徙，不善不能改，是吾忧也。"

子曰:"志于道,据于德,依于仁,游于艺。"(艺:指礼、乐、射、御、书、数六艺)

《泰伯》篇:

曾子曰:"士不可以不弘毅,任重而道远。仁以为己任,不亦重乎?死而后已,不亦远乎?"

子曰:"兴于《诗》,立于礼,成于乐。"

《论语集解》引包咸注:"兴,起也,言修身当先学《诗》。礼者,所以以立身。乐所以成性。"

《子罕》篇:

子在川上曰:"逝者如斯夫,不舍昼夜。"

注:这是孔子伤逝惜时的感叹,也蕴含勉人为学、锲而不舍的意思。

子曰:"后生可畏,焉知来者之不如今也?四十、五十而无闻焉,斯亦不足畏也已。"

四十应为闻名之年。可与《阳货》篇子曰:"年四十而见恶焉,其终也已。"互参。

子曰:"三军可夺帅也,匹夫不可夺志也。"

此句勉人守志。

子曰:"岁寒,然后知松柏之后凋也。"

《子路》篇:

子曰:"其身正,不令而行;其身不正,虽令不从。"

《宪问》篇:

或曰:"以德报怨,何如?"子曰:"何以报德?以直报怨,以德报德。"

"直"是"正直"。

《卫灵公》篇:

子张问行。子曰:"言忠信,行笃敬,虽蛮貊之邦行矣。言不忠信,行不笃敬,虽州里行乎哉?"

子曰:"志士仁人,无求生以害仁,有杀身以成仁。"

子曰:"已矣乎!吾未见好德如好色者也。"

子贡问为仁。子曰:"工欲善其事,必先利其器。居是邦也,事其大夫之贤者,友其士之仁者。"

此章言以友辅仁。

子曰:"君子病无能焉,不病人之不己知也。"

孔子担忧自己没有本事,而不担忧别人不了解自己。

子曰:"君子疾没世而名不称焉。"

"疾"为恨。"名"指学说。从上一章来看,孔子并不图名,但恨其仁道事业不能流传后世。

子曰:"君子矜而不争,群而不党。"

"矜"指庄重自尊。

子曰:"君子不以言举人,不以人废言。"

子曰:"巧言乱德。小不忍,则乱大谋。"

"巧言令色,鲜矣仁!"(《学而》篇),孔子"耻之"(《公冶长》篇)

子曰:"众恶之,必察焉;众好之,必察焉。"

子曰:"过而不改,是谓过矣。"

子曰:"当仁,不让于师。"

可与西谚"吾爱吾师,但吾更爱真理"交相辉映。

《季氏》篇:

孔子曰:"君子有九思,视思明,听思聪,色思温,貌思恭,言思忠,事思敬,疑思问,忿思难,见得思义。"

"忿思难"指发怒留意祸患。

《阳货》篇:

子曰:"小子何莫学夫《诗》?《诗》可以兴,可以观,可以群,可以怨。迩(ěr,近)之事父,远之事君。多识于鸟兽草木之名。"

"观"指观察了解天地万物与人间万象。"群"指交朋友。"怨"指怨刺不平。

六 取之有道的财富观

《学而》篇：子贡曰："贫而无谄，富而无骄，何如？"子曰："可也。未若贫而乐，富而好礼者也。"

子贡是孔子另一个著名的学生，以经商出名。他问老师："一个人虽然贫穷，却不向权贵巴结奉承；虽然富有，却不傲慢自大，您认为怎么样？"孔子告诉他说，"还可以，但是不如虽贫穷却乐于道德的自我完善，虽富有却又崇尚礼节的人。"孔子的回答是对贫者和富者的一种生活状态和精神追求作了概括。孔子认为，一个人即使贫穷，但是他追求仁德、仁义并且以此为乐；一个人富裕，但是他喜欢礼乐和礼仪，那么这都是一种值得称赞的生活态度。本章可与《宪问》篇"子曰：'贫而无怨难，富而无骄易。'"句互相参观。

《里仁》篇：子曰："富与贵，是人之所欲也；不以其道得之，不处也。贫与贱，是人之所恶也；不以其道得之，不去也。"

孔子认为，富贵是人人都想得到的，但应该通过正当、合法的途径去追求；贫贱是人人都厌恶的，但不通过正当的途径去摆脱，那么我宁可处在贫贱的状态。富不处，穷不去，完全是因为信守仁道的缘故。孟子的"富贵不能淫，贫贱不能移"即本于此。

子曰："放于利而行，多怨。"

奉行"利益至上"的人，必多得怨。一个人如果只是追求利而不考虑义，就会招致人们的怨恨，最终对自己也是不好的。

子曰："君子喻于义，小人喻于利。"

　　一般认为孔子说的这句话是强调君子声明大义、追求大义，而小人则唯利是图、追求利益，似乎君子是重义轻利。这样理解其实是有偏颇的，孔子并非利的清高反对者，他要讲的是，在义与利的关系上，君子把义放在首位，利放在次要位置；而小人则把利放在第一位，把义放在次要的位置。这就是君子与小人的区别。我们历史上的儒商，像大家非常熟悉的晋商，是"以义制利"，即用义来统治利，这样的利才能源源不断。如果以利当头，把义抛在后面，那么利是不能长久的。

　　《述而》篇：子曰："富而可求也，虽执鞭之士，吾亦为之。如不可求，从吾所好。"

　　孔子说，如果富贵合乎于道就可以去追求，即使是给人执鞭的下等差事，我也愿意去做。如果富贵不合于道就不必去追求，那我还是愿意根据我的喜好来做事。从这里可以看出，孔子对追求富贵没有丝毫贬义，也愿意去追求，但他所强调的是通过正当的途径来追求富贵。文中所说的"执鞭之士"是什么工作呢？有几种解释，一是市场管理员，一是政府官员出行时前面的清道者。不论哪种解释，"执鞭之士"都是指社会地位比较卑下、收入比较微薄的人。也就是说，孔子认为，只要追求富贵是合乎于道，即便做这样卑下的工作，他也是愿意的。关于富裕与卑贱，仁义和富裕的关系，孔子有这样一段论述：

　　子曰："饭疏食，饮水，曲肱（gōng）而枕之，乐亦在其中矣。不义而富且贵，于我如浮云。"

　　贫难安，但与不义而富相比，孔子更宁愿安贫乐道。孔子说，我吃粗粮，喝冷水，弯着胳膊当枕头，但我的快乐就在这种简朴的生活当中，这种快乐就是追求仁义。通过不正当的手段得来的富贵，在我看来就像天上的浮云。这是孔子反对获得不义之财，主张通过仁义获取财富的体现。

《子路》篇：子夏为莒（jǔ）父宰，问政。子曰："无欲速，无见小利。欲速，则不达；见小利，则大事不成。"

孔子认为，做官不要贪图小利，不要一味求快获得政绩。因为追求小利，则干不成大事，追求速度，则最终达不到目的。日本近代化之父涩泽荣一（一八四〇—一九三一）极为推崇《论语》，曾经著有《论语和算盘》《论语讲义》等，一生创办了五百多家企业。涩泽荣一认为，孔子财富观的核心是"士魂商才"，而这是日本企业发展的一个理论指导。

七 豁达健康的生活观

孔子享年七十三岁，在那个时代已经是高寿了。孔子一生颠沛流离、家境贫寒，却能长寿，应该与其生活观是分不开的。

《八佾》篇：子夏问曰："'巧笑倩兮，美目盼兮，素以为绚兮。'何谓也？"子曰："绘事后素。"曰："礼后乎？"子曰："起予者商也，始可与言《诗》已矣。"

孔子的学生子夏问孔子："'巧笑倩兮，美目盼兮，素以为绚兮'是什么意思？"此处的"绘事后素"有两种解释，一是传统的解释："先有白色的底子，然后绘画。"比喻有良好的质地，才能进行锦上添花的加工。二是新解：就像绘画之后补以素色，可以衬托出色彩的美丽，也显现出素色的可贵。子夏又问："那么礼是不是居于美质之后呢？"孔子认为子夏启发了他，并表扬了他。此章说明孔子既注重礼的本质，也注重礼的形式。

《述而》篇：子之燕居，申申如也，夭夭如也。

燕居，朱熹的解释是"闲暇无事之时"。这句话是说孔子闲暇的时候，看上去悠闲自在、容貌舒缓、神色和悦。

> 子与人歌而善，必使反之，而后和之。

孔子和别人唱歌，唱得高兴了，一定请别人再唱一遍，然后和别人一起来唱。

> 子曰："奢则不孙，俭则固。与其不孙也，宁固。"

孔子说："奢侈就会越礼、不恭顺，节俭就会固陋寒酸。与其越礼、不恭顺，宁可固陋寒酸。"孔子认为，与其做一个态度不逊的有钱人，还不如做一个吝啬的穷人。也是孔子更看重礼节的态度，以维护礼的尊严。

> 子曰："君子坦荡荡，小人长戚戚。"

孔子认为，君子走的是仁爱之道，故心胸坦荡宽广，能够包容别人；而小人只知追求利，爱斤斤计较，故心胸狭窄，常有怨气。

孔子在饮食上也是非常讲究的。

> 《乡党》篇：齐（zhāi）必变食，居必迁坐。食不厌精，脍不厌细。食饐（yì）而餲（ài），鱼馁而肉败，不食。色恶，不食。臭恶，不食。失饪，不食。不时，不食。割不正，不食。不得其酱，不食。肉虽多，不使胜食（sì）气。唯酒无量，不及乱。沽酒市脯（fǔ），不食。不撤姜食，不多食。

《论语·乡党》篇基本反映孔子践履礼仪的情况，从中可略见古礼概貌。在饮食方面，斋戒时一定要改变平常的饮食习惯。至于平日饮食，则饭食不贪吃精粹，鱼肉不贪吃细美；对于变质的、颜色发生变化的食物，都不吃；对于烹饪不好的、刀工不好的食物，也不吃；对于从市场买来的酒，不喝；肉虽然可以多吃，但不能超过主食，酒可以多喝，但是不能喝醉。孙钦善先生认为此节记述饮食之礼，以规范、节俭、养生为宗。旧解或承首句，以斋戒饮食说之，失之拘泥。

【参考书目】

用四个字来概括古今中外关于《论语》研究的著作，即"汗牛充栋"。日本学者林泰辅博士编了一部《论语年谱》，所著录的著作多达三千种。研究《论语》的代表性著作很多，这里主要给大家介绍以下几部。

1. 杨伯峻：《论语译注》，中华书局，1980。

2. 孙钦善：《论语新注》，中华书局，2018。

3. （汉）郑玄：《论语郑氏注》，王素《唐写本论语郑氏注及其研究》，文物出版社，1991。

4. （魏）何晏集解、邢昺疏《论语注疏》，中华书局，2009。参见李芳录校《敦煌〈论语集解〉校证》，江苏古籍出版社，1990。

5. （南宋）朱熹：《论语集注》，中华书局，2011。

6. （清）刘宝楠：《论语正义》，中华书局，1990。

7. 程树德编，程俊英、蒋见元点校《论语集释》，中华书局，2013。

8. 杨树达：《论语疏证》，上海古籍出版社，2013。

9. 钱穆：《论语新解》，生活·读书·新知三联书店，2002。

10. 钱逊编注解读，郭沂、温少霞英译《论语初级读本》（中英对照），商务印书馆，2007。

11. 李零：《去圣乃得真孔子：〈论语〉纵横读》，生活·读书·新知三联书店，1998。

12. 李泽厚：《论语今读》（最新增订版），中华书局，2015。

附：我读宰予

李零曾在《丧家狗：我读〈论语〉》（山西人民出版社，2007）前言中介绍他读《论语》的方法。

（1）查考词语，通读全书。按原书顺序。一字一句、一章一节、一篇篇，细读《论语》。先参合旧注（以程树德《论语集释》为主），梳理文义，再考据疑难，把全部细节过一遍。

（2）以人物为线索，打乱原书顺序，纵读《论语》。第一是孔子，第二是孔门弟子，第三是《论语》中的其他人物。借这种考察，为各章定年，能定的定，不能定的则阙如，把《论语》当作孔子的传记来读。

（3）以概念为线索，打乱原书的顺序，横读《论语》。把全书归纳成若干主题，每个主题下分若干细目，按主题摘录，看这本书里的孔子思想是什么，与《墨子》和《老子》有什么区别。

（4）最后，是个人的总结，作者想思考的是知识分子的命运，用一个知识分子的心理解另一个知识分子的心，从儒林外史读儒林内史。

李零从词义、人物（主要是孔子）、主题归纳、思想比较几个方面去通读论语，比从头到尾的浏览，只掌握一些简单的道德教化的语录，要来得更加深刻。今天通过一个案例，给大家介绍《论语》的另外一种读法，即问题探究式研读法。这种方法能够最大限度地调动读者的阅读兴趣，像探案一般深入文献肌理，在与上述方法进行充分融合的基础上，帮助读者对《论语》内涵有深入的理解。

案例的主人公叫宰予，是孔子众多弟子中比较特殊的一位。之所以选他来讲，是因为有这么一种观点：中国教育有教无类，西方教育有教有类。中国教育限制了创造性人才的培养，孔子意图杜绝的四种毛病"意、必、固、我"，其实正是个性化教育应该提倡的、创新型人才应该具备的素质，也是中国教育缺乏的、最应该深刻反省的地方。

这个观点的正确与否，先不予评判，且将论者支撑上述观点的宰予例证拿出来分析一下，看看符不符合实事求是的宗旨。

例证之一，《论语·八佾》记载，一次鲁哀公问宰予，祭祀土地神的牌位用什么木料。宰予答道："周人以栗木，目的是让老百姓战栗。"这个解释不一定科学，但是够有想象力的吧？然而，得到的是老师劈头盖脸一顿臭骂。

例证之二，后来因为白天睡觉，又被骂为"垃圾"，"朽木不可雕也，粪土之墙不可圬也"。

例证之三，在为父母服丧问题上，最能体现宰予的独立思考精神。老师坚持认为应守孝三年，他则说一年就够了，因为君子三年不修礼、不习乐，就会礼崩乐坏，而且还要春种秋收，人们要吃饭。这是我们在《论语》中看到的唯一一次弟子与老师唱反调。孔子一听就来气，问："这样做于你心安吗？"宰予只回答了一字："安！"孔子听了更生气，于是说："女安则为之。"宰予还真的转身就走了，结果被老师骂为不孝之子。

这些例证似乎真的能够成为孔子反对学生有想象力、不要坚持己见、不要保持个性的证明，但在下结论之前，我们最好找《论语》原书逐条核对一下，看看例证文字与原文有没有出入，有没有断章取义。但图书馆的《论语》版本那么多，我们找哪个来看呢？这里主要推荐孙钦善的《论语注译》（凤凰出版社，2011）。为什么选这个版本呢？北京大学中文系李零教授在《丧家狗——我读〈论语〉》中开列过《论语》的基本参考书目，其中的入门书就是孙先生的《论语注译》。他说，"虽然这书，知道的人不太多，但优点是，注释比较精练，也比较准确。特别是，它很注意词语互见，常用《论语》本身解释《论语》，对互见关系注得细，这对理解《论语》很重要。"① 经过对读比较，李零先生的判断很准确，值得采纳。

接下来我们就用孙钦善的《论语注译》对宰予的三个事例进行验证。

例证之一见于《论语·八佾第三》：

> 哀公问社于宰我。宰我对曰："夏后氏以松，殷人以柏，周人以栗。"曰："使民战栗。"子闻之，曰："成事不说，遂事不谏，既往不咎。"

最后一句，孙钦善先生译作：孔子听到后，说："既成的事情不再劝说了，终了的事情不再谏阻了，已经过去的事情不再怪罪了。"② 因为"使民战栗"的说法，违背了德政、爱民的思想，所子孔子确有责备宰予的意思，但并没有"劈头盖脸的一顿臭骂"。

第二个事例，出自《公冶长第五》：

> 宰予昼寝。子曰："朽木不可雕也，粪土之墙不可杇也；于予与

---

① 李零：《丧家狗——我读〈论语〉》，山西人民出版社，2007，第 41 页。
② 孙钦善：《论语译注》，凤凰出版社，2011，第 44 页。

何诛?"子曰:"始吾于人也,听其言而信其行;今吾于人也,听其言而观其行。于予与改是。"①

宰予确实因为白天睡觉而遭到孔子的重责。"垃圾"一词虽难听,倒也不离批评者原意太远。东汉著名唯物主义思想家王充就为此站出来为宰予打抱过不平,他说:"'昼寝'之恶也,小恶也;'朽木''粪土',败毁不可复成之物,大恶也。责小过以大恶,安能服人?"(《论衡·问孔》)不可讳言,孔子这句"朽木不可雕也"已经成为经典性的批评话语,随着《论语》流传了二千多年,至今还偶尔能够听到。但孔子并非平白无故说这句话,原文后半句就是他"恨铁不成钢"的理由,"起初我对于人,听到他的话就相信他的行动;现在我对于人,听到他的话却要观察他的行动。我是因为宰予而改变了态度。"

第三个事例出自《阳货第十七》。原文作:

> 宰我问:"三年之丧,期已久矣。君子三年不为礼,礼必坏;三年不为乐,乐必崩。旧谷既没,新谷既升,钻燧改火,期可已矣。"子曰:"食夫稻,衣夫锦,于女安乎?"曰:"安!""女安则为之。夫君子之居丧,食旨不甘,闻乐不乐,故不为也。今女安,则为之。"宰我出。子曰:"予之不仁也!子生三年,然后免于父母之怀。夫三年之丧,天下之通丧也。予也有三年之爱于其父母乎?"②

对此条材料可作两种解释,一是"三年之丧"乃各国通行的礼制,宰予建议缩减为一年,因此受到孔子重责。二是"三年之丧"并非各国通行的礼制,只是孔子代表的儒家的意愿极力倡导,宰予反对才被重责。

宰予反应之敏锐,质疑之有力,于此例中可以得到最充分的体现。首先,"三年之丧"并非天下之通义,根据《孟子·滕文公章句上》的记载,

---

① 孙钦善:《论语译注》,第70页。
② 孙钦善:《论语译注》,第331页。

当时诸侯未实行商殷的丧礼。滕定公去世后，世子打算行三年之丧，结果"父兄百官皆不欲"，其重要理由是，"吾宗国鲁先君莫之行，吾先君亦莫之行也"。

其次，出自孔子之门的墨子也极力反对，认为三年久丧伤生害事。《墨子·节葬下》："使王公大人行此，则必不能蚤朝。五官六府，辟草木，实仓廪。使农夫行此，则必不能蚤出夜入，耕稼树艺。使百工行此，则必不能修舟车，为器皿矣。使妇人行此，则必不能夙兴夜寐，纺绩织纴。"

而且从历史上的情况来看，古代封建王朝虽以"孝"治天下，但服丧满三年的情况其实并不多见，演变至今，从三年变为三天，只清明节祭扫一下，"三年之丧"更成为一种历史的遗迹。但我们还是应该站在孔子的角度，看看他重责宰予的理由是什么。他说宰予"不仁"的一个重要理由，是他没有对父母的感恩之心。小孩子生下来三年后，才能脱离父母的怀抱，因此在父母过世之后，子女就要本着极度悲戚的心理，为父母尽心守孝三年。著名学者李泽厚先生就说过：儒家丧服的规定如此细致严密，以致"披麻戴孝"中的各种等差分，决不能有所错乱，此特色为其他文化所少有。"礼"在这里所展示的不仅是外在亲疏远近的等差秩序，而且也是不同人们内在必需的不同情感态度。[①] 对此，可以举《礼记·檀弓上》子路为姐服丧一事加以说明：

> 孔子曰："何弗除也？"子路曰："吾寡兄弟而弗忍也。"孔子曰："先王制礼，行道之人皆弗忍也。"子路闻之，遂除之。

按照礼制，弟弟为姐姐服丧满一年就够了，但子路过期却未除丧服。孔子就问他：为什么不去丧服？子路说：我们从小相依为命，感情很深，不忍心那么快除服。孔子说：凡行仁道之人，都不忍心除服，但先王既作此礼，必然就要遵循。子路听到之后，就把丧服除了。

先王所制之礼的根据是什么呢？按照儒家的观点，父母和子女血缘最

---

① 李泽厚：《由巫到礼 释礼归仁》，生活·读书·新知三联书店，2015，第54页。

近、关系最亲、情感最深，与之相匹配的仪式礼节就要隆重，如果把"三年之丧"改为"一年"，那就意味着把父母的等级变得和姊妹一样，失掉了伦理的重心。

还有一种说法认为，孔子之所以重责宰予，是因为他讨厌善辩者。《论语》中确有不少这样的证明，如《学而》篇的"巧言令色，鲜矣仁"，《卫灵公》篇的"巧言乱德"以及《阳货》篇中的"利口之覆邦家"。孔子为什么讨厌善辩者呢？清代学者阮元的《论语论"仁"论》说得非常明白：

> 《中庸》："仁者，人也"。郑玄"读如'相人偶'之人"。"相人偶"之义，《大戴礼记·曾子制言》喻之最切："人之相与也，譬如舟车然，相济达也。……是故人非人不济，马非马不走，水非水不流。"孔子有答司马牛曰："仁者，其言也切。"夫言切于仁何涉？不知浮薄之人，语易侵暴，侵暴则不能与人相人偶，是不切即不仁矣。未有佞人御人以口给而能爱人与人相偶者，所以仁道贵切、讷也。[①]

这段话是文言文，但意思并不难理解，因为阮元讲得很透彻："仁者"与"佞人"不同，前者有仁爱之心，出言缓慢谨慎（即"切"字之义）；"佞人"有口才但心术不正，人显轻薄，"语易侵暴"，不能很好地与人相处。不善与人相处的人，就不会明白人以相亲为贵，"人非人不济"与"相人偶"的仁和道理。

明白了这些，就知道孔子为什么会如此严厉地批评宰予，但不能因为孔子对宰予的严厉批评，就认为他不看重宰予。其实孔子对宰予的优长之处是把握得非常准的：

> 《先进》篇：德行：颜渊、闵子骞、冉伯牛、仲弓。言语：宰我、子贡。政事：冉有、季路。文学：子游、子夏。

---

① （清）阮元撰，邓经元点校：《揅经室集》卷八，中华书局，1993，第176~194页。

从这段回忆我们可以看到，孔子将宰予纳入德行、言语、政事、文学四科的言语科之首，位在子贡之上，可见推许之高。由此看来，孔子的教育也是分专业的，非如论者所言，是要通过教育消除"智、愚、贤、不肖"的差别，把人往一个模子里打造。当然，孔子最看重仁德。无论是言语高才、文学能手还是政治人物，都要知仁懂礼，否则只会误入歧途。

宰予的故事到此尚未完结，在司马迁的《史记·仲尼弟子列传》中，我们看到一个结尾，说宰予后来到齐国临淄当官，因为参与田常作乱，被夷其族，孔子耻之。（原文作："宰我为临菑大夫，与田常作乱，以夷其族，孔子耻之。"）如果这件事是真的，那宰予必然成为孔门一大污点，并为后世儒士所不耻。但同样成书较早的《左传·哀公十四年》也记载了这件事，只是里面的人物换了，犯上作乱的不是宰予，而是阚止。为《史记》作注的唐代史家司马贞认为，宰予和阚止都字"子我"，或许这就是致误的原因。

清代辨伪学家崔述分析过误将阚止认作宰我的原因，他说："宰我之言语之才不亚于子贡，而朽木之喻、从井之问、战栗之对、短丧之请，愆（qiān，过失）尤未免太多。"又说，"宰予为圣门高第，人莫不知有'子我'者，陈恒所杀者'子我'，则遂以为'宰予'耳。"

当然，说得最透彻的要数宋代苏东坡的弟弟苏辙由。他在《古史》中说："宰我之贤列于四科，其师友渊源所从来（久）远矣，虽为不善，不至于从叛逆、弑君父也。宰我不幸，平居有昼寝、短丧之过，儒者因遂信之。盖田恒之乱本与阚止争政，阚止，字子我也。田恒既杀阚止，而宰我蒙其恶名，岂不哀哉！"

宰予既未被杀，反在孔子身后参加了子贡的"造圣"运动，并出仕齐国为卿，这或许才是历史的真相。战国时期成书的《孟子》，就保留了孔子死后宰予、子贡和有子的"造圣"言论：宰予说夫子"贤于尧、舜远矣"，子贡说孔子的政德之道，"百世之王，莫之能违"。有子则说孔子是人中龙凤，"出于其类，拔乎其萃"。孟子距孔子时代为近，平生之愿在学孔子。作为儒家重要的思想史料，门人所记孟轲言论理应具有较高的可信度。

最后得出结论如下。

（一）宰予是孔子弟子中唯一敢和他叫板的学生，孔子曾用最重的话责备过他。

（二）宰予言辞犀利、反应敏锐、敢于质疑，但思想叛逆，与传统道德相悖。

（三）孔子的很多教导深远而正大，"对它的原文本意，只要不故加曲解，始终具有不可毁的不朽价值。"①

（四）宰予才华过人，不能因为有缺点，就一棍子打死，更不能挟道德的偏见任意诬枉。

《老子》：冷酷隽永的自然智慧

【典籍概述】

老子（约公元前五八〇—约公元前五〇〇年），即老聃，楚国苦县（河南鹿邑）人，生活在春秋末期，与孔子同时代而略早于孔子。

老子的事迹非常简略，有关他的记载，最早见于《史记·老子韩非列传》："老子者，楚苦县厉乡曲仁里人也，姓李氏，名耳，字聃，周守藏室之史也。"据说司马迁在《史记》当中记载人物的籍贯时，往往只记到地区，即一个国就可以了，很少记到"乡"，甚至"里"这一级，对于老子籍贯的记载是由于司马迁与他的父亲司马谈都非常推崇老子。司马迁说他是"周守藏室之史"，就相当于今天的国家档案馆、图书馆的馆长。

孔子到过东周洛阳，问礼于老子。老子对孔子说："子所言者，其人与骨皆已朽矣，独其言在耳。且君子得其时则驾，不得其时则蓬累而行。吾闻

---

① 南怀瑾著述：《南怀瑾选集》第一卷《论语别裁》前言，复旦大学出版社，2003，第4页。南怀瑾先生的书，社会发行量很大，但因为不严谨的硬伤处较多，所以常常受到学者们的批评，但持论往往尖锐者多，中肯者少。能理性而不失通达地看待南书者，目前似唯复旦大学的傅杰教授可当之："南怀瑾不是学者，他当然有学问，对儒道佛多有涉猎，加上他的世事洞明人情练达，所以随机授徒，常有关键的点拨，独特的见地，既可以增加你的见闻，也可以给你以启发。但他对古书理解从准确性的要求来看，问题很多（所以不推荐用《论语别裁》做基础读本），只能在我们读过相对准确的《论语》译注本之后，再用他的《别裁》来扩充一下见闻，启发一下思路"（喜马拉雅傅杰《论语》课第196集文稿）。

之，良贾深藏若虚，君子盛德容貌若愚。去子之骄气与多欲，态色与淫志，是皆无益于子之身。吾所以告子，若是而已。"老子对孔子的教导，就是一句话，让他不要多欲，不要有那么多的志向。孔子回去以后告诉弟子说：鸟，我知道它能飞；鱼，我知道它会游；野兽，我知道它能跑，"至于龙，吾不能知其乘风云而上天。吾今日见老子，其犹龙邪!"孔子认为，老子就像龙一样。"犹龙"就是孔子给老子起的一个别名。

司马迁认为，老子修道德，其学问以自隐无名为宗旨。他在东周洛阳待的时间较久，看到东周衰落，所以逃亡。《史记》记载，"至关，关令尹喜曰：'子将隐矣，强为我著书。'于是老子乃著书上下篇，言道德之意五千余言而去，莫知其所终。"据说老子从洛阳西行，到了函谷关时，守关的将领尹喜让他著书，于是老子就写下了《道德经》上、下两篇，总共五千余言。司马迁说："没有人知道老子最终去了哪里。估计他活了一百六十余岁，有的人说他活了二百多岁，因为他修道所以长寿。"老子的生平是一个谜。

老子给世人留下的《道德经》又称《老子》，分为上、下两篇，共八十一章，大约五千字。《道德经》是后代道教的经典，其思想非常丰富。哈佛大学教授约翰·高说："《老子》许多年来一直是我的床头伴侣。其意义永无穷尽，通常也是不可思议的。例如，当我研究心理学时，它是一本有价值的关于人类行为的教科书。作为一个研究组织机构的专业人员，我从这本书学到了许多有关政治和领导的知识。我把它作为最喜爱的礼物送给身为企业家和高级经理的朋友们。这本书道出了一切。"[①] 约翰·高的评价应该说是一个代表。

老子的哲学对俄国文豪托尔斯泰产生过重要影响。他对中国哲学极感兴趣，研究过孔丘、墨翟、孟轲等中国古代哲学家的学说，而对老聃著作的学习和研究一直持续到暮年。他曾说："我的良好的精神状态也要归功于阅读孔子，而主要是老子。"托尔斯泰主义的核心——"勿以暴力抗

---

① 〔美〕约翰·肯尼思·加尔布雷思等：《哈佛书架：100 位哈佛大学教授推荐的最有影响的书》，海南出版社，2002，第 89 页。

恶"——在很大程度上是受到老聃"无为"思想的启迪。①

【文本选读】

《老子》这部书被称为智慧之书，其核心概念就是"道"与"德"。我们先说"道"。

一　以"道"为根本的宇宙观和世界观

《老子》一书中有七十四次论"道"，把"道"看作超越经验世界的宇宙本质和最高的哲学本体，也是人类一切活动的根本出发点和最后的归宿。

"道"是什么呢？第一章："道可道，非常道。名可名，非常名。无名天地之始。有名万物之母。……此两者同出而异名，同谓之玄。玄之又玄，众妙之门。"这段话讲：能够被人们表达出来的"道"不是永恒的"道"，被人们经常传颂的"名"不是真正的"名"。天地之初开，本是道使之然，道是自然而然地形成的。道虽然不去推动万事万物的形成，但万物却在道中形成了。无名和有名都是道的别名（无名是万物的原始；有名，是万物的开端），它们是世界的源泉，非常深奥，是所有物质和生命产生的来源。

第六章："谷神不死是谓玄牝。玄牝之门是谓天地根。绵绵若存，用之不勤。"《论语》和《孟子》的儒家思想往往是站在大丈夫的角度，也就是男性的角度来谈论世界，而道家老子则是站在女性的角度，从女性的价值观来谈论世界。他把世界看作一个女性的本源，认为道就是来自于雌性，来自于孕育生命的雌性生命，也可以说就是女性。正是由于女性的生命，才创造了万物。当然，这个女性的生命是一个比喻，"道"好比一个巨大的"女性生命体"，她孕育了世界。

① 《列夫·托尔斯泰文集》第17卷，1884年3月日记，陈馥、郑揆译，人民文学出版社，1987，第126、127页。

这个"道"有什么特点呢？第十四章："视之不见名曰夷。听之不闻名曰希。搏之不得名曰微。此三者不可致诘，故混而为一。其上不皦(jiǎo)，其下不昧，绳绳不可名，复归于无物。是谓无状之状，无物之象，是谓恍惚。迎之不见其首，随之不见其后。执古之道以御今之有。能知古始，是谓道纪。"是说"道"看不着、听不着、摸不着，无头无绪、延绵不绝，却又实实在在地存在。它掌握了古今，是人类和自然界产生的根源。

第二十五章："有物混成，先天地生。寂兮寥兮，独立而不改，周行而不殆，可以为天地母。吾不知其名，强字之曰道，强为之名曰大。大曰逝，逝曰远，远曰反。故道大、天大、地大、人亦大。域中有四大，而人居其一焉。人法地，地法天，天法道，道法自然。"这段话也是老子思想的一个重要阐释。老子认为，道在天地形成之前就已经存在，循环运行不息，是产生天地万物之母。宇宙中有四大：道、天、地、人（另一说是王。郭店楚简《老子》作："天大，地大，道大，王亦大。域中有四大，而王处一焉。"）。这四层关系是递进的，人在最下层，道在最高层。人要效法地，地要效法天，天要效法道，而道呢？"道法自然"，自然是什么意思呢？"自然"就是事物未经外在干预的本来状态，而道体现的就是事物得以产生的本源和本质。

关于道的体现，老子认为，道是和平的，道是反对战争的。第三十一章："夫佳兵者不祥之器，物或恶之，故有道者不处。""兵者不祥之器，非君子之器，不得已而用之，恬淡为上。胜而不美。而美之者，是乐杀人。夫乐杀人者，则不可得志于天下矣。""道"的体现是和平的、滋润万物的、养育生命的，而不是杀生的。所以，老子是一个和平主义者，谈论战争的目的在于反对战争。

第四十二章："道生一，一生二，二生三，三生万物。万物负阴而抱阳，冲气以为和。"马王堆甲本作"中气以为和"。"道生一"中的"一"是天地的本源，也可以理解成元气。"一生二"中的"二"指的是阴阳二气。"二生三"中的"三"是指由两个对立的方面相互矛盾冲突所产生的第三者也就是说在阴和阳的交互转换中，纯阳转为阳中有阴，纯阴转为阴中有阳，也就是和合之气。"三生万物"是指阴、阳、和三者不断冲突交和而产生了万物，所以阴、阳、和是万物产生的基本元素。

二　"无为而治"的治国方略

老子思想的一个重要内容就是"无为而治"，这是老子在政治上的一个主张。

第三章："不尚贤，使民不争。不贵难得之货，使民不为盗。不见可欲，使民心不乱。是以圣人之治，虚其心，实其腹，弱其志，强其骨；常使民无知、无欲，使夫智者不敢为也。为无为，则无不治。"老子认为，一个优秀、合格的统治者在治国时不推崇贤能、不珍爱难得的财物，也不表现自己的欲望，老百姓就不会去争、去偷，民心也不会迷乱。最好的统治是让百姓生活富足，但精神上不要有太大的追求，使人都回归纯洁的、无知无欲的自然本性，顺应了自然规律，就可以达到治国的理想。

第三十七章："道常无为，而无不为。侯王若能守之，万物将自化。""不欲以静，天下将自定。"老子认为，统治者应该做到无为而达到无不为，怎样无为呢？就是君王要坚守"道"的法则来为政，顺任自然，不妄加干涉，不胡作非为，那么百姓将会自由自在，做好自己的事情。"欲"和"静"也都是无为的内涵，以君王的无为换取天下大治，百姓的安宁

第三十八章："上德不德是以有德，下德不失德是以无德。上德无为而无以为，下德无为而有以为。上仁为之而无以为，上义为之而有以为，上礼为之而莫之以应，则攘臂而扔之。故失道而后德，失德而后仁，失仁而后义，失义而后礼。夫礼者，忠信之薄而乱之首。"老子认为，具备上德的人不表现为外在的德，具备上义的人也不表现为外在的义。表面上看是无仁无义，实则是天下达到大治。"道"失去后才讲"德"，"德"失去后才讲"仁"，"仁"失去后再讲"义"，"义"失去后再讲"礼"，而"礼"是忠信不足的产物，是天下大乱的开端，因此反对讲仁义礼智。

第四十八章："为学日益。为道日损。损之又损，以至于无为，无为而无不为。"就是说君王要做到无为，以达到无不为。

第四十九章："圣人无常心，以百姓心为心。善者吾善之，不善者吾

亦善之德善。信者吾信之，不信者吾亦信之，德信。圣人在天下歙歙（xī）焉，为天下浑其心。百姓皆注其耳目，圣人皆孩之。"老子心中的圣人君王是没有私心的，以百姓之心作为自己之心，这样可以得到诚信，从而使人人守信、向善。这才是真正的圣人，才能做到天下大治。

三 "贵柔守雌"的方法论

《老子》一书中充满了辩证法思想，突出强调了以弱制强、以退为进、以后取先的管理经营理念。

第二章："天下皆知美之为美，斯恶已；皆知善之为善，斯不善已。故有无相生，难易相成，长短相较，高下相倾，音声相和，前后相随。是以圣人处无为之事，行不言之教。万物作焉而不辞。生而不有，为而不恃，功成而弗居。夫唯弗居，是以不去。"这段内容一是体现了老子的辩证法思想。他阐述了世间万物都是相互依存、相互作用的，有善必有恶，有美必有丑。二是说在这种矛盾对立的状况下，人们应该怎样做呢？还是"无为"。不是无所作为，随心所欲，而是要顺应自然，按照自然规律办事。

第十章："载营魄抱一，能无离乎？专气致柔，能婴儿乎？涤除玄览，能无疵乎？爱民治国，能无为乎？天门开阖，能无雌乎？明白四达，能无为乎？"这段话是说老子认为人们应该将精神和形体合一而不偏离，物质与精神生活和谐。要想达到这种状态，就需要静心定气、抛却杂念、摒除妄见，懂得自然规律，加强自身的道德修养，才能爱国治民。"生之畜之，生而不有，为而不恃，长而不宰，是谓玄德。"老子认为，最高的道德就是生了他而不拥有他，做了它而不以它为骄傲，创造了成绩而不居功自傲，这才是一种好的道德。

第二十八章："知其雄，守其雌，为天下溪。"我知道雄的好处，但我要坚守雌性的特点，甘愿做天下的溪涧。溪也可以理解成道。"为天下溪，常德不离，复归于婴儿。知其白，守其黑，为天下式。为天下式，常德不忒，复归于无极。"我知道白的好处，但我要坚守黑的准则，甘愿做天下的范式，这样永恒的道德就不会出现差错，最后恢复到不可穷极的真理。"知其荣，守其辱，为天下谷。为天下谷，常德乃足，复归于朴。朴散则为器，圣人用之则为官长。故大制不割。"老子认为拥有道德的人应该能够承受人间所不好的一些东西，比如黑、羞辱等，这样才能承担大任。"大制不割"是指一个好的管理制度是建立在顺应人性的基础上。

第三十六章："将欲歙之，必固张之；将欲弱之，必固强之；将欲废之，必固兴之；将欲取之，必固与之。是谓微明。柔弱胜刚强。鱼不可脱于渊，国之利器不可以示人。"这段话描述的是老子的辩证法思想，矛盾双方可以互相转化，如"物极必反"、"盛极而衰"，都可以是自然界变化的规律，并由转化的关系而联系到"柔弱胜刚强"的道理，同时比喻社会现象，引起人们的警觉注意。

第四〇章："反者道之动，弱者道之用。天下万物生于有，有生于无。"老子认为自然界的变化规律是循环往复、周而复始的，弱者可能变成强者，强者也会变成弱者。"有生于无"中的"有"与第一章中的"有名万物之母"的"有"相同，是宇宙万物产生本原的命名。也就是说，天下万物产生于看得见的有形，而有形又产生于不可见的无形。

第四十一章："故建言有之，明道若昧，进道若退，夷道若纇（lèi）。"意思是光明的道好像很黑暗，前进的道好像在后退，平坦的道好像很崎岖。"上德若谷，大白若辱，广德若不足，建德若偷，质真若渝。"讲的是一个具有崇高道德的人，看上去好像道德不够，其实这才是真正有道德的。就类似一个好的玉石仿佛有瑕疵一样。"大方无隅，大器晚成，大音希声，大象无形。"意思是最方正的事物，反而没有棱角；最大的器物往往是最后才完成；最美的声音，反而听起来无声无息；最大的形象，反而没有形状。这正是道德的体现。

第四十三章："天下之至柔，驰骋天下之至坚。无有入无间，吾是以知无为之有益。不言之教，无为之益，天下希及之。"老子指出，最柔弱的东西可能蓄积着看不见的巨大力量，使最坚硬的东西无法抵挡，这是他给我们的一个启迪。

第四十五章："大成若缺，其用不弊。大盈若冲，其用不穷。大直若屈，大巧若拙，大辩若讷。静胜躁，寒胜热，清静为天下正。"最完满、充盈的东西好像欠缺、虚空一样，但它的作用不令衰竭穷尽。最正直的东西好像弯曲，最灵巧的东西好像笨拙，这些都是老子以"无为"观察事物的辩证逻辑。但据帛书老子甲本第三句中的"大辩若讷"乃系后人改窜，原文当作"大赢如朒"，即"最大的赢余就像方损"的意思。末句"躁胜寒，静胜热"指人肢体运动生暖，暖则虽寒而不觉；心宁绎静，静而虽热而不觉。

第五十二章："见小曰明，守柔曰强。用其光，复归其明，无遗身殃，是为习常。"能察见细微就是"明"，能忍辱处弱叫做"强"，韬光匿明，才不会给自己带来灾殃。鉴于世人好逞聪明，不知敛藏，老子才以此言警醒世人不可一味外溢，而要韬藏纳拙。

第五十八章："其政闷闷，其民淳淳。其政察察，其民缺缺。祸兮福之所倚，福兮祸之所伏。"政治宽大，人民就淳朴；政治严苛，人民就狡诈。祸福相因，循环转化，讲的就是塞翁失马，焉知非福的道理。

第七十六章："人之生也柔弱，其死也坚强。草木之生也柔脆，其死也枯槁。故坚强者死之徒，柔弱者生之徒。是以兵强则灭，木强则折。强大处下，柔弱处上。"老子通过人和草木的生存状态，说明强悍者才能外显，容易招忌而失掉生机，柔韧者则充满生机的自然现象，进而表达"戒刚贵柔"的思想。

第七十八章："天下莫柔弱于水。而攻坚强者莫之能胜。以其无以易之。弱之胜强，柔之胜刚，天下莫不知，莫能行。是以圣人云，受国之垢是谓社稷主，受国不祥是为天下王。正言若反。"世间没有比水更柔弱的，冲击坚强的东西没有能胜过它的。柔弱胜刚强，天下无人不知，但无人能行。水胜趋下，老子借言人君唯处谦下，卑屈忍辱，受天下之恶，而后才能清静无为，以道化民。

四 重视细微的管理视角

第六十三章："为无为，事无事，味无味。大小多少，报怨以德。图难于其易，为大于其细。天下难事必作于易，天下大事必作于细。是以圣人终不为大，故能成其大。夫轻诺必寡信，多易必多难，是以圣人犹难之，故终无难矣。"以无为的态度去做为，以不扰的方式去做事。以恬淡无味当作味。这是老子一再强调的治世宗旨。"报怨以德"，则是对世俗正义和道德价值的超越，有利于化解矛盾，消弭包括孔子"以直报怨"所引发的无尽纷争和仇恨，实际体现了一种高超的智慧和宽容的精神。

五　以"道德"修身的人格修养

第七章："天长地久。天地所以能长且久者，以其不自生，故能长生。是以圣人后其身而身先，外其身而身存。非以其无私邪！故能成其私。"天长地久，道和天地并不为自己而存在，所以才能够长生。圣人治国应效法天地"不自生"的精神，将个人利益置于众人之后，一心一意为民谋利，才能得到民众的拥护与爱戴。

第十六章："致虚极，守静笃。万物并作，吾以观其复。夫物芸芸，各复归其根。归根曰静，是谓复命。复命曰常，知常曰明。不知常，妄作，凶。知常容，容乃公，公乃全，全乃天，天乃道，道乃久，没（mò）身不殆。"本章的核心是"复命知常"，通过保持内心的虚寂和宁静，察知、理解并掌握事物发展变化的规律，从而有效治理国家，解决社会生活中出现的各种问题。因受智巧嗜欲的蒙蔽搅扰，人心容易妄作并导致危险恶果，所以致虚宁静的工夫就显得尤为重要。

第二十二章："曲则全，枉则直，洼则盈，敝则新，少则得，多则惑。是以圣人抱一为天下式。不自见，故明；不自是，故彰；不自伐，故有功；不自矜，故长。夫唯不争，故天下莫能与之争。古之所谓曲则全者，岂虚言哉！诚全而归之。"老子认为，"曲"里存在"全"的道理，"枉"里存在"直"的道理，"洼"里存在"盈"的道理，"敝"里存在"新"的道理。世人迷于表相，急于彰显自身，因而引起无数纷争。老子主张从正、反两面观察事物，通过逆向思维，把握事物矛盾转化的原则，以此作为圣人处世守道不争，"故天下莫能与之争"的理论依据。

第二十三章："希言自然。故飘风不终朝，骤雨不终日。孰为此者？

天地。天地尚不能久，而况于人乎？故从事于道者，道者同于道。德者同于德，失者同于失。同于道者，道亦乐得之；同于德者，德亦乐得之；同于失者，失亦乐得之。信不足焉，有不信焉。""希言自然"是老子的政治理想。他认为统治者应当少发号施令，而要效法宇宙自然之道，行"清静无为"之政，使万民各得其生、各得其养，安然畅适，这才能与天地合德。相反如果是恣意妄言，诚信缺失，民众必不信从。

第二十四章："企者不立；跨者不行。自见者不明；自是者不彰。自伐者无功；自矜者不长。其在道也，曰余食赘形。物或恶之，故有道者不处。"脚跟踮高站不稳，步伐过大走不成，自我表现不高明，自以为是丧名声，自我夸耀难见功，自我抬高不长久。从"道"的角度看，这些急躁炫耀的行为如剩饭赘瘤一般惹人厌烦，故有道者不处。

第三十三章："知人者智，自知者明。胜人者有力，自胜者强。知足者富，强行者有志。不失其所者久，死而不亡者寿。"本章强调"自知"、"自胜"、"知足"、"强行"的自我修养和人格建立，在老子看来，知人、胜人固然重要，但自知、自胜更为重要，后者即今人常说的战胜自我，超越自我。末句"死而不亡者寿"是老子的"不朽"观，意指身死之后，有关道的学说犹存。

第八十一章："信言不美，美言不信。善者不辩，辩者不善。知者不博，博者不知。圣人不积，既以为人己愈有，既以与人己愈多。天之道，利而不害，圣人之道，为而不争。"本章所说的"利而不害，为而不争"，可作为人类行为的最高准则。其中"知者不博，博者不知"一句，尤可视为学者之凛戒。博学是一种美德，但真知是超越博学的另一种美德。一个人如若执迷不悟，那么博学对他来说，只不过是一种累赘和障碍。

六 政治目标与治国理想

第十二章："五色令人目盲，五音令人耳聋，五味令人口爽（注：伤），驰骋畋猎令人心发狂，难得之货令人行妨。是以圣人为腹不为目。故去彼取此。"此章老子指出物欲纵情的弊害。对上而言，"圣人之治"多关注民生，抑止声色犬马的各种贪欲，"为腹不为目"，则让人们懂得终日沉湎于声、光、色欲中，会丧失人的本性。

第十八章："大道废，有仁义；慧智出，有大伪；六亲不和，有孝慈；国家昏乱，有忠臣。"大道废弃，诚信不足，奸伪萌生，道德缺失，正是这些丑陋的现象导致了社会混乱。在混乱中表彰某种德行，如仁义、智慧、孝慈、忠臣，正是由于它们特别缺乏的缘故。如果六亲自和，国家自治，自然不需要孝慈、忠臣的提倡了。

第十九章："绝圣弃智（注：郭店楚简《老子》作'绝智弃辩'），民利百倍；绝仁弃义，民复孝慈；绝巧弃利，盗贼无有。此三者，以为文不足。故令有所属，见素抱朴，少私寡欲。"本章与上章联系紧密。流俗重"文"，老子重"质"，圣智、仁义、巧利，在他看来都是巧饰之物，不足以治理天下，而要让民心有所归属，统治者就必须保持素朴，减少私欲，进而弃绝文饰，从而使人民生活在安定、淳朴的环境当中。

第二〇章："我愚人之心也哉！沌沌兮。俗人昭昭，我独昏昏；俗人察察，我独闷闷。……我独异于人，而贵食母。""我真是愚人的心肠呵，整日混混沌沌。世人都自我炫耀，我却糊里糊涂。世人都精于算计，我却茫然无知。我和世人不同，看重追寻道的滋养。"本章体现了老子的大智若愚和哲人的孤寂。

第八〇章："小国寡民。使有什伯之器而不用；使民重死而不远徙。虽有舟舆，无所乘之；虽有甲兵无所陈之。使人复结绳而用之。甘其食，美其服，安其居，乐其俗。邻国相望，鸡犬之声相闻，民至老死不相往来。""小国寡民"是老子桃花源式的乌托邦构想，是他"无为而治"思想在政治社会方面的反映。这里民风淳朴，没有器械机心，没有战争杀戮，人民安居乐业。虽属空想，但其对文明的反思和纯朴自然的向往，却值得珍视和肯定。

【参考书目】

1. 陈鼓应：《老子注译及评介》（增订修补本），中华书局，1984。

2. 任继愈：《老子绎读》，北京图书馆出版社，2006。

3. 汤漳平、王朝华译注《老子》，中华书局，2014。

4. 高明：《帛书老子校注》，中华书局，1996。

5. （魏）王弼注、楼宇烈校释《老子道德经注》，中华书局，2011。

6. （汉）严遵著、王德有译注《老子指归译注》，商务印书馆，2004。

7. 王卡点校《老子道德经河上公章句》，中华书局，1993。

8. 高亨：《老子正诂》，清华大学出版社，2011。

9. 王蒙：《老子十八讲》，生活·读书·新知三联书店，2009。

10. 李零：《人往低处走：〈老子〉天下第一》，生活·读书·新知三联书店，2014。

11.〔美〕韩禄伯著，邢文改编《简帛老子研究》，余瑾译，学苑出版社，2002。

12.〔美〕艾兰、〔英〕魏克彬原编《郭店〈老子〉：东西方学者的对话》，邢文编译，学苑出版社，2002。

《孙子兵法》：享誉世界的兵学圣典

【典籍概述】

一　其人其书

《孙子兵法》是著名的中国现存最早的古代兵书，英文名叫 *Sun Tzu's Art of War*，作者是春秋时期的军事家孙武。孙武字长卿，约生活于公元前六世纪至公元前五世纪初，齐国乐安（今山东惠民）人。他出身将门家庭，齐田氏后裔，因为政局变化移居吴国。后经伍子胥的推荐，以兵法十三篇晋见吴王阖闾，被任命为将军，他辅佐吴王理国治兵，成效卓著，由此吴国称霸诸侯。

《孙子兵法》又名《十三篇》或《孙武兵法》。因为现在的通行本有《计》《作战》《谋攻》《形》《势》《虚实》《军争》《九变》《行军》《地形》《九地》《火攻》《用间》十三篇，故名。根据《汉书·艺文志》的记载，《孙子兵法》本应有"八十二篇，图九卷"，但今天看到的却有字没图，约五千余字。一九七二年山东临沂银雀山汉墓出土了《孙武兵法》残简，除了与现存十三篇相同的篇目外，还有五篇佚文，分别是《吴问》、《四变》、《黄帝伐赤帝》、《地形》和《见吴王》。

二　核心观点

《孙子兵法》总结了商周以来、特别是春秋时期的战争经验，阐述了古代战争的理论问题和客观规律，无论在我国军事思想史上还是哲学思想史上都有重要的价值。战争观点方面，作者开篇明义："兵者，国之大事，死生之地，存亡之道，不可不察也。"并指出战争不是孤立的事物，其胜负受制于各种因素，大致来说有五："一曰道，二曰天，三曰地，四曰将，五曰法。"就是说战争首先必须符合道义，即君主和民众目标相同，意志统一，可以同生共死，不惧怕危险。其次要顺应天时，占据有利地形，再加上能征善战的将领以及严明的纪律，这样才能取得胜利。

《孙子兵法》强调了"安国全军"的"警之"和"慎之"的态度，提出不以直接交战的方式达成的政治"全胜"战略，所谓"百战百胜，非善之善者也；不战而屈人之兵，善之善者也"；在战略谋划上，提出"庙算胜者，得算多也"的观点；作战指导方面，又提出了"上兵伐谋，其次伐交，其次伐兵，其下攻城"，攻城之法，其实是万不得已的选择。《孙子兵法》还提出了一条十分著名的军事原则："知己知彼，百战不殆；不知彼而知己，一胜一负；不知彼不知己，每战必殆。"只有做到运筹帷幄之中，才能决胜千里之外，而那些对自己、对敌人都不了解的军队，只会打败仗。

孙子是一个善战的将领，但不是一个好战的将领。他把军事放在政治、经济、自然条件等关系中去考察，从总体关系上体现了他看待问题的辩证思想。《孙子兵法·作战》篇说："不尽知用兵之害者，则不能尽知用兵之利也。"就是强调要从正反两方面看问题。在治军思想上，孙子提出"令之以文，齐之以武"，强调严明纪律和严格训练的重要性。其他诸如"兵者，诡道也""攻其无备，出其不意"（《计》篇），"兵无常势""因敌而制胜"（《虚实》篇）等语句，非知兵者也耳熟能详，可见该书在中国文化史上的地位。

要之，《孙子兵法》中重战、慎战、备战和善战的思想以及对战争当中敌我、主客、众寡、强弱、攻守、进退、奇正、虚实、动静、勇怯、治乱、胜败等诸种矛盾及其相互转化所做的详细分析，无不具有知己知彼、趋利避害的朴素唯物论和辩证法因子，因此被尊为"百代谈兵家之祖"，被列为宋代《武经七书》之首，对后世产生了深远的影响。

三　校注释例

历代注释《孙子兵法》者约有二百多家，著作三百多种，其中成就最大的当推"曹操注"，其次是"杜牧注"。宋本《十一家注孙子》，收录了曹操、杜佑、李筌、杜牧、陈皞（hào）、贾林、孟氏、梅尧臣、王晳（xī）、何延锡和张预的十一家注文，是现存最完备的古注本。明清以来的各种版本一般以宋刊《武经七书》和《十一家注孙子》为底本，形成《孙子》的两大传本系统。当代著名军事家郭化若将军的《孙子译注》融入了中国人民解放军的大量战例，是入门者的简明参考书。

关于"曹操注"的价值，有必要专门拿出来说一下。有学者认为"杜牧注"成就更大，但经过比对，"曹操注"的价值无疑最大，"杜牧注"则是在通解《孙子兵法》和"曹操注"方面提供了广博的学术根据。史书评价曹操，说他"运筹演谋，鞭挞宇内……抑可谓非常之人，超世之杰矣"。（《三国志·魏书一·武帝纪第一》）其中的一项根据就是他有韩信和白起的军事谋略，不但"料敌制胜，变化如神"，而且又"博览群书，特好兵法"。他在戎马倥偬之际为《孙子兵法》作注，使《孙子兵法》进入注释的新时代。曹操注不能说尽善尽美，但却简要质切，多得《孙子兵法》本旨，而且根据他御军三十多年之经验，对《十三篇》原意多有发挥，故为后世所推重。特举数例以资说明。

《孙子》卷上《谋攻篇》记载："故用兵之法，十则围之。"曹操解释说：以十敌一就包围敌人，这是在将领智力、勇气相同而武器装备锋利条件均等的情况下所采取的军事法则；如果主弱客强，就不用十倍兵力包围。曹操就曾以一倍的兵力包围下邳，生擒了吕布。（原注作："以十敌一，则围之，是谓将智勇等而兵利钝均也。若主弱客强，不用十也。操所以倍兵围下邳，生擒吕布也。"）

同篇又记载："不知三军之事，而同三军之政者，则军士惑矣。"曹操注称："军容不入国，国容不入军，礼不可以治兵也。"治理军队的方法不能用来治理国家，治理国家的方法同样不能用来治理军队，所以以礼制仪节是不能用来治理军队的。

再如《孙子》卷中《九变》篇有一句："城有所不攻。"就是有些城池不要占。曹操注称："城小而固，粮饶，不可攻也。操所以置华费而深入徐州，得十四县也。"对于《九变》篇中的这一句，杜牧曾对"曹操注"作进一步申释。他说：曹操舍华、费两座小城不攻，因此能够兵力完整地深入徐州，得十四县地。它的道理在于，敌人于要害之地，疏通城壕，多储粮食，打算拖留我军；如果强行攻拔，价值其实不大，如果攻克不了，就会挫败我军气势，因此不可攻也。（原注作："操舍华费不攻，故能兵力完全，深入徐州，得十四县也。盖言敌于要害之地，深峻城隍，多积粮食，欲留我师；若攻拔之，未足为利，不拔则挫我兵势，故不可攻也。"）

按照杨丙安先生的说法，杜牧是曹操之后成就最大、影响也最大的注家。据史料记载，杜牧是唐代政治家和史学家杜佑的孙子，长于诗文，为晚唐名家之一，却"慨然最喜论兵"，敢论朝廷大事，刚直有奇节，主张削除藩镇，稳固边疆。他注《孙子兵法》的举动是希望能有大用。客观来讲，杜牧注疏阔宏博且多引战史作为参证，对《孙子兵法》本旨多有发明。但杜牧乃是一介文士，才情有余，学力未足，而且缺乏实战经验，因此他注失误的地方也往往有之，并多为陈皞所攻驳。

除了曹操、杜牧等注，今人注也应重视。比如《作战》篇中的"故兵贵胜，不贵久"作为全篇的结论，意指用兵就要速胜而不要持久。曹操解释得很明白，他说："久则不利。兵犹火也，不戢（jí，止息）将自焚也。"这里的"持久"采用的是郭化若将军的译法，他之所以这样翻译，与毛泽东一九三八年的《论持久战》演讲有关。毛泽东在总结抗日战争初期经验的基础上，针对国民党内部的"中国必亡论"和"中国速胜论"以及共产党内部轻视游击战的倾向，系统地阐述了中国实行持久战以获得对日胜利的战略。结合八年抗战胜利的事实，郭化若将军指出，"《孙子》强调速胜，而反对持久，这里就无视了被侵略的弱国，必须坚持持久的防御，等待敌军分散、疲惫，然后乘机反击之，这方面的重要性《孙子》几乎都未谈到。"（《孙子兵法译注》"作战篇第二"）

四 影响：以基辛格论《孙子》为例

《孙子兵法》在中国流传甚广，除了汉文文本之外，还有西夏文、蒙古文、满文等少数民族文本，在世界军事史上占有重要地位。唐时已传入日本，十八世纪又传到欧洲，现有日、法、俄、英、德、捷、越、阿拉伯等译本，美国西点军校将其列入必读书目。一九九一年海湾战争期间，交战双方均曾借鉴《孙子兵法》中的谋略；而现代的一些大公司或大企业也通过学习《孙子兵法》来应对激烈的市场竞争，该书的巨大价值和影响由此可窥一斑。

提到《孙子兵法》对世界的影响，有必要说一说基辛格的《论中国》，该书第一章"中国的独特性"，曾论及中国人的实力政策，从中无疑可以看到这名"中国通"对《孙子兵法》所具有的独到认识：

中国人是实力政策的出色实践者，其战略思想与西方流行的战略与外交政策截然不同……在陷于冲突中时，中国绝少会孤注一掷……西方传统推崇决战决胜，强调英雄壮举，而中国的理念强调巧用计谋及迂回策略，耐心累积相对优势。

中西方的这一对比反映在两种文明中流行的棋类上：

1. 如果说国际象棋是决战决胜，围棋则是持久战。

2. 国际象棋棋手的目标是大获全胜，围棋棋手的目标是积小胜。

3. 下国际象棋，棋盘上双方的实力一目了然，所有棋子均已摆在棋盘上。围棋棋手不仅要计算棋盘上的子，还要考虑到对手的后势。

4. 下国际象棋能让人掌握克劳塞维茨的"重心"和"关键点"等概念，因为开局后双方即在中盘展开争夺，而下围棋学到的是"战略包围"的艺术。

5. 国际象棋高手寻求通过一系列的正面交锋吃掉对手的棋子，而围棋高手在棋盘上占"空"，逐渐消磨对手棋子的战略潜力。

6. 下国际象棋练就目标专一，下围棋则培养战略灵活性。

同样，中国独具一格的军事理论也与西方截然不同。……中国思想家提出了一种战略思想，强调取胜以攻心为上，避免直接交战。

基辛格能将围棋和国际象棋作为中、西实力思想的代表来论述中国的实力政策和军事思想，这是他的卓识所在。现代围棋属于体育项目，古代却与兵家相连。汉代桓谭最早指出："世有围棋之戏，或言是兵家之类。"（《新论》）北周敦煌的《碁经》也说："又棋之体，专任权变。"当然，这个"权变"是以人道作为依归的。清代著名围棋国手施定庵在《弈理指归·序》中就引《孙子》之语解释围棋的"权变"，说"不战屈人者"是"经"，"战以奇胜"是"权"。

基辛格最后总结说，孙子与西方战略学家的根本区别在于，孙子强调心理和政治因素，而不是只谈军事。欧洲著名的军事理论家克劳塞维茨和约米尼认为，战略自成一体，独立于政治。孙子则合二为一。西方战略思想家思考如何在关键点上集结优势兵力，而孙子研究如何在政治和心理上取得优势地位，从而确保胜利。孙子的深邃思想是，在一次军事或战略的较量中，一切因素互为影响：气候、地形、外交、情报、供应和后勤、力量对比、历史观以及出其不意和士气等无形因素。无论哪个因素都会牵一发而动全身，造成军事形势和相对优势的微小变化——没有孤立的事件。

因此，一位战略家的任务不是分析具体形势，而是弄清这一形势与它形成的外部条件之间的关系。没有一种局面是一成不变的，任何现象都是暂时的，都在不断发生变化。战略家必须洞悉变化的走向，为己所用。孙子用"势"这个词表达这一特征，在西方没有类似的概念。但基辛格却能对它有准确地解释，说"势"指"各种因素之特定组合及其发展趋势中蕴涵的巨大能量"。从"知己知彼"的角度来看，基辛格无疑是深知中国文化的少数西方人之一。

【文本选读】

始计篇

【解题】 《始计》篇是《孙子兵法》的第一篇，孙武强调战争是维护国家存亡的一种手段，国家安危才是用兵者首先要考虑的因素，体现了孙武"慎用兵"的思想。在此前提下，孙子论述了用兵之前内外两方面的整体准备，内指对自身情况的把握，外指克敌制胜的策略选择。孙武用兵有整体性思维，注意到一些基础性因素对战争的决定性作用（如道、天、地、将、法等），强调正确的战略决策是胜利的前提和保证。

孙子曰：兵者，国[1]之大事，死生之地，存亡之道，不可不察也。故经之以五事，校之以计[2]而索其情：一曰道，二曰天，三曰地，四曰将，五曰法。道者，令民与上同意也，故可以与之死，可以与之生，而不畏危。天者，阴阳、寒暑、时制[3]也。地者，远近、险易、广狭、死生[4]也。将者，智、信、仁、勇、严也。法者，曲制、官道、主用也。[5]凡此五者，将莫不闻，知之者胜，不知者不胜。故校之以计而索其情[6]，曰：主孰有道？将孰有能？天地孰得？法令孰行？兵众孰强？士卒孰练？赏罚孰明？吾以此知胜负矣。将听吾计，用之必胜，留之；将不听吾计，用之必败，去之。

〔1〕国：钱基博《孙子章句训义》强调："'国'字须着眼，此为十三篇命脉所寄。"

〔2〕计：此指综合评定，而非一般的计谋。

〔3〕时制：指时令。

〔4〕死生：指死地、生地。

〔5〕曲制、官道、主用也：曲制，军队编制。官道，设官分职、明权任责。主用，指军需物资的供应等。

〔6〕情：真实情况。

　　计利以听，乃为之势[1]，以佐其外。[2]势者，因利而制权[3]也。兵者，诡道也。故能而示之不能，用而示之不用，近而示之远，远而示之近；利而诱之，乱而取之，实而备之，强而避之，怒而挠[4]之，卑而骄之，佚而劳之，亲而离之。攻其无备，出其不意。此兵家之胜，不可先传也。

　　夫未战而庙[5]算胜者，得算多也；未战而庙算不胜者，得算少也。多算胜，少算不胜，而况于无算乎！吾以此观之，胜负见矣。

〔1〕乃为之势：创造取胜的潜在可能性。势，取胜的态势。
〔2〕外：指常规以外的情况。曹操注："常法之外也。"
〔3〕权：权变，灵活处置。
〔4〕挠：骚扰。
〔5〕庙：庙堂，指国君议政之所。

兵势篇

【解题】 《兵势》篇是《孙子兵法》第五篇。"势"是先秦时期的一个重要概念，孙武是对"势"进行探讨的军事家。《始计》篇曾说"势者，因利而制权也"，《兵势》篇则是对其论说的进一步发挥，讨论势与奇正、任势与战人等问题。孙子用高处流水比喻兵家"势"的道理，令自己在战斗时处于一种居高临下、必将取胜的态势。"奇正之变，不可胜穷"则意味着战争形势和计策、手段具有无数可能性，唯有跳出框框、深悟巧用，才能得其精髓。

　　孙子曰：凡治众如治寡，分数[1]是也；斗[2]众如斗寡，形名[3]是也；三军之众，可使必[4]受敌而无败者，奇（qí）正[5]是也；兵之所加，如以碫（duàn）[6]投卵者，虚实[7]是也。

〔1〕分数：指军队的组织编制。

〔2〕斗：指挥。

〔3〕形名：曹操注："旌旗曰形，金鼓曰名。"

〔4〕必：尽、处处的意思。

〔5〕奇正：曹操注："先出合战为正，后出为奇。"奇，出人意料的，变幻莫测的；也指留下的机动部队。

〔6〕碬：磨刀石，此处泛指石头。

〔7〕虚实：指兵力集中或分散。

凡战者，以正合，以奇胜。[1]故善出奇者，无穷如天地，不竭如江海。终而复始，日月是也。死而复（一作"更"）生，四时是也。声不过五[2]，五声之变，不可胜听也；色不过五[3]，五色之变，不可胜观也；味不过五，五味之变，不可胜尝也。战势不过奇正，奇正之变，不可胜穷也。奇正相生，如循环之无端，孰能穷之战？

〔1〕以正合，以奇胜：摆开阵势正面交战，靠灵活变化取胜。

〔2〕声不过五：五指五声，即宫、商、角、徵（zhǐ）、羽。

〔3〕色不过五：五指五色，即青（蓝色）、赤、黄、白、黑。

激水之疾，至于漂石[1]者，势也；鸷（zhì）鸟[2]之疾，至于毁折者，节也。是故善战者，其势险，其节短。势如彍（guō）弩[3]，节如发机。[4]纷纷纭纭，斗乱而不可乱也[5]；浑浑沌沌，形圆而不可败也。[6]

乱生于治，怯生于勇，弱生于强。[7]治乱，数也；勇怯，势也；强弱，形也。[8]

〔1〕漂石：把石头冲起。

〔2〕鸷鸟：凶猛的鸟。

〔3〕彍弩：拉满弓弩。

〔4〕发机：类似扳机的弓弩发射装置，扣下它，箭即发射。

〔5〕斗乱而不可乱也：指战斗场面虽然混乱，但自己的指挥、组织、阵脚不能乱。

〔6〕形圆而不可败也：指阵容严整、周全，难以突破。

〔7〕"乱生于治"三句：是说军队的混乱、胆怯和虚弱是迷惑敌人的假象，能够轻松使敌人处于被调动的局面。

〔8〕"治乱"六句：治乱取决于军队编制，勇怯取决于所营造的态势和声势，强弱取决于军队日常训练所造就的内在实力。

　　故善动敌[1]者，形之[2]，敌必从之；予之，敌必取之。以利动之，以卒待之[3]。故善战者，求之于势，不责于人，故能择[4]人而任势。任势[5]者，其战人[6]也，如转木石。木石之性，安则静，危则动，方则止，圆则行。故善战人之势，如转圆石于千仞之山者，势也。

〔1〕动敌：牵制诱导敌人。

〔2〕形之：展示一种或真或假的样子。

〔3〕以卒待之：以重兵守候。

〔4〕择：通"释"，此处指放弃。

〔5〕任势：利用已形之势。

〔6〕战：使……战，指挥人战斗之意。

【参考书目】

1. （春秋）孙武撰，（三国）曹操等注、杨丙安校注《十一家注孙子》，中华书局，2012。

2. 郭化若：《孙子兵法译注》，上海古籍出版社，2012。

3. 李零：《孙子译注》，中华书局，2009。

4. 李零：《唯一的规则：〈孙子〉的斗争哲学》，中华书局，2014。

《墨子》：兼爱非攻的实践指南

【典籍概述】

一 墨子其人其书

墨子（约公元前四六八 — 前三七六年），战国初期著名的思想家和工艺大师，姓墨名翟，常居鲁，墨家创始人，手工业者的代表。他一开始拜在孔子门下，"学儒者之业，受孔子之术"。后觉得儒礼太烦琐，劳民伤财，而且丧期太久，伤生害事（《淮南子·要略训》），于是另立新说，聚徒讲学，门徒遍天下，形成与儒家对立的墨家学派。

墨子以巨子身份带着学生到各国进行政治活动，游说齐、卫、宋、楚，从事止楚攻宋郑、止齐攻鲁的"非攻"活动，身体力行，日夜不休，"墨突不黔"，同时谢绝楚、越王的封地、邀官，以自苦为极。

其学派也与其他学派不同，是一个非常注重实践的严密组织，具有"摩顶放踵，利天下而为之"的吃苦精神。在先秦时期与儒家并称"显学"，"儒之所至，孔丘也。墨之所至，墨翟也"（《韩非子·显学》）。

《墨子》是墨子及其后学的著作总集，成书于战国末。《汉书·艺文志》著录七十一篇，现存六十三篇，另八篇仅存篇名。其学说以兼爱非攻、力行勤俭为宗旨，其中的《亲士》至《三辩》七篇年代较晚，有人认为是伪书；《尚贤》至《非儒》二十四篇，每篇又分上、中、下篇，反映了墨家前期的基本思想。墨翟之后，属于墨家的有相里氏、相夫氏、邓陵氏等。《墨子闲诂·俞樾序》称："此乃相里、相夫、邓陵三家相传之本不同，后人合以成书，故一篇而有三乎！"《墨子》中还有一个重要部分——《墨经》，又名《墨辩》，内容包括《经》上下、《经说》上下和《大取》《小取》六篇，一说仅包括前四篇，为后期墨家哲学、逻辑学和自然科学著作。它发展了前期墨家的认识论和逻辑学，对先秦时期的自然科学，如光学、力学、数理学、几何学等方面的知识进行了概括。《耕柱》至《公输》五篇多涉及墨子的政治主张和言行，可作为墨子的生平史料。《备城门》至《杂守》十一篇也是后期墨家著作，主要讲防御战术与守城工具。一说《备城门》以下各篇有汉代官名，为汉人所著。《墨子》是研究墨家学说和墨翟思想的基本材料，晋代鲁胜和宋代乐台曾为其作注，但均已亡佚。清代孙诒让所撰《墨子闲诂》十五卷是近代最通用的本子。

二 《墨子》的基本观点

《墨子》的基本观点可以《鲁问》十策为代表："凡入国，必择务而从事焉。国家昏乱，则语之尚贤、尚同；国家贫，则语之节用、节葬；国家憙（xǐ）音湛湎（zhàn miǎn），则语之非乐、非命；国家淫僻无礼，则语之尊天、事鬼；国家务夺侵凌，即语之兼爱、非攻，故曰择务而从事焉。"墨子弟子魏越问他，如果到了一个国家，应当先说什么？墨子认为到一个国内，必须根据这个国家的情况，选择最重要的事情去做，如"国家混乱，就要告诉国君要尊崇贤人，上下团结一致；国家贫弱，就教他节用节葬；国家喜欢音乐、沉湎于酒，就教他非乐非命；国家如果邪僻无礼，就教他尊天事鬼；国家如果争夺侵略，就教他兼爱非攻。"

墨子的学说，以《天志》和《明鬼》为基础，以《兼爱》和《尚贤》为中心，主张兼爱尚贤、节葬节用。他最重要的观点是"兼相爱，交相利"，认为"天下兼相爱则治，交相恶则乱"。（《兼爱上》）主张人与人之间应"有力者疾以助人，有财者勉以分人，有道者劝以教人。若此，则饥者得食，寒者得衣，乱者得治"。（《尚贤下》）也就是有力气的赶快助人，有钱的努力资助别人，有道的勉力教人。

墨子反对战争、倡导和平，主张兼爱非攻、尚贤尚同。春秋战国之际，战争连绵不断，墨子看到战争对人民危害太大，于是提出"非攻"的主张。非战就是对战争进行批评和否定，他抨击"攻伐无罪之国"，即对别国财产、土地和人民进行战争掠夺。他曾阻止鲁阳文君攻打郑国，更折服公输般、阻止楚国攻宋。他还反对"无故富贵"的世卿世禄制度，主张"虽在农与工肆之人，有能则举之"，提出"官无常贵，而民无终贱"（《尚贤上》）的命题，认为国家的产生是为了改变人们相互攻击的社会纷乱状态。墨子批判厚葬靡财、奢侈逸乐，主张"非乐""非葬"，"去无用之费"，认为兼相爱、交相利，天下就没有强执弱、众劫寡、富侮贫、贵傲贱、诈欺愚和攻伐掠夺。

墨子反对儒家的天命思想，认为"命者，暴王所作，穷人所术，非仁者之言也"，提倡"天命"的人"足以丧天下""贼天下之人"。天命观使穷人和富人认定命由天定，不可更改，这样就消磨了他们为改变穷苦命运而生发的斗志。墨子认为一个人一定要发愤图强，改变命运，"赖其力者生，不赖其力者不生"。"强必富，不强必贫；强必暖，不强必寒。"强调人为努力的价值。

《天志》和《明鬼》记载了墨子重要的学术思想，他曾根据有人"见鬼神之物，闻鬼神之声"的错觉和古书对鬼神的讹传，得出鬼神存在的谬论。他在《天志》中把天说成有意志的人格神，是无所不知的至高主宰，而鬼"有天鬼，亦有山水鬼神者，亦有人死而为鬼者"。他相信鬼神有表现好恶的意志，有赏善罚恶的能力，可以成为公平正义的维护者，并以三代兴亡为例，证明天的赏善罚恶是真实存在的。墨子说"顺天意者，兼相爱、交相利，必得赏；反天意者，别相恶、交相贼，必得罚"，把天志和鬼神作为推行政治主张的工具。这个学说保留了鬼神宗教的形式，并未脱掉殷周传统神权思想的外壳，因此被郭沫若指责为在搞宗教复辟。但它的实际内容其实已经发生了改变。墨子在《天志》上篇中说"我有天志，譬若轮人之有规，匠人之有矩"，可见他是把天志等同于圆规、尺子等工具，而非作为一种信仰来对待。之所以保留它的宗教形式，乃是因为在迷信鬼神的时代，通过"天意"可以监视人的行为，约束王公贵族和不法者使其有所忌惮，不敢随便作恶。如此看来，墨子的"天志""明鬼"思想在内涵上还是有一定进步意义的。

墨子提倡经验认知的积累，以此作为检验是非的标准。他将知识分为"闻知"、"说知"和"亲知"，强调知识来源于众人耳目之实，以视听感觉作为有与无的根据，具体就是"三表法"的提出："上本之于古者圣王之事。""下原察百姓耳目之实。""废发以为刑政，观其中国家百姓人民之利。"（《非命上》）意思是说，一要考察历史上尧舜这样的圣王是否说过，是否符合古代的真理；二要看是否符合老百姓的日常经验和感受；三是将其落实在刑法政令上，看是否有利于百姓的利益。这就是说，要从历史根据、现实经验和社会效益三方面做出判断。

面对争鸣辩论，《墨子·小取》列出"辟、侔、援、推"四种类推的概念。"辟"即譬喻，通过举出类似物说明此事物；"侔"是等同，两个词义相同的命题可以由此推彼；"援"是引用对方言论来证明己方观点；"推"是通过归谬式类比推理反驳对方观点。这里面又包括"名实合"、"察类，明故"和"悖"等逻辑概念，如《墨子·公输》中，墨子要公输盘替他杀人，公输盘说自己奉行正义，不会杀人，墨子就以公输盘"义不杀少而杀众，不可谓知类"，希望他奉行大义，不要帮助楚王攻打宋国。再如《耕柱》中，墨子说："世俗之君子，贫而谓之富则怒，无义而谓之有义则喜。岂不悖哉！"

墨子学说的继承者，一支注重研究认识论和逻辑思想，成为先秦名辩思潮的重要派别；另一支推行墨子的宗教思想，转化为秦汉社会的游侠。汉代以后，墨子思想逐渐湮没。

【文本选读】

一 "兼爱非攻"的和平主义

《兼爱上》："圣人以治天下为事者也，不可不察乱之所自起。当察乱何自起？起不相爱。臣子之不孝君父，所谓乱也。子自爱，不爱父，故亏父而自利；弟自爱，不爱兄，故亏兄而自利；臣自爱，不爱君，故亏君而自利，此所谓乱也。虽父之不慈子，兄之不慈弟，君之不慈臣，此亦天下之所谓乱也。父自爱也，不爱子，故亏子而自利；兄自爱也，不爱弟，故亏弟而自利；君自爱也，不爱臣，故亏臣而自利。是何也？皆起不相爱。

虽至天下之为盗贼者亦然：盗爱其室，不爱其异室，故窃异室以利其室。贼爱其身，不爱人，故贼人以利其身。此何也？皆起不相爱。虽至大夫之相乱家，诸侯之相攻国者亦然：大夫各爱其家，不爱异家，故乱异家以利其家。诸侯各爱其国，不爱异国，故攻异国以利其国，天下之乱物，具此而已矣。察此何自起？皆起不相爱。

若使天下兼相爱，国与国不相攻，家与家不相乱，盗贼无有，君臣父子皆能孝慈，若此，则天下治。故圣人以治天下为事者，恶得不禁恶而劝爱？故天下兼相爱则治，交相恶则乱。"

以上论君臣、父子、兄弟、大夫、诸侯自利相攻的致乱之源，皆在于不相爱。

《兼爱中》："是故诸侯不相爱，则必野战；家主不相爱，则必相篡；人与人不相爱，则必相贼；君臣不相爱，则不惠忠；父子不相爱，则不慈孝；兄弟不相爱，则不和调。天下之人皆不相爱，强必执弱，富必侮贫，贵必敖贱，诈必欺愚。凡天下祸篡怨恨，其所以起者，以不相爱生也，是以仁者非之。

既以非之，何以易之？子墨子言曰：'以兼相爱、交相利之法易之。'然则兼相爱、交相利之法，将奈何哉？子墨子言：'视人之国，若视其国；视人之家，若视其家；视人之身，若视其身。是故诸侯相爱，则不野战；家主相爱，则不相篡；人与人相爱，则不相贼；君臣相爱，则惠忠；父子相爱，则慈孝；兄弟相爱，则和调。天下之人皆相爱，强不执弱，众不劫寡，富不侮贫，贵不敖贱，诈不欺愚。凡天下祸篡怨恨，可使毋起者，以相爱生也，是以仁者誉之。"

只有对别人和自己一视同仁，不分亲疏贵贱，爱无等差地兼爱，才能消弭祸乱的根源。

《公输》：巧匠公输般为楚国造云梯之械，将以攻宋。子墨子闻之，起于齐，行十日十夜而至楚国都郢，"解带为城，以牒为械，公输般九设攻城之机变，子墨子九距之。公输般之攻械尽，子墨子之守圉有余"。并预先令弟子禽滑厘等三百人助宋守城，迫使楚王放弃攻宋计划。"兼爱"精神体现在国与国之间的关系，就是这个案例所呈现的"非攻"思想。

二 "亲士尚贤"的人才观

《墨子》首篇《亲士》开篇就说："入国而不存其士，则亡国矣。见贤而不急，则缓其君矣。非贤无急，非士无与虑国。缓贤忘士，而能以其国存者，未曾有也。"

《尚贤上》："子墨子言曰：'今者王公大人为政于国家者，皆欲国家之富，人民之众，刑政之治。然而不得富而得贫，不得众而得寡，不得治而得乱，则是本失其所欲，得其所恶，是其故何也？'

"子墨子言曰：'是在王公大人为政于国家者，不能以尚贤事能为政也。是故国有贤良之士众，则国家之治厚；贤良之士寡，则国家之治薄。故大人之务，将在于众贤而已。'

"曰：'然则众贤之术将奈何哉？'

"子墨子言曰：'譬若欲众其国之善射御之士者，必将富之、贵之、敬之、誉之，然后国之善射御之士，将可得而众也。况又有贤良之士，厚乎德行、辩乎言谈、博乎道术者乎！此固国家之珍而社稷之佐也，亦必且富之、贵之、敬之、誉之，然后国之良士，亦将可得而众也。'"

兼爱在国家政治上的体现就是尚贤。尚贤就是让贤能之人身居高位，而不论其贫富、贵贱、远近或亲疏。墨子认为这是为政之本。

三 "尚同""贵义"与"节用"的观念

《尚同下》："唯能以尚同一义为政，然后可矣！何以知尚同一义之可而为政于天下也？然胡不审稽古之治为政之说乎？古者天之始生民，未有正长也，百姓为人。若苟百姓为人，是一人一义，十人十义，百人百义，千人千义。逮至人之众，不可胜计也；则其所谓义者，亦不可胜计。此皆是其义，而非人之义，是以厚者有斗，而薄者有争。是故天下之欲同一天下之义也，是故选择贤者，立为天子。天子以其知力为未足独治天下，是以选择其次，立为三公。三公又以其知力为未足独左右天子也，是以分国建诸侯。诸侯又以其知力为未足独治其四境之内也，是以选择其次，立为卿之宰。卿之宰又以其知力为未足独左右其君也，是以选择其次，立而为乡长家君。是故古者天子之立三公、诸侯、卿之宰、乡长、家君，非特富贵游佚而择之也，将使助治乱刑政也。"墨子认为，一人一义，十人十义，会导致争斗和混乱，既将最贤能的人选为天子，次贤能的人选作诸侯大夫，那么自诸侯以下，都应使自己的想法和行为上同于天子。

《贵义》：子墨子曰："万事莫贵于义。今谓人曰：'予子冠履，而断子之手足，子为之乎？'必不为，何故？则冠履不若手足之贵也。又曰：'予子天下而杀子之身，子为之乎？'必不为，何故？则天下不若身之贵也。争一言以相杀，是贵义于其身也。故曰，万事莫贵于义也。"墨子在此篇中表达了身贵于天下，义重于身的思想。

《节用上》："圣人为政一国，一国可倍也；大之为政天下，天下可倍也。其倍之，非外取地也，因其国家去其无用之费，足以倍之。圣王为政，其发令、兴事、使民、用财也，无不加用而为者。是故用财不费，民德不劳，其兴利多矣。"墨子反对奢侈浪费，主张去除无用之费，其效用与兴利无异。

四　重视实践创造

《公孟》："公孟子谓子墨子曰：'实为善，人孰不知？譬若良玉（注：应为巫），处而不出有余糈（xǔ，祀神之米）。譬若美女，处而不出，人争求之，行而自炫，人莫之取也（注：《内则》：奔则为妾）。今子遍从人而说之，何其劳也！'子墨子曰：'今夫世乱，求美女者众，美女虽不出，人多求之；今求善者寡，不强说人，人莫之知也。且有二生于此，善筮，一行为人筮者，一处而不出者，行为人筮者，与处而不出者，其糈孰多？'"墨子认为应该努力劝说世人永善。而不应消沉隐匿。

《耕柱》："子墨子曰：'吾以为古之善者则述之，今之善者则作之，欲善之益多也。'"对于古代好的东西，墨子认为要不遗余力地加以阐扬，对于现在好的东西，则要努力创造。总之，梦想要在实践中才能实现。

【参考书目】

1. （清）孙诒让著、孙启治点校《墨子闲诂》，中华书局，2001。

2. 牟钟鉴：《〈墨子〉一书的要点》，张岂之、杨君游主编《众妙之门：中国文化名著导读》，清华大学出版社，2003。

《孟子》：民贵君轻的大丈夫之书

【典籍概述】

《孟子》是儒家经典之一，记录了孟子的论辩及其与弟子间的问答之语，为孟子与其弟子万章、公孙丑等编纂而成，成书于约战国中期。据《史记·孟子荀卿列传》记载，孟子周游列国，但其政治学说始终未能得到实施，于是回到邹地，与弟子万章等人整理《诗经》和《尚书》，阐发孔子思想，编为《孟子》。

一　孟子的生平

孟子是孔子之后最伟大的儒学家，名轲，鲁国公族孟孙氏之后，邹国人，即今天的山东省邹城市。他生活在战国中期（据考证，约公元前三七二—前二八九年），另一种说法是约公元前三八五—前三〇四年。他幼年丧父，《史记》中记载的"孟母三迁"和"断织教子"使其由厌学顽童转化为好学少年，成为中国家庭教育的典范，被后世儒家尊为"亚圣"。有人曾建议以孟母的出生日（农历四月初二）作为"中华母亲节"。

孟子在《离娄下》说："予未得为孔子徒也，予私淑诸人也。"《史记·孟子荀卿列传》也说："孟轲，邹人也。受业子思之门人。道既通，游事齐宣王，宣王不能用。适梁，梁惠王不果所言，则见以为迂远而阔于事情。……天下方务于合从连衡，以攻伐为贤，而孟轲乃述唐、虞、三代之德，是以所如者不合。退而与万章之徒序诗书，述仲尼之意，作《孟子》七篇。"

孟子受业于子思的门人并发挥子思的学说，形成了思孟学派。孟子一生在魏、齐、宋、滕等国之间游走，曾为客卿数年，因其学说被认为"迂远而阔于事情"，始终得不到重用。于是孟子退居故乡，专心从事教育活动，与他的高足万章、公孙丑等整理《诗经》和《尚书》，阐述和发挥孔子的思想，成《孟子》七篇。孟子是孔子之后儒家学派的最重要代表人物。宋元以后，孟子地位日尊，元至顺元年封为邹国亚圣公，明嘉靖九年定为"亚圣"，在儒家中的地位仅次于孔子。其思想事迹大都见于《孟子》一书。元代程复心《孟子年谱》称他"寿八十四岁"。我们通常讲，"七十三八十四，阎王不请自己去"，七十三是孔子之寿，八十四指的是孟子之寿。

二 《孟子》一书

《孟子》一书现存七篇，每篇又分上、下两篇。班固《汉书·艺文志》列"《孟子》十一篇"。相传另有《孟子外书》四篇，即《性善辨》《文说》《孝经》《为政》，东汉的赵岐在《孟子章句》中辨别真伪，认为外篇是伪作，不为其作注，外篇即亡佚。

《孟子》据统计共"二百六十一章，三万四千六百八十五字"。东汉赵岐在《孟子题辞》中说："孟子退自齐、梁，述尧舜之道而著作焉，此大贤拟圣而作者也。"也就是说，《孟子》一书是仿照孔子的《论语》来写的。被誉为"五经之馆鎋（guǎn xiá）、六艺之喉衿（hóu jīn）也"。

在汉代，汉文帝把《论语》、《孝经》、《孟子》和《尔雅》置为"传记博士"。五代后蜀，《孟子》被列入十一经刻石。南宋孝宗时，朱熹从《礼记》中取《大学》和《中庸》，认为是曾子与子思的著作，与《论语》和《孟子》合并作注，即《四书章句集注》，成为明清两代八股文考试的题目选定范围。

三 《孟子》思想

《孟子》一书作为孟子主要言行的汇编，集中反映了他作为先秦儒家主要代表的基本思想，作为论辩对象，还保存了杨朱、许行、告子的思想材料，是中国思想史和儒学史上重要的典籍，在历史上有极大的影响。

孟子以孔子继承者自居，兼言仁和义，抨击杨、墨和农家思想。他首先把伦理与政治紧密地结合起来，强调道德修养是政治的根本，如从"仁义"道德出发推演出"仁政"的政治方案。把民心的向背看作政治成败的关键："桀纣之失天下也，失其民也；失其民者，失其心也。"（《离娄上》）提出"民为贵，社稷次之，君为轻"，称暴君为"一夫"（《尽心下》）。他认为君主应以爱人之心对待人民，"省刑罚，薄税敛"（《梁惠王上》）。他主张从整理田界开始，设计制民之产的具体方案"井田制"，采取鼓励生产的措施，给民众以"恒产"，使免于饥寒痛苦，再用礼义教化，就可统一天下。

他重视对民众的道德教化，提出"尚志"的道德教育原则，以及养气寡欲、改过迁善、反求诸己、专心有恒和循序渐进的教育方法，形成了独具特色的教育思想。第一，他肯定人性本善，人人都有天赋道德意识仁、义、礼、智，都有"不虑而知""不学而能"的"良知"和"良能"，故曰："人无有不善，水无有不下。""仁义礼智，非由外铄我也，我固有之也"（《告子上》）。第二，他重视环境教育的影响，认为"逸居而无教，则近于禽兽"（《滕文公上》）。第三，他教人注重存心养性、深造自得，在逆境中磨炼，提出了所谓的"故天将降大任于斯人也，必先苦其心志，劳其筋骨，饿其体肤，空乏其身，行拂乱其所为，所以动心忍性，曾益其所不能"（《告子下》）。第四，他要求通过修养，达到"富贵不能淫，贫贱不能移，威武不能屈"（《滕文公下》）。第五，他强调人的主观精神作用，断言"万物皆备于我矣"（《尽心上》）。"浩然之气""至大至刚，以直养而无害，则塞于天地之间"（《公孙丑上》）。

孟子哲学思想的最高范畴是天。他主张天人合一，把"诚"规定为天的本质属性，而天又是人性固有的道德之源。孟子的政治思想和伦理思想以天为基石，凡是人力所不能做到的事情，孟子都归结为天的作用。人的善性来自天赋，人只要反求自身、扩展本性就可以认识天。孟子将道德规范概括为仁、义、礼、智四德，把人伦关系概括为"父子有亲，君臣有义，夫妇有别，长幼有序，朋友有信"（《滕文公上》）。为了说明道德规范的内在根据，孟子又提出人性本善的理论。他认为，人人内心自然固有的"恻隐之心"、"羞恶之心"、"辞让之心"和"是非之心"是仁、义、礼、智的四个"善端"，是人之所以不同于禽兽的本质所在，是人善性的开端，只要人们扩充善端、存养善性、坚持不懈，都可以成为尧舜那样的圣人。

孟子生活的时代百家争鸣、诸说纷纭，他捍卫儒家的思想原则，抨击辩驳别家说，他继承和发展了孔子的思想，提出了一个完整的思想体系，得到唐代韩愈及后来大多数儒家思想家的推崇，被尊崇为儒家道统的传道人，称为"亚圣"。《孟子》从北宋开始成为儒家的经典，与《论语》、《中庸》和《大学》一起成为士子的必读书。

【文本选读】

一　人性本善

《公孙丑上》："孟子曰：'人皆有不忍人之心。先王有不忍人之心，斯有不忍人之政矣。以不忍人之心，行不忍人之政，治天下可运之掌上。'"

"不忍人"之心，就是我们讲的恻隐之心、同情心。孟子认为，一个统治者如果有对民众的同情心，并且推行同情民众的政事，那么就可以治理好天下。

孟子在这段话后，又接着说："由是观之，无恻隐之心，非人也；无羞恶之心，非人也；无辞让之心，非人也；无是非之心，非人也。恻隐之心，仁之端也；羞恶之心，义之端也；辞让之心，礼之端也；是非之心，智之端也。人之有是四端也，犹其有四体也。"

孟子认为，没有恻隐之心的人不是人，没有羞耻之心的人不是人，没有谦让之心的人不是人，没有是非之心的人不是人。恻隐之心是仁的发端，羞耻之心是义的发端，谦让之心是礼的发端，是非之心则是智的发端。

《孟子·告子上》记载了孟子和告子的辩论。当时有一个学者叫告子，他质疑孟子的性善论，他说："性犹湍（tuān）水也，决诸东方则东流，决诸西方则西流。人性之无分于善不善也，犹水之无分于东西也。"孟子曰："水信无分于东西，无分于上下乎？人性之善也，犹水之就下也。人无有不善，水无有不下。今夫水，搏而跃之，可使过颡（sǎng）；激而行之，可使在山。是岂水之性哉？其势则然也。人之可使为不善，其性亦犹是也。"

孟子反驳告子说：水流当然不分向东向西，难道也不分向上向下吗？假如拍打水让它飞溅起来，可以高过人的额头；堵住水道让它倒流，可以引上高山。这不是水的本性，而是所处形势迫使它这样。人之所以使他成为不善，也是由于他的本性像这样受到了逼迫。

孟子说："恻隐之心，人皆有之；羞恶之心，人皆有之；恭敬之心，人皆有之；是非之心，人皆有之。恻隐之心，仁也；羞恶之心，义也；恭敬之心，礼也；是非之心，智也。仁义礼智，非由外铄（shuò）我也，我固有之也，弗思耳矣。故曰：'求则得之，舍则失之。'"

孟子认为，仁义礼智是人与生俱有的，只不过平时没有去想它，因而不觉得罢了，如果去追求，就会得到，舍弃追求，便会失去。

孟子曾经有一个著名的比喻，"鱼，我所欲也，熊掌亦我所欲也；二者不可得兼，舍鱼而取熊掌者也。生亦我所欲也，义亦我所欲也；二者不可得兼，舍生而取义者也。"

孟子在这里把鱼比作生，把熊掌比作义。当然，义超过生。孟子主张：如果两者不能同时得兼的时候，就要舍生取义。他的这个主张对后来的士大夫有很深的影响。

《离娄上》："孟子曰：'仁之实，事亲是也；义之实，从兄是也；智之实，知斯二者弗去是也；礼之实，节文斯二者是也；乐（lè，后同）之实，乐斯二者，乐则生矣，生则恶可已也；恶可已，则不知足之蹈之、手之舞之。'"

"仁的实质是侍奉父母；义的实质是顺从兄长；智的实质是明白这两方面的道理而坚守；礼的实质是在这两方面不失礼节、态度恭敬；乐的实质是乐于做这两方面的事，快乐就产生了；一产生就抑制不住，抑制不住，就会不知不觉地手舞足蹈起来。"孟子这里讲了礼和乐，礼乐都是仁义的外显，也就是说，礼乐体现了仁义的精神。有了仁义，礼乐才会产生。礼乐可以制止恶的产生，可以激发善的出现。有了仁义在心中，就不知不觉地高兴起来，这就是"手舞足蹈"成语的来历。

《尽心上》："孟子曰：'人不可以无耻，无耻之耻，无耻矣。'"

就是说，人不能没有耻辱感，没有耻辱感的耻辱是真正的无耻。所以，我们传统的知识分子如果说别人无耻的话，就是最高等级的骂人话了。

"孟子曰：'人之所不学而能者，其良能也；所不虑而知者，其良知也。孩提之童无不知爱其亲者，及其长也，无不知敬其兄也。亲亲，仁也；敬长，义也；无他，达之天下也。'"

孟子认为人的良知是天然自带的，表现出来的是对父母的爱、对兄长的尊重。而爱亲人是仁的表现，尊长者是义的表现，有了仁义，也就可以通达天下之事了。

二 人格修养

《离娄下》："大人者，不失其赤子之心者也。"

此处的"大人"有两种解释，一指身居高位的人，二指具有深厚道德修养的人，两者也可以理解成同义。具有深厚道德修养且身居高位的人就是能守住自己赤子之心的人，赤子之心就是如出生婴儿般的纯洁之心。

《尽心上》："孔子登东山而小鲁，登泰山而小天下，故观于海者难为水，游于圣人之门者难为言。观水有术，必观其澜。日月有明，容光必照焉。流水之为物也，不盈科不行；君子之志于道也，不成章不达。"

孟子以孔子登上鲁国曲阜城外的东山和登上泰山对天下的感觉，来证明人们对于仁义的追求就是"站得高、看得远"。追求仁义，就像登上泰山一样，胸怀天下，天下也变小了。

《滕文公下》："居天下之广居，立天下之正位，行天下之大道；得志，与民由之；不得志，独行其道。富贵不能淫，贫贱不能移，威武不能屈，此之谓大丈夫。"

这段话中的"富贵不能淫，贫贱不能移，威武不能屈"非常有名，孟子倡导的大丈夫精神对后世影响很大。

《尽心上》："天下有道，以道殉身；天下无道，以身殉道；未闻以道殉乎人者也。"

这段话的本意是："天下有道的话，自己被重用，道也随己得以推行。天下无道的话，自己不被重用，则以身守道。没听说用道来屈从于世俗的人和社会。"孟子认为，"道"虽然看不见、摸不着，却万古长存、变动不居。所以不管贫穷低贱、富贵通达，都要安于这个"道"，独立而不移，不要因为时代的变化而随声附和、改变自己。

《尽心下》："孟子曰：'说大人，则藐之，勿视其巍巍然。堂高数仞，榱（cuī）题数尺，我得志，弗为也。食前方丈，侍妾数百人，我得志，弗为也。般乐饮酒，驰骋田猎，后车千乘，我得志，弗为也。在彼者，皆我所不为也；在我者，皆古之制也，吾何畏彼哉？'"

孟子对奢侈、荒淫的贵族生活不屑一顾，主张平凡简朴的生活，要有自己的人格和精神文明。

"孟子曰：'养心莫善于寡欲。其为人也寡欲，虽有不存焉者，寡矣；其为人也多欲，虽有存焉者，寡矣。'"

意思是，要想成为一个仁义君子，应该逐渐减少对物质的欲望和追求，即寡欲，同时要逐渐增加对精神的欲望和追求。

下面，我们再来看看孟子对于"气"的解释。

《公孙丑上》："夫志，气之帅也；气，体之充也。夫志至焉，气次焉；故曰：'持其志，无暴其气。'"

"志"乃志向，是心之思考与追求，占主导地位；"气"不仅指我们呼吸的空气，还指人的元气，即发挥人体机能的原动力，是受"志"的支配，但二者是相辅相成，互为影响。孟子认为，真正的修养就是要将此二者自然协调、融合，这样在处理事情、待人接物时才会有无比镇定的勇气和决心，才能处理好一切。

另外，孟子还认为一个人应该有浩然之气，而浩然之气又是什么呢？孟子把它解释为，"至大至刚，以直养而无害，则塞于天地之间。其为气也，配义与道；无是，馁（něi）也。是集义所生者，非义袭而取之也。"浩然之气就是仁义的集合，将一切仁义的道理都想明白了、透彻了，每天坚持做有道德的行为，自然就可以养成浩然之气。而且孟子在此处又强调了"志"与"气"相辅相成的功能，只要一直坚守自己心中的仁义之道，这股浩然之气就会强而有力，不可动摇。

《离娄上》："是故诚者，天之道也；思诚者，人之道也。至诚而不动者，未之有也；不诚，未有能动者也。"

意思是，诚实是自然的规律，追求诚信是做人的根本准则，心存至诚就能感动他人。

《告子上》中告子认为："食色，性也。仁，内也，非外也；义，外也，非内也。"孟子通过层层问难，终以告子之矛攻子之盾，曰："耆（通'嗜'）秦人之炙无以异于耆吾炙。夫物则亦有然者也，然则耆炙亦有外欤？"

告子认为，饮食和色欲是人的本性。仁爱也是人的本性，所以它是自然内在的，而不是外在的；义则是非自然的外在行为，而非内在的东西。不能以非自然的外在制约自然的内在，所以学者只当用力于仁，而不必求合于义。孟子则认为义也出于自然。就像爱吃秦人的烤肉，和爱吃自己的烤肉一样，两种烤肉虽有内外之别，但喜爱吃烤肉的心却是内在的。

孟子曰："仁，人心也；义，人路也。"所以要求仁心、走义路。

三　孟子论"孝"

孝敬父母是儒家仁爱思想的核心，孟子对此又做了进一步的解释。

孟子说："不孝有三，无后为大。"

最大的不孝就是没有后代（还有一种解释是"没有做到尽后代的责任最为不孝"）。当然，我们今天要辩证地看待这句话，孝顺父母有后代更好，没有后代也不要勉强。孟子认为，一个人最大的事情，就是孝敬父母、侍奉父母。坚守美好的品德最重要。

所以，孟子曰："事，孰为大？事亲为大；守，孰为大？守身为大。不失其身而能事其亲者，吾闻之矣；失其身而能事其亲者，吾未之闻也。"

一个人要守得住自己的善性、品格和操守，孝敬父母是中国传统文化中人的第一要事，这都做不好，其他也就不用谈了。

他有一句名言："君子所以异于人者，以其存心也。君子以仁存心，以礼存心。仁者爱人，有礼者敬人。爱人者，人恒爱之；敬人者，人恒敬之。"

你若心怀仁与礼，爱别人、尊敬别人，别人也会爱你、尊敬你。

　　孟子认为，世俗社会不孝顺的有五种表现，一是懒惰，不养父母；二是赌博、饮酒，不管父母；三是贪财私妻，只管赚钱，对自己的妻子、孩子非常疼爱，却不管赡养父母；四是放纵声色享受，让父母蒙受羞辱；五是好勇斗狠、不遵纪守法、危害社会，也使父母受到危害，无望无依。孟子认为，这五种不孝的行为都应该避免。

四　孟子论"人和"

　　《公孙丑下》有一句名言："天时不如地利，地利不如人和。"

　　这说的是不论国家天下事还是个人的命运、成败得失，都离不开天时、地利、人和这三个要素，而其中最重要的是人和，也就是人心的向背。孟子认为，每五百年就有一个王者兴起，战国时期也应该有一个王者，这个王者是谁呢？他说："当今之世，舍我其谁也？吾何为不豫哉？"与前文"五百年必有王者兴，其间必有名世者……"对照来看，每五百年就会有一位圣贤君主兴起，其中就必定还有名望很高的辅佐者。孟子周游列国，觉得齐宣王有王者的气势，但他没能说服齐宣王实施他"治国平天下"的方案，没有"王者"，"名世者"又如何显现呢？孟子认为自己应该是那位"名世者"。

五　"仁政"理想

　　孟子的"仁政"理想是其"人性本善"思想在政治上的发挥，他曾规划了一个仁政蓝图。

　　《梁惠王上》："孟子见梁惠王。王曰：'叟！不远千里而来，亦将有以利吾国乎？'孟子对曰：'王！何必曰利？亦有仁义而已矣。'"

　　孟子认为，对一个国王、一个国家来说，最有益的事情就是推行仁义。怎么来推行仁义呢？孟子说：

　　"今之制民之产，仰不足以事父母，俯不足以畜妻子；乐岁终身苦，凶年不免于死亡。此惟救死而恐不赡，奚暇治礼义哉？"

　　孟子说，当今各国国君制定的产业政策都不能使老百姓过上丰衣足食的生活，好年成尚且艰难困苦，坏年成更是性命难保，老百姓活命还来不及，哪有空去管什么礼义呢？

"王欲行之，则盍反其本矣。"大王想推行仁义，为什么不回到根本呢？根本是什么呢？孟子说："五亩之宅，树之以桑，五十者可以衣帛矣。"就是给一个家庭五亩大的宅园，在房屋周围种上桑树，那么五十岁以上的人就可以穿上丝绸的衣服了。"鸡豚（tún）狗彘（zhì）之畜，无失其时，七十者可以食肉矣。"好好饲养家畜、家禽，那么七十岁以上的人就有肉吃了。"百亩之田，勿夺其时，八口之家可以无饥矣。"百亩耕地按农时生产，八口人的家庭就可以免于饥馑。"谨庠序之教，申之以孝悌之义，颁白者不负戴于道路矣，老者衣帛食肉，黎民不饥不寒，然而不王者，未之有也。"孟子认为，满足了食物和生活需要以后就可以开办学校、发展教育，让老百姓懂得仁义之道。这样，年老者可以享受照顾，天下太平，国家得到治理，大王就可以统治天下了。

总的来说，孟子讲的"仁政"就是要让老百姓吃饱穿暖、生活安定，然后在此基础上再谈仁义和仁道。如果没有基本的生活保障，就不可能有仁义之道的推行。

《尽心上》："仁言不如仁声之入人深也，善政不如善教之得民也。善政，民畏之；善教，民爱之。善政得民财，善教得民心。"

实行仁政的根本在于对百姓进行教育，是孟子的仁政核心。

《公孙丑上》："孟子曰：'仁则荣，不仁则辱；今恶辱而居不仁，是犹恶湿而居下也。如恶之，莫如贵德而尊士，贤者在位，能者在职；国家闲暇，及是时，明其政刑。虽大国，必畏之矣。'"

君王要懂得"仁是光荣的，不仁是耻辱的。若真厌恶耻辱，最好就以仁德为贵，尊敬读书人，使有贤德、有才能的人担任一定的职务，并修明政治法律制度"。这样治理好自己的国家，有谁还敢欺侮呢？

《离娄上》："孟子曰：'离娄之明、公输子之巧，不以规矩，不能成方圆；师旷之聪，不以六律，不能正五音；尧舜之道，不以仁政，不能平治天下。'"

工欲善其事，必先利其器。器是善事的条件，只有条件具备了，才能成就事业。仁政之于平治天下的关系也是这样。

"三代之得天下也以仁，其失天下也以不仁。国之所以废兴存亡者亦然。天子不仁，不保四海；诸侯不仁，不保社稷；卿大夫不仁，不保宗庙；士庶人不仁，不保四体。今恶死亡而乐不仁，是犹恶醉而强酒。"

人欲充塞，不能反本归仁，上至天子，下及庶人，都难免于失国亡身。

"爱人不亲，反其仁；治人不治，反其智；礼人不答，反其敬。行有不得者皆反求诸己，其身正而天下归之。《诗》云：'永言配命，自求多福。'"

反，返回，引申为反思或反省。

"人有恒言，皆曰：'天下国家。'天下之本在国，国之本在家，家之本在身。"

"为政不难，不得罪于巨室。巨室之所慕，一国慕之；一国之所慕，天下慕之；故沛然德教，溢乎四海。"

赵岐《注》："巨室，大家也，谓贤卿大夫之家。"

"天下有道，小德役大德，小贤役大贤；天下无道，小役大，弱役强。斯二者，天也。顺天者存，逆天者亡。"

役，为……所役使。

"道在迩而求诸远，事在易而求诸难：人人亲其亲，长其长，而天下平。"

《离娄下》："君仁，莫不仁；君义，莫不义。"

"人有不为也，而后可以有为。"

朱熹《集注》引宋代程颐语："有不为，知所择也。惟能有不为，是以可以有为。无所不为者，安能有所为邪？"

《尽心下》："仁也者，人也。合而言之，道也。"

朱熹《集注》："仁者，人之所以为人之理也。然仁，理也；人，物也。以仁之理，合于人之身而言之，乃所谓道者也。"

六 "民本" 思想

《离娄下》：孟子告齐宣王曰："君之视臣如手足，则臣视君如腹心；君之视臣如犬马，则臣视君如国人；君之视臣如土芥，则臣视君如寇雠

（chóu）。"

《尽心下》：孟子曰："民为贵，社稷次之，君为轻。是故得乎丘民而为天子，得乎天子为诸侯，得乎诸侯为大夫。"

社稷：土地神和谷神。丘民，焦循《正义》："丘民犹言邑民、乡民、国民也。"

"孟子曰：'诸侯之宝三：土地、人民、政事。宝珠玉者，殃必及身。'"

真正值得统治者所宝贵的不是金银珠宝，否则会因玩物丧志而失了天下。

七 教育思想

《离娄上》："人之患在好为人师。"

朱熹《集注》引王勉语："若好为人师，则自足而不复有进矣，此人之大患也。"

《离娄下》："博学而详说之，将以反说约也。"

说约，朱熹训作"说到至约之地"，赵岐注谓："以约说其要，意不尽知则不能要言之也。"可与苏轼《稼说》"博观而约取"语合观。

《告子上》："羿之教人射，必志于彀（gòu）；学者亦必志于彀。大匠诲人，必以规矩，学者亦必以规矩。"

朱熹《集注》："志犹期也；彀，弓满也。"

《告子下》："教亦多术矣，予不屑之教诲也者，是亦教诲之而已矣。"

朱熹《集注》引尹氏语："言或抑或扬、或与或不与，各因其材而笃之，无非教也。"

《离娄上》："公孙丑曰：'君子之不教子，何也？'孟子曰：'势不行也，教者必以正；以正不行，继之以怒。继之以怒，则反夷矣。夫子教我以正，夫子未出于正也。则是父子相夷也。父子相夷，则恶矣。古者易子而教之，父子之间不责善。责善则离，离则不祥莫大焉。'"

夷，伤。

《尽心上》："尽其心者，知其性也。知其性，则知天矣。存其心，养其性，所以事天也。"

性，人的本性。此章充分肯定了自身修养的重要性。

"君子有三乐，而王天下不与存焉。父母俱在，兄弟无故，一乐也；仰不愧于天，俯不怍（zuò）于人，二乐也；得天下英才而教育之，三乐也。"

怍，惭愧。

"君子之所以教者五：有如时雨化之者，有成德者，有达财者，有答问者，有私淑艾者。此五者，君子之所以教也。"

私淑艾者，朱熹《集注》："人或不能及门受业，但闻君子之道于人而窃以善治其身，是亦君子之教诲之所及。"

《尽心下》："尽信《书》，则不如无《书》。"

"贤者以其昭昭使人昭昭，今以其昏昏使人昭昭。"

昭昭，明。昏昏，暗。此章批评统治者对大道一知半解，却在担负教化民众的责任。

八 生态平衡观念

《梁惠王上》："不违农时，谷不可胜食也；数（shuò）罟（gǔ）不入洿（wū）池，鱼鳖不可胜食也；斧斤以时入山林，材木不可胜用也。谷与鱼鳖不可胜食，材木不可胜用，是使民养生丧死无憾也。养生丧死无憾，王道之始也。"

数罟，网眼细密的鱼网。赵岐注："密细之网，所以捕小鱼鳖者，故禁之不得用。鱼不满尺者不得食。"洿，《广雅释诂》："深也。"

《告子上》：孟子曰："牛山之木尝美矣，以其郊于大国也，斧斤伐之，可以为美乎？是其日夜之所息，雨露之所润，非无萌蘖（niè）之生焉，牛羊又从而牧之，是以若彼濯濯（zhuó）也。人见其濯濯也，以为未尝有材焉，此岂山之性也哉？虽存乎人者，岂无仁义之心哉？其所以放其良心者，亦犹斧斤之于木也，旦旦而伐之，可以为美乎？"

牛山，位于齐国都城临淄。美，茂盛。郊，邻近。萌蘖，朱熹《集注》："萌，芽也。蘖，芽之旁出者也。"濯濯，赵岐注："无草木之貌。"旦旦，天天。

九　权变思想

《离娄上》："淳于髡（kūn）曰：'男女授受不亲，礼与？'"

"孟子曰：'礼也。'"

"曰：'嫂溺，则援之以手乎？'"

"曰：'嫂溺不援，是豺狼也。男女授受不亲，礼也；嫂溺，援之以手者，权也。'"

"曰：'今天下溺矣，夫子之不援，何也？'"

"曰：'天下溺，援之以道；嫂溺，援之以手。子欲手援天下乎？'"

授受不亲，不亲手传递东西。权，变通。

《离娄下》："大人者，言不必信，行不必果，惟义所在。"

【参考书目】

1. 杨伯峻：《孟子译注》，中华书局，2005。
2. 陈大齐撰、赵林校注《孟子待解录》，华东师范大学出版社，2012。
3. 金良年：《孟子译注》，"十三经译注"之一，上海古籍出版社，2004。
4. （宋）朱熹：《孟子集注》，见《四书章句集注》，中华书局，2011。
5. （清）焦循撰，沈文倬点校《孟子正义》，中华书局，2017。
6. （清）戴震撰，何文光整理《孟子字义疏证》，中华书局，1982。

《庄子》：有限生命中的精神逍遥乐园

【典籍概述】

《庄子》是战国时期哲学家庄子及其后学的著作，不仅是哲学名著，也是文学杰作。其文章汪洋恣肆、富于想象，多采用寓言、故事形式来阐述庄周的思想，在哲学与文学上具有较高的研究价值。

一　庄子其人其书

庄子（约公元前三六九 — 前二八六年）是战国中期的哲学家，名周，宋国蒙（今河南商丘东北）人。他是老子以外道家的重要代表人物，继承并发展了老子"道法自然"的哲学理论，形成了对中国文化发展影响深远的道家学派。《史记》称其与梁惠王、齐宣王同时，在家乡蒙地做过管理漆园的小官，在职不久即归隐。庄子一生贫苦，曾向监河侯借过粟，也曾拒绝过楚威王的厚币礼聘。

历史上最早提到《庄子》的人是司马迁，他说庄子"著书十余万言，大抵率寓言也。作渔父、盗跖、胠箧，以诋訾（dǐzī，毁谤）孔子之徒，以明老子之术。畏累虚、亢桑子（《庚桑子》）之属，皆空语无事实"（《史记·老子韩非列传》）。但他并未言及书名和篇目，更无内、外、杂篇之划分。《汉书·艺文志》著录"《庄子》五十二篇"，今本只有郭象注本保留下来的三十三篇，其中内篇七篇、外篇十五篇、杂篇十一篇。唐代陆德明说，《庄子》一书"言多诡诞，或似《山海经》，或类占梦书，故注者以意去取。其内篇众家并同，自余或有外而无杂。惟子玄（郭象字）所注，特会庄生之旨，故为世所贵"（《经典释文》）。但根据后代学者的研究，一般认为内篇为庄子所著，外、杂篇的思想与内篇不尽一致，可能掺杂了庄子门人和后学以及道家其他派别的作品，但外、杂篇的某些篇章也反映了庄子的思想。

《庄子》一书在汉代未被重视，直到魏晋时期才产生重大影响。魏晋玄学"祖述老庄"，《庄子》和《周易》《老子》一起并称为"三玄"。唐天宝元年（七四二年），诏尊《庄子》为《南华真经》，成为道教经典之一。宋明理学以儒为主，融合道、释，也受庄子思想的影响，庄子所提倡的追求自然和自由的精神更对阮籍、嵇康、陶渊明、苏轼、李贽等人产生了非常大的影响。中国传统士大夫常出入于儒、道之间，身在庙堂而心在山林，所追求的山林境界就是庄子哲学所昭示的境界。

二　《庄子》思想

《汉书·艺文志》里有一段论道家的文字："道家者流，盖出于史官，历记成败存亡祸福古今之道，然后知秉要执本，清虚以自守，卑弱以自持，此君人南面之术也。合于尧之克攘（通'让'），《易》之嗛嗛（通

'谦'),一谦而四益,此其所长也。及放者为之,则欲绝去礼学,兼弃仁义,曰独任清虚可以为治。"这段引文前面主要是说老子,最后一句才提庄子。作者认为道家是从史官记录的历史成败、存亡、祸福的古今之道的基础上发展出的理论,克让、谦下是其所长,去礼学、弃仁义是其所短;他们所注重的"君人南面之术"更多是老子所关注的政治问题,而非庄子关注的个人问题。

由于对道家哲学以及对老庄精神差异的不同看待,庄子的评价往往会出现"过褒"或"过贬"的极端倾向:褒扬者认为,庄子在中国哲学史上既是一位有着鲜明特色的伟大哲学家,又富于诗人的气质,他的哲学最适合创造者的需要,也最贴合他们内心深处隐微的部分。它在儒家的规矩严整与佛家的禁欲严峻之间,给中国的知识分子提供了一处可以自由呼吸的空间。它是率性的、顺应自然的,是反对人为束缚的,它在保全自由"生命"的过程中,竭尽了最大的心力。庄子提出要用自然主义的态度来处理人与自然、人与社会的关系,强调人的行为必须以不破坏事物的自然状态为原则,这对全人类来说都有普遍和永恒的意义。

批评者认为,庄子继承老子"道"为宇宙本源的思想,但更强调"道"的主观性和不可知性。其相对主义思想也更加强烈,无是非、齐死生、忘物我,几乎抹杀了一切对立事物的界限。由此,他反对社会进步、否定文化知识、痛恨仁义礼乐,主张恢复人的自然本性,做到愚昧全真和心灵的消极自由。以老、庄为代表的道家学派对后世中国社会影响很大,特别是其消极、软弱、倡导"无为"的思想倾向,往往成为后人寻求精神寄托的工具。胡适在《中国哲学史大纲》里就明确表达过对庄子的批评:

> 我曾用一个比喻来说庄子的哲学道:譬如我说我比你高半寸,你说你比我高半寸。你我争论不休,庄子走过来排解道:"你们二位不用争了罢,我刚才在那爱拂儿塔上看下来,觉得你们二位的高低实在没有什么分别。何必多争,不如算作一样高低罢。"庄子这种学说初听了似乎极有道理。却不知世界上学识的进步只是争这半寸的同异;

世界上社会的维新，政治的革命，也只是争这半寸的同异。庄子的这种思想，见地固是"高超"，其实可使社会国家世界的制度习惯思想永远没有进步，永远没有革新改良的希望。①

从《庄子·养生主》"吾生也有涯，而知也无涯。以有涯随无涯，殆已"来看，庄子确实认为知识学不完，还不如不学。一般认为是后人假托的《庄子·天地》篇，也有"有机械者必有机事，有机事者必有机心。机心存于胸中，则纯白不备"等反对技术革新的文字。不仅如此，庄子还有"安时处顺""不谴是非""逃之空虚""知其不可奈何而安之若命，德之至也"等消极遁世的观点。

如果真要用《庄子》的观点来生活，能否让世界变得更美好？答案是肯定的，只是要明确它的言说性质和适用范围。道家总以老庄并称，但老庄哲学，其实大异其趣。按照章太炎的说法，庄子"其术似与老子相同，其心乃与老子绝异"。他只取老子的自然之说，尊之为"博大真人"，继承并发展老子的"道法自然"思想，而"不欲以老子之权术自污"（《论诸子学》）。老子哲学中确有讲权术的一面。《吕氏春秋·不二》篇说："老聃贵柔。""贵柔"是为了"柔弱胜刚强"（《老子·三十六章》），这就难免讲权术。当然，老子的"权术"是以宽容精神作为前提的，所谓"常宽于物，不削于人"，对此庄子是赞同的（《庄子·天下》）。② 其实即便是"以柔克刚"的老子思想，虽与进取有为的主流文化思想相悖，但也包含了很多深刻的政治智慧，最主要的就是告诉人们不要迷信自己构建的规则，要尊重自然规律，这是一个大政治家所必备的素质。

随着贵族思想的衰落，民间自由学术的兴起，庄子对儒、墨之牺牲自己以为社会的功效持怀疑态度，进而从理论上彻底反对政治事业，不愿有礼乐文化，不愿为劳苦操作，但又不愿寄生于仕禄当中，因此只有限于冥想的自然生活，吸风饮露，不入世俗、不务操劳、不事学问，而自得其精

---

① 胡适：《中国哲学史大纲》，耿云志等导读，上海古籍出版社，1997，第 201 页。
② 钱宪民：《〈庄子〉选评》，上海古籍出版社，2004，第 6~9 页。

神上的最高境界，成为道家正统的退隐派（钱穆《国史大纲》第六章）。从这个意义上说，庄子的避世思想较老子更为明显。他在生活中始终和政治权力保持距离，其思想中就更没有"君人南面之术"的空间。同是儒家和道家的第二代人物，孟子基本沿着孔子的思路，庄子却更多关注个人的精神自由。这是他深刻、独特的地方，也是《庄子》对中国古代人生哲学最有贡献的地方。基于对无道世界的体认，积极的政治追求无法施展，于是庄子转而寻求生命的保存和提升。在这个主题之下，他对道家理论有很多新的解释，"齐物"和"逍遥"就是两个最具特色的概念。

譬如，按照一般人的观念，万物是不齐的，如泰山大而秋毫小，彭祖寿而殇（shāng）子夭，可是庄子却提出"天下莫大于秋毫之末，而太（泰）山为小；莫寿于殇子，而彭祖为夭"（《齐物论》）的惊人观点。意思是天下没有比秋天鸟兽新长出的细毛末端更大的东西，而泰山却是小的；没有比夭折的婴儿更长寿的，而彭祖却是短命的。我们究竟该如何理解如此有悖常识的话呢？很明显，这不是知识论的意义讨论，而是对生存意义的描述。

在庄子看来，人的生命本来有一种宏大、完美的可能性，但受社会条件的制约，生命就会变得扭曲、荒诞和渺小。从自然的原则出发，庄子反对人的有意作为。《秋水》篇记载河伯与海神北海若讨论天人关系的对话，海神告诉河伯："牛马四足，是谓天；落马首，穿牛鼻，是谓人。故曰：'无以人灭天，无以故灭命，无以得殉名。'""无以人灭天"，即不要用人为毁灭天然。长期以来，我们总是强调"人定胜天"，这在表现人类征服自然的雄心壮志的同时，也表现出人类的狂妄自大。河伯寓意的就是这样的人，"秋水时至，百川灌河；泾流之大，两涘渚崖之间不辨牛马。于是焉河伯欣然自喜，以天下之美尽在己"。其欣然自喜的状态，在海神看来，就只是被贻笑大方的井底之蛙。在庄子看来，自由自在是动物的本性，同时也是人的本性，更是人生的理想状态。《庄子》反复讲述大鹏与麻雀、"望洋兴叹"与"坐井观天"等故事，其目的在于揭示我们只是生存在有限的时空里，每个人看到的世界是有限的。而所谓的真理是一种有限的、狭隘的认识，人本具有无限可能，但在社会化的过程中，这种可能性已经变得越来越狭小。

要破除"物"的区分和界限，就要用"道"的视野去观察世界。《秋水》篇还记载了北海神的一段话："以道观之，物无贵贱；以物观之，自贵而相贱；以俗观之，贵贱不在己。"从道、物、俗的不同视角看待贵贱，就能得出不同的结论。《庄子》对此解释说：从等差上看，顺着万物大的一面认为它是大的，那就没有一物不大了；顺着万物小的一面认为它是小的，那就没有一物不小了。明白天地如同一粒小米的道理，明白毫毛如同一座山丘的道理，就可以看出万物等差的数量了。庄子反复强调"天地之美"，就是为了提醒人类，记住自然的高明及其对人类的恩惠。《逍遥游》强调"至人无己"，就是不要以自我为中心，成为像海神北海若那样"无己"的人。[1] 他说："吾未尝以此自多者，自以比形于天地，而受气于阴阳，吾在天地之间，犹小石小木之在大山也。方存乎见少，又奚以自多！"庄子哲学的目的是通过修养得"道"，有了这种未尝自多的心态，才能虚心地向自然学习。得了"道"，就可以与"道"同体，达到"天地与我并生，而万物与我为一"（《庄子·齐物论》）的人生最高境界。这样，人生的苦恼和生死都可以得到解脱。

庄子告诉我们生命是不完美的，但从中超脱出来，就能获得内心的自由，于世乘风，逍遥游世，所以庄子很容易导向一种艺术的境界、文学和诗的境界。如他写大之玄妙，有《逍遥游》中的北冥之鱼，化而为鹏，怒而飞，其翼若垂天之云。鹏徙南冥，水击三千里，抟扶摇而上者九万里；有《外物》里的任公子蹲在会稽山上，以万斤吊钩、百里长绳、五十头牛为钓饵，投竿东海，期年钓得大鱼，白浪如山，海水震荡，千里震惊，浙江以东，苍梧以北之人，都饱食此鱼。写小之情状，有杯水芥舟，有朝菌蟪蛄（《逍遥游》），有蜗角蛮触（《则阳》）。其他如骷髅论道（《至乐》），庄周梦蝶（《养生主》），想象奇特恣纵、伟大丰富、变化万端，

---

[1] 《庄子》作者认为天下沉浊，不能讲严正的话，因此只能"以卮（zhī）言为曼衍，以重言为真，以寓言为广"（《天下》），即以无心之言加以推衍，引长者、名人、尊者之言使人觉得真实，再运用寓言来推广道理。"三言"之中，"寓言十九"（《寓言》）是最主要的表现形式。

极尽想象之能事，"晚周诸子之作，莫能先也"（鲁迅《汉文学史纲要》第三篇《老庄》）。

庄子的观点虽然不一定正确，但却非常有意义，因为他告诉我们，很多是非可以超越，很多得益可以放弃，唯有如此，才能获得一个从容不迫的无待心境。最重要的是，读《庄子》可以让人变得豁达。你不可能完全超越名利，但你可以不争小利，可以远离很多不必要的是非，这样就会活得很轻松，观察人生百态也会发现不少有趣味的现象。老庄思想无疑给我们提供了一种更高的视角。[①]

【文本选读】

《逍遥游》

【解题】 本篇是《庄子》的首篇，以"逍遥游"命题，恰好道出了庄子人生哲学的最高要求和最高境界，也是庄子哲学的出发点和归宿。何谓逍遥游？用原话说就是能够"乘天地之正，而御六气之辩"，"无所待，以游无穷"的生活；用今天的话说，就是完全掌握宇宙的自然规律，获得精神上与物质上的绝对自由。

本篇可分为三大部分。第一部分起笔描绘了一个广阔无垠的世界，鲲鹏展翅高飞九万里；次写小虫、小鸟的浅薄无知，点出大小之辩；接着写宋荣子和能够"御风而行"的列子，但都以"有所待"而被否定，最终点明只有"无为""无功""无名"的无所依赖的生活才是逍遥自在的真正含义。第二部分主要写了两组对话。一借尧帝让天下给许由，许由婉言谢绝，点明"无所用"。一借肩吾向连叔转述接舆的"神人狂言"，而连叔道出神人的超越自然力、超越世俗功名的品质，从另一个角度点明世俗的功名事业不值一提。最后用两句话来画龙点睛，一说越人光头，帽子纯为无

---

① 骆玉明：《老庄智慧与中国传统文化》，上海市宣传系统人才交流中心、上海文化人才进修学院编《传统哲学》十讲（内部资料），第78~80页。

用之物；一说尧帝见了神人，把天下都遗忘在脑后。第三部分，惠子向庄子请教，庄子便讲了两个故事。一个故事讲要善于用大，故事内容虽是讲药方和葫芦的用途问题，言外之意却说在人心上，说在逍遥游境界的追求上。另一个故事从相反的角度讲善于用大的问题，落脚到"无用之用"才能成就立身上的"无所困苦"的大用。

文章构思新颖奇特，行文汪洋恣肆、波澜起伏、仪态万千。读者如入茂林，如入海滩，如入无际银河，时时有惊喜发现。

北冥有鱼[1]，其名为鲲（kūn）。[2]鲲之大，不知其几千里也。化而为鸟，其名为鹏。[3]鹏之背，不知其几千里也。怒而飞[4]，其翼若垂天之云。[5]是鸟也，海运则将徙于南冥。[6]南冥者，天池也。[7]

〔1〕北冥：北海也。冥，通"溟"，浩瀚无边。下文南冥之冥同。

〔2〕鲲：大鱼名。《尔雅》："鲲，鱼子。"即鱼卵。杨慎曰："庄子乃以至小为至大，便是滑稽之开端。"

〔3〕鹏：本为古"凤"字，这里用表大鸟之名。

〔4〕怒：同"努"，振奋的意思。这里形容鼓动翅膀。

〔5〕垂：通"陲"，边陲，边际。司马彪曰："若云垂天边。"

〔6〕海运：海水运动，这里指汹涌的海涛；宋林希逸《南华真经口义》："海运者，海动也。今海濒之俚歌犹有'六月海动'之语。海动必有大风，其水涌沸，自海底而起，声闻数里。"徙，迁移。

〔7〕天池：天然的大池。

《齐谐》者[1]，志怪者也。《谐》之言曰："鹏之徙于南冥也，水击三千里[2]，抟（tuán）扶摇而上者九万里[3]，去以六月息者也。[4]"野马也，尘埃也，生物之以息相吹也。[5]天之苍苍[6]，其正色邪？其远而无所至极邪[7]？其视下也，亦若是则已矣。

〔1〕齐谐：书名，专门记载诙谐怪异之事。一说人名。

〔2〕水击：通水激。拍打，这里指鹏鸟奋飞而起双翼拍打水面。

〔3〕抟：环绕而上。一说"抟"当作"搏"，拍击的意思。扶摇：海中飓风。

〔4〕去：指飞去南海。息：谓风。一说休息，止息。此处意为，乘着六月风而去。

〔5〕野马：谓空中游气。尘埃，谓空中游尘。生物：谓空中活动之物。此句，谓空中之游气游尘，以及活动之物，皆由风相吹而动。

〔6〕苍苍：深蓝色。

〔7〕其：还是。极：尽。

且夫水之积也不厚，则其负大舟也无力。[1]覆杯水于坳（ào）堂之上[2]，则芥为之舟。[3]置杯焉则胶，水浅而舟大也。[4]风之积也不厚，则其负大翼也无力。故九万里则风斯在下矣，而后乃今培风[5]；背负青天而莫之夭阏（è）者[6]，而后乃今将图南。

〔1〕且夫：提起将要议论的下文。

〔2〕坳堂：即堂坳，堂上凹处。

〔3〕芥：小草。

〔4〕胶：粘连。

〔5〕培风：凭风，乘风。

〔6〕夭阏：阻碍，夭，折。阏，遏，止。

蜩（tiáo）与学鸠笑之曰[1]："我决（xuè）起而飞[2]，抢（qiāng）榆枋（fāng）[3]而止，时则不至，而控于地而已矣[4]，奚以之九万里而南为[5]？"适莽苍者[6]，三飧（cān）而反[7]，腹犹果然[8]；适百里者，宿舂粮[9]；适千里者，三月聚粮。之二虫又何知[10]！

〔1〕蜩：蝉。学鸠：小斑鸠。

〔2〕决起：疾速而起，奋起。

〔3〕抢：冲、撞，碰到。榆枋：两种小树名。

〔4〕则：或，有时。控：投下，落下来。

〔5〕奚以：何以。之：往。为：句末语气词。

〔6〕适：往，到。莽苍：郊野苍茫景色，代指郊外。

〔7〕飡：同餐。反：返回。

〔8〕果然：饱然，吃饱的样子。

〔9〕宿舂粮：读作"舂宿粮"，舂捣一宿之粮，准备过夜的吃食。

〔10〕之：这。二虫：指上述的蜩与学鸠。

小知（zhì）不及大知，小年不及大年。[1]奚以知其然也？朝菌不知晦朔[2]，蟪蛄（huìgū）不知春秋[3]，此小年也。楚之南有冥灵者[4]，以五百岁为春，五百岁为秋；上古有大椿者[5]，以八千岁为春，八千岁为秋，此大年也。而彭祖乃今以久特闻[6]，众人匹之[7]，不亦悲乎！

〔1〕知：通"智"，智慧。年：年寿，寿命。

〔2〕朝：清晨。晦朔，每月的最后一天为晦，每月的第一天为朔。一说"晦"指黑夜，"朔"指清晨。

〔3〕蟪蛄：即寒蝉，春生夏死或夏生秋死。

〔4〕冥灵：传说中的大龟，一说树名。

〔5〕大椿：传说中的古树名。

〔6〕彭祖：传说中年寿最长的人，一说活了七百岁，一说活了八百岁。

〔7〕匹：配，比。

汤之问棘也是已[1]：穷发之北，有冥海者[2]，天池也。有鱼焉，其广数千里，未有知其修者[3]，其名为鲲。有鸟焉，其名为鹏，背若泰山[4]，翼若垂天之云，抟扶摇羊角而上者九万里[5]，绝云气[6]，负青天，然后图南，且适南冥也。

斥鷃（yàn）笑之曰[7]："彼且奚适也？我腾跃而上，不过数仞而下[8]，翱翔蓬蒿之间，此亦飞之至也[9]，而彼且奚适也？"此小大之辩也。[10]。

〔1〕汤：商汤。棘，汤时的贤大夫。已：矣。

〔2〕穷发：草木不生的地方。

〔3〕修：长。

〔4〕太山：大山。一说即泰山。

〔5〕羊角：旋风，回旋向上如羊角状。

〔6〕绝：超越，穿过。

〔7〕斥鷃：池泽中的小雀。斥：池塘，小泽。

〔8〕仞：古代长度单位，周制为八尺，汉制为七尺；这里应从周制。

〔9〕至：极点。

〔10〕辩：通"辨"，分别、区分的意思。

故夫知效一官，行比一乡，德合一君，而征一国者[1]，其自视也，亦若此矣。[2]而宋荣子犹然笑之。[3]且举世誉之而不加劝[4]，举世非之而不加沮[5]，定乎内外之分[6]，辩乎荣辱之境[7]，斯已矣。彼其于世，未数（shuò）数然也。[8]虽然，犹有未树也。[9]

〔1〕"故夫"三句：知，同"智"。效：胜任。官：官职。比、合：适合，符合。征：信、取信。

〔2〕"其自视"二句：其，指上述三类人。此：指斥鷃、蜩、学鸠。

〔3〕宋荣子：一名宋钘（xíng），宋国人，战国时期的思想家。犹然：讥笑的样子。

〔4〕举：全。劝，劝勉，努力。

〔5〕非：责难，批评。沮，沮丧。

〔6〕定：确定。分：分界。内外：这里分别指自身和身外之物。在庄

子看来，自主的精神是内在的，荣誉和非难是外在的，只有自主的精神才是重要的、可贵的。

〔7〕辩：别，划分开。境：界限。

〔8〕数数然：汲汲追求之状。

〔9〕犹：尚且。未树，不曾树立的，指超越自我的境界。

夫列子御风而行[1]，泠（líng）然善也[2]，旬有五日而后反。[3]彼于致福者[4]，未数数然也。此虽免乎行，犹有所待者也。[5]

〔1〕列子：郑国人，名叫列御寇，战国时代思想家。御，驾驭。

〔2〕泠然：轻盈美好的样子。

〔3〕旬：十天。有，又。反，同"返"。

〔4〕彼：指列子。致，求，得。这里有寻求的意思。

〔5〕待：凭借，依靠。

若夫乘天地之正[1]，而御六气之辩[2]，以游无穷者，彼且恶（wū）乎待哉！[3]故曰：至人无己[4]，神人无功[5]，圣人无名。[6]

〔1〕乘：遵循，凭借。天地：这里指万物，指整个自然界。正：本，这里指自然的本性。

〔2〕御：含有因循、顺着的意思。六气：指阴、阳、风、雨、晦、明。辩，通作"变"，变化的意思。

〔3〕恶：何，什么。

〔4〕至人：这里指道德修养最高尚的人。无己：清除外物与自我的界限，达到忘掉自己的境界。

〔5〕神人：这里指精神世界完全能超脱于物外的人。无功：不建树功业。

〔6〕圣人：这里指思想修养臻于完美的人。无名：不追求名誉地位。

　　尧让天下于许由[1]，曰："日月出矣，而爝（jué）火不息[2]，其于光也，不亦难乎！时雨降矣[3]，而犹浸灌[4]，其于泽也，不亦劳乎![5]夫子立而天下治[6]，而我犹尸之[7]，吾自视缺然。[8]请致天下。"[9]许由曰："子治天下[10]，天下既已治也，而我犹代子，吾将为名乎？名者，实之宾也，吾将为宾乎[11]？鹪鹩（jiāoliáo）巢于深林[12]，不过一枝；偃鼠饮河[13]，不过满腹。归休乎君[14]，予无所用天下为![15]庖人虽不治庖[16]，尸祝不越樽俎而代之矣。"[17]

〔1〕尧，传说中的"五帝"之一，我国历史上的圣明君主。许由，古代传说中的高士，字仲武，隐于箕山。相传尧要让天下给他，他自命高洁而不受。

〔2〕爝火：炬火，木材上蘸上油脂燃起的火把。

〔3〕时雨：按时令季节及时降下的雨。

〔4〕浸灌：灌溉。

〔5〕劳：这里含有徒劳的意思。

〔6〕夫子：代许由。立：位，在位，指居天子之位。

〔7〕尸：庙中的神主，这里用其空居其位，虚有其名之义。

〔8〕缺然：欠缺的样子。

〔9〕致：给予。

〔10〕子：对人的尊称。

〔11〕宾：次要的、派生的东西。

〔12〕鹪鹩：一种善于筑巢的小鸟。

〔13〕偃鼠：即鼹鼠，白天隐于土穴中，晚上出来觅食。

〔14〕休：止，这里是算了的意思。

〔15〕为：句末疑问语气词。

〔16〕庖人：厨师。

〔17〕尸祝：祭祀时主持祭祀的人。樽：酒器。俎：盛肉的器皿。"樽俎"这里代指各种厨事。成语"越俎代庖"出于此。

肩吾问于连叔曰[1]："吾闻言于接舆[2]，大而无当，往而不返。[3] 吾惊怖其言犹河汉而无极也[4]，大有径庭[5]，不近人情焉。"连叔曰："其言谓何哉？""曰：'藐姑射（yè）之山[6]，有神人居焉。肌肤若冰雪，淖（chuò）约若处子[7]；不食五谷，吸风饮露；乘云气，御飞龙，而游乎四海之外；其神凝[8]，使物不疵疠（lì）而年谷熟。'[9] 吾以是狂而不信也。"[10] 连叔曰："然，瞽者无以与乎文章之观[11]，聋者无以与乎钟鼓之声。岂唯形骸有聋盲哉？夫知亦有之。[12] 是其言也[13]，犹时女也。[14] 之人也，之德也，将旁礴万物以为一[15]，世蕲乎乱[16]，孰弊弊焉以天下为事！[17] 之人也，物莫之伤，大浸稽天而不溺[18]，大旱金石流、土山焦而不热。是其尘垢秕糠[19]，将犹陶铸尧舜者也[20]，孰肯以物为事！"

〔1〕肩吾、连叔：旧说皆为有道之人，实是庄子为表达的需要而虚构的人物。

〔2〕接舆：姓陆名通，接舆为字，楚国的狂士，隐居不仕。

〔3〕当：底，边际。大而无当，往而不返：均言其漫无边际，不可思议。

〔4〕河汉：银河。极：边际，尽头。

〔5〕径：门外的小路。庭：堂外之地。"径庭"连用：这里喻指差异很大。成语"大相径庭"出于此。

〔6〕藐：遥远的样子。姑射：相传为北海中神人居处之山。

〔7〕淖约：柔弱、美好的样子。

〔8〕凝：指神情专一。

〔9〕疵疠：此处泛指灾疾。疵：小毛病。疠：大恶疮。

〔10〕以：认为。狂，通作"诳"，虚妄之言。信：真实可靠。

〔11〕瞽：盲，特指其没有眼珠如蒙鼓皮者。文章：花纹、色彩。

〔12〕知：读"智"。言瞽与聋：并不局限于形体，心智亦有瞽聋。

〔13〕是其言也：指上文"心智亦有聋盲"几句话。

〔14〕时：是。女：汝，你，指肩吾。

〔15〕旁礴：混同的样子。

〔16〕蕲：祈，求的意思。乱：这里作"治"讲，这是古代同词义反的语言现象。也有作"混乱"解。

〔17〕弊弊焉：忙忙碌碌、疲惫不堪的样子。

〔18〕大浸：大水。稽：至。

〔19〕秕：秕的异字体，瘪谷。穅："糠"字之异体。尘垢秕穅，尘埃、污垢、秕子、糠皮。均为无用而被遗弃之物。

〔20〕陶：用土烧制瓦器。铸：熔炼金属铸造器物。

宋人资章甫而适越[1]，越人断发文身[2]，无所用之。

〔1〕资：贩卖。章甫：古代殷地人的一种礼帽。适：往。

〔2〕断发：不蓄头发。文身：在身上刺满花纹。越国处南方，习俗与中原的宋国不同。

尧治天下之民，平海内之政。往见四子[1]藐姑射之山，汾水之阳，杳（yǎo）然丧其天下焉。[2]

〔1〕四子：旧注指王倪、齧（niè）缺、被衣、许由四人，实为虚构的人物。

〔2〕杳然：怅然若失的样子。丧：丧失、忘掉。

惠子谓庄子曰[1]："魏王贻我大瓠（hù）之种[2]，我树之成而实五石。[3]以盛水浆，其坚不能自举也。剖之以为瓢，则瓠落无所容。[4]非不呺（xiāo）然大也[5]，吾为其无用而掊（pǒu）之。"[6]庄子曰："夫子固拙于用大矣。宋人有善为不龟（jūn）手之药者，世世以洴澼絖（píng pì kuàng）为事。[7]客闻之，请买其方百金。[8]聚族而谋之曰[9]：'我世世为澼絖，不过数金。今一朝而鬻（yù）技百金[10]，请与之。'客得之，以说（shuì）吴王。[11]越有难[12]，吴王使之将。冬，与越人水战，大败越人，裂地而封之。[13]能不龟手一也，或以封，或不免于洴澼绒，则所用之异也。[14] 今子有五石之瓠，何不虑以为大樽而浮乎江湖[15]，而忧其瓠落无所容？则夫子犹有蓬之心也夫！"[16]

〔1〕惠子：惠施，宋人，曾为梁惠王相，是先秦名家的重要人物。本书中多次记述他与庄子的交谊与辩论。

〔2〕魏王：魏惠王，因迁都大梁，又称梁惠王，战国时期魏国的国君。大瓠，大葫芦。

〔3〕树：种植。实五石，容积有五石。十斗为一石。

〔4〕其坚不能自举：葫芦壁的坚硬度，不足以承担五石水的压力。瓠落无所容：言其瓢之大，无处可容纳。

〔5〕呺然：虚大的样子。

〔6〕掊：击，打碎。

〔7〕龟：通"皲"，手足因风冻而干裂。洴澼，漂洗。绒，丝絮。

〔8〕方：药方，即其制不龟手之药的技艺。金：古代货币单位，秦制以一镒为一金，汉制以一斤为一金。

〔9〕族：家族。

〔10〕鬻：卖。

〔11〕说：说服。

〔12〕越有难：越国发难。

〔13〕裂地而封：分割出一块地区以封赐。

〔14〕或：不定指代词，即"有的"。

〔15〕虑：络，以绳结缚。樽：腰舟，形似酒樽，用以渡舟。

〔16〕蓬之心：心如转蓬曲结，不开窍。

惠子谓庄子曰："吾有大树，人谓之樗（chū）。[1] 其大本拥肿而不中绳墨，其小枝卷曲而不中规矩。[2] 立之涂，匠者不顾。[3] 今子之言，大而无用，众所同去也。"[4] 庄子曰："子独不见狸狌（shēng）乎[5]？卑身而伏，以候敖者[6]；东西跳梁，不辟高下；中于机辟，死于罔罟（gǔ）。[7]今夫斄（lí）牛，其大若垂天之云。此能为大矣，而不能执鼠。[8]今子有大树，患其无用，何不树之于无何有之乡，广莫之野，彷徨乎无为其侧，逍遥乎寝卧其下。[9]不夭斤斧，物无害者，无所可用，安所困苦哉！"

〔1〕樗：臭椿树。其形体高大，木质粗劣。

〔2〕大本：指树身与主干。拥肿：疙瘩突起，指木瘤集结。绳墨、规矩，均木工用具。绳墨：俗称"墨斗"，用以划直线。规：画圆，矩，画方。

〔3〕涂：通途，道路。匠者：指木工。顾：看。

〔4〕同去：纷纷离去。

〔5〕狸：野猫。狌：通"鼪"，即黄鼠狼。

〔6〕卑身：趴下身子。候：等候。敖：通"遨"，游。

〔7〕跳梁：跳跃，腾跳。辟，通"避"。机辟，猎人为捕捉鸟兽于暗中设置的机关。罔罟，各类网的总称。罔：通"网"。

〔8〕斄牛：即牦牛。执，捉拿。

〔9〕无何有：什么也没有，即虚无。广莫：广大而虚无。彷徨：徘徊，悠游自适。逍遥：悠游自在。

〔10〕夭：折。斤：砍木之斧。安：何。

【参考书目】

1. 陈鼓应：《庄子今注今译》，中华书局，2011。

2. 流沙河：《庄子现代版》，现代出版社，2013。

3. 钱穆：《庄子纂笺》，生活·读书·新知三联书店，2010。

4. 〔日〕池田知久著《道家思想的新研究——以〈庄子〉为中心》，王启发、曹峰译，中州古籍出版社，2009。

5. （清）郭庆藩：《庄子集释》，中华书局，1982。

《荀子》：明天人之分的儒家集大成者

【典籍概论】

一 荀子其人其书

荀子（约公元前三二五 — 前二三八年），名况，又称荀卿、孙卿（因避汉宣帝刘询讳），战国后期著名哲学家、思想家和教育家，赵国人，曾游历齐、秦、赵、楚诸国。据说荀子年十五即游学齐国，齐襄王时在齐国稷下学宫讲学，三为祭酒（学宫之长）。秦昭王四十一年（公元前二六六年）前往秦国，与秦相国范雎讨论秦国短长，他赞赏秦国政治清明、民风淳朴。后返回赵国，曾在赵孝成王前与楚将临武君辩论军事问题。由于遭受谗言，他最终离开齐国，来到楚国，约于楚考烈王八年（公元前二五五年）任楚兰陵（今山东兰陵县）令。春申君死后，兰陵令一职被废，荀子滞留兰陵，著书授徒以终。其学生韩非、李斯均名扬天下，撰述数万言，有《荀子》一书传世。

《荀子》现存三十二篇，大部分为荀子自著，其余为荀子弟子记录的荀子言语和思想观点，约成书于战国末期，是荀子晚年为总结百家争鸣和自己的学术思想而写的。经秦火之后，藏于汉朝秘府，名《孙卿书》，当时存有三百二十二篇，经刘向初步整理校订后，去其重复二百九十篇，最终定为《汉书·艺文志》著录的《孙卿子》三十二篇。唐代学者杨倞鉴于传本"遍简料脱，传写谬误"，又经订正注解，改名《荀卿子》，简称《荀子》。注本主要有唐杨倞《荀子注》和清代王先谦的《荀子集注》，近人梁启雄的《荀子简释》注释详明，最便初学者使用。

二 《荀子》一书的基本观点

荀子出身儒家，尊崇孔子，他广泛吸收各家精华，并在此基础上使儒家学说得以发扬光大。然而，荀子的思想与孔、孟有着显著的区别：《荀子》仿《论语》体例书写，始于《劝学》，终于《尧问》，以"礼"为中心，提出一整套为人、为君、为官的理论，其系统性和思想性较强。《劝学》《修身》《不苟》是关于为人的教育理论，强调后天教育和环境对人的改造作用。教育是为了培养士、君子，而以学为圣人为最高目标。《诗》《书》《礼》《乐》《春秋》都是必修的儒家经典，但其中最重要的是《礼》。《非十二子》对先秦墨家、名家、道家、前期法家和儒家思孟学派予以评论性总结；《非相》《儒效》破除迷信，提出"法后王"的历史观；《王制》《富国》记社会政治思想，提出"明分使群"的国家起源论；《王霸》《议兵》认为实现统一要"以不敌之威，辅服人之道"；《君道》强调人在法治中的作用。所谓"法不能独立，类不能自行"，没有圣君贤相，法律不可能自行完善，法治也不可能严格实施；《天论》对先秦哲学进行总结，批评天人合一和世俗迷信，提出"天行有常，不为尧存，不为桀亡"（《荀子·天论》），指出天并无意志，只是按客观的自然法则进行，强调"制天命而用之"的人定胜天思想。《礼论》探索礼的理论根据；《乐论》是关于音乐的理论；《解蔽》讲方法论原则。他认为人有认识事物的能力，事物可以被认识；"凡以知，人之情也；可以知，物之理也"。他重视感性认识的作用，也重视思维"征知"的作用。他特别强调"解蔽"，指出"蔽于一曲而暗于大理"的片面性是"心术之公患"，为克服妨碍正确认识的各种片面性，应把"学"和"行"提到重要地位。《正名》总结了"制名以指实"的认识论观点；《性恶》讲"性恶善伪"的性恶论与"化性起伪"的人性改造论；《成相》以民歌体裁叙述政治思想；《赋》为文学作品。最后六篇为其弟子门人所作。

荀子的思想中有两点需要重点强调一下。

一是隆礼重法。孔孟重"礼"，但他们的礼具有浓厚的道德意味，而荀子强调礼在调节社会关系方面的作用，因此他的"礼"更多具有制度化的倾向。他反对孟子的"性善论"，主张"性恶论"。他认为人性本恶，性善是后天教化的结果。这里的性指人的生理本能，而恶是指人天生下来就好逸恶劳；因为人性是恶的，所以要用礼治来约束，因为只有礼法仁义才能"化性起伪"，使人改恶向善，做到"明分使群"，确定各人在社会中的地位，各尽其责，共同构筑良好的社会秩序。

二是唯物天道论。荀子对孔、孟较少谈及的天道观进行了阐述，认为天是没有意志的自然存在，与人事的吉凶祸福无关。人类既应顺应自然界的规律，同时也可以通过主观努力改造自然，"制天命而用之"。荀子关于"天人相分"的认识既科学，又深刻，在中国文明发展史上具有重要的里程碑意义。因为只有当人意识到自己是从自然界分离出来的，并成为与自然界相对立的一个认识主体的时候，人才可能摆脱对自然的依赖，成为真正意义上的人，否则就只会永远向自然之天顶礼膜拜，永远无法独立。

荀子的观点多经验之谈，同时又对儒术的治国作用深信不疑，因此其说不但切实，而且顾虑深远。如战国后期他到秦国访问，感受到百姓淳朴，"甚畏有司而顺"，官僚士人"不比周，不朋党"，政府"听决百事不留，恬然如无治者"，政治稳定高效。但又觉察到秦国"殆无儒耶"的大问题，所谓"（儒）粹而王，驳而霸，无一焉而亡"（《强国》）。秦国后来的覆亡验证了荀子的观点。[1] 而他礼法兼综、德主刑辅的政治思想超越了三代以来的德政主义，而近于法治主义的范围，实际上成为中国古代绝大多数君主专制王朝的治国基本原则。

但由于荀子培养了两个终结先秦儒家的法家代表人物以及"人性恶"的主张，使他无法配享大成殿，成为一个尴尬的"儒家集大成者"。谭嗣同在《仁学》中指出："二千年之政，秦政也；二千年之学，荀学也。"这实在是一句很痛心的话。荀子之所以遭到后世的非议，一是他的唯物天道观对人性中道德信仰的损害，二在于他恃宠固位对君主专制集权的妥协。就第一点而言，诚如傅佩荣教授所说：荀子的天论观固然体现了他科学心态的特色和优点，但如果"天"只是自然界，而"鬼"与"神"只是百姓心中主观愿望的投射，人死之后什么都没有了，那么人活在世上有必要为义与德操牺牲生命吗？反之，只有接受孔、孟的天命观，才能领悟"人性向善论"的真谛，并且可以坦然表达"杀身成仁""舍生取义"的信念。至于荀子的"恃宠固位"，则见于《荀子·仲尼》，"求善处大重，理

① 张帆：《中国古代简史》，北京大学出版社，2015，第68页。

任大事，擅宠于万乘之国，必无后患之术，莫若好同之，援贤博施，除怨而无妨害人。能耐任之，则慎行此道也；能而不耐任，且恐失宠，则莫若早同之，推贤让能，而安随其后。如是，有宠则必荣，失宠则必无罪。是事君者之宝，而必无后患之术也"。

但不管怎样，荀子仍是一位了不起的大学者，他的"性恶论，虽为常识所震骇，然其思想之自由，论断之勇敢，不愧为学者云"。[①] 其在中国先秦时代的学术地位恰如亚里士多德在古希腊的学术地位。

【文本选读】

一 人性批判

《性恶》篇："人之性恶，其善者伪也。今人之性，生而好利焉，顺是，故争夺生而辞让亡焉；生而有疾恶焉，顺是，故残贼生而忠信亡焉；生而有耳目之欲，有好声色焉，顺是，故淫乱生而礼义文理亡焉。然则从人之性，顺人之情，必出于争夺，合于犯分乱理，而归于暴。故必将有师法之化，礼义之道，然后出于辞让，合于文理，而归于治。用此观之，人之性恶明矣，其善者伪也。"

伪，人为努力之义，而非虚伪。

二 治理者修身

《修身》篇："见善，修然必以自存也；见不善，愀然必以自省也。善在身，介然必以自好也；不善在身，菑然必以自恶也。故非我而当者，吾师也；是我而当者，吾友也；谄谀我者，吾贼也。故君子隆师而亲友，以致恶其贼。好善无厌，受谏而能诫，虽欲无进，得乎哉！

"以善先人者谓之教，以善和人者谓之顺；以不善先人者谓之谄，以不善和人者谓之谀。是是非非谓之知，非是是非谓之愚。伤良曰谗，害良

---

① 蔡元培：《中国伦理学史》，东方出版社，1996，第 23 页。

曰贼。是谓是，非谓非曰直。窃货曰盗，匿行曰诈，易言曰诞。趣舍无定谓之无常。保利弃义谓之至贼。多闻曰博，少闻曰浅。多见曰闲，少见曰陋。难进曰偍，易忘曰漏。少而理曰治，多而乱曰耗。

"治气养心之术：血气刚强，则柔之以调和；知虑渐深，则一之以易良；勇胆猛戾，则辅之以道顺；齐给便利，则节之以动止；狭隘偏小，则廓之以广大；卑湿重迟贪利，则抗之以高志；庸众驽散，则劫之以师友；怠慢僄（piào）弃，则照之以祸灾；愚款端悫（què），则合之以礼乐，通之以思索。凡治气养心之术，莫径由礼，莫要得师，莫神一好。

僄，意为轻；莫神一好，指好善不怒恶。

"志意修则骄富贵，道义重则轻王公，内省而外物轻矣。传曰：'君子役物，小人役于物。'此之谓矣。身劳而心安，为之；利少而义多，为之；事乱君而通，不如事穷君而顺焉。故良农不为水旱不耕，良贾不为折阅不市，士君子不为贫穷怠乎道。

"道虽迩，不行不至；事虽小，不为不成。其为人也多暇日者，其出入不远矣。好法而行，士也；笃志而体，君子也；齐明而不竭，圣人也。"

出入当为出人；齐，谓无偏无颇。

三　天人之分

《天论》篇："天行有常，不为尧存，不为桀亡。应之以治则吉，应之以乱则凶。强本而节用，则天不能贫；养备而动时，则天不能病；修道而不贰，则天不能祸。……受时与治世同，而殃祸与治世异，不可以怨天，其道然也。故明于天人之分，则可谓至人矣。"

《王制》篇："水火有气而无生，草木有生而无知，禽兽有知而无义。人有气、有生、有知，亦且有义，故最为天下贵也。力不若牛，走不若马，而牛马为用，何也？曰：人能群，彼不能群也。人何以能群？曰：分。分何以能行？曰：义。故义以分则和，和则一，一则多力，多力则强，强则胜物，故宫室可得而居也。故序四时，裁万物，兼利天下，无它故焉，得之分义也。

"故人生不能无群，群而无分则争，争则乱，乱则离，离则弱，弱则不能胜物，故宫室不可得而居也，不可少顷舍礼义之谓也。能以事亲谓之孝，能以事兄谓之弟，能以事上谓之顺，能以使下谓之君。

"君者，善群也。群道当，则万物皆得其宜，六畜皆得其长，群生皆得其命。故养长时，则六畜育；杀生时，则草木殖；政令时，则百姓一，贤良服。

"圣王之制也：草木荣华滋硕之时，则斧斤不入山林，不夭其生，不绝其长也。黿鼍（yuán）（tuó）鱼鳖鳅鳣（qiū）（shàn）孕别之时，罔罟毒药不入泽，不夭其生，不绝其长也。春耕、夏耘、秋收、冬藏，四者不失时，故五谷不绝，而百姓有余食也。污池渊沼川泽，谨其时禁，故鱼鳖优多，而百姓有余用也。斩伐养长不失其时，故山林不童，而百姓有余材也。

鳣，古同"鳝"；孕别，生育；污池，停水之池。

"圣王之用也：上察于天，下错于地，塞备天地之间，加施万物之上，微而明，短而长，狭而广，神明博大以至约。故曰：一与一是为人者，谓之圣人。"

《富国》篇："人之生不能无群，群而无分则争，争则乱，乱则穷矣。故无分者，人之大害也；有分者，天下之本利也；而人君者，所以管分之枢要也。故美之者，是美天下之本也；安之者，是安天下之本也；贵之者，是贵天下之本也。"

四　学习与教育观

《荀子》首篇《劝学》开始就说："君子曰：学不可以已。青，取之于蓝，而青于蓝；冰，水为之，而寒于水。木直中绳，辀以为轮，其曲中规，虽有槁暴，不复挺者，辀使之然也。故木受绳则直，金就砺则利，君子博学而日参省乎己，则知明而行无过矣。故不登高山，不知天之高也；不临深谿，不知地之厚也；不闻先王之遗言，不知学问之大也。

"吾尝终日而思矣，不如须臾之所学也。吾尝跂而望矣，不如登高之博见也。登高而招，臂非加长也，而见者远；顺风而呼，声非加疾也，而闻者彰。假舆马者，非利足也，而致千里；假舟楫者，非能水也，而绝江河。君子生非异也，善假于物也。

"故君子居必择乡，游必就士，所以防邪僻而近中正也。物类之起，必有所始。荣辱之来，必象其德。

"积土成山，风雨兴焉；积水成渊，蛟龙生焉；积善成德，而神明自得，圣心备焉。故不积跬步，无以致千里；不积小流，无以成江海。骐骥一跃，不能十步；驽马十驾，功在不舍。锲而舍之，朽木不折；锲而不舍，金石可镂。

跬同"蹞"，半步。

"学之经莫速乎好其人，隆礼次之。上不能好其人，下不能隆礼，安特将学杂识志，顺《诗》《书》而已耳。则末世穷年，不免为陋儒而已。

经通径。

"故礼恭，而后可与言道之方；辞顺，而后可与言道之理；色从，而后可与言道之致。故未可与言而言，谓之傲；可与言而不言，谓之隐；不观气色而言，谓之瞽。故君子不傲、不隐、不瞽，谨顺其身。

"百发失一，不足谓善射；千里跬步不至，不足谓善御；伦类不通，仁义不一，不足谓善学。学也者，固学一之也。一出焉，一入焉，涂巷之人也。"

一以贯之，触类而长方为善学。

《修身》篇："礼者，所以正身也，师者，所以正礼也。无礼何以正身？无师吾安知礼之为是也？礼然而然，则是情安礼也；师云而云，则是知若师也。情安礼，知若师，则是圣人也。故非礼，是无法也；非师，是无师也。不是师法，而好自用，譬之是犹以盲辨色，以聋辨声也，舍乱妄无为也。故学也者，礼法也。夫师，以身为正仪，而贵自安者也。"

《儒效》篇："先王之道，仁之隆也，比中而行之。曷谓中？曰：礼义是也。道者，非天之道，非地之道，人之所以道也，君子之所道也。君子之所谓贤者，非能遍能人之所能之谓也；君子之所谓知者，非能遍知人之所知之谓也；君子之所谓辩者，非能遍辩人之所辩之谓也；君子之所谓察者，非能遍察人之所察之谓也：有所正矣。

正，当为止，止于礼义。

"不闻不若闻之，闻之不若见之，见之不若知之，知之不若行之。学至于行之而止矣。行之，明也；明之为圣人。圣人也者，本仁义，当是非，齐言行，不失毫厘，无它道焉，已乎行之矣。故闻之而不见，虽博必谬；见之而不知，虽识必妄；知之而不行，虽敦必困。不闻不见，则虽当，非仁也，其道百举而百陷也。

"故人无师无法而知，则必为盗，勇则必为贼，云能则必为乱，察则必为怪，辩则必为诞；人有师有法，而知则速通，勇则速威，云能则速成，察则速尽，辩则速论。故有师法者，人之大宝也；无师法者，人之大殃也。人无师法，则隆性矣；有师法，则隆积矣。"

【参考书目】

1. 张觉：《荀子译注》，上海古籍出版社，2012。
2. 梁启雄：《荀子简释》，中华书局，1983。
3. 王先谦集解，沈啸寰、王星贤点校《荀子集解》，中华书局，1988。

《坛经》：非佛所说却冠以经名的中国化佛典

【典籍概述】

我们接下来进入六祖慧（也作"惠"）能的《坛经》。或许有人会问，《坛经》能算是中国文化名著吗？的确，在佛教历史上，只有释迦牟尼的言行记录才能称为"经"，其他宗派祖师或高僧大德的著作都不可以称为"经"。但既然把《坛经》称"经"，除了表明它在中国佛教徒中的崇高地位之外，还能说明慧能之经与佛祖之经存在文化上的不同。我的观点是：《坛经》是一部中国化了的佛教经典，是中印文化融合的结晶，既是慧能思想的凝结，更是佛教中国化的体现。为了说明这个问题，就先从慧能传说和《坛经》文本内容讲起。

一 慧能传说

1. 禅宗法脉

从西天灵山法会上佛祖拈花、迦叶微笑开始，"不立文字，教外别传"

的禅宗心法就开始流传了，一直传到西天二十八祖菩提达摩。他于公元六世纪初自印度来华，北上弘法，广州现在还有纪念他的"西来初地"和华林禅寺。达摩后来被南朝梁武帝迎到金陵，却因话不投机，于是踩上一根芦苇，渡江进入北魏境地，最终止步于嵩山少林寺，面壁九年而化。因为他传法给慧可，所以被称为中华初祖。慧可就是二祖，二祖传法给三祖僧璨，三祖又传给四祖道信，四祖传五祖弘忍，五祖传六祖慧能。慧能创立南宗顿教，禅宗从此开枝散叶，繁衍生息，广为流传。[①]

2. 文本故事

在《坛经》文本中，我们读到一些有趣的故事。一是黄梅拜师。慧能不远千里，从岭南到湖北黄梅，礼拜东山寺的五祖弘忍祖师。祖师问他："你是哪里人？打算来这里求什么？"惠（惠通慧）能对曰："弟子是岭南新州百姓。远道而来，礼拜法师，只求作佛，不求其他东西。"祖师说："你是岭南人，又是獦獠，怎么做得了佛呢？"根据《说文解字》的解释，"獦獠"是带狗行猎的意思，唐代岭南又是流配犯人的蛮荒边地，弘忍法师这么说，表面上是侮辱，其实是对慧能的试探。一般人听到这话，不是难堪，就是自忿，很难对应得当。但慧能却说："人有南北地域之分，但佛性却没有南北地域之别。我獦獠之身虽然与和尚不同，佛性却没有什么差别。"弘忍一听，就知道他是个肉身菩萨，不可等闲视之，从此便对他留了心意，但表面上并不显露，先让他到碓房去舂米。

二是开法悟偈。后来法师要传衣钵，让众弟子作开法偈语，其中最著名的莫过于神秀的偈和慧能的偈。神秀偈作："身是菩提树，心如明镜台。时时勤拂拭，勿使惹尘埃。"慧能偈为："菩提本无树，明镜亦非台，本来无一物，何处惹尘埃。"按照一般的说法，这两首偈就是北宗渐教和南宗顿教的禅学心法。

三是九江送渡。慧能的偈最后得到五祖认可，半夜把他唤入内室，传授《金刚经》心法，交付木棉袈裟，为避免同门相争，还亲自送慧能离

---

① 吴立明主编的《禅宗宗派源流》附录Ⅰ"中国禅宗宗派传承图"（中国社会科学出版社1998年）将禅宗流派的演变过程翔实清晰地展现了出来。

开。到了九江驿船上，五祖打算亲自把橹，慧能说："请法师坐好，应该是弟子把橹。"五祖说："应该是我渡你，你来渡我，没有这个道理。"慧能却说："迷时师渡，悟了自渡。"再次显现了他的佛悟。

四是风幡心动。在慧能得授法衣之后、正式剃度之前，还有一个大家熟知的故事：印宗法师某天正在讲经，看见风在幡上吹，便问弟子，是风动，还是幡动？弟子一个说风动，一个说幡动，各自相争，没有定论。慧能却说："不是风动，也非幡动，仁者心动。"印宗惊愕，从此避席。

二 慧能思想

1. 文本真相

以上所举慧能的故事和传说是从各种《坛经》本子和慧能事迹中杂糅拈出的，有真也有假。作为禅宗的真正创立者，慧能思想的本旨有必要加以厘清，否则就会鱼目混珠，失掉质朴无文、明心见性的六祖真义，其中被误解得最深的一句莫过于慧能开法偈中的"本来无一物"。根据敦煌写本《坛经》原本，他的开法偈应为："菩提本无树，明镜亦非台。佛性常清净，何处惹尘埃。"不是"无一物"，而是"有一物"，这一"物"是什么呢？便是常存不灭的清净"佛性"。

学界对"本来无一物"究竟是不是慧能的思想存在不小的争议。一种观点认为，敦煌本在前，传世本在后，传世本增加了许多敦煌本没有的内容。这里就需要简单地提一下《六祖坛经》的版本问题。慧能本不识字，生前的主要讲法是由弟子法海整理成书，这就是著名的法海本《坛经》，现在市面上流行的各种《坛经》版本都是在法海本的基础上增删改定的。有位日本学者叫石井修道，他曾提出一个"《六祖坛经》异本系统图"，里面列的《坛经》本子有十四种。据郭朋先生研究，最重要的不过是敦煌本（法海本）、惠昕本、契嵩本和宗宝本四种；其他都不过是这四种本子的不同翻刻本或传抄本。经过比较，法海本约有一万二千字，晚唐惠昕本有一万四千字，北宋契嵩本和元代宗宝本分别在两万字以上。印顺法师在《中国禅宗史》中遂说，《坛经》是先后集成的，并有过修改和补充。敦煌本（公元七八〇—八〇〇年）"已不是《坛经》原型"，却是《坛经》"现存各本中最古的"，特别是关于"慧能事迹"的记载"最为古朴"。慧能禅师圆寂于唐玄宗先天二年（公元七一三年），享年七十六岁。从他逝世到敦煌本《坛经》，中间隔了半个多世纪，由此看来，从《坛经》原本到敦煌本，至少已有过两次修补。

另一种观点则认为，《坛经》的发展不是由简到繁、文字逐渐增多的过程，而是由繁到简、再由简到繁的过程。依据这种意见，则敦煌本《坛经》仅是文繁原本的节本。[①]据柳田圣山和杨曾文考证，敦煌原本出现于公元七三三 — 八〇一年间，而我们今天所发现的敦煌写本则是在九或十世纪抄写的。这一时期，惠昕已对文字繁多的古本进行了删削。"本来无一物"在惠昕本《坛经》尚未问世前七十七年逝世的仰山慧寂（公元八一四 — 八九〇年）提到慧能的"得法偈"时就已提出（《祖堂集》卷十八），黄檗希运于公元八五七年成书的《宛陵录》（《大正藏》第四十八卷第三八五页）中也有此句。至于"风幡之辩"，虽不见于敦煌本《坛经》，但在早于敦煌本的《历代法宝记》中却有记载（任继愈《敦煌坛经写本跋》）。

2. 法无渐顿

对慧能思想的误解还表现在南宗、北宗的顿、渐分执上。一般认为，以慧能为代表的禅宗起自岭南，被称为"南宗"，其派为"顿教"；以神秀为代表的一派在北方传播，被称为"北宗"，其派为"渐教"。但如果因为这种说法的存在，就想当然地以为南宗思想与北宗思想截然对立，甚至水火不容，那首先就会遭到慧能大师的反对。敦煌本《坛经》第三十九节对顿、渐关系做了清晰的界定：世人都说"南能北秀"，却并不清楚佛法的根由。神秀禅师在湖北当阳玉泉寺住持修行，惠能大师在广东韶州以东三十五里的漕溪山住持修行。佛法只有一种，人却有南北地域之分，这就是"南能北秀"的来由。那为什么有渐、顿之分呢？佛法只有一种，闻见却有快慢，反应慢的，就要循序渐进；反应快的，就可顿悟明心。佛法本无

---

① 李申：《三部敦煌〈坛经〉校本读后》，原载赖永海主编《禅学研究》1998年第3期，此据李申校译、方广锠简注《敦煌坛经合校译注》，中华书局，2018，第231页。

渐、顿之分，人却有钝根和利根的区别，因此有渐、顿的不同教法 [原文作："法即一种，见有迟疾，见迟即渐，见疾即顿。法无渐顿，人有利钝，故名渐顿"（三九）]。

明白了这一点，就知道神秀偈和慧能偈都是佛法开悟的方式，不论"常常勤拂拭"还是"佛性常清净"，都有它的适用范围和受众，本质上并没有高低之分。但在佛法修为的层次上，慧能和神秀确实有着高下之别。且举一例说明。

神秀听说慧能的佛法顿悟直指，心下不服，就派一位聪明多智的弟子志诚南下听法，让他记下慧能的意旨，回来告诉他，好知道到底谁的法见性快、谁的法见性慢。谁知志诚一去不返，最后竟成了慧能的弟子。为什么呢？因为他在慧能处听法，契了本心，得到真悟。那为什么他在神秀处没有开悟呢？神秀既有知人之明，知道志诚"聪明多智"，按理应对他因材施教。但问题是，神秀虽知志诚是聪明人，却不知道教聪明人顿悟的办法，仍然用渐法施教。放矢非的，教学效果自然可知。

比如神秀法师教戒、定、慧，强调"诸恶莫作名为戒，诸善奉行名为惠，自净其意名为定"。即靠不作恶立戒，靠行善立慧，靠净意立定。慧能认为这是劝"小根诸人"的"渐修"办法，而要启示"上人"，就必须靠自性顿修，这就是他说的"心地无非自性戒，心地无疾自性慧，心地无乱自性定"（四一）。一旦契悟了真如佛性，自然不需要再立什么"戒、定、慧"了。"三学"既无，佛性已见，自然比神秀的教法更为快捷。

3. 慧能继承的是《涅槃》有宗思想

这个观点是郭朋先生提出的（《坛经校释》），我比较认同。郭先生在书里指出，千百年来，人们一直把"本来无一物"的偈语当成慧能的思想，其实它只是被误解了的《般若》思想，而决不能说是慧能的思想。

这里就要解释一下什么是"般若"思想。以般若系经典《大智度论》为例，里面有"内空、外空、内外空、空空、大空、第一义空、有为空、无为空、毕竟空、无始空、散空、性空、自性空、共相空、一切法空、不可得空、无性空、无性自性空"的记载，所涉佛教义理精妙，剖解不易，但大家都能注意到一个反复强调的概念——空！这个"空"就是"一切皆空"的般若思想，哪怕是彼岸世界的清净佛性，都一空到底，毫无保留。慧能不同，他继承的是涅槃系类大乘经典的思想，而非"一切皆空"的"般若"思想。《大般涅槃经》虽然也一口气讲出十一种空来，却又强调"如来、法、僧、佛性，不在二空"之列。可见《涅槃》经的"空"是一种特称否定，只空此岸的"世俗"事物（现象），而彼岸"常、乐、我、净"的佛法本体是绝不能空的。

那如何解释慧能在《坛经》中一再援引《金刚经》向弟子说法的表现呢？郭朋先生认为，这是慧能在用他的佛性论思想来理解《金刚经》，是"我注《金刚》"，而非"《金刚》注我"，可谓慧眼独具。在慧能心目中，"真如缘起"才是宇宙实体、世界本源，世界上的一切都是由它派生的。不论贯穿《坛经》全本的佛性、法性、实性、自性还是本性、法身、本心、真如，其实指的都是一个东西——佛性。明白了这一点，就知道慧能开法偈中的第三句不可能是"本来无一物"，而只能是"佛性常清净"。

三 慧能思想的佛教中国化

之所以将《坛经》纳入中国文化名著，不仅因为它是慧能思想的结晶，更因为它是佛教中国化的集中体现。有人以印度佛教的"性空说"或"唯识说"来否定中国佛教的"性觉说"，进而否定禅宗的"合法性"，这其实是未解大乘佛法真义的缘故。

以前面所谈的般若空性为例，虽然"一空到底"，但目的是要人离一切相，将生命归零，回到原点。《金刚经》虽然宣称一切世间事物皆虚幻不实，"凡所有相，皆是虚妄"，卷末四句偈又云："一切有为法，如梦幻泡影，如露亦如电，应作如是观。"但这只是针对"妄心"和"妄境"而言，在"凡所有相，皆是虚妄"的后面，佛教不还告诉须菩提"若见诸相非相，则见如来"吗？可见"真心"和"真境"是不可能"绝无"的。

明代高僧德清就曾明确表示，佛祖说个"空"字，是为了破除世人对实有的执着，而非是要断灭佛性。所谓"绝无"的，只是一颗"妄心"，难道真无"真心"吗！什么是"妄心"？执念不化者便是；什么是真心？不被境界假象所惑，对真如佛性明明白白、清清楚楚者便是。(《憨山大师梦游全集》卷一二《示周子寅》)

至于唯识说，就不得不提唐代的玄奘法师。作为中国唯识宗的创始人，他的佛学思想对圆成清净的本性认识和转识成智的生起分析，极大深化了佛教哲学中的认识论和逻辑学。他的学说尽得印度法相唯识的佛法精义，却因奥义过深，思辨细密，难为一般人所接受，所以虽震动一时人心，却最终归于"消沉歇绝"。这一论断出自著名历史学家陈寅恪的《冯友兰〈中国哲学史〉下册审查报告》，他将禅宗与唯识宗的历史盛衰做了一个极富启益的比较：

> 是以佛教学说，能于吾国思想史上，发生重大久远之影响者，皆经国人吸收改造之过程。其忠实输入不改本来面目者，若玄奘唯识之学，虽震动一时之人心，而卒归于消沉歇绝。……窃疑中国自今日以后，即使能忠实输入北美或东欧之思想，其结局当亦等于玄奘唯识之学，在吾国思想史上，既不能居最高之地位，且亦终归于歇绝者。其真能于思想上自成系统，有所创获者，必须一方面吸收输入外来之学说，一方面不忘本来民族之地位。此二种相反而适相成之态度，乃道教之真精神，新儒家之旧途径，而二千年吾民族与他民族思想接触史之所昭示者也。[1]

慧能《坛经》的思想无疑就是陈先生所说"思想上自成系统"的"创获者"，它"一方面吸收输入外来之学说，一方面不忘本来民族之地位"，这两种相反相成的态度让禅宗得以在我国佛教思想史上产生了重大而久远的影响。

---

[1] 原载冯友兰《中国哲学史》(商务印书馆，1934)，此据陈美延编《陈寅恪集·金明馆丛稿二编》，生活·读书·新知三联书店，2009，第282~285页。

有关慧能思想的中国化，还要谈一谈佛教人间化的问题。有学者认为，佛教是天国的哲学，儒学是人间的哲学。佛教要中国化，第一步就要人间化。表现在慧能的思想上，一是宣布净土无理，二是将佛法拉到人间。"人间化"的判断是对的，但所举慧能的言语证据却有问题。所谓"净土无理"，针对的是《坛经·决疑品》中"东方人造罪，念佛求生西方；西方人造罪，念佛求生何国"一句。佛教所谓的西方"净土"是佛住的地方，又叫"佛国"，并不简单地指地域概念上的"西方"，如果慧能真这么说，那他就是诡辩，意图从根本上否定净土的存在。但实际上慧能并不是这么说的，与"本来无一物"一样，这是惠昕本带头在原文下面加多的两句，原文只有"东方人但净心无罪，西方人心不净有愆"。（三五）他并未否认净土的存在，反而还引《维摩经·佛国品》中的经文"欲得净土，当净其心。随其心净则佛土净"以证其说。

《坛经》的佛教中国化过程还有一个"援儒入佛"的表现，即将儒家的"孝义"观念纳入佛理。敦煌本《坛经》第二节记载慧能初闻《金刚经》，顿觉"宿业有缘，便即辞亲，往黄梅冯墓山，礼拜五祖弘忍和尚"，惠昕从其他繁本补入一条材料，说一位客人给了慧能十两银子，让他充作老母的衣粮。五代南唐时成书的《祖堂集》则记载了一位叫安道诚的客人，给慧能纹银百两，以充老母一辈子的衣粮。这个材料变化的过程体现了中华民族的伦理孝道观念，所以到宗宝本《坛经·决疑品》里才始见的《无相颂》话语"恩则孝养父母，义则上下相怜。让则尊卑和睦，忍则众恶无喧"才显得自然而然。

要之，慧能对"破执"顿悟的真理体认以及朴质无文、明心见性的平民修证实践，与传统只限于士大夫圈子的精英佛教、贵族佛教迥然相异。对于广泛的平民信众，慧能提出一反佛教传统的"自力"论，向祈求佛、菩萨"加被"保佑和"救度"的传统思想挑战，对"他力"解脱坚决说不！他的拯救道路是自己内心的清净，而不是呼唤佛的拯救。因此，《坛经》在中国思想史和文化史上之所以具有重大的价值和影响，最根本的一点就在于它恢复了"人"的尊严，充分肯定了人的价值。

【文本选读】

坛经（节选）

南宗[1]顿教[2]最上大乘摩诃般若波罗蜜经[3]六祖惠能大师于韶州大梵寺施法坛经[4]一卷

兼受无相戒[5]弘法弟子法海集记

〔1〕南宗：慧能一派称"宗"本无问题，但与"北宗"对举就有问题了。因为神秀一派只是禅学，而非禅宗。所以，这种称法是不确切的。

〔2〕顿教：相对于神秀的"渐教"而言。禅宗的"顿"，既包括知解方面的"顿悟"，也包括实践上的"顿悟"。

〔3〕摩诃般若波罗蜜属于《金刚经》的"空宗"概念，慧能则是"有宗"。

〔4〕施法坛经：将慧能在法坛上所说佛语集结成经。

〔5〕无相戒："无相者，于相而离相"，是教导人们要"离相"，而不要"着相"，即不要执迷不悟。但"无相"既是心法，又何需"戒"呢？这实是慧能欲开创"教外别传"的新路径。

（一）惠能[1]大师，于大梵寺讲堂中升高座，说摩诃般若波罗蜜法，[2]授无相戒。其时座下僧尼、道俗一万余人，韶州刺史韦据及诸官寮三十余人，儒士三十余人，同请大师说摩诃般若波罗蜜法。刺史遂令门人法海集记，流行后代，与学道者承此宗旨，递相传授，有所依约以为禀承，说此《坛经》。

〔1〕惠能，惠通慧。惠能就是慧能。

〔2〕摩诃般若波罗蜜法，意为"大智慧到彼岸"，即通过佛性的顿悟达到解脱。

（二）能大师言：善知识[1]净心念摩诃般若波罗蜜法。大师不语自净心神。良久乃言：善知识净听，惠能慈父[2]，本官范阳左降迁流南新州[3]百姓。慧能幼小，父小早亡，[4]老母孤遗移来海，艰辛贫乏，于市买柴。忽有一客买柴，遂领慧能至于官店，客将柴去，惠能得钱，却向门前，忽见一客读《金刚经》，惠能一闻心明便悟，乃问客曰：从何处来持此经典？客答曰：我于蕲州[4]黄梅县东凭墓山，礼拜五祖弘忍和尚，见（xiàn）今在彼，门人有千余众。我于彼听，见大师劝道俗但持《金刚经》一卷，即得见性直了成佛。惠能闻说，宿业有缘，便即辞亲，往黄梅凭墓山，礼拜五祖弘忍和尚。

〔1〕善知识：原指具有较高道德学问的僧人及某些居士，这里相当于"先生"们。
〔2〕惠能慈父："父卢氏，讳行瑫（tāo）"。（法海《六祖大师缘起外纪》）
〔3〕新州：广东新兴县。
〔4〕父小早亡：慧能三岁丧父。
〔5〕蕲州：今湖北蕲春县。

（三）弘忍和尚问惠能曰：汝何方人？来此山礼拜吾，汝今向吾边，复求何物？惠能答曰：弟子是岭南人，新州百姓，今故远来拜和尚。不求余物，唯求佛法作。大师遂责惠能曰：汝是岭南人。又是獦獠（gé liáo），[1]若为堪作佛。惠能答曰：人即有南北，佛性即无南北，獦獠身与和尚不同，佛性有何差别。[2]大师欲更共议，见左右在傍边，大师更不言。遂发遣惠能，令随众作务。时有一行者，[3]遂差惠能于碓（duì）坊，踏碓八个余月。

〔1〕獦獠：对以行猎为生的南方少数民族的一种侮称。
〔2〕佛性有何差别：惠能承认佛性没有差别，是典型的"佛性论"者。

〔3〕行者：入寺未落发、但承担劳役的人。

（四）五祖忽于一日唤门人尽来，门人集讫，五祖曰：吾向与说，世人生死事大，[1]汝等门人终日供养，只求福田，[2]不求出离生死苦海。汝等自性[3]迷福门何可救汝。汝惣且归房，自看有智惠者，自取本性般若知之，各作一偈呈吾，吾看汝偈，若悟大意[4]者，付汝衣法，禀为六代。火急急。

〔1〕世人生死事大：佛教以追求解脱、出离生死为本分大事，所以佛教徒一般都成为厌世主义者。

〔2〕福田：供养佛、法、僧三宝，可以得福。

〔3〕自性：指佛性，而非人性。

〔4〕大意：佛性大意。

（五）门人得处分，却来各至自房，递相谓言：我等不须呈心用意作偈，将呈和尚。[1]神秀上座是教授师，秀上座得法后，自可于止请不用作。诸人息心尽不敢呈偈。时大师[2]堂前有三间房廊。于此廊下供养欲画《楞伽》变。[3]并画五祖大师传授衣法，[4]流行后代为记。画人卢玲看壁了，明日下手。

〔1〕和尚：义近导师，原指依靠老师的法力，生起弟子慧命的人。

〔2〕大师：指弘忍。

〔3〕《楞伽》变："变"是"经变"的省称，指佛陀说讲某经故事的意思。《楞伽》变就是佛祖说讲《楞伽经》的故事。把这故事画出来，就是"经变画"。

〔4〕"并画五祖"句：非指将五祖弘忍传授衣法的图画出来，因为此时弘忍尚未传法，所以五祖指的应该是弘忍之前，从初祖菩提达摩到二、三、四、五祖衣法传授的图。

（六）上座神秀[1]思惟：诸人不呈心偈，缘我为教授师，我若不呈心偈，五祖如何得见我心中见解深浅。我将心偈上五祖呈意，即善求法觅祖不善，却同凡心夺其圣位。若不呈心修不得法。良久思惟，甚甚难难，甚甚难难，夜至三更，不令人见，遂向南廊下中间壁上题，作呈心偈，欲求于法。若五祖见偈，言此偈语，若访觅我，我宿业障重不合得法，[2]圣意难测。我心自息。秀上座三更于南廊下中间壁上秉烛题作偈，人尽不知。偈曰：

身是菩提树，心如明镜台，时时勤拂拭，莫（一作勿）使有尘埃。[3]

[1] 神秀：时为弘忍门下的上首弟子。

[2] "若五祖见偈"句：中间当有脱漏。据铃木大拙引兴圣寺本：神秀思惟：五祖明日见偈欢喜，出见和尚，即言秀作；若言不堪，自是我迷，宿业障重，不合得法。当以此为是。

[3] 神秀偈：虽未达到慧能偈的高度，但在佛教史上的地位也非同小可。

（七）神秀上座题此偈毕归房卧，并无人见。五祖平旦遂唤卢供奉来，南廊下画《楞伽》变。五祖忽见此偈，请记，乃谓供奉曰：弘忍与供奉钱三十千，深劳远来，不画变相也。《金刚经》云：凡所有相，皆是虚妄。[1]不如流此偈令迷人诵。依此修行不堕三恶，[2]依法修行人有大利益。

大师遂唤门人尽来，焚香偈前，人众入见，皆生敬心。汝等尽诵此偈者方得见性，于此修行即不堕落。门人尽诵，皆生敬心，唤言善哉。

五祖遂唤秀上座于堂内，门是汝作偈否？若是汝作应得我法。秀上座言：罪过，实是秀作。不敢求祖，愿和尚慈悲，看弟子有小智惠、识大意否？五祖曰：汝作此偈，见即未到，只到门前，尚未得入。凡夫于此偈修行，即不堕落，作此见解，若觅无上菩提，即未可得。须入得门见自本性。汝且去，一两日来思惟，更作一偈，来呈吾，若入得门见自本性，当付汝衣法。秀上座去数日，作不得。

〔1〕凡所有相，皆是虚妄：语出《金刚经·如理实见分》。意思是说：凡是有形体、相状的东西，都是不真实的，因而都是空的。

〔2〕三恶：指三恶道，佛教有六道轮回之说，其中的地狱道、饿鬼道和旁生（除人以外的一切动物）道属于"三恶道"；与之相对的是"三善道"，即天道、人道和阿修罗道。

（八）有一童子，于碓坊边过，唱诵此偈，惠能一闻知未见性，即识大意。能问童子：适来诵者，是何言偈？童子答能曰：你不知大师言，生死是大，欲传于法，令门人等各作一偈来呈看，悟大意，即付衣法，禀为六代祖。有一上座名神秀，忽于南廊下书《无相偈》一首，五祖令诸门人尽诵，悟此偈者，即见自性，依此修行，即得出离。惠能答曰：我此踏碓八个余月，未至堂前，望上人引惠能至南廊下，见此偈礼拜，亦愿诵取结来生缘，愿生佛地。童子引能至南廊下，能即礼拜此偈，为不识字，请一人读，惠问已即识大意。惠能亦作一偈，又请得一解书人，于西间壁上提着，呈自本心。不识本心，〔1〕学法无益，识心见性，即吾大意。惠能偈曰：

菩提本无树，明镜亦非台，佛性常清净〔2〕，何处有尘埃！

又偈曰：

心是菩提树，身为明镜台，明镜本清净，何处染尘埃！

院内从众，见能作此偈尽怪。惠能却入碓坊。五祖忽见惠能偈，即善知大意。恐众人知，五祖乃谓众人曰：此亦未得了。

〔1〕不识本心：本心即自性、法性或佛性。
〔2〕佛性常清净：敦煌本《坛经》本作"佛性常清净"（西夏文《坛经》作"佛法常清净"），但此后的传世本却将其改为"本来无一物"，完全与佛性论者的观点相背。

（九）五祖夜知三更，唤惠能堂内，说《金刚经》，[1]惠能一闻，言下便悟。其夜受法，人尽不知，便传顿法及衣：汝为六代祖，衣将为信。禀代代相传，法以心传心，当令自悟。五祖言：惠能！自古传法，气如悬丝。若住此间，有人害汝，汝即须速去。

〔1〕说《金刚经》：此处的说经仅具有宗教意味，而不具有历史意义。

（一〇）能得衣法，三更发去。五祖自送能于九江驿，登时便悟[1]。祖处分：汝去努力将法向南，三年勿弘此法，难（nàn）去在后弘化，善诱迷人，若得心开，汝悟无别。"辞违已了便发向南。

〔1〕登时便悟："悟"或当作"寤"，意思是很快就天亮了。

（一一）惠能来衣此地，与诸官夺、道俗，亦有累劫之因。教是先圣所传，不是惠能自知，愿闻先性教者，各须净心，闻了愿自余迷，于先代悟。惠能大师唤言：善知识，菩提般若之知，[1]世人本自有之，即缘心迷不能自悟，须求大善知识示道见性。善知识。遇悟成智。

〔1〕菩提般若之知：即能够证得佛位的智慧。

（一二）一行三昧者，于一切时中，行、住、座、卧常真，真心是。[1]《净名经》云：真心是道场，真心是净土。莫心行谄曲，口说法直。口说一行三昧，不行真心，非佛弟子。但行真心，于一切法上无有执著。名一行三昧。迷人著法相。执一行三昧，真心座不动，除妄不起心，即是一行三昧。

〔1〕真心：即佛性。此据斯坦因和敦煌博物馆本《坛经》校改。铃木贞太郎（铃木大拙）、郭朋、杨曾文校本作"直心"，下同，皆误。

（一三）善知识，法无顿渐，人有利钝。明即渐劝，悟人顿修，识自本是见本性，悟即元无差别，不悟即长劫轮回。

（一四）善知识，我此法门，从上已来，顿渐皆立无念为宗，无相为体，无住为本。何名无相？无相于相而离相，[1]无念者，于念而不念，无住者，为人本性，念念不住，前念、今念、后念，念念相续，无有断绝，若一念断绝法身即离色身。念念时中，于一切法上无住，一念若住，念念即住，名系缚，于一切法上，念念不，住即无缚也。以无住为本。善知识。外离一切相是无相，但能离相性体清净是。是以无相为体。于一切境上不染，名为无念，于自念上离境，不于法上念生。莫百物不思，念尽除却，一念断即死，别处受生。学道者用心，莫不息法意。自错尚可，更劝他人，迷不自见迷，又谤经法。是以立无念为宗。即缘迷人于境上有念，念上便起邪见，一切尘劳妄念，从此而生。然此教门，立无念为宗。世人离见不起于念，若无有念，无念亦不立。无者无何事，念者何物？无者离二相诸尘劳，[2]真如是念之体，念是真如之用。性起念，虽即见闻觉知不染万境，而常自在。《维摩经》云。外能善分别诸法相，内于第一义而不动。

〔1〕于相而离相：就是不执着、不计较的意思。如见色、闻声、觉触、知识，但由于内心不执着，所以万境不染。即《维摩经·方便品》所谓"入诸淫舍，未欲之过；入诸酒肆，能立其志……"

〔2〕离二相诸尘劳：二相包括生来、有无、空有、人我、是非、内外等。如执着于"二相"，那么真如佛性就会被烦恼妄见（亦即尘劳）所遮蔽。

（一五）今既汝是此法门中，何名座禅？此法门中一切无碍，外于一切境界上念不去为座，见本性不乱为禅。何名为禅定？外杂相曰禅，内不乱曰定。外若有相内性不乱，本自净自定，只缘境触，触即乱，离相不乱即定。外离相即禅，内不乱即定，外禅内定，故名禅定。《维摩经》云：即是豁然，还得本心。《菩萨戒》云：本须自性清净。[1]善知识！见自性自净，自修自作，自性法身自行，佛行自作自成佛道。

〔1〕本须自性清净：《梵网经》卷下："金刚宝戒，是一切佛本源，一切菩萨本源，佛性种子。一切众生，皆有佛性。……是一切众生戒本源自性清净。"

（一六）何名般若？般若是智惠。一时中念念不愚，常行智惠，即名般若。行一念愚即般若绝，一念智即般若生。心中常愚，我修般若无形相。智惠性即是。何名波罗蜜？此是西国梵音，言彼岸到。解义离生灭，著竟生灭去，如水有波浪，即是于此岸；离境无生灭，如水承长流，故即名到彼岸，故名波罗蜜。迷人口念，智者心行，当念时有妄，有妄即非真有。念念若行，是名真有。[1]悟此法者，悟般若法，修般若行。不修即凡，一念修行，法身等佛。善知识！即烦恼是菩提。捉前念迷即凡，后念悟即佛。善知识！摩诃般若波罗蜜，最尊、最上、第一，无住、无去、无来，三世诸佛从中出，将大知惠到彼岸，打破五阴[2]烦恼尘劳，最尊、最上、第一。赞最上最上乘法，修行定成佛。无去、无住、无来往，是定惠等，不染一切法，三世诸佛从中变三毒[3]为戒定惠。

〔1〕念念若行：是名真有，慧能主张"真有"，可见他的禅属于有宗，而非空宗。

〔2〕五阴，又作五蕴，指色（物质、人的形体）、受（感受）、想（思维）、行（意志）、识（总括后四种，都是人的心理活动）等五种蕴聚。

〔3〕三毒：贪、嗔（怒）、痴。

（一七）善知识！我于忍和尚处，一闻言下大悟，顿见真如本性。是故汝教法，流行后代，今学道者顿悟菩提，各自观心，令自本性顿悟。若不能自悟者，须觅大善知识亦道见性。何名大善知，解最上乘法，直是正路，是大善知识。是大因缘，所为化道，令得见佛。一切善法，皆因大善知识能发起故。三世诸佛十二部经，云在人性中，本自具有，[1]不能自性悟，须得善知识示道见性，若自悟者，不假外善知识。若取外求善知识，望得解说，无有是处。识自心内善知识，即得解。若自心邪迷，妄念颠倒，外善知识即有教授，汝若不得自悟，当起般若观照，刹那间妄念俱灭，即是自真正善知识，一悟即知佛也。[2]自性心地，以智惠观照，内外明彻，识自本心，若识本心，即是解脱，既得解脱，即是般若三昧。悟般若三昧，即是无念。何名无念？无念法者，见一切法，不著一切法，遍一切处，不著一切处，常净自性，使六贼[3]从六门走出，于六尘[4]中不离不染，来去自由，即是般若三昧，自在解脱，名无念行。莫百物不思，当令念绝，即是法传，即名边见。悟无念法者，万法尽通；悟无念法者，见诸佛境界；悟无念顿法者，至佛地位。

〔1〕"三世诸佛"三句：意思是包括佛及佛法在内的"一切万法"，都是人心、性中本来具有的。慧能旨在激发人们的主观能动性，"尽其在我"，自力解脱，而不依靠佛、菩萨的加被和保佑。

〔2〕一悟即知佛："顿悟"说最早出自南北朝时的道生，但他认为只有道理能顿悟，事情则要靠渐修。直到慧能解、行一体（这是王阳明"知行合一"说最重要的源头），才能一悟即佛。

〔3〕六贼：即眼、耳、鼻、舌、身、意"六识"，之所以将其称为"贼"，乃是因为六识攀缘外境，让人丧失本性。

〔4〕六尘：指色、声、香、味、触、法六种外境，因能污染本性，所以称为尘。

【参考书目】

1. （唐）慧能著，郭朋释《坛经校释》，中华书局，2012。

2. 李申校译，方广锠简注《敦煌坛经合校译注》，中华书局，2018。

3. 葛兆光：《增订本中国禅思想史：从六世纪到十世纪》，中华书局，2008。

4. 印顺：《中国禅宗史》，中华书局，2010。

《明夷待访录》：十七世纪中国的"民权宣言"

【典籍概述】

《明夷待访录》是明末清初思想家黄宗羲的政治专著，中国早期启蒙思潮中最重要的著作之一，被后世誉为十七世纪中国的"民权宣言"。

黄宗羲（一六一〇—一六九五），字太冲，号南雷，世称梨洲先生，浙江余姚人。他自幼关心社会现实，积极参加明末清初的重大政治斗争。其父黄尊素为明末激进文人团体东林党名士，被宦官魏忠贤陷害致死。黄宗羲十九岁入京为父报仇，以铁锥毙伤阉党数人，名震京师。继而与复社中人一起反对阉党，险遭残杀。清兵南下，他召募义兵，成立"世忠营"，武装抗敌，被鲁王任命为左副都御史。明亡以后，坚拒清廷征召，隐居不仕，著述终身，平生作为堪称当时知识分子的杰出代表。他曾就学于大儒刘宗周，涉猎经史百家，注重经世致用。其主要著作有开中国学术史研究之先河的《明儒学案》和《宋元学案》，再就是中国古代反君权思想最具代表性的《明夷待访录》。按照蔡尚思先生的说法，"古来学者都肯定他在前者的地位，而少肯定他在后者的地位；就是都强调他是思想史家，而少强调他是思想家。我认为在中国思想史上，他在后者的地位比在前者的地位最加重要"（《明夷待访录导读·代序言》）。

"明夷"是《周易》六十四卦中的第三十六卦，卦象为下离上坤（䷍）。据《象传》解释：下卦为火为明（日），上卦为坤为地。离（日）下坤（地）上喻"明入地中"，有世道昏暗、明臣在下、无以显志之意。唐代孔颖达疏称："明夷，卦名。夷者，伤也。此卦曰入地中。'明夷'之象施之于人事，暗主在上，明臣在下，不敢显其明智，亦'明夷'之义也"（《十三经注疏·周易正义》）。又《周易·明夷》有"箕子之明夷"，箕子曾为周武王说"天地之大法"（《尚书·洪范》）。作者借以表述自己具有箕子的品格，于天崩地裂的明清之际，总结历史教训，把自己撰写《明夷待访录》比作箕子之作《洪范》，期待"如箕子之见访"，为未来社会"条具为治大法"。

全祖望和章太炎认为，黄宗羲期待见访的是清朝统治者，他企图以此书向清王朝邀宠。但从诸多事实来看，《明夷待访录》实为一部"为代清而起者说法"（梁启超语）的大著。首先，黄宗羲毁家纾难、武装抗清，终身不仕清廷；其次，康熙二年（一六六三年）成书后，即在学者间流传，并深得顾炎武的推许，称《日知录》"所论，同于先生者十之六七"；再次，成书时因有避忌，传本并非全书（全祖望《跋》），也因其具有反封建的启蒙性质，乾隆时被列为禁书，嘉庆年间始有初刻本行世；最后，清朝末年，该书重见天日，产生了巨大影响。梁启超称，此书"实为刺激青年最有力之兴奋剂"（《中国近三百年学术史》）。他与谭嗣同、唐才常等人倡民权共和之说时，将此书"作为宣传民主主义的工具"，印刷数万册，"传播革命思想，信奉者日众"，"于晚清思想之骤变，极有力焉"（梁启超《清代学术概论》）。

该书一卷，共二十一篇，计有《原君》《原臣》《原法》《置相》《学校》《建都》《方镇》《胥吏》各一篇，《取士》二篇，《田制》《兵制》《财计》各三篇，《奄宦》二篇。君、臣、法是国家机器的关键，在《原君》《原臣》《原法》诸篇中，黄宗羲提出与君主专制迥然不同的思想，在其他篇中则集中阐发了他的社会改革思想。

黄宗羲首先指出，天下是天下百姓的天下，而不是皇帝的"橐（tuó，口袋）中之物"。他认为理想的社会应该是"以天下为主，君为客"，君主及国家的责任是保障天下百姓的利益，这才是真正的天下大公。而现实社会往往正相反，"以君为主，天下为客"，这样的专制君主"以天下之利尽归于己，以天下之害尽归于人"，未得天下之时，"屠毒天下之肝脑，离散天下之子女，以博我一人之产业"，既得天下之后，"敲剥天下之骨髓，离

散天下之子女，以奉我一人之淫乐"。黄宗羲激愤地指出："为天下之大害者，君而已矣。"（《原君》）

在他看来，"天下之治乱，不在一姓之兴亡，而在万民之忧乐"（《原臣》）。君主如果"不以万民为事"，臣子也没有无条件忠于君主的道理。他谴责三代以后的法完全是统治者为个人及其子女谋私利的"一家之法"，而不是为人民谋利益的"天下之法"。"后之人主，既得天下，唯恐其祚（zuò，皇位）命之不长也，子孙之不能保有也，思患于未然以为之法。"其具体措施有："秦变封建而为郡县，以郡县得私于我也；汉建庶孽，以其可以藩屏于我也；宋解方镇之兵，以方镇之不利于我也。"（《原法》）只能称之为"一家"的法而不能成为"天下之法"，就是黄宗羲所谓的"非法之法"（《原法》）。

黄宗羲虽然喊出来"无君"的口号，但在他的政治理想中，能为天下尽职尽责的国家制度还是必要的。他认为应该抑君扬臣，立"天下之法"，废"一家之法"。他在《置相》里表达了限制君权的思想，提出设置宰相，以牵制皇帝。并说"天下之大，非一人之所能治，而分治之以群工。故我之出而仕也，为天下，非为君也；为万民，非为一姓也"（《原臣》）。为了将"一出于朝廷"的"王法"归属于人民，他以"三代"为范例，提出不应当"视天子之位过高"，并且顺理成章地提出了摄政、摄位的原则。至此，人民主权的理想便呼之欲出了。

值得重视的还有黄宗羲对于学校的看法。学校首先是负有"养士"使命的。他要求新型学校所养之士应具有"经天纬地之略""礼乐兵农之才""扶危定倾之心""利济苍生之志"，是能够为国家民族建功立业之"豪杰"。这些"豪杰"能够把个人对社会的责任视为人生第一要义，"大者以治天下，小者以为民用"。这表明黄宗羲并没有取偏激态度，而是全面的、审慎的。其次，黄宗羲认为学校的功能又"不仅为养士而设"，还应成为议论时政之所。"天子之所是未必是，天子之所非未必非，天子亦遂不敢自为是非，而公其是非于学校。"这样，学校就成为"公其是非"的民主论坛。"必使治天下之具皆出于学校，而后设学校之意始备。"因此学校的地位也应当提高，太学祭酒"其重与宰相等""南面讲学，天子亦就弟子之列。政有缺失，祭酒直言不讳"。郡县官亦需在地方学校就弟子列学官，对地方政事亦可公开批评，甚至号召抵制（《学校》）。黄宗羲就是要使学校成为独立的舆论机构和类似议会的政治机构。这种分权而治、公正法制的政治要求从汉、宋太学生的清议、上书，到明代东林党的讲学议政，一贯为进步学生和士大夫所坚持，体现了初步的政治民主观念。黄宗羲有关学校的认识还不止于此，他在《财计三》中明确指出了精神建设和物质建设的关系："民间之习俗未去，蛊惑不除，奢侈不革，则民不可使富也。"认为必须把治愚和治贫结合起来，以治愚为核心，进行综合治理，国强民富、民族振兴才有可能。黄宗羲有关学校的思想既是他的创见，也是对中国古代优秀政治和经济传统的发扬光大。

黄宗羲在这部书中还批判了重农而轻工商的传统经济思想，明确提出"工商皆本"的观点。除了主张授田于民，他还认为对不切民用的市货应当裁抑，对切乎民用的工商则应该扶持。他说："今夫通都之市肆，十室而九，有为佛而货者，有为巫而货者，有为倡优而货者，有为奇技淫巧而货者，皆不切民用，一概痛绝之，亦庶乎救弊之一端也。此古圣王崇本抑末之道。世儒不察，以工商为末，妄议抑之。夫工固圣王之所欲来，商又使其愿出于途者，盖皆本也。"在倡导工商方面，黄宗羲坚决维护私有财产权利，反对国家肆意剥夺。在黄宗羲看来，私利是人与生俱有的，正是由于有个体的私利，才合成了天下的公利。所谓天下的公利，无非是使天下人人"各得其私，各得其利"。私有财产不能保障，"工商皆本"的"本"也就不能确立。这种主张是他"工商皆本"论的基础。他反对封建统治者"尽敛天下之金银"而使之储藏沉淀，主张使"千万财用，流转无穷"，即投入生产、流通领域，以发展经济，增殖社会财富（《财计》）。明代中叶以后，法网繁密，经济成为"桎梏天下人之手足"的刑具。"山泽之利""刑赏之权"尽归一人，"用一人焉则疑其自私"，"行一事焉则疑其可欺"（《原法》），使天下人无所措手足，这样势必阻碍商品经济和生产力的发展。至明末，"工商皆本"的思想已经发展成为系统的经济思想，猛烈地冲击着传统的农本思想，显示出初步的重商主义色彩。

黄宗羲写《明夷待访录》不是为了进行微观的历史研究，解决某些历史人物的功过是非问题，而是就封建君主为强化君主集权制度所采取的重大历史抉择和措施所作的宏观历史评价。《明夷待访录》里的许多观点从根本上颠倒了君、民、社会的关系，把君主、政府从人民、社会的主宰变成了为人民、社会效力的公仆。这些观点虽然是以恢复三代之治的名义提出的，如谓"三代以下"的封建王朝都是"有乱而无治的"（《题辞》），而三代以上则法无不备，"二帝、三王知天下之不可无养也，为之授田以耕之；知天下之不可无衣也，为之授地以桑麻之；知天下之不可无教也，为之学校以兴之；为之婚姻之礼以防其淫，为之卒乘之赋以防其乱"（《原法》）。实质上却是对几千年来封建专制的批判及对近代民主政治的向往，具有鲜明的启蒙色彩，比之西方十七世纪的启蒙著作毫不逊色。如果说欧洲思想启蒙运动使法国革命时期资产阶级的政治口号"自由、平等、博爱"成为他们的社会理想，那么黄宗羲"向使无君，人各得自私也，人各得自利也"（《原君》）就成为宋、明以来市民阶层兴起后的政治诉求与思想萌蘖（niè，新芽）。黄宗羲的主张须从政治学的角度去理解，即指人的意志实现和人的权利获得。在法律许可、对别人无害的前提下，人的私利追求无疑是正当的，正是由于个体私利的存在，才合成了天下的公利。所谓天下的公利，无非就是让天下人人"各得其私，各得其利"。黄宗羲积极肯定人的自然权利，并从维护这一自然权利出发，猛烈地抨击了专制君权，重新建构了中国思想传统中的天下观。

黄宗羲的这些观点又非西学东渐的结果，而是中国历史文化自身发展的逻辑产物。这些观点既与先秦孟子基于孔子"仁政"理念提出的"民贵君轻"思想遥相呼应，也与晋代鲍敬言、宋代邓牧等人的空想"无君"思想有关，更与明中叶以来启蒙思想家的政治社会思想一脉相承。当然，黄宗羲的"君害"论与魏晋时代的阮籍、鲍敬言有明显不同。阮、鲍等人的"无君"论从表面上看，似乎彻底否定了君主制，其实不然。正如鲁迅所言："表面上毁坏礼教者，实则倒是承认礼教太相信礼教。"（《魏晋风度及文章与药及酒之关系》）阮、鲍等人反对司马氏用君臣之礼杀人，而借道家崇尚"自然"的思想与之分庭抗礼，发泄对司马氏的不满。阮籍所言"君立而虐生，臣设而贼生，坐制礼法，束缚下民"（《大人先生传》），批判虽然尖锐，但他揭露的只是司马氏破坏君臣礼法，希望代以一个有君臣礼法的新王朝，而没有导致对君主专制制度的根本否定。宋代邓牧主张贤人政治，认为帝王"夫人固可为也"（见《伯牙琴·君道》）。其对黄宗羲的思想影响不小，对君主专制的批判也与黄宗羲有某些相似之处，但距离否定一切君主及其制度尚有一定距离。

《明夷待访录》不是完美无缺的，但黄宗羲的"君害"论是在前人的思想基础上进行的天才性创造，在我国思想史上具有划时代的意义。黄宗羲在《明夷待访录》中对未来社会的政治、经济、法律、军事等制度变革所作的全面阐述，虽然免不了有不少模糊不清、空想的成分，但是其中确有不少天才般的感悟和切实的内容——在其设想中，已明显透露了他主张共和政治的思想，为将来的社会变革予人很大的启发。冲破皇权主义是一个必须经过长期探索与艰苦奋斗的历史过程，黄宗羲反君主专制主义的学说对促进中国步入近代历具有不可忽视的启蒙作用。从康、梁变法到旧民主主义革命，《明夷待访录》始终是最有力的思想武器之一。所以我们说：这部政治名著的地位和价值早已经过社会和历史的鉴定。

【文本选读】

原　君

【解题】　《原君》是《明夷待访录》中批判君主专制制度最激烈、也最重要的一篇文章。作者以明快犀利的笔力，大胆痛斥后世君主把天下当作私产，给天下带来无穷祸害的事实，同时对拘拘小儒死守儒家教义的做法加以嘲笑。黄宗羲在这篇文章中不仅提出了"天下为主，君为客"的著名论断，而且跳出了儒家崇义抑利的思想传统，在承认"好逸恶劳，亦犹夫人之情也"的基础上，提出只有那些为天下兴公利、除公害，任劳任怨而又不享其利的人，才可胜任君主一职。

　　有生之初，人各自私也，人各自利也，天下有公利而莫或兴之，有公害而莫或除之。

　　有人者出，不以一己之利为利，而使天下受其利，不以一己之害为害，而使天下释其害。此其人之勤劳必千万于天下之人。夫以千万倍之勤劳而己又不享其利，必非天下之人情所欲居也。故古之人君，量而不欲入者[1]，许由、务光[2]是也；入而又去之者，尧、舜是也；初不欲入而不得去者，禹是也。岂古之人有所异哉？好逸恶劳，亦犹夫人之情也。

〔1〕量而不欲入者：指经思虑考量而不就君位。

〔2〕许由、务光：传说中的上古高士。尧把天下让给许由，许由逃到箕山，洗耳于颍水；商汤也要把天下让给务光，务光竟然负石自沉于卢水（《史记·伯夷列传》司马贞《索隐》）。

　　后之为人君者不然，以为天下利害之权皆出于我，我以天下之利尽归于己，以天下之害尽归于人，亦无不可；使天下之人不敢自私，不敢自利，以我之大私为天下之大公。始而惭焉，久而安焉，视天下为莫大之产业，传之子孙，受享无穷，汉高帝所谓"某业所就，孰与仲多"[1]者，其逐利之情不觉溢之于辞矣。此无他，古者以天下为主，君为客，凡君之所毕世而经营者，为天下也。

　　今也以君为主，天下为客，凡天下之无地而得安宁者，为君也。是以其未得之也，屠毒[2]天下之肝脑，离散天下之子女，以博我一人之产业，曾不惨然！曰"我固为子孙创业也"。其既得之也，敲剥天下之骨髓，离散天下之子女，以奉我一人之淫乐，视为当然，曰"此我产业之花息[3]也"。然则为天下之大害者，君而已矣。

　　向使无君，人各得自私也，人各得自利也。呜呼，岂设君之道固如是乎！

〔1〕"某业所就"二句：刘邦在老父面前争说比哥哥有出息。仲指刘仲，刘邦的二哥，刘邦原名刘季。仲、季是排行。语出《史记·高祖本

纪》："高祖大朝诸侯群臣，置酒未央前殿。高祖奉玉卮（酒器），起为太上皇寿，曰：'始大人常以臣无赖，不能治产业，不如仲力。今某之业所就孰与仲多？'"

〔2〕屠毒：即荼毒，意指残害。

〔3〕花息：利息。

古者天下之人爱戴其君，比之如父，拟之如天，诚不为过也。今也天下之人怨恶其君，视之如寇仇，名之为独夫，[1]固其所也。而小儒规规焉[2]以君臣之义无所逃于天地之间，至桀、纣之暴，犹谓汤、武不当诛之，而妄传伯夷、叔齐无稽之事[3]，使兆人万姓崩溃之血肉，曾不异夫腐鼠。[4]岂天地之大，于兆人万姓之中，独私其一人一姓乎？是故武王圣人也，孟子之言[5]，圣人之言也。

后世之君，欲以如父如天之空名禁人之窥伺者，皆不便于其言，至废孟子而不立[6]，非导源于小儒乎！

〔1〕"视之如寇仇"二句：《孟子·离娄下》："君之视臣如土芥，则臣视君如寇仇。"《孟子·梁惠王下》："残贼之人谓之'一夫'。"

〔2〕小儒规规焉：这里的小儒指宋以后的理学家。规规焉，死板板地。

〔3〕"妄传伯夷"句：伯夷、叔齐是商代孤竹君的儿子。相传周武王伐纣时，他们曾叩马谏阻。殷商灭亡后，他们义不食周粟，饿死首阳山。但黄宗羲认为，汉代以前没有这个说法，而是后世小儒所编的荒唐故事。

〔4〕"曾不异"句：小儒把百姓的性命看得一钱不值。

〔5〕孟子之言：据《孟子·梁惠王下》，齐宣王曾问孟子，是否有商汤流放夏桀，周武王讨伐殷纣的事。孟子说有。宣王又问，臣子可以弑杀君主吗？孟子答曰："贼仁者谓之'贼'，贼义者谓之'残'，残贼之人谓之'一夫'。闻诛一夫纣矣，未闻弑君也。"

〔6〕"至废孟子"句：这里指明太祖朱元璋曾听闻孟子"民为贵，社稷次之，君为轻"的说法，因此下诏罢除孟子从祀孔庙的资格。后来还公

开颁行《孟子节文》一书，将书中涉及"民贵君轻"思想的章节都予删除。

　　虽然，使后之为君者，果能保此产业，传之无穷，亦无怪乎其私之也。既以产业视之，人之欲得产业，谁不如我？摄缄縢（jiān téng），固扃鐍（jiōng jué）[1]，一人之智力不能胜天下欲得之者之众，远者数世，近者及身，其血肉之崩溃在其子孙矣。

　　昔人愿世世无生帝王家，而毅宗之语公主，亦曰："若何为生我家！"[2]痛哉斯言！回思创业时，其欲得天下之心，有不废然摧沮者乎！是故明乎为君之职分，则唐、虞之世，人人能让，许由、务光非绝尘也；不明乎为君之职分，则市井之间，人人可欲，许由、务光所以旷后世而不闻也。然君之职分难明，以俄顷淫乐不易无穷之悲，虽愚者亦明之矣。

　　〔1〕"摄缄縢"二句：把绳结收紧，把锁钥锁牢。
　　〔2〕"毅宗之语"二句：毅宗就是明代的崇祯皇帝朱由检，"若何为生我家"是他在李自成攻破北京城后，挥剑砍他女儿长平公主时所说痛言（《明史·公主列传》）。

【参考书目】

1. （明）黄宗羲著、段志强译《明夷待访录》，中华书局，2011。
2. （明）黄宗羲著、孙卫华校释《明夷待访录校释》，岳麓书社，2011。

下　篇

中国传统文史名著导读

中国文史名著概说

　　中国古典文学的脉络，首先是《诗经》，然后是《楚辞》，再到两汉的汉赋，魏晋南北朝的五言诗，其中具有代表性的是建安文学，再就是陶渊明的诗文。还有唐诗，比如我们熟悉的李白、杜甫、白居易等。接下来是宋词，李煜、柳永、李清照和苏轼、辛弃疾等作为婉约派和豪放派的代表，其词作非常值得阅读。唐宋散文大家有欧阳修、韩愈和王安石。宋词下来是元曲，元曲我们知道像《西厢记》《窦娥冤》《牡丹亭》，是其代表。再接下来是明清散文和小说。明清散文大家有归有光、姚鼐和曾国藩，姚文叙事有条理，但不如曾文气魄大。明清小说，我们通常讲的四大名著或四大文学名著，指的都是明清小说，即《西游记》、《水浒传》、《三国演义》和《红楼梦》。这四大名著当中，只有《红楼梦》是清朝人曹雪芹所著，前三部都是明朝人所著。明朝还有一部奇书，就是《金瓶梅》，被列为明代四大奇书之一。明清小说下来就是近代文学、现代文学等。

　　正文中没有选入但值得推荐的还有一部古代意义的"小说"书——南朝刘宋宗亲、曾封临川王的刘义庆（四〇三 — 四四四年）招聚文士编撰的《世说新语》。这部书不仅因为它记录了魏晋玄学名士各种机智有趣的清谈言论，还在于它在中国文化史上所具有的独特地位。在中国的文化传统里，强调个人服从群体，强调社会伦理对个人意志和欲望的抑制，历来占主导地位。而对个体意识的压抑乃至抹杀，势必造成人性的扭曲和个体创造性才智的萎缩。魏晋士族作为历史上对封建专制皇权少有依附性的一个特殊阶层，他们通过自我表现或自我宣泄的方式，表达了对尊严、德性、智慧和美的理解与热爱，同时也是较早体验为自由与尊严的付出，生命的虚无与美丽等普遍性的人类问题的一群人。① 正因有了这些充满性灵的文字，才能最终催生出鲁迅那样的文学巨匠，要知道，鲁迅的文学思想，除了受到域外小说的启示，更在于深受嵇康及其时代的感染。

"史"最早指记事的人，"左史记言，右史记事"，后来引申为史书之义。根据《不列颠百科全书》（1980 年版）的定义，"史"有两层含义："第一，指构成人类往事的事件和行动；第二，指对此种往事的记述及其研究模式。前者是指实际发生的事情，后者是对发生的事件进行的研究和描述。"梁启超则认为，历史是记述人类社会赓续活动的体相，校其总成绩，求得其因果关系，以为现代一般人活动之资鉴的事业。专门记述中国先民的活动以供现代中国国民资鉴的，就叫作中国史（《中国历史研究法》第一章"史之意义及其范围"）。

中国的史料主要分为书面史料、实物史料和口头史料三部分。书面史料按古代图书分类体系，主要集中在经、史、子、集的"史部"当中。当然，从广义史料的角度上说，六经皆史，史家还可向"集部进军"，四部文献皆可成为史料的一部分。传统史书范围可以参考清修《四库全书》的史部分类：正史类、编年类、纪事本末类、别史类、杂史类、诏令奏议类、传记类、史钞类、载记类、时令类、地理类、职官类、政书类、目录类、史评类，其中正史、编年、纪事本末体构成史学"三体"，最为重要。

正史就是我们熟知的二十四史，都是纪传体，具体包括《史记》《汉书》《后汉书》《三国志》《晋书》《宋书》《南齐书》《北齐书》《梁书》《陈书》《魏书》《周书》《南史》《北史》《隋书》《旧唐书》《新唐书》《旧五代史》《新五代史》《宋史》《辽史》《金史》《元史》《明史》。加上民国初年成书的《新元史》或《清史稿》，合称二十五史或二十六史。除此之外，还有编年体的史书代表，即孔子编的《春秋》和司马光编的《资治通鉴》，南宋袁枢所编的《通鉴纪事本末》则是纪事本末体的代表。袁枢字机仲，喜读司马光的《资治通鉴》，但苦其卷帙浩繁，记载一事而隔数卷，首尾难稽，于是自出新意，以一事为一篇，分类排纂，每事各详起

---

① 骆玉明：《世说新语精读》，复旦大学出版社，2016，第 16 页。

止年代，自为标题，共计二百三十九事目，成书四十二卷，遂开史学上纪事本末之体。

传统历史的作用在于借鉴，所谓"殷鉴不远，在夏后之世"（《诗经》），又所谓"前事之不忘，后事之师"（《战国策》）。司马光在《进〈资治通鉴〉表》中更明言该书的宗旨："编集历代君臣事迹，……专取关国家兴衰，系生民休戚，善可为法，恶可为戒者，为编年一书。"但能否借鉴，取决于史事记载的真实与否。数千年积淀下来的史学意识使史官和民间史家秉持不蔽美、不隐恶的实录精神，以各种方式记载并保存历史，是中华民族的文化自觉与骄傲。

中国文史名著导读书目

《诗经》：温柔敦厚的无邪歌谣

【典 籍 概 述】

一 《诗经》的来源和成书

《诗经》是我国最早的一部诗歌总集，也是儒家的"六艺"之一，相传为孔子所编定，流传至今有三一一篇，简称"诗三百"。它本与音乐和舞蹈密切结合，但由于春秋战国的社会动乱，乐、舞失传，只剩下歌词，就成为现在所看到的《诗经》。《诗经》收录了西周初年至春秋中叶的诗歌，时间跨度五百多年，地域分布于今黄河流域的陕西、甘肃、山东、山西、河南等地，分为《风》《雅》《颂》三部分。

风：包括《周南》《召南》《邶（bèi）风》《鄘（yōng）风》《卫风》《王风》《郑风》《齐风》《魏风》《唐风》《秦风》《陈风》《桧（guì）风》《曹风》《豳（bīn）风》十五个地方的土风歌谣，共一六〇篇。《毛诗序》："上以风化下，下以风刺上，主文而谲（jué）谏，言之者无罪，闻之者足以戒，故曰风。"现代学者认为风是地方乐歌，大部分为里巷歌谣之作。

雅：周王畿内乐调，也就是周王朝国都附近的乐歌。包括《大雅》和《小雅》，共一〇五篇。《毛诗序》："雅者，正也，言王政之所废兴也。政有大小，故有《小雅》焉，有《大雅》焉。"主要用于诸侯朝会和贵族宴飨。

颂：统治阶级宗庙祭祀之乐。包括《周颂》、《鲁颂》和《商颂》，共四十篇。《毛诗序》："颂者，美盛德之形容，以其成功告于神明者也。"周王、鲁侯和宋公举行祭祀等重大典礼、赞美先祖功德时使用。另有六篇"笙诗"，只存篇目。

《诗经》作品的来源有两个途径：一是"采诗"，二是"献诗"。"采诗"由周朝职官"行人"负责从京畿和各诸侯国采集民间歌谣，"献诗"则出于讽谏或歌颂的目的，由公卿士大夫向周天子献上，配乐奏唱给周天子，以供朝廷考察民俗风情和政治得失。一开始搜集的古诗数量可能很多，经周王朝的乐官太师和一般乐工整理编选，作为演唱和教诗的底本。《史记·孔子世家》认为《诗经》的编集成书经过了孔子的删订，此说法影响很大，但有资料表明，孔子时代已有《诗经》的集本。

秦始皇时，《诗经》属禁毁之列，及至汉代，主要通过口传心授，渐渐形成四家传《诗》者，有鲁、齐、韩、毛四家。前三家为今文今学，西汉时立为博士，魏晋以后衰亡。"毛诗"为毛苌所传古文诗学，因为最早注释《诗经》的著作，历来被奉为圭臬，东汉以后盛行，流传至今。注本有东汉郑玄的《毛诗传笺》、唐孔颖达的《毛诗正义》、宋朱熹的《诗集传》等，郑笺镕今、古文为一炉，参稽各家，自成一说。朱传训诂虽不及汉学诸家，但他能就诗论诗，注释中不乏合情合理、通俗易懂的地方。

二　《诗经》的基本内容

《诗经》中的作品内容非常广泛，题材涉及民族史诗、农事诗、燕飨诗、怨刺诗、战争徭役诗、婚恋诗、祭祀诗、宴饮诗、田猎诗和赞颂诗等，可谓远古至先秦的一轴巨幅画卷，早期中国文化的百科全书。它们从各个方面表现了当时的社会生活，如"大雅"中的《生民》、《公刘》、《绵》、《皇矣》和《大明》等诗歌，对于周民族的发祥，后稷、公刘、太王、王季、文王、武王等君王的德业，周人的建国经过、创业直到灭商建周的历史，某些重大的政治历史事件，都有或多或少的反映。其中，《生民》叙述了周的始祖后稷的诞生和他对农业的贡献，其奇异的神话色彩令人着迷。《公刘》叙述了周人在公刘率领下，由邰（今陕西武功）迁豳（今陕西彬县、旬邑一带）以及在豳地开垦荒地、营造居室、建设家园的历史。《绵》叙述了古公亶父率领周人由豳迁岐（今陕西岐山县），划定疆界建立城郭的历史。《皇矣》先写太王和王季的德业，再写文王伐密和伐崇，发展壮大周部落的伟大功绩。《大明》先叙王季娶太任生文王，文王娶大姒生武王，再写武王伐纣、推翻殷商统治的胜利。这五篇诗歌反映了周人征服自然、建立国家、推翻商人统治的斗争，神话与历史、想象与真实相交融，生动地表现出民族史诗的特征。

经济生产以农事诗为代表，这与周人以农立国的农耕文化背景有关。农事诗分两类，一类叙述农事过程及有关的宗教活动和日常生活，如《小雅》中的《楚茨》《甫田》《大田》，《周颂》中的《臣工》《丰年》《载芟》等，都是具体叙述从春种到秋收的农事过程和丰收的景象；另一类叙述农奴一年到头无休止的繁重劳动以及底层民众悲惨生活，表现了诗歌作者对导致人民痛苦的混乱政治局面和统治者的残暴的深刻揭露。例如农事诗中白吃闲饭的君子大人，"不稼不穑，胡取禾三百亿兮？"（《魏风·伐檀》）"硕鼠硕鼠，无食我黍！三岁贯女，莫我肯顾"（《魏风·硕鼠》），《鄘风·相鼠》中不劳而获的剥削者："相鼠有皮，人而无仪！人而无仪，不死何为？"讽刺卫国统治阶级淫乱无耻的《鄘风·墙有茨》"中冓之言，不可道也。所可道也，言之丑也"等都是大家比较熟悉的诗篇。

随着文学观念逐渐多元，以及对阶级剥削和压迫意识的淡化，我们可以从《诗经》中看到更广阔的天地和更富含人性价值的内容，最为主要的就是婚恋诗。讲《诗经》者，总会从"关关雎鸠，在河之洲"说起。这也难怪，《国风》里的爱情诗是《诗经》中最精彩动人的篇章，而《国风》又是《诗经》最重要的部分，对后世影响也最大，因此不妨从婚恋诗谈起。婚恋诗是指以爱情、婚姻和家庭为主题的诗歌，其内容丰富、形态多样，多层次地展现了爱情、婚姻生活中的真实情感。这部分诗歌数量不少，除少数几篇在"小雅"中外，绝大部分在《国风》里。

比如大家熟悉的《周南·关雎》首章"关关雎鸠，在河之洲。窈窕淑女，君子好逑"，表现了君子对淑女的爱慕。末章"参差荇（xìng）菜，左右采之。窈窕淑女，琴瑟友之。参差荇菜，左右芼（mào）之。窈窕淑女，钟鼓乐之"。用琴瑟来亲近淑女，用钟鼓让淑女喜乐，表现了对爱情的追求。中间二章，则表现了君子"求之不得，寤寐思服。悠哉悠哉，辗转反侧"的相思痛苦。但要注意的是，这里的"悠哉悠哉"并非指从容自得、悠闲自在的样子，而是感思不已的一种情态，把它译为"想念呀，想念呀"是最为恰当的。从相思爱慕发展到两情相悦，便有了幽会的期待。个中表现，既有《邶风·静女》中男子"静女其姝（shū），俟我于城隅。爱而不见，搔首踟蹰"的焦急等待，也有《郑风·子衿》里女子在城阙等待情人"一日不见，如三月兮"的咏叹。再就是反映新婚的欢乐和幸福的诗篇，如《周南·桃夭》中的"桃之夭夭，灼灼其华。之子于归，宜其室家"。这是一首贺新娘的诗，诗人看见农村春天柔嫩的桃枝和鲜艳的桃花，联想到新娘的年轻美貌，祝愿她出嫁后要善于处理与夫家的关系。《郑风·女曰鸡鸣》中"女曰鸡鸣，士曰昧旦。子兴视夜，明星有烂。……宜言饮酒，与子偕老。琴瑟在御，莫不静好"。夫妇俩情投意合，以联句对话的形式一唱一答，寥寥数语写尽一对恩爱夫妻美好和乐的生活。

婚恋不单只有快乐，还有挫折和痛苦。《郑风·将（qiāng）仲子》里的女子让情郎不要翻墙来找她，把墙院里的树木踩折，她并非爱惜树胜过爱情郎，而是人言可畏："父母之言亦可畏也""诸兄之言亦可畏也""人之多言亦可畏也"。在中国传统文化中，一段美好的爱情总需要得到父母的祝福，但并非每对恋人都能如愿以偿。面对挫折和压力，《鄘风·柏舟》中的主人公誓死不屈："泛彼柏舟，在彼中河。髧（dàn）彼两髦，实维我仪。之死矢靡它。母也天只，不谅人只！"为了冲破障碍，她竟发出"打死不嫁别人"的激烈誓言，同时也表达了爱情遭到阻挠的痛苦，觉得母亲也像无情之天那样，不体谅别人。这还只是婚前，婚后生活不如意甚至遭受暴虐并被遗弃者，也不乏其例，《卫风·氓》云，"三岁为妇，靡室劳矣。夙兴夜寐，靡有朝矣。言既遂矣，至于暴矣。兄弟不知，咥（xī）其笑矣。静言思之，躬自悼矣"，就反映了当时社会制度造成的女性命运的不幸。

尚值得一提的，还有围绕战争而展开叙写的诗歌。其中有反映周天子对外战争的诗歌，如宣王命召虎带兵讨伐淮夷的《大雅·荡之什·江汉》："江汉汤汤（shāng），武夫洸洸（guāng）。经营四方，告成于王。四方既平，王国庶定。时靡有争，王心载宁。"以及宣王平定徐国叛乱的《大雅·荡之什·常武》："王奋厥武，如震如怒。进厥虎臣，阚如虓（xiāo）虎。"面临淮、徐夷入侵，周朝兴正义之师，进行了反抗。诗歌不描写厮杀和格斗，而更多是渲染王师威仪和底定四方、天下安宁的德义之战。也有诸侯国帮助周朝抵抗外族侵略的诗歌，如《秦风·无衣》中的"岂曰无衣？与子同袍。王于兴师，修我戈矛。与子同仇！"就表现了慷慨激昂、团结互助、英勇抗敌的爱国精神。

但战争诗中最让人难以忘怀的，还是《小雅·鹿鸣之什·采薇》中千古传诵的名句："昔我往矣，杨柳依依。今我来思，雨雪霏霏。行道迟迟，载渴载饥。我心伤悲，莫知我哀！"这是一位守边兵士在归途中所赋的诗。回想当初出征时，杨柳依依随风吹；如今回来路途中，大雪纷纷满天飞；道路泥泞难行走，又湿又饥真劳累。满心伤感满腔悲，兵士的哀痛谁体会！诗人以柳代春，以雪代冬，借景表情，感时伤事，既表现士兵勇赴国难的意气，又不忘他顾念家室的复杂心情，极富感染力。① 与战争诗紧紧连在一起的是征夫怀人诗。《卫风·伯兮》就表现了这么一位因思念丈夫，苦心疾首而无心梳洗的妇女："伯兮朅（qiè）兮，邦之桀兮。伯也执殳（shū），为王前驱。自伯之东，首如飞蓬。岂无膏沐？谁适为容！"由于久战不息，征夫久役于外，无法归返。《王风·君子于役》就是对这种行役无期度的反映："君子于役，不知其期……如之何勿思！君子于役，不日不月……苟无饥渴？"

三 《诗经》主旨及其影响

对于《诗经》的主旨，孔子曾用一句话进行概括："《诗》三百，一言以蔽之，曰：'思无邪'"（《论语·为政》）。对此三字该作何解释呢？

---

① 程俊英：《诗经译注》，上海古籍出版社，2004，第260页。

按照孙钦善教授的说法，此语出自《鲁颂·駉（jiōng）之什》，孔子借以评价《诗经》思想的纯正无邪。但《诗经》的思想内容并非全符合贵族的礼义，其中有不少大胆表露爱情和反对剥削压迫的诗作，经过孔子整理，在主题上加以曲解，横生出善者美之，恶者刺之的"美刺说"，于是通通变成"可施之礼义"了（《论语本解》）。以《周南·关雎》为例，传统按照《毛诗序》的观点，此诗是吟咏"后妃之德"，"是以《关雎》，乐得淑女以配君子"。但现代研究者多不信此说，只认为是青年男子追慕女子的恋爱诗。当然，孔子并非纯粹的史家，而是有强烈经学诉求的儒家创始人。《礼记·经解》所谓"温柔敦厚，《诗》教也"，本来有人文教化方面的意义，只是发展到汉代，成为"经夫妇、成孝敬、厚人伦、美教化、移风俗"（《毛诗序》）的金科玉律，每首诗均被打上"思无邪"的标签，不容有一丝一毫的逾越。

另一种解释则又显得直率外放而考虑未周。以歌咏鲁僖公牧马之盛的《鲁颂·駉之什》为例，各章结尾分别是"思无疆思，马斯臧。""思无期思，马斯才。""思无斁思，马斯作。""思无邪思，马斯徂。"其中八个"思"都是无实指意义的语首词，所以可以译作："跑起路来远又长，马儿骏美多肥壮。雄壮力大难估量，马儿骏美力又强。精力无穷没限量，马儿腾跃膘肥壮。沿着大道不偏斜，马儿如飞跑远方。"由上可知，"思无邪"与思想无关，它指的是一种直抒胸臆的真挚情感。但这样一来，以歌颂在世君王盛德的"鲁颂"体例就失掉了它本身应有的功能，没法将马群的神骏风姿归功于鲁僖公的英明正直和深谋远虑了。

《诗经》作为一部诗歌总集，准确来说，就是一首首颂德、祭祀、宴饮、恋爱、送别、讽刺的歌。以诗解诗，不掺杂己意，固然是求真意识的一种体现，但就"学以致用"的角度看，《论语·阳货篇》中孔子劝弟子学《诗》的一段话无疑更加值得重视："子曰：'小子何莫学夫诗？诗，可以兴，可以观，可以群，可以怨。迩之事父，远之事君。多识于鸟兽草木之名。'"这里的"兴"是从文学感发的角度讲，"观"是从民风政情的角度讲，"群"是从人际交往的角度讲，"怨"是从情感调节的角度讲，孝父忠君是从血缘、等级的角度讲，识名是从博物自然的角度讲。在个体、社会、自然的三位一体中,《诗经》内涵得到了最大限度的平衡和舒张。

《诗经》不仅思想内容丰富,而且艺术成就极高。如朴素自然的艺术风格,赋比兴的表现手法,摇曳多姿、错落有致的结构句式以及优美丰富的语言,对后世文学产生了不可估量的影响。这里就略引朱光潜先生《诗论》中的话作为综结:

> 诗不但不能译为外国文,而且不能译为本国文中的另一体裁或是另一时代的语言,因为语言的音和义是随时变迁的,现代文的字义的联想不能代替古文的字义的联想。比如《诗经》:"昔我往矣,杨柳依依;今我来思,雨雪霏霏。"四句诗如把它译为"从前我去时,杨柳还在春风中摇曳;现在我回来,已是雨雪天气了。"虽合"做诗如说话"的标准,却不能算是诗。译文把原文缠绵悱恻、感慨不尽的神情失去了。专就义说,"依依"两字就无法可译,"在春风中摇曳"只是不经济不正确的拉升,"摇曳"只是呆板的物理,而"依依"却带有浓厚的人情。

【文本选读】

大雅·生民 (节选)

【解题】 本篇叙述周始祖后稷的事迹,是周人自述其创业历史的诗篇之一,其中包含不少古代传说,充满了神话色彩和人类童年的纯真气质,反映了由母系社会进入父系社会的历史背景,可与《史记·周本纪》的有关部分相参证。

> 厥(jué)初生民[1],时维姜嫄(yuán)。生民如何?克禋(yīn)克祀,以弗无子[2]。履帝武敏歆(xīn),攸介(qì)攸止[3],载震(shēn)载夙[4]。载生载育,时维后稷。

〔1〕"厥初生民"：那个最早生出周人的。《毛诗序》说："《生民》，尊祖也。后稷生于姜嫄，文武之功起于后稷，故推以配天焉。"

〔2〕"克禋克祀"二句：能诚心礼敬祭祀，以祓（fú，消灾）除无子之身，以求得子嗣。克：能。禋：诚心洁祀。

〔3〕"履帝武敏歆"二句：姜嫄脚踏上帝的足迹，心有所感而身体动，休息之后，胎动才停止。武，足迹。敏：通"拇"，大拇指。歆：心感体动。

〔4〕"载震载夙"：指怀孕之后，私生活变得严肃，不再和男子交往。载：则。震：通"娠"，怀孕。夙："肃"的假借。

诞弥厥月〔1〕，先生如达〔2〕。不坼（chè）不副（pì）〔3〕，无菑无害，以赫厥灵〔4〕。上帝不宁，不康禋祀〔5〕，居然生子〔6〕。

〔1〕"诞弥厥月"：方满怀孕的月数。诞：迨，到了。

〔2〕"先生如达"：头胎分娩很顺利。达：滑利，顺畅。

〔3〕"不坼不副"：胞衣没有破裂就生下来了。

〔4〕赫：显。

〔5〕不宁：丕宁，大宁。不康：丕康。两个"不"是无意义的发语词。

〔6〕居然：结果。

诞置之隘巷，牛羊腓（féi）字〔1〕之。诞置之平林，会伐平林。〔2〕诞置之寒冰，鸟覆翼之。鸟乃去矣，后稷呱（gū）〔3〕矣。实覃（tán）实讦（xū），厥声载路。〔4〕

〔1〕腓字：庇护。

〔2〕"诞置之平林"二句：将他丢弃在野外的林子里，恰好遇上一个砍柴的人（救了他）。

〔3〕呱：小儿哭声。

〔4〕"实覃实讦"二句：指后稷的哭声又长又洪亮，一路上满是他的声音。

豳风·七月

【解题】 此诗叙述了农夫一年的艰苦劳动和生活情况。他们种田、养蚕、纺织、酿酒、打猎、凿冰、修筑宫室，而劳动成果大部分为贵族所占有，自己吃苦菜、烧恶木、住陋室；严冬时节填地洞、熏老鼠、塞窗隙、涂门缝，以御寒风。这是国风诗歌中最长的一篇，共八章八十八句，三百八十字。全诗以时令为序，顺应农事活动的季节性，把风俗景物和农夫生活结合起来，全面深刻、生动逼真地反映了西周农人的生活状况。

七月流火[1]，九月授衣。一之日觱（bì）发[2]，二之日栗烈[3]。无衣无褐（hè），何以卒岁[4]？三之日于耜（sì）[5]，四之日举趾[6]。同我妇子，馌（yè）彼南亩[7]。田畯至喜[8]。

〔1〕流火："火"古读"huǐ"，或称大火，即心宿二。流：向下行。
〔2〕"一之日觱发"，一之日：夏历十一月。觱发：寒风触物的声音。
〔3〕栗烈：寒气逼人。
〔4〕"无衣无褐"二句：没有衣服，怎么过冬？衣，细兽毛衣；褐，粗麻衣。
〔5〕耜：农具，犁的一种。
〔6〕举趾：开始春耕。
〔7〕馌：送饭。
〔8〕田畯：领主设的监工农官。

七月流火，九月授衣。春日载阳[1]，有鸣仓庚[2]。女执懿筐[3]，遵彼微行（háng）[4]，爰求柔桑。春日迟迟，采蘩（fán）祁祁[5]。女心伤悲，殆及公子同归[6]。

〔1〕载：始。阳：天气暖和。

〔2〕仓庚：黄莺。

〔3〕懿：深。

〔4〕"遵彼微行"：沿着墙下小路走去。

〔5〕"采蘩祁祁"：蘩，白蒿；祁祁，形容采蘩者妇女众多的样子。

〔6〕"殆及公子同归"：害怕被公子们掳走。

七月流火，八月萑（huán）苇[1]。蚕月条桑，取彼斧斨（qiāng）[2]，以伐远扬，猗（yī）彼女桑[3]。七月鸣鵙（jú）[4]，八月载绩[5]。载玄载黄，我朱孔阳，为公子裳[6]。

〔1〕萑苇：获草和芦苇。

〔2〕斨：方孔的斧子。

〔3〕猗："掎"的借字，牵引。

〔4〕鵙：鸟名，又名伯劳。

〔5〕绩：纺织。

〔6〕"载玄载黄"三句：丝麻染出来有黑色、黄色，我的红色更鲜亮，为那公子做衣裳。

四月秀葽（yāo）[1]，五月鸣蜩（tiáo）[2]。八月其获，十月陨萚（tuò）[3]。一之日于貉（hè），取彼狐狸，为公子裘。二之日其同，载缵武功[4]。言私其豵（zōng），献豜（jiān）于公[5]。

〔1〕葽：植物名，今名远志。

〔2〕鸣蜩：蝉鸣。

〔3〕陨萚：草木枝叶脱落。

〔4〕"二之日其同"二句：会合狩猎。

〔5〕"言私其豵"二句：留下小猪自己吃，大猪送到公府上。

五月斯螽（zhōng）动股[1]，六月莎（suō）鸡振羽[2]。七月在野，八月在宇，九月在户，十月蟋蟀入我床下。穹窒熏鼠[3]，塞向墐（jìn）户[4]。嗟我妇子，曰为改岁[5]，入此室处。

〔1〕斯螽：亦名螽斯，今名蚱蜢。动股：古人误以为蚱蜢以腿摩擦发声。

〔2〕莎鸡：虫名，即纺织娘。

〔3〕穹窒：穹，治除，打扫；窒，指灰尘垃圾一类堵塞物。

〔4〕塞向墐户：泥好大门封北窗。

〔5〕改岁：更改年岁，指过年。

六月食郁及薁（yù）[1]，七月亨葵及菽[2]。八月剥枣[3]，十月获稻；为此春酒，以介眉寿[4]。七月食瓜，八月断壶，九月叔苴（jū）[5]，采荼薪樗（chū）[6]，食（sì）我农夫。

〔1〕郁：果实名郁李。薁：野葡萄。

〔2〕亨葵及菽：煮葵烧豆汤。

〔3〕剥：通"扑"，打。

〔4〕"为此春酒"：把它酿成好春酒。介，祈求。眉寿，人老了，眉上长毫毛。

〔5〕叔：拾取。苴：麻子。

〔6〕"采荼薪樗"：荼，苦菜；薪樗，砍伐臭椿树作柴火。

九月筑场圃，十月纳禾稼。黍稷重穋（lù）[1]，禾麻菽麦。嗟我农夫！我稼既同[2]，上入执宫功[3]：昼尔于茅，宵尔索绹[4]。亟其乘屋[5]，其始播百谷。

〔1〕重：早种晚熟的谷。穋：晚种早熟的谷。

〔2〕"我稼既同"：大伙庄稼刚收完。

〔3〕"上入执宫功"：又要服役修宫房。

〔4〕"昼尔于茅"二句，白天割草，晚上搓绳。

〔5〕"亟其乘屋"：急急忙忙盖屋顶。

二之日凿冰冲冲[1]，三之日纳于凌阴[2]。四之日其蚤[3]，献羔祭韭。九月肃霜，十月涤场[4]。朋酒斯飨[5]，曰杀羔羊，跻彼公堂，称彼兕觥[6]，万寿无疆！

〔1〕冲冲：凿冰的声音。

〔2〕纳于凌阴：把冰放于冰室，藏冰备暑。

〔3〕蚤：同"早"。这里指早朝，是古代一种祭祀仪式。

〔4〕涤场：扫清打谷场。

〔5〕朋酒：两壶酒。

〔6〕"称彼兕觥"：高高举起牛角杯。

【参考书目】

1. 余冠英选注《诗经选》，中华书局，2012。

2. 程俊英：《诗经译注》，上海古籍出版社，2004。

3. 扬之水：《诗经别裁》，中华书局，2012。

4. （宋）朱熹注、赵长征点校《诗集传》，中华书局，2011。

《楚辞》：缠绵凄恻的瑰玮楚歌

【典籍概述】

《楚辞》是中国首部浪漫主义诗歌总集，其诗体最早流传于南楚民间，历战国楚人屈原的作品始创、后人模仿、汉初搜集、刘向辑录后正式汇总成集。全书以屈原作品为主，其余各篇均承袭屈赋的形式。因其运用楚地的文学样式、方言声韵和风土物产等，具有浓厚的地方色彩，故名《楚辞》。后世因此称这种文体为"楚辞体",又因屈原作品中以《离骚》一篇最为著名,故又称为"骚体"。

一 屈原其人

屈原(约公元前三四〇 — 前二七八年)是《楚辞》最重要的代表性作家,战国末期楚国著名的诗人、思想家和政治家。因出身贵族而受过良好的教育,博闻强识,因关心民生疾苦而关怀社会,因心怀理想而投身官场,但也因其进步主张而受到楚国贵族的排斥和诬陷,被长期流放于楚国南方,满腔抱负难以施展,最后在楚国郢都被秦军攻破之际,自投汨罗江,以死殉国。屈原几经挫折也不忘初心,一生都在为他的政治理想进行孤独的斗争,其人物形象和生平事迹被多次改编为现当代影视戏剧。屈原独一无二的文学艺术创作是难以复制的典范,他为追求理想的执着精神和对祖国深沉的敬爱之心,均值得后人致以最崇高的敬意。

二 《楚辞》其书

《楚辞》原书早佚,却有数百种注本流世,以致该书版本系统庞杂,对某些篇章的作者和内容均有不同说法。经统计,有关"楚辞"的注本约二百一十多种,其中以东汉王逸的《楚辞章句》和南宋朱熹的《楚辞集注》最具代表性:前者是中国现存最早的《楚辞》文献和首部最完整的注本,后者是融合理学新知的集大成作品。

《楚辞》篇章众多,流传篇目不一。原收入屈原(《离骚》《九歌》《天问》《九章》《远游》《卜居》《渔夫》)、宋玉及汉代淮南小山、东方朔、王褒、刘向等人的辞赋(《九辩》《招魂》《大招》《惜誓》《招隐士》《七谏》《哀时命》《九怀》《九叹》)共十六篇,后增入王逸的作品《九思》,成十七篇。朱熹本删除《七谏》《哀时命》《九怀》《九叹》《九思》,增入贾谊《吊屈原》《鹏鸟赋》《哀时命》三篇作品。如今通行篇目结构多以宋人洪兴祖的《楚辞补注》(参考王逸本)为依据,或因版本不同而有所出入。

《楚辞》开篇《离骚》作为最典型的浪漫主义长篇抒情诗,代表了楚辞的原始文学形态，是极具屈原个人特性的作品。全诗分为三部分。第一部分是屈原对过往生活的回顾。本是志存高远的能臣，却遭贵族进谗毁谤，君王疑心疏远，即使孤立无援也不愿轻易屈服，揭露了当时政治环境的恶劣，表达诗人仍旧保持坚定信念的态度。第二部分是屈原对未来道路的探索。他用前人的历史经验教训来阐明自己"举贤授能"的政治主张，为实现理想上下求索，屡遭打击，不被世间理解，以及为坚定追求执着不懈的精神。第三部分是屈原历经失败后的思考与选择。灵卜劝走、巫神劝留和屈原内心的忧虑，将其矛盾、彷徨的心情细致刻画并贯穿全过程，情感中既有对楚国形势的失望，也有对家国故土的不舍，现实的无奈让屈原即使最终远走，也仍放不下心中的千头万绪，表达了一种深眷故土的深刻情感。《离骚》不仅是写实性的屈原自传，还以丰富的情感进行了思想意识层面的探索，二者的结合让该篇在《楚辞》中有不可取代的地位。

作为中国文学艺术史上的重要瑰宝，《楚辞》更有其独特的价值和意义：在文化系统上，《楚辞》是先秦时代楚文化的结晶，屈原在作品中利用南楚的音韵腔调、风土人情突出了浓烈的地方色彩，南楚瑰奇文化的渲染使其区别于温和理性的中原文化作品，在内容上有更丰富的想象空间，在形式上有更灵活的韵律变化，在情感上有更奔放的抒发表达。《楚辞》又不局限于南楚的区域性表达，如篇章中多次提及尧、舜、禹等中原历史、神话人物和传说进行借古喻今、反复思辨，表现出中华文化的同源性趋向。相比其他中国历史文化典籍，《楚辞》更集中地体现了一种深厚的爱国情怀，屈原心系家国一草一木、渴望家国繁荣富强的强烈愿望，其精神具有重要的现实意义。

在文学系统中，《楚辞》上承《诗经》的四言格律，用不拘一格的句式打破单调的叙事模式，通过强化语气词"兮"字的使用，形成一种鲜明的语言特色，无论是对汉赋散、韵的结合，华丽语言风格和虚实交互、以物咏志的写作手法的发挥，还是浪漫主义典雅绚丽的夸张表达都有深远的影响。除此之外，《楚辞》中比兴手法的运用十分突出，屈原将个人情感和理解投射在多种瑰丽奇异的物象上，除了篇幅极大的神怪鬼魅，更引入大量的植物、动物、日月星辰等自然之物，从而将一个有着五彩纷呈画面感和浪漫雅致情调又不失烟火生命气息的亦真亦幻的新世界展现在读者眼前。作者生动地表现了真实与想象的交织、现实与理想的冲突，使人读后产生强烈对比感，具有非常强的感染力。屈原"楚辞"作品的出现还说明，中国古代文学开始从集体智慧转为个人创作，开创了一个浪漫主义与现实主义比肩的崭新时代，对后世的文学艺术创作影响深远。

三 《楚辞》读法

虽然《楚辞》有着很高的艺术成就和文化地位，但因年代久远、表现手法多样等原因，使它存在生字和生词较多，古诗直译和意译差别较大等阅读理解上的障碍，在社会上的实际流传度也较低。因此，有必要介绍几条读《楚辞》的方法。

首先，要了解作者的生平经历与时代背景，才能更贴切地理解作品中透露的情感。以屈原为例，一方面，《楚辞》相关作品多为屈原流放南地、郁郁不得志时所作，故而字里行间多抒发强烈的情感，表达他对家国的热爱、对自身境遇的苦闷、对政局黑暗的愤慨；另一方面，战国末期正值各地文化碰撞交融的过渡阶段，因此有如《九歌》般极富感染力和艺术魅力的楚地鬼神形象及宗教信仰，也有如《天问》中对世间万事万物充满怀疑和批判的理性精神。屈原将二者结合贯穿于行文之中，使作品别具一格，读来引人入胜。

其次，选择感兴趣或篇幅较短的篇章进行试读，标注生字读音，不看注解通读一遍，记录影响理解的字词。在此推荐试读《九歌》篇章，该卷更像是古文版神话故事，描述的主要对象为鬼神和大自然，内容有挽歌、祭歌、恋歌三类，且多为歌舞、对唱形式，字句简明、情感脉络清晰。如《九歌·东皇太一》《九歌·礼魂》，据闻一多等学者考证，为天神伏羲的迎神曲与送神曲。以其中的《九歌·礼魂》为例："成礼兮会鼓，传芭兮代舞；姱女倡兮容与；春兰兮秋菊，长无绝兮终古。"通读一遍就知道每句最后一字押韵，读来流畅。"兮"字为语气词，"姱""代"不解，则留待查明；"鼓"、"芭"（花）、"舞"、"女"等字，则让人联想到活动的开始或结束时热闹盛大的场景。

再次，配合现代译文，再诵读二至三遍，以体会文章表达的情感，同时提炼关键词并尝试进行解析。比如《九歌·礼魂》："祭祀典礼完成之际，鼓声急促齐鸣，鲜花在轮番交替的舞女手中相传，美丽的可人儿唱着动听的歌曲使人心情愉悦。每年春秋两季，当兰花菊花盛开的时候都要举行祭礼盛典，永远不要断绝。"若篇幅较长可根据内容、情感进行段落划分，要有承上启下的延续互通；若篇幅较短则要注意流畅度。当然，现代译文书为追求准确性的直译，容易破坏古诗的韵律和意境美，不利于读者对古诗情感的体会。

最后，配合古注，对繁难字词加以注释。如现代译著中的"芭""倡""容与"等字词，与王逸的《楚辞章句》、朱熹的《楚辞集注》或洪兴祖的《楚辞补注》解释颇有出入，就需结合文章的时代背景、中心思想等分析其引申义，从古注疏中选取更合理恰切的释义。如洪氏《楚辞补注》就对《九歌·礼魂》篇的宗教意蕴阐述颇深："成礼兮会鼓"指祠祀九神，要先斋戒，成其礼敬。再传歌作乐，急疾击鼓。"传芭兮代舞"，"芭"为女巫所持香草之名，意谓祠祀作乐，歌巫持芭而舞，再复传给他人使用。"姱女倡兮容与"，意使童稚好女先倡而舞，则进退容与而有节度。"春兰"和"秋菊"，各一时之秀。春祠以兰，秋祠以菊，"长无绝兮终古"，芬芳长相继承，表明希望祭礼传承永不断绝。

【文本选读】

《离骚》（节选）

【解题】　《离骚》是屈原的代表作，是我国古典文学中最长的抒情诗。篇名意为"离忧"（司马迁引淮南王语），王逸解为别愁。它是屈原熔铸理想、热情、痛苦乃至生命而成的一首壮丽诗篇，全诗由三部分组成，内容极为丰富。以下选文出自第二部分，作者借女嬃的劝告向重华陈词，总结历史经验教训，阐述了"举贤授能"的政治主张，描绘"上下求索"的幻想境界，表现了自己对理想的执着追求。

女婆（xū）之婵媛兮[1]，申申其詈（lì）予[2]，曰：鲧婞（xìng）直以亡身兮[3]，终然夭乎羽之野[4]。汝何博謇（jiǎn）[5]而好修兮，纷独有此姱（kuā）节[6]？薋（zī）菉（lù）葹（shī）以盈室兮[7]，判独离而不服[8]。众不可户说兮[9]，孰云察余之中情？世并举而好朋兮[10]，夫何茕独而不予听[11]？

〔1〕女婆：一说是屈原的姐姐或屈原的侍妾或屈原的女儿，一说为劝告式的人物，并非实指。婵媛：牵挂，关切。

〔2〕申申：反反复复。詈：责骂，劝诫。

〔3〕婞直：刚正。亡身：不顾自身安危。

〔4〕羽：羽山，神话地名，相传在东海之滨。

〔5〕博謇：过于刚直。

〔6〕姱节：美好的节操。

〔7〕盈室：满屋。

〔8〕判：区别。服：佩戴，佩用。

〔9〕户说：一家一户地说明。

〔10〕世并举：世俗之人彼此相互标榜。朋：朋党。

〔11〕茕：孤独。

依前圣以节中兮[1]，喟凭心而历兹[2]。济沅、湘以南征兮[3]，就重华而陈词[4]：启《九辩》与《九歌》兮[5]，夏康娱以自纵[6]。不顾难（nàn）以图后兮[7]，五子用失乎家衖[8]。羿淫游以佚畋（tián）兮[9]，又好射夫封狐[10]。固乱流其鲜终兮[11]，浞（zhuó）又贪夫厥家[12]。浇（ào）身被服强圉（yǔ）兮[13]，纵欲而不忍。日康娱而自忘兮，厥首用夫颠陨[14]。夏桀之常违兮[15]，乃遂焉而逢殃[16]。后辛之菹醢兮[17]，殷宗用之不长。

〔1〕节：节度。

〔2〕喟：叹息声。凭：满，指愤懑。历：经历。

〔3〕济：渡过。

〔4〕就：靠近。

〔5〕启：禹的儿子。夏朝的开国君主。《九辩》《九歌》：相传是启从天上偷带到人间的乐曲。

〔6〕夏康：启子太康。

〔7〕顾难：看到危难。图：图谋，考虑。

〔8〕五子：指夏康等兄弟五人。用：因此。巷：宫中之道，指内部的秩序。

〔9〕羿：指后羿。

〔10〕封：大。

〔11〕鲜：少。

〔12〕浞：人名，即寒浞，羿相。

〔13〕浇：人名，寒浞的儿子。

〔14〕用夫：因此。

〔15〕常违：违背常理、常规。

〔16〕逢殃：指夏桀被汤放逐在南巢（今安徽巢县附近），最终亡国。

〔17〕辛：殷纣王之名。菹醢：古代的一种将人剁成肉酱的酷刑。

汤、禹俨而祗（zhī）敬兮[1]，周论道而莫差[2]。举贤才而授能兮[3]，循绳墨而不颇[4]。皇天无私阿（ē）兮[5]，览民德焉错辅[6]。夫维圣哲以茂行兮[7]，苟得用此下土[8]。瞻前而顾后兮[9]，相观民之计极[10]。夫孰非义而可用兮？孰非善而可服？阽（diàn）余身而危死兮[11]，览余初其犹未悔。不量凿而正枘（ruì）兮[12]，固前修以菹醢。曾歔（xū）欷（xī）余郁邑兮[13]，哀朕时之不当[14]。揽茹蕙以掩涕兮[15]，沾余襟之浪浪[16]。

〔1〕俨：庄严。祗：敬，恭敬。

〔2〕莫差：没有丝毫差错。

〔3〕举：选拔。授能：把政事交给有才能的人。

〔4〕循：遵循。绳墨：法度；准则。颇：偏差。

〔5〕私阿：偏私。

〔6〕错：同"措"，安置，安排。辅：辅佐。

〔7〕茂行：美好的德行。

〔8〕苟得：才能够。用：拥有。下土：指天下。

〔9〕前：指往昔的是非。后：指未来的成败。

〔10〕相观：观察。计极：最终的、最根本的道理。

〔11〕阽：面临危险。

〔12〕凿：穿孔，器物的孔眼，放置榫头的地方。枘：凸出的榫头。

〔13〕曾：屡次。

〔14〕当：遇。

〔15〕茹：柔软。

〔16〕浪浪：泪流不止的样子。

跪敷衽（rèn）以陈辞兮[1]，耿吾既得此中正[2]。驷玉虬以桀鹥（yī）兮[3]，溘（kè）埃风余上征[4]。朝发轫（rèn）于苍梧兮[5]，夕余至乎县圃[6]。欲少留此灵琐兮[7]，日忽忽其将暮[8]。吾令羲和弭（mǐ）节兮[9]，望崦（yān）嵫（zī）而勿迫[10]。路漫漫其修远兮[11]，吾将上下而求索[12]。

〔1〕敷：铺开。衽：衣服前襟。

〔2〕耿：明亮的样子。

〔3〕驷：驾车。玉虬：佩戴玉饰的无角龙。鹥：五彩凤。

〔4〕上征：上天远行。

〔5〕发轫：启程。苍梧：虞舜所葬之地。

〔6〕县圃：神山，在昆仑山之上。

〔7〕灵琐：神之所在处。

〔8〕忽忽：很快地。

〔9〕羲和：神话中的太阳神。

〔10〕崦嵫：传说中日所入之山。

〔11〕漫漫：路遥远的样子。

〔12〕求索：指上问天，比喻寻求贤君；下问人间，能理解他政治理想的同僚。

饮余马于咸池兮〔1〕，总余辔（pèi）乎扶桑〔2〕。折若木以拂日兮〔3〕，聊逍遥以相羊〔4〕。前望舒使先驱兮〔5〕，后飞廉使奔属〔6〕。鸾皇为余先戒兮〔7〕，雷师告余以未具〔8〕。吾令凤鸟飞腾兮，继之以日夜。飘风屯其相离兮〔9〕，帅云霓而来御〔10〕。纷总总其离合兮〔11〕，斑陆离其上下〔12〕。吾令帝阍（hūn）开关兮〔13〕，倚阊（chāng）阖（hé）而望予〔14〕。时暧暧其将罢兮〔15〕，结幽兰而延伫〔16〕。世溷（hùn）浊而不分兮〔17〕，好蔽美而嫉妒。〔18〕

〔1〕咸池，古代神话中日浴之处。

〔2〕扶桑：日所拂之木。

〔3〕若木：日所入之处的树木。

〔4〕聊：暂且。逍遥：从容自得的样子。相羊：通"徜徉"，徘徊。

〔5〕望舒：古代神话人物，为月亮驾车。

〔6〕飞廉：风神，或作"蜚廉"。奔属：在后面跟随。

〔7〕鸾：凤类，鸟名。皇：雌凤，代指凤凰。先戒：在前面警戒。

〔8〕雷师：雷神。未具：还未安排停当。

〔9〕飘风：旋风。

〔10〕帅：率领。

〔11〕离合：忽散忽聚。

〔12〕斑：灿烂多彩的。

〔13〕帝：天帝。

〔14〕阊阖：传说中的天门。

〔15〕暧暧：昏暗的样子。罢：毕，尽。

〔16〕延伫：持久地站立。

〔17〕溷浊：混乱污浊。

〔18〕蔽：掩盖。

朝吾将济于白水兮[1]，登阆（làng）风而绁（xiè）马[2]。忽反顾以流涕兮，哀高丘之无女[3]。溘吾游此春宫兮[4]，折琼枝以继佩[5]。及荣华之未落兮[6]，相（xiàng）下女之可诒（yí）[7]。吾令丰隆乘云兮[8]，求宓（fú）妃之所在[9]。解佩纕（xiāng）以结言兮[10]，吾令蹇（jiǎn）修以为理[11]。纷总总其离合兮，忽纬繣（huà）其难迁[12]。夕归次于穷石兮[13]，朝濯发乎洧（wěi）盘[14]。保厥美以骄傲兮[15]，日康娱以淫游。虽信美而无礼兮，来违弃而改求[16]。

〔1〕白水：神话中的水名。

〔2〕阆风：地名，传说位于昆仑山之巅。绁：系，栓。

〔3〕高丘：高山。

〔4〕春宫：东方青帝的居所。

〔5〕琼枝：玉树的枝条。

〔6〕荣华：花朵。

〔7〕相：找寻。诒：通"贻"，赠予。

〔8〕丰隆：云神。

〔9〕宓妃：神女，传说为伏羲氏之女。

〔10〕纕：佩带。

〔11〕蹇修：伏羲氏的臣子。

〔12〕纬繣：不相投合。

〔13〕次：住所。

〔14〕濯发：洗头发。

〔15〕保：依仗。

〔16〕违：远离。

　　览相观于四极兮[1]，周流乎天余乃下[2]。望瑶台之偃蹇兮[3]，见有娀（sōng）之佚女[4]。吾令鸩为媒兮[5]，鸩告余以不好。雄鸠（jiū）之鸣逝兮[6]，余犹恶其佻巧[7]。心犹豫而狐疑兮[8]，欲自适而不可[9]。凤皇既受诒兮[10]，恐高辛之先我[11]。欲远集而无所止兮[12]，聊浮游以逍遥[13]。及少康之未家兮[14]，留有虞之二姚[15]。理弱而媒拙兮[16]，恐导言之不固[17]。世溷浊而嫉贤兮，好蔽美而称恶。闺中既以邃远兮[18]，哲王又不寤[19]。怀朕情而不发兮[20]，余焉能忍而与此终古？

〔1〕览相观：细细观察。

〔2〕周流：周游。

〔3〕瑶台：以美玉砌成的高台。

〔4〕有娀：传说中的上古国名。

〔5〕鸩：鸟名。

〔6〕鸣逝：边叫边飞。

〔7〕佻巧：指言语轻薄不实，不可相信。

〔8〕狐疑：多虑不决。

〔9〕自适：亲自去。

〔10〕受诒：指完成聘礼之事。

〔11〕高辛：即帝喾，黄帝曾孙。

〔12〕远集：远止。

〔13〕浮游：漫游、游荡。

〔14〕少康：人名，夏相之子，曾因躲避浇的追杀逃至有虞国。家：成家：成婚。

〔15〕有虞：传说中的上古国名。

〔16〕理弱：指媒人软弱。

〔17〕导言：指媒人撮合的言辞。

〔18〕闺中：指女子居住的内室。

〔19〕哲王：贤德智慧的君王。

〔20〕发：倾诉，抒发。

【参 考 书 目】

1. 黄寿祺、梅桐生译注《楚辞全译》，贵州人民出版社，2008。

2. （宋）洪兴祖撰，白化文等点校《楚辞补注》，中华书局，1983。

3.《宋端平本楚辞集注》，国家图书馆出版社，2017。

4. 蒋天枢校释《楚辞校释》，上海古籍出版社，1989。

《史记》：延展生命维度的人性实录①

【典 籍 概 述】

"史家之绝唱，无韵之离骚"，是鲁迅先生对《史记》这部千古名著所做的评价。该书作为古代散文的楷模典范，以其高超的叙事技巧和一系列血肉丰满的人物刻画，从不同侧面体现了历史文化的精神风貌，给后人以不断的鼓舞和启迪。有关其文学方面的价值，论述者颇多，本文主要从历史和思想的角度给大家谈谈这部名著的价值。

一 司马迁其人其书

《史记》是中国第一部纪传体通史，又名《太史公书》或《太史公记》，作者是西汉司马迁。司马迁字子长，生于龙门（今陕西韩城），生卒年不详，王国维《太史公行年考》说他的一生"与武帝相始终"，大致如此。其父司马谈是汉武帝建元、元封年间的太史令，掌管文史星历，管理皇家图书。司马迁少时随父亲读书，并跟从董仲舒受习《春秋》，向孔安国学习《尚书》。二十岁时出游，历经长江、湘江、沅江、淮水、泗水、黄河等流域，沿途考察名胜古迹，访问历史遗事，调查社会风俗。后为郎中，曾经跟随汉武帝出巡西北诸郡县。汉元鼎六年（公元前一一

---

① 标题受复旦大学陈正宏教授在喜马拉雅上有关《史记》精讲内容的启示，特此说明。

一年），奉命出使西南（今四川、云南）。元封元年（公元前一一〇年），其父司马谈去世。父亲死前，殷切嘱托："余死，汝必为太史。为太史，无忘吾所欲论著矣。"司马迁俯首流涕，向父亲表示，"小子不敏，请悉论先人所次旧闻，弗敢阙"（《太史公自序》），司马迁从此秉承父志撰写古今通史。

元封三年，司马迁出任太史令，系统阅读皇室所藏典籍，并开始搜集史料。太初元年（公元前一〇四年），他倡议并主持改革历法工作，"太初历"制定完成以后，便开始着手著史。天汉三年（公元前九八年），因为替投降匈奴的李陵辩解，触怒武帝，得罪入狱，受腐刑。太始元年（公元前九六年）出狱，任中书令。受刑之后，他忍辱发愤，艰苦撰述，经十余年努力，最终写成《史记》这部为后世所熟知的皇皇巨著。

司马迁卒后，《史记》藏于家中，直至汉宣帝（公元前七三 — 前四九年）时，才由其外孙杨恽公布于世，自此开始流传。根据《汉书·司马迁传》，到东汉时《史记》已缺十篇，只见标题，不见内容。三国时期的魏国人张晏认为，所亡诸篇为《景帝纪》《武帝纪》《礼书》《乐书》《兵书》《汉兴以来将相年表》《日者列传》《三王世家》《龟策列传》《傅靳列传》，并说汉元帝（公元前四八 — 前三三年）和成帝（公元前三二 — 前七年）时的褚少孙补作了《武帝纪》、《三王世家》、《龟策列传》和《日者列传》。张晏所说不可尽信，但该书残缺是可以肯定的，如书中"褚先生曰"以下文字，即为褚少孙补作。再如《司马相如列传》引述扬雄的话，就明显是后人窜入的内容。因此在阅读《史记》时，应明了这一情况。

二 《史记》的框架与内容

《史记》是一部贯穿古今的通史，该书记事起于传说中的黄帝，止于汉武帝时期，历时三千年。据《太史公自序》记载，全书共一百三十篇，包括十二本纪、十表、八书、三十世家、七十列传，共计五十二万六千五百余字。"本纪"为全书纲领，按年月记述帝王言行政绩，兼录各方面重大事件。项羽虽然不是帝王，但他一度主宰天下，分封天下诸侯，自己为

"西楚霸王"，政由己出，所以司马迁把项羽载入本纪。

《史记》虽然是一部通史，但它用力最深的是秦朝至西汉中叶百年间的历史，也就是作者当时的近代史和现代史。一百三十卷中有七八十卷属于秦汉史材料，体现"略古详今"的意识。其中《秦始皇本纪》围绕秦始皇和秦二世的行迹，记述了秦削平六国的经过以及统一后所推行的各项政令，集中反映了中央集权制度创建初期的情况。司马迁修《史记》时，已苦于找不到像样的秦代史料，今天也拿不出比《史记》更原始、更系统的文献史料，因此这篇纪的重要性可想而知。《史记》中其他部分的秦汉史料，如《吕不韦列传》《李斯列传》《蒙恬列传》和一些零散片段，虽然也有可取，但对《秦始皇本纪》而言，都只能起到一种补充作用。《项羽本纪》和高祖、吕后、文、景四篇本纪是从刘邦、项羽起义反秦，经楚汉之争，至汉景帝后元三年（公元前一四一年）的编年史。比较各篇内容，以《孝景本纪》最为疏略，很可能不是司马迁的原作；《孝武本纪》的史料价值则无可称道，因为通篇都是从今天尚存的《史记·封禅书》中移植过来的，很可能是褚少孙的补作。

《史记》的世家和列传记载了各个历史时期的重要人物，"世家"记载了子孙世袭的王侯封国历史兼及个别地位与侯王相当的著名人物，"列传"主要是社会各阶层代表人物的传记。这些历史人物活跃于当时的政治、经济、军事、文化诸领域，其中不少人物，如吕不韦、李斯、陈涉、萧何、曹参、张良、陈平、周勃、韩信、叔孙通、贾谊、晁错、卫青、霍去病、司马相如等，都对当时的社会产生过重大影响。世家和列传中也有一些篇章用大量资料集中记载了某方面的问题，如《陈涉世家》就是了解我国历史上第一次农民大起义最基本的史料。当然，它的目的包含着为西汉王朝统治寻求历史的合理性根据，也为了说明秦始皇不行仁政，以致陈胜揭竿，秦终覆亡，实寓要汉朝统治者以秦亡为鉴的深意。

列传中不仅有单传，还有"儒林""酷吏""游侠""货殖"这样的类传，集中反映了历史的一个侧面。《儒林列传》专记儒家代表人物的学术活动和儒家经典《诗》《书》《礼》《易》《春秋》的传授过程。《酷吏列传》是关于崇尚严刑峻法的官吏的传记，如善于治狱的张汤、王温舒等，都收在本传。《游侠列传》记载了"其言必信，其行必果，已诺必诚，不爱其躯"的侠义之士，可以看出这一势力在当时社会上的地位和影响。《货殖列传》是经济专篇，保留了各地物产、农业经济、手工业和商业的史料，更可贵的是为商人立传，如由战国入秦的卓氏、程郑、孔氏、邴氏，都以冶铁致富或逐渔盐之利起家。

列传所含不止如此，《匈奴列传》《南越列传》《东越列传》《朝鲜列传》《西南夷列传》《大宛列传》等，记载了包括我国少数民族及与中国互相往来的一些国家和地区的历史记录。这些史料系统而完整，又较为原始，在民族史和中外关系史上的重要性早为学界所公认。这说明当时司马迁已经意识到，在这片大地上并不只有汉王朝一个帝国，还有周边许许多多的民族和国家。在这些传记中，我们可以看到汉王朝与这些国家的交流及融合。当时正值汉王朝鼎盛向外扩张时期，一个多民族的国家正在形成。司马迁恰逢其时，既有亲身的体验，又有丰富的见闻，因而他的民族史观变得更加包容，使他能够写出这些传记。

《史记》还有记载典章制度的八书，内容涉及礼乐制度、天文兵律、社会经济、河渠地理等。《平准书》是武帝以前的西汉经济专篇，概述了西汉初年经济恢复和发展的过程，认为工商业是历史发展的必然趋势，因此不能单纯地抵制工商业。《河渠书》记载西汉的河渠水利。《封禅书》以较多篇幅叙述了秦汉最高统治者祭祀天地诸神和名山大川的活动，既是统治者迷信思想的反映，也是一项重要的政治措施。《天官书》和《历书》是天文和历法专篇，保存了我国古代天文学和历法学的一些珍贵材料。《礼书》和《乐书》多采用荀子的观点，论述了礼、乐的社会作用。

《史记》十表用表格形式谱列世系、人物和史事，以清脉络，其中包括世表、月表和各种年表。由于表为自身形式所限，记事简略，一般不大被人看重，但其实也有不能被代替的作用：一是年经国纬，如《秦楚之际月表》和《汉兴以来诸侯王年表》；二是国经年纬，如《高祖功臣侯者年表》、《惠景间侯者年表》和《建元以来侯者年表》；三是年经官纬，如《汉兴以来将相名臣年表》。三种表式次序井然，形成纵横交错的叙事网络，颇便查检。表中内容基本上可与《史记》其他地方的记载相互印证，或者提供别处未见的一些史料。①

总之，《史记》全书规模宏大、体制完备，在体例上突破以往历史散文的局限，能把更多内容包纳其中，比较全面地反映了社会生活的总体风貌。由它开端的史书纪传体影响深远，后来历代的"正史"都采用了这一体裁。

三　特点

1. 实录精神

这首先表现为取材的真实。作者对《尚书》《春秋》《左传》《国语》《世本》《战国策》等史书及诸子百家著作多有采录，又利用国家收藏的典籍档案、民间保存的古文书传，并增添了亲身采访和实地调查的资料。如他在《游侠列传》论赞中说："吾视郭解，状貌不及中人，言语不足采者。"可见司马迁亲眼见过大侠郭解。在《淮阴侯列传》论赞中又说："吾入淮阴，淮阴人为余言，韩信虽为布衣时，其志与众异。其母死，贫无以葬，然乃行营高敞地，令其旁可置万家。余视其母冢，良然。"这则材料同样是通过实际调查得来的。在广泛取材的同时，司马迁还注意鉴别和选择材料，淘汰无稽之谈，修史态度严肃认真，比较尊重历史事实。如他认为传说中的"三皇"不可信，本纪便不收。诸子百家记载也经过周详考订，信者传信、疑者传疑，不能断定的，则诸说并存。因此刘知几说他"征求异说，采摭群言，然后能成一家，传诸不朽"。

当然，《史记》的秉笔直书是要通过一定方式来达成的，互见法就是其中之一，即在本纪和本传中无法表现的事实，往往通过他人之口表达出来。比如刘邦，《高祖本纪》展现的都是他英明神武、雄才大略、知人善任的一面，其他诸如贪财好色、猜忌功臣、轻侮詈骂的缺点，主要通过项羽、萧何、张良等人的传记间接表现出来。像《樊郦滕灌列传》就披露了这样一件事实：楚汉相争时，刘邦战败逃跑，为了保全自己的性命，几次把亲生儿女推到车下，幸赖夏侯婴的保护，才得以幸免于难。这种旁见侧

---

① 陈高华、陈智超等：《中国古代史史料学》，中华书局，2016，第83~87页。

出法的运用主要是出于忌讳，由于政治上的压力，作者往往不便直书其事，只好将事实隐藏在各篇犄角处。这样既能适当地避开当时的政治禁忌，又可以把真相传给后人。

实录精神还体现在对历史深层决定因素的揭示。司马迁从不满足于对表面现象的叙述，而是尽量通过敏锐的分析和正确的判断，追讨事物的根源，究明因果。如项羽乌江自刎，以"天之亡我，非战之罪也"作为失败的借口，司马迁却深刻地指出项羽的失败其实是他"自矜功伐，奋其私智"和"欲以力征经营天下"所导致的结果（《项羽本纪》）。其论吴起和商鞅也是如此，前者乱箭穿身的悲惨结局是他"行之于楚，以刻暴少恩亡其躯"（《孙子吴起列传》）的结果。后者虽使秦国富强，却"天资刻薄"、任法"少恩"，终因推行变法而被杀，被捕之前还曾经喟叹："嗟乎，为法之敝一至此哉！"（《商君列传》）

在汉代之前，出现过多种体裁的历史著作，但就记事的久远、内容的广泛、史事的翔实、材料的系统、组织的完善来看，都不如《史记》。班固在《汉书·司马迁传》中的论赞说："刘向、扬雄博极群书，皆称迁有良史之材，服其善序事理，辨而不华，质而不俚，其文直，其事核，不虚美，不隐恶，故谓之实录。"因为对统治者"不虚美，不隐恶"，东汉王允竟将其视为"谤书"。正是这种实事求是的秉笔直书精神，使司马迁敢于触及时政，反映历史的真实状况。

2. 思想超迈

历史著作最首要的应该是客观，但司马迁著书的目的却并非简单地记录，而是希望"藏诸名山，传之其人"。《史记》的宗旨是"究天人之际，通古今之变，成一家之言"，相比横通纵贯地叙述历史，司马迁希望通过《史记》实现立言不朽的人生追求，因此特别注重"成一家之言"，即通过著书表达自己的思想，甚至像先秦诸子那样构建自己的历史世界。正如梁任公所言："迁著书最大目的乃在发表司马氏一家之言，与荀况著《荀子》、董生著《春秋繁露》性质正同，不过其一家之言乃借史的形式以发表耳。故仅以近代史的观念读《史记》，非能知《史记》者也。"（《要籍解题及其读法》）

司马迁对"成一家之言"的执着与他"鄙没世而文采不表于后"（《报任安书》）的观念紧密联系在一起。在《伯夷列传》中，他不无悲切地写道："伯夷、叔齐虽贤，得夫子而名益彰。颜渊虽笃学，附骥尾而行益显。……闾巷之人，欲砥行立名者，非附青云之士，恶能施于后世哉？"意思是，伯夷、叔齐虽有贤德，只有得到孔子的赞誉，声名才越发显著。颜渊虽专心好学，也是因为追随孔子，他的德行才更加显赫。普通人要想修养品德、建立声名，如果不依附于德高望重的人，怎么可能扬名后世呢？

这"不表于后世"的"文采"不单指司马迁的史学思想，更包括《史记》中所涉及的四千多个来自社会各阶层的人物。他们上至帝王将相，下至市井小民，诸子百家，三教九流，无所不包。他们或有卓越的表现，或有高尚的人格，或有非凡的技艺，却不能在青史上留名，司马迁为他们鸣不平。比如民间的游侠，虽然时常触犯当世的法律，但他们的道德信义和高贵品行却有很多值得称颂的地方。然而由于儒家和墨家的排斥，不记载他们的事迹，因此被史籍所埋没。其他诸如刺客、商人、方士等，也是如此。司马迁能把他们都记录下来，得益于他有着进步的历史观和开阔的社会视野。

对义利之辨的认识颇能体现司马迁的卓越史识。受儒家思想影响的学者一般都反对追名逐利，但我们在《史记》中却可以看到像《货殖列传》那样肯定利益追求的篇章。当然，司马迁并非纯粹的儒家，他虽然服膺孔子，说过"高山仰止，景行行止。虽不能至，然心乡往之"（《孔子世家》）的话，学术观点上却有崇尚道家的倾向，班固说他不与孔子同是非，"论大道而先黄、老而后六经，序游侠则退处士而进奸雄，述货殖则崇势利而羞贱贫"（《汉书·司马迁传》）。这显然是受了他父亲司马谈的影响。但就在这样的矛盾中，体现了司马迁的超越性，一方面追求理想中的义，另一方面又能正视现实中的利。但可惜的是，自从卓绝的司马迁之后，正史中便再也没有商人的地位了，要想从史籍文献中获取一点商业活动的资料，都异常艰难。

由于人生遭遇的不幸，司马迁对悲剧人物常寄予深刻的同情，如公孙杵臼和程婴，为保护赵氏孤儿付出巨大牺牲；如霸王项羽，生前战功赫赫，死时壮烈慷慨，但终归是英雄，其毁灭也具有悲剧性。所有这些悲剧人物的经历无不暗含司马迁自己的人生悲慨。他的悲慨还与天命难改、天意难测的认识有关。如谓刘邦数遭危困，屡屡得张良功助，便说"岂可谓非天乎？"（《留侯世家》）论卫青受汉武宠爱，说他是"天幸"；论伯夷、叔齐仁德纯厚、品行高洁，却被饿死；盗跖杀害无辜，残暴凶狠，却得善终。俗语常说"天道无亲，常与善人"，故对天道产生怀疑，"天道，是邪非邪？"（《伯夷列传》）

韩兆琦先生对司马迁的天命观有个中肯的评价，他在《史记通论》中说："司马迁确实对天命怀有敬畏，然而对于现实不公的正视，对自身遭遇的思考又每每促使他对天道的有无产生怀疑，虽然这怀疑并不具有科学的性质，但这毕竟是他自己探求的结果，于是，在他关于天道有无的矛盾认识中，我们看到了一位敢于怀疑成见的勇者。不仅如此，对天人关系的困惑，并没有使司马迁对人生失去信心，在天命与人事这两极中，他的着眼点始终落在人事上。缘此，他大量地写人的信念和追求，写人对命运的抗争。"

【文本选读】

太史公自序（节选）

【解题】　本篇自序是研究司马迁父子生平思想和《史记》全书内容的重要资料。前略部分叙述了作者的生平家世，摘录其父亲司马谈的观点，表达其父尊道的思想及其对各学派的认识和评价；勾画了写作《史记》的时代条件和受刑忍辱著书的内在动机和使命心理，表达了自己效法孔子著《春秋》、传承孔子衣钵以正世道的精神，熟悉者不少。选文部分则介绍了《史记》一书的规模体例及各篇的基本内容，罗列《史记》各篇的意义，借以明晰自己的思想，希望"好学深思，心知其意"的读者能从中获得全书的端绪和前后篇章的次第，为读者提供读《史记》的方法。历代学者对这篇序都大加赞赏，评价甚高。如李景星在《史记评议》中说："其文势，犹之海也，百川之汇，万派之归，胥于是乎在也。又史迁以此篇教人读《史记》之法也。凡全部《史记》之大纲细目，莫不于是粲然明白。未读《史记》以前，须将此篇熟读之；既读《史记》之后，尤须以此篇精参之。文辞高古庄重，精理微旨更奥衍宏深，是史迁一生出格大文字。"

（前略）而太史公遭李陵之祸，幽於缧绁。乃喟然而叹曰："是余之罪也夫！是余之罪也夫！身毁不用矣。"退而深惟曰："夫诗书隐约者，欲遂其志之思也。昔西伯拘羑里，演周易；孔子厄陈蔡，作春秋；屈原放逐，著离骚；左丘失明，厥有国语；孙子膑脚，而论兵法；不韦迁蜀，世传吕览；韩非囚秦，说难、孤愤；诗三百篇，大抵贤圣发愤之所为作也。此人皆意有所郁结，不得通其道也，故述往事，思来者。"于是卒述陶唐以来，至于麟止，自黄帝始。

维昔黄帝，法天则地，四圣遵序，各成法度；唐尧逊位，虞舜不台；厥美帝功，万世载之。作五帝本纪第一。

维禹之功，九州攸同，光唐虞际，德流苗裔；夏桀淫骄，乃放鸣条。作夏本纪第二。

维契作商，爰及成汤；太甲居桐，德盛阿衡；武丁得说，乃称高宗；帝辛湛湎，诸侯不享。作殷本纪第三。

维弃作稷，德盛西伯；武王牧野，实抚天下；幽厉昏乱，既丧酆镐；陵迟至赧；洛邑不祀。作周本纪第四。

维秦之先，伯翳佐禹；穆公思义，悼豪之旅；以人为殉，诗歌黄鸟；昭襄业帝。作秦本纪第五。

始皇既立，并兼六国，销锋铸镰，维偃干革，尊号称帝，矜武任力；二世受运，子婴降虏。作始皇本纪第六。

秦失其道，豪桀并扰；项梁业之，子羽接之；杀庆救赵，诸侯立之；诛婴背怀，天下非之。作项羽本纪第七。

子羽暴虐，汉行功德；愤发蜀汉，还定三秦；诛籍业帝，天下惟宁，改制易俗。作高祖本纪第八。

惠之早霣，诸吕不台；崇强禄、产，诸侯谋之；杀隐幽友，大臣洞疑，遂及宗祸。作吕太后本纪第九。

汉既初兴，继嗣不明，迎王践祚，天下归心；蠲除肉刑，开通关梁，广恩博施，厥称太宗。作孝文本纪第十。

诸侯骄恣，吴首为乱，京师行诛，七国伏辜，天下翕然，大安殷富。作孝景本纪第十一。

汉兴五世，隆在建元，外攘夷狄，内修法度，封禅，改正朔，易服色。作今上本纪第十二。

维三代尚矣，年纪不可考，盖取之谱牒旧闻，本于兹，于是略推，作三代世表第一。

幽厉之後，周室衰微，诸侯专政，春秋有所不纪；而谱牒经略，五霸更盛衰，欲睹周世相先後之意，作十二诸侯年表第二。

春秋之后，陪臣秉政，强国相王；以至于秦，卒并诸夏，灭封地，擅其号。作六国年表第三。

秦既暴虐，楚人发难，项氏遂乱，汉乃扶义征伐；八年之间，天下三嬗，事繁变众，故详著秦楚之际月表第四。

汉兴已来，至于太初百年，诸侯废立分削，谱纪不明，有司靡踵，强弱之原云以世。作汉兴已来诸侯年表第五。

维高祖元功，辅臣股肱，剖符而爵，泽流苗裔，忘其昭穆，或杀身陨国。作高祖功臣侯者年表第六。

惠景之间，维申功臣宗属爵邑，作惠景间侯者年表第七。

北讨强胡，南诛劲越，征伐夷蛮，武功爰列。作建元以来侯者年表第八。

诸侯既强，七国为从，子弟众多，无爵封邑，推恩行义，其埶销弱，德归京师。作王子侯者年表第九。

国有贤相良将，民之师表也。维见汉兴以来将相名臣年表，贤者记其治，不贤者彰其事。作汉兴以来将相名臣年表第十。

维三代之礼，所损益各殊务，然要以近性情，通王道，故礼因人质为之节文，略协古今之变。作礼书第一。

乐者，所以移风易俗也。自雅颂声兴，则已好郑卫之音，郑卫之音所从来久矣。人情之所感，远俗则怀。比乐书以述来古，作乐书第二。

非兵不强，非德不昌，黄帝、汤、武以兴，桀、纣、二世以崩，可不慎欤？司马法所从来尚矣，太公、孙、吴、王子能绍而明之，切近世，极人变。作律书第三。

律居阴而治阳，历居阳而治阴，律历更相治，间不容翲忽。五家之文怫异，维太初之元论。作历书第四。

星气之书，多杂禨祥，不经；推其文，考其应，不殊。比集论其行事，验于轨度以次，作天官书第五。

受命而王，封禅之符罕用，用则万灵罔不禋祀。追本诸神名山大川礼，作封禅书第六。

维禹浚川，九州攸宁；爰及宣防，决渎通沟。作河渠书第七。

维币之行，以通农商；其极则玩巧，并兼兹殖，争于机利，去本趋末。作平准书以观事变，第八。

太伯避历，江蛮是适；文武攸兴，古公王迹。阖庐弑僚，宾服荆楚；夫差克齐，子胥鸱夷；信嚭亲越，吴国既灭。嘉伯之让，作吴世家第一。

申、吕肖矣，尚父侧微，卒归西伯，文武是师；功冠群公，缪权于幽；番番黄发，爰飨营丘。不背柯盟，桓公以昌，九合诸侯，霸功显彰。田阚争宠，姜姓解亡。嘉父之谋，作齐太公世家第二。

依之违之，周公绥之；愤发文德，天下和之；辅翼成王，诸侯宗周。隐桓之际，是独何哉？三桓争强，鲁乃不昌。嘉旦金縢，作周公世家第三。

武王克纣，天下未协而崩。成王既幼，管蔡疑之，淮夷叛之，于是召公率德，安集王室，以宁东土。燕之禅，乃成祸乱。嘉甘棠之诗，作燕世家第四。

管蔡相武庚，将宁旧商；及旦摄政，二叔不飨；杀鲜放度，周公为盟；大任十子，周以宗强。嘉仲悔过，作管蔡世家第五。

王后不绝，舜禹是说；维德休明，苗裔蒙烈。百世享祀，爰周陈杞，楚实灭之。齐田既起，舜何人哉？作陈杞世家第六。

收殷馀民，叔封始邑，申以商乱，酒材是告，及朔之生，卫顷不宁；南子恶蒯聩，子父易名。周德卑微，战国既强，卫以小弱，角独后亡。喜彼康诰，作卫世家第七。

嗟箕子乎！嗟箕子乎！正言不用，乃反为奴。武庚既死，周封微子。襄公伤于泓，君子孰称。景公谦德，荧惑退行。剔成暴虐，宋乃灭亡。喜微子问太师，作宋世家第八。

武王既崩，叔虞邑唐。君子讥名，卒灭武公。骊姬之爱，乱者五世；重耳不得意，乃能成霸。六卿专权，晋国以耗。嘉文公锡珪鬯，作晋世家第九。

重黎业之，吴回接之；殷之季世，粥子牒之。周用熊绎，熊渠是续。庄王之贤，乃复国陈；既赦郑伯，班师华元。怀王客死，兰咎屈原；好谀信谗，楚并于秦。嘉庄王之义，作楚世家第十。

少康之子，实宾南海，文身断发，鼋鳝与处，既守封禺，奉禹之祀。句践困彼，乃用种、蠡。嘉句践夷蛮能修其德，灭强吴以尊周室，作越王句践世家第十一。

桓公之东，太史是庸。及侵周禾，王人是议。祭仲要盟，郑久不昌。子产之仁，绍世称贤。三晋侵伐，郑纳于韩。嘉厉公纳惠王，作郑世家第十二。

维骥騄耳，乃章造父。赵夙事献，衰续厥绪。佐文尊王，卒为晋辅。襄子困辱，乃禽智伯。主父生缚，饿死探爵。王迁辟淫，良将是斥。嘉鞅讨周乱，作赵世家第十三。

毕万爵魏，卜人知之。及绛戮干，戎翟和之。文侯慕义，子夏师之。惠王自矜，齐秦攻之。既疑信陵，诸侯罢之。卒亡大梁，王假厮之。嘉武佐晋文申霸道，作魏世家第十四。

韩厥阴德，赵武攸兴。绍绝立废，晋人宗之。昭侯显列，申子庸之。疑非不信，秦人袭之。嘉厥辅晋匡周天子之赋，作韩世家第十五。

完子避难，适齐为援，阴施五世，齐人歌之。成子得政，田和为侯。王建动心，乃迁于共。嘉威、宣能拨浊世而独宗周，作田敬仲完世家第十六。

周室既衰，诸侯恣行。仲尼悼礼废乐崩，追修经术，以达王道，匡乱世反之于正，见其文辞，为天下制仪法，垂六艺之统纪于后世。作孔子世家第十七。

桀、纣失其道而汤、武作，周失其道而春秋作。秦失其政，而陈涉发迹，诸侯作难，风起云蒸，卒亡秦族。天下之端，自涉发难。作陈涉世家第十八。

成皋之台，薄氏始基。诎意适代，厥崇诸窦。栗姬偩贵，王氏乃遂。陈后太骄，卒尊子夫。嘉夫德若斯，作外戚世家十九。

汉既谲谋，禽信于陈；越荆剽轻，乃封弟交为楚王，爰都彭城，以强淮泗，为汉宗藩。戊溺于邪，礼复绍之。嘉游辅祖，作楚元王世家二十。

维祖师旅，刘贾是与；为布所袭，丧其荆、吴。营陵激吕，乃王琅邪；怵午信齐，往而不归，遂西入关，遭立孝文，获复王燕。天下未集，贾、泽以族，为汉藩辅。作荆燕世家第二十一。

天下已平，亲属既寡；悼惠先壮，实镇东土。哀王擅兴，发怒诸吕，驷钧暴戾，京师弗许。厉之内淫，祸成主父。嘉肥股肱，作齐悼惠王世家第二十二。

楚人围我荥阳，相守三年；萧何填抚山西，推计踵兵，给粮食不绝，使百姓爱汉，不乐为楚。作萧相国世家第二十三。

与信定魏，破赵拔齐，遂弱楚人。续何相国，不变不革，黎庶攸宁。嘉参不伐功矜能，作曹相国世家第二十四。

运筹帷幄之中，制胜于无形，子房计谋其事，无知名，无勇功，图难于易，为大于细。作留侯世家第二十五。

六奇既用，诸侯宾从于汉；吕氏之事，平为本谋，终安宗庙，定社稷。作陈丞相世家第二十六。

诸吕为从，谋弱京师，而勃反经合于权；吴楚之兵，亚夫驻于昌邑，以戹齐赵，而出委以梁。作绛侯世家第二十七。

七国叛逆，蕃屏京师，唯梁为扞；偩爱矜功，几获于祸。嘉其能距吴楚，作梁孝王世家第二十八。

五宗既王，亲属洽和，诸侯大小为藩，爰得其宜，僭拟之事稍衰贬矣。作五宗世家第二十九。

三子之王，文辞可观。作三王世家第三十。

末世争利，维彼奔义；让国饿死，天下称之。作伯夷列传第一。

晏子俭矣，夷吾则奢；齐桓以霸，景公以治。作管晏列传第二。

李耳无为自化，清净自正；韩非揣事情，循埶理。作老子韩非列传第三。

自古王者而有司马法，穰苴能申明之。作司马穰苴列传第四。

非信廉仁勇不能传兵论剑，与道同符，内可以治身，外可以应变，君子比德焉。作孙子吴起列传第五。

维建遇谗，爰及子奢，尚既匡父，伍员奔吴。作伍子胥列传第六。

孔氏述文，弟子兴业，咸为师傅，崇仁厉义。作仲尼弟子列传第七。

鞅去卫适秦，能明其术，强霸孝公，后世遵其法。作商君列传第八。

天下患衡秦毋餍，而苏子能存诸侯，约从以抑贪强。作苏秦列传第九。

六国既从亲，而张仪能明其说，复散解诸侯。作张仪列传第十。

秦所以东攘雄诸侯，樗里、甘茂之策。作樗里甘茂列传第十一。

苞河山，围大梁，使诸侯敛手而事秦者，魏厓之功。作穰侯列传第十二。

南拔鄢郢，北摧长平，遂围邯郸，武安为率；破荆灭赵，王翦之计。作白起王翦列传第十三。

猎儒墨之遗文，明礼义之统纪，绝惠王利端，列往世兴衰。作孟子荀卿列传第十四。

好客喜士，士归于薛，为齐扞楚魏。作孟尝君列传第十五。

争冯亭以权，如楚以救邯郸之围，使其君复称于诸侯。作平原君虞卿列传第十六。

能以富贵下贫贱，贤能诎于不肖，唯信陵君为能行之。作魏公子列传第十七。

以身徇君，遂脱强秦，使驰说之士南乡走楚者，黄歇之义。作春申君列传第十八

能忍訽于魏齐，而信威于强秦，推贤让位，二子有之。作范睢蔡泽列传第十九。

率行其谋，连五国兵，为弱燕报强齐之雠，雪其先君之耻。作乐毅列传第二十。

能信意强秦，而屈体廉子，用徇其君，俱重于诸侯。作廉颇蔺相如列传第二十一。

湣王既失临淄而奔莒，唯田单用即墨破走骑劫，遂存齐社稷。作田单列传第二十二。

能设诡说解患于围城，轻爵禄，乐肆志。作鲁仲连邹阳列传第二十三。

作辞以讽谏，连类以争义，离骚有之。作屈原贾生列传第二十四。

结子楚亲，使诸侯之士斐然争入事秦。作吕不韦列传第二十五。

曹子匕首，鲁获其田，齐明其信；豫让义不为二心。作刺客列传第二十六。

能明其画，因时推秦，遂得意于海内，斯为谋首。作李斯列传第二十七。

为秦开地益众，北靡匈奴，据河为塞，因山为固，建榆中。作蒙恬列传第二十八。

填赵塞常山以广河内，弱楚权，明汉王之信于天下。作张耳陈馀列传第二十九。

收西河、上党之兵，从至彭城；越之侵掠梁地以苦项羽。作魏豹
彭越列传第三十。

以淮南叛楚归汉，汉用得大司马殷，卒破子羽于垓下。作黥布列
传第三十一。

楚人迫我京索，而信拔魏赵，定燕齐，使汉三分天下有其二，以
灭项籍。作淮阴侯列传第三十二。

楚汉相距巩洛，而韩信为填颍川，卢绾绝籍粮饷。作韩信卢绾列
传第三十三。

诸侯畔项王，唯齐连子羽城阳，汉得以间遂入彭城。作田儋列传
第三十四。

攻城野战，获功归报，哙、商有力焉，非独鞭策，又与之脱难。
作樊郦列传第三十五。

汉既初定，文理未明，苍为主计，整齐度量，序律历。作张丞相
列传第三十六。

结言通使，约怀诸侯；诸侯咸亲，归汉为藩辅。作郦生陆贾列传
第三十七。

欲详知秦楚之事，维周緤常从高祖，平定诸侯。作傅靳蒯成列传
第三十八。

徙强族，都关中，和约匈奴；明朝廷礼，次宗庙仪法。作刘敬叔
孙通列传第三十九。

能摧刚作柔，卒为列臣；栾公不劫于埶而倍死。作季布栾布列传
第四十。

敢犯颜色以达主义，不顾其身，为国家树长画。作袁盎朝错列传
第四十一。

守法不失大理，言古贤人，增主之明。作张释之冯唐列传第四
十二。

敦厚慈孝，讷于言，敏于行，务在鞠躬，君子长者。作万石张叔
列传第四十三。

守节切直，义足以言廉，行足以厉贤，任重权不可以非理挠。作

田叔列传第四十四。

扁鹊言医，为方者宗，守数精明；后世序，弗能易也，而仓公可谓近之矣。作扁鹊仓公列传第四十五。

维仲之省，厥濞王吴，遭汉初定，以填抚江淮之间。作吴王濞列传第四十六。

吴楚为乱，宗属唯婴贤而喜士，士乡之，率师抗山东荥阳。作魏其武安列传第四十七。

智足以应近世之变，宽足用得人。作韩长孺列传第四十八。

勇于当敌，仁爱士卒，号令不烦，师徒乡之。作李将军列传第四十九。

自三代以来，匈奴常为中国患害；欲知强弱之时，设备征讨，作匈奴列传第五十。

直曲塞，广河南，破祁连，通西国，靡北胡。作卫将军骠骑列传第五十一。

大臣宗室以侈靡相高，唯弘用节衣食为百吏先。作平津侯列传第五十二。

汉既平中国，而佗能集杨越以保南藩，纳贡职。作南越列传第五十三。

吴之叛逆，瓯人斩濞，葆守封禺为臣。作东越列传第五十四。

燕丹散乱辽间，满收其亡民，厥聚海东，以集真藩，葆塞为外臣。作朝鲜列传第五十五。

唐蒙使略通夜郎，而邛笮之君请为内臣受吏。作西南夷列传第五十六。

子虚之事，大人赋说，靡丽多夸，然其指风谏，归于无为。作司马相如列传第五十七。

黥布叛逆，子长国之，以填江淮之南，安剽楚庶民。作淮南衡山列传第五十八。

奉法循理之吏，不伐功矜能，百姓无称，亦无过行。作循吏列传第五十九。

正衣冠立于朝廷，而群臣莫敢言浮说，长孺矜焉；好荐人，称长者，壮有溉。作汲郑列传第六十。

自孔子卒，京师莫崇庠序，唯建元元狩之间，文辞粲如也。作儒林列传第六十一。

民倍本多巧，奸轨弄法，善人不能化，唯一切严削为能齐之。作酷吏列传第六十二。

汉既通使大夏，而西极远蛮，引领内乡，欲观中国。作大宛列传第六十三。

救人于厄，振人不赡，仁者有乎；不既信，不倍言，义者有取焉。作游侠列传第六十四。

夫事人君能说主耳目，和主颜色，而获亲近，非独色爱，能亦各有所长。作佞幸列传第六十五。

不流世俗，不争执利，上下无所凝滞，人莫之害，以道之用。作滑稽列传第六十六。

齐、楚、秦、赵为日者，各有俗所用。欲循观其大旨，作日者列传第六十七。

三王不同龟，四夷各异卜，然各以决吉凶。略窥其要，作龟策列传第六十八。

布衣匹夫之人，不害于政，不妨百姓，取与以时而息财富，智者有采焉。作货殖列传第六十九。

维我汉继五帝末流，接三代绝业。周道废，秦拨去古文，焚灭诗书，故明堂石室金匮玉版图籍散乱。于是汉兴，萧何次律令，韩信申军法，张苍为章程，叔孙通定礼仪，则文学彬彬稍进，诗书往往间出矣。自曹参荐盖公言黄老，而贾生、晁错明申、商，公孙弘以儒显，百年之间，天下遗文古事靡不毕集太史公。太史公仍父子相续纂其职。曰："于戏！余维先人尝掌斯事，显于唐虞，至于周，复典之，故司马氏世主天官。至于余乎，钦念哉！钦念哉！"罔罗天下放失旧闻，王迹所兴，原始察终，见盛观衰，论考之行事，略推三代，录秦汉，上记轩辕，下至于兹，著十二本纪，既科条之矣。并时异世，年差不明，作十表。礼乐损益，律历改易，兵权山川鬼神，天人之际，承敝通变，作八书。二十八宿环北辰，三十辐共一毂，运行无穷，辅拂股肱之臣配焉，忠信行道，以奉主上，作三十世家。扶义俶傥，不令己失时，立功名于天下，作七十列传。凡百三十篇，五十二万六千五百字，为太史公书。序略，以拾遗补艺，成一家之言，厥协六经异传，整齐百家杂语，藏之名山，副在京师，俟后世圣人君子。第七十。

太史公曰：余述历黄帝以来至太初而讫，百三十篇。

【参考书目】

1. 王伯祥选注《史记选》，人民文学出版社，2018。

2. 台湾十四院校六十教授合译《白话史记》，新世界出版社，2007。

3. 《史记》，中华书局，2014。

4. 韩兆琦编著《史记笺证》，江西人民出版社，2004。

5. 〔日〕泷川资言考证、杨海峥整理《史记会注考证》，上海古籍出版社，2016。

《资治通鉴》：造极于赵宋之世的史学巨著

【典籍概述】

《资治通鉴》（以下简称《通鉴》），是宋代司马光领衔编撰的一部编年体通史，共二百九十四卷，由宋神宗写序并赐名。《通鉴》文字优美，叙事生动，历来与《史记》并列为中国古代史家之绝笔。

《通鉴》作者司马光（一〇一九——一〇八六年），北宋陕州夏县（今属山西）涑水乡人，字君实，号迂叟，世称涑水先生。他少时喜读《左氏春秋》，手不释卷，这一爱好奠定了他以后治史的基础。司马光是宝元年间（一〇三八——一〇四〇年）的进士，宋英宗时进为龙图阁学士。他曾担忧历代史籍浩繁，学者难以遍览，于是决定删取重要史籍，按年编为一书。初成《通志》八卷，这是《通鉴》最早的样本。从战国到秦二世，表进于朝，英宗阅后大悦，书名定为《论次历代君臣事迹》，下诏命他继续完成，并于崇文院设局资助，他因此奏调当时的史学俊彦刘恕、刘攽、范祖禹等协助他一起修史。

神宗即位以后，拔擢司马光为翰林学士，与王安石同居朝列。王安石推行新法，光主张政治稳定和持续，坚持"祖宗之法不可变"，与之政见不合，于是求为外任。当然，司马光并不是完全的泥古不化。他反对激烈的政治变革，追求在传统政治哲学和政治体制之内的渐变，这对于稳定统治秩序和社会秩序不乏积极意义。熙宁三年（一〇七〇年），司马光辞去中央官职，出直永兴军（今陕西西安），自是绝口不论事。此后辗转洛阳，居住长达十五年，全力以赴编纂《资治通鉴》，前后历时十九年，终于元丰七年（一〇八四年）成书。神宗以其"鉴于往事，有资于治道，赐名曰《资治通鉴》"（胡三省《新注资治通鉴序》），并加司马光为资政殿学士。元祐元年（一〇八六年），司马光病逝，享年六十八岁。逝世后加赠太师、温国公，谥文正，备极哀荣。《通鉴》代表着司马光一生学术成就的巅峰，也是北宋史学成就的巅峰。史家大师陈寅恪先生所言："华夏民族之文化，历数千载之演进，造极于赵宋之世"（《邓广铭〈宋史职官志考证〉序》），其中很大一块是针对《通鉴》而言的。

《通鉴》一书，上起战国周威烈王二十三年（公元前四〇三年），周天子于该年任命赵、魏、韩三家为诸侯，三家分晋标志着周朝分封原则的打破（司马光认为这意味着周王朝的衰落）。下迄五代后周世宗显德六年（公元九五九年），记录了一千三百六十二年间的大事。显然，司马光不想涉及当代史事。基于为尊亲者讳的儒家道德规范以及当时的政治环境，许多牵涉皇家是非曲直的问题无从定论；而从客观上讲，任何历史人物或历史事件也都需要一定时间的沉积，将其纳入历史长河中，才能真正体现其影响和意义，也就是常言所说的"盖棺论定"。《通鉴》按时间先后叙次，用追叙或终言的手法，说明史事的前因后果，以期使人得到系统而详明的印象。内容"专取关国家兴衰，系生民休戚，善为可法，恶为可戒者"的政治、军事史实为主，借以展示历代君臣治乱、成败、安危之迹，以此作为历史的借鉴。

司马光学识渊博，史学之外，音乐、律历、天文、书数，无所不通，故《通鉴》一书"不特纪治乱之迹"，于礼乐、历数、天文地理亦"尤致其详"。但他不喜欢释、老之学，对历史上有关图谶、占卜、佛道等宗教迷信采取批判的态度。这与儒家的固有传统有关，即不否认天命，但更注重人事，把天人关系解释为君臣、父子伦常关系，以调和天人，共同为现实政治和现实生活服务。在学术思想方面，司马光继承了中国史学求"通"的传统，强调审慎研究，努力探求经验和规律，力图古今结合、以古鉴今，其政治意图和现实目的十分明显。他认为君主的素质与整个国家休戚相关。君主的贤愚直接决定着国家的兴衰成败。人君修心之术在于仁、明、武，人君之患莫大于骄矜自满、淫奢自恣。这些都是北宋儒学复兴、修齐治平思想深入发展的产物。

为了突出《通鉴》的教化和借鉴功能，司马光非常重视史评和史论。通过选录前人史论九十九篇，以"臣光曰"的形式，撰写了史论一百一十九篇，史论总数为二百一十八篇，其中既有司马光自己的见解，也有移植前人的成论，集中反映了作者的政治和历史观点。这种史学传统古已有之，如《左传》中的"君子曰"，《史记》里的"太史公曰"，《后汉书》的"论曰"等。司马光撰写历史的主旨着眼于当代，这使得《通鉴》不仅具有高度的学术价值，还具有强烈的济世意识。司马光所评论的大多是比较重要或具有典型意义的人和事，对书中记载兼具总结意义。他所强调的君明臣直、知人善任、信赏必罚中包含着许多经过历史检验的真知灼见，对于当时的政治具有积极的借鉴作用。当然，其中有些议论显得消极保守，反映了司马光政治上的保守派特征。

《通鉴》一书以政治和军事内容为主，如对具体战役的生动描写，与其他古代优秀史学作品（如《左传》）一样，具有史学价值之外的文学价值。如从交战之前双方的军力布置，到作战计划、激战过程、胜负影响等都交代得非常清楚，使人有身临其境之感。受此指导思想的限制，经济、文学、思想、宗教、艺术以及社会风俗等方面的入选篇幅极少。南宋袁枢对《通鉴》重新编排，整理完成《通鉴纪事本末》一书，共计二百三十九件大事，其中与经济有关者只有两件。文化宗教方面，如赫赫有名的玄奘取经，居然在《通鉴》中不见点墨。

《通鉴》征引的史料极为丰富。所采史料典籍，除十七部正史以外，所引杂史、文集、实录、谱牒、家传、行状、小说诸书，竟多至三百二十二种。书中叙事往往一事用数种材料写成，其中于唐、五代史事，甄采书籍最多，故《隋纪》、《唐纪》和《五代纪》的史料价值也最高，经著者剪裁熔铸，终成一家之言。《通鉴》的编写分三步。第一步把收集的各种文献按年月日顺序加以排列，叫作"丛目"。第二步对系于"丛目"下的各种史料进行选择、考辨和整理，择其记述详尽者重新编写，叫作"长编"。长编分量相当大，据说仅唐朝一代就有六百多卷。司马光去世后，洛阳有两间屋子的残稿，大部分是长编底本。第三步由司马光对长编进行精心的加工考订，考其同异，删其烦冗，修改润色，写成定稿。

负责前两步工作的协修者主要是刘恕、刘攽和范祖禹三人。刘恕字道原，筠州（今江西高安）人，参编时三十五岁。他学识渊博："上下数千载间，钜微之事，如指诸掌"（《宋史·刘恕传》）。《通鉴》的体例编次多出其手。五代十国的史料差误本来最多，经刘恕的整理，也最大限度地予以校正，其学术功绩尤著。刘攽字贡父，临江新喻（今江西新喻）人，"博记能文章"，被时人誉为《反汉书》专家（《宋史·刘攽传》）。他反对王安石变法，与司马光有相似的政治见解。范祖禹字淳甫，一字梦得，华阳（今四川成都）人，幼孤，由叔父抚育成人。登进士甲科，"智识明敏，好学能文"（《司马温公文集》卷四五《荐范祖禹状》）。精研唐史，著有《唐鉴》一书。此外，还有司马光之子司马康参与了《通鉴》的文字检审，时年仅十七岁。三人分领时代，分工合作。按胡三省的说法，刘攽负责汉代，刘恕负责魏晋南北朝，范祖禹以唐朝为主。他们集中精力，各尽所长，对《通鉴》的成书做出了重要贡献，但最后一步的工作主要由司马光独立完成。刘恕之子刘羲仲在《通鉴问疑》中说："先人在书局，止类事迹，勒成长编，其是非与夺之际，一出君实笔削。"另据司马光给友人宋次道的信，说他到洛阳"已历八载，专心修书，每三日删整一卷长编，方完成唐代部分二百余卷，仅到大历末年。须再经三年可粗成编，又须细删，更废时日"。可见他付出了相当大的辛劳。

《通鉴》成书后，于元丰八年（一○八五年）由范祖禹、司马康、黄庭坚、张舜民等奉命重新校订，元祐元年校定完毕，送杭州雕版；元祐七年（一○九二年）刊印行世，称"元祐本"，此本今已不可见。南宋绍兴二年（一一三二年）有余姚重刻本，外间流传多所残缺，唯国家图书馆藏有二百九十四卷的足本。目前最好的版本是中华书局出版的标点本。

《通鉴》正文之外又附《考异》三十卷。为便于查阅，司马光又拈出事目，编成《目录》三十卷。《考异》是为解决《通鉴》中难以决断的史料问题而出现的。凡遇史实记载分歧、矛盾处，编者均会注明取舍的理由，选择比较可信者入书。司马光的这种做法在史学发展史上具有科学范式的里程碑意义。《通鉴目录》则是《通鉴考异》的姐妹篇，同为《通鉴》不可或缺的组成部分。司马光在《通鉴目录自序》中说："编年之书，杂记众国之事，参差不齐，今仿司马迁年表，年经而国纬之，列于下方。又叙事之体太简，则首尾不可得而详，太烦，则义理汩没而难知，今撮新书精要之语，散于其间，以为目录云。"在《目录》的年表下，司马光标出了每段史事所见的卷次，与事要、纪年相配合，这种做法突破了目录的功能范围，开创了史书主题索引法。《通鉴目录》单独成书，篇幅占全书的六分之一，既可配合《通鉴》使用，又不失为一部简明扼要的政治通史。

为《通鉴》作注的有南宋史炤的《资治通鉴释文》和王应麟的《通鉴地理通释》，而以胡三省的《资治通鉴音注》（简称"胡注"）最为详备。明末严衍所著的《资治通鉴补》对《通鉴》和胡注也都有订正。

【文本选读】

肥水之战（节选）

【解题】　本文选自《资治通鉴》卷一○四——一○五。叙述了东晋、前秦存亡攸关的关键性战争，是历史上以少胜多、以弱胜强的著名战役之一。毛泽东就多次提及本文，意在对前秦君主苻坚刚愎自用、不听人劝的性格进行揭示，将其轻敌败亡的惨痛结果展现在世人面前，这符合《资治通鉴》以史为鉴、关注历史的兴亡治乱，给统治者以"资治"借鉴的著作宗旨。肥水又作淝水，源出安徽省合肥市附近的紫蓬山，西北流经寿县入淮河。本次战役就发生在寿县的肥水上。

（太元七年）冬，十月，秦王坚会群臣于太极殿，议曰："自吾承业，垂三十载，四方略定，唯东南一隅，未沾王化。今略计吾士卒，可得九十七万，吾欲自将以讨之，何如？"秘书监朱肜曰："陛下返中国士民，使复其桑梓，然后回舆东巡，告成岱宗，此千载一时也！"坚喜曰："是吾志也。"尚书左仆射权翼曰："昔纣为无道，三仁在朝，武王犹为之旋师。今晋虽微弱，未有大恶。谢安、桓冲皆江表伟人，君臣辑睦，内外同心。以臣观之，未可图也。"坚嘿然良久，曰："诸君各言其志。"

太子左卫率石越曰："今岁镇守斗，福德在吴。伐之，必有天殃。且彼据长江之险，民为之用，殆未可伐也！"坚曰："昔武王伐纣，逆岁违卜。天道幽远，未易可知。夫差、孙皓皆保据江湖，不免于亡。今以吾之众，投鞭于江，足断其流，又何险之足恃乎！"对曰："三国之君皆淫虐无道，故敌国取之，易于拾遗。今晋虽无德，未有大罪，愿陛下且案兵积谷，以待其衅。"于是群臣各言利害，久之不决。坚曰："此所谓筑室道旁，无时可成。吾当内断于心耳！"

群臣皆出，独留阳平公融，谓之曰："自古定大事者，不过一二臣而已。今众言纷纷，徒乱人意，吾当与汝决之。"对曰："今伐晋有三难：天道不顺，一也；晋国无衅，二也；我数战兵疲，民有畏敌之心，三也。群臣言晋不可伐者，皆忠臣也，愿陛下听之。"坚作色曰："汝亦如此，吾复何望！吾强兵百万，资仗如山；吾虽未为令主，亦非暗劣。乘累捷之势，击垂亡之国，何患不克，岂可复留此残寇，使长为国家之忧哉！"融泣曰："晋未可灭，昭然甚明。今劳师大举，恐无万全之功。且臣之所忧，不止于此。陛下宠育鲜卑、羌、羯，布满畿甸，此属皆我之深仇。太子独与弱卒数万留守京师，臣惧有不虞之变生于腹心肘掖，不可悔也。臣之顽愚，诚不足采；王景略一时英杰，陛下常比之诸葛武侯，独不记其临没之言乎！"坚不听。于是朝臣进谏者众，坚曰："以吾击晋，校其强弱之势，犹疾风之扫秋叶，而朝廷内外皆言不可，诚吾所不解也！"

太子宏曰："今岁在吴分，又晋君无罪，若大举不捷，恐威名外挫，财力内竭，此群下所以疑也！"坚曰："昔吾灭燕，亦犯岁而捷，天道固难知也。秦灭六国，六国之君岂皆暴虐乎！"

冠军、京兆尹慕容垂言于坚曰："弱并于强，小并于大，此理势自然，非难知也。以陛下神武应期，威加海外，虎旅百万，韩、白满朝，而蕞尔江南，独违王命，岂可复留之以遗子孙哉！《诗》云：'谋夫孔多，是用不集。'陛下断自圣心足矣，何必广询朝众！晋武平吴，所仗者张、杜二三臣而已，若从朝众之言，岂有混壹之功乎！"坚大悦，曰："与吾共定天下者，独卿而已。"赐帛五百匹。

坚锐意欲取江东，寝不能旦。阳平公融谏曰："'知足不辱，知止不殆。'自古穷兵极武，未有不亡者。且国家本戎狄也，正朔会不归人。江东虽微弱仅存，然中华正统，天意必不绝之。"坚曰："帝王历数，岂有常邪！惟德之所在耳！刘禅岂非汉之苗裔邪，终为魏所灭。汝所以不如吾者，正病此不达变通耳！"

坚素信重沙门道安，群臣使道安乘间进言。十一月，坚与道安同辇游于东苑，坚曰："朕将与公南游吴、越，泛长江，临沧海，不亦乐乎！"安曰："陛下应天御世，居中土而制四维，自足比隆尧、舜，何必栉风沐雨，经略遐方乎！且东南卑湿，沴气易构，虞舜游而不归，大禹往而不复。何足以上劳大驾也！"坚曰："天生烝民，而树之君，使司牧之，朕岂敢惮劳，使彼一方独不被泽乎！必如公言，是古之帝王皆无征伐也！"道安曰："必不得已，陛下宜驻跸洛阳，遣使者奉尺书于前，诸将总六师于后，彼必稽首入臣，不必亲涉江、淮也。"坚不听。

坚所幸张夫人谏曰："妾闻天地之生万物，圣王之治天下，皆因其自然而顺之，故功无不成。是以黄帝服牛乘马，因其性也；禹浚九川，障九泽，因其势也；后稷播殖百谷，因其时也；汤、武帅天下而攻桀、纣，因其心也。皆有因则成，无因则败。今朝野之人皆言晋不可伐，陛下独决意行之，妾不知陛下何所因也。《书》曰：'天聪明自我民聪明。'天犹因民，而况人乎！妾又闻王者出师，必上观天道，下顺人心。今人心既不然矣，请验之天道。谚云：'鸡夜鸣者不利行师，犬群嗥者宫室将空，兵动马惊，军败不归。'自秋、冬以来，众鸡夜鸣，群犬哀嗥，厩马多惊，武库兵器自动有声，此皆非出师之祥也。"坚曰："军旅之事，非妇人所当预也！"

坚幼子中山公诜最有宠，亦谏曰："臣闻国之兴亡，系贤人之用舍。今阳平公，国之谋主，而陛下违之；晋有谢安、桓冲，而陛下伐之，臣窃惑之。"坚曰："天下大事，孺子安知！"

……

（太元八年秋，七月）秦王坚下诏大举入寇，民每十丁遣一兵；其良家子年二十已下，有材勇者，皆拜羽林郎。又曰："其以司马昌明为尚书左仆射，谢安为吏部尚书，桓冲为侍中；势还不远，可先为起第。"良家子至者三万馀骑，拜秦州主簿，金城赵盛之为少年都统。是时，朝臣皆不欲坚行，独慕容垂、姚苌及良家子劝之。阳平公融言于坚曰："鲜卑、羌虏，我之仇雠，常思风尘之变以逞其志，所陈策画，何可从也！良家少年皆富饶子弟，不闲军旅，苟为谄谀之言以会陛下之意耳。今陛下信而用之，轻举大事，臣恐功既不成，仍有后患，悔无及也！"坚不听。

八月，戊午，坚遣阳平公融督张蚝、慕容垂等步骑二十五万为前锋；以兖州刺史姚苌为龙骧将军，督益、梁州诸军事。坚谓苌曰："昔朕以龙骧建业，未尝轻以授人，卿其勉之！"左将军窦冲曰："王者无戏言，此不祥之征也！"坚默然。

慕容楷、慕容绍言于慕容垂曰："主上骄矜已甚，叔父建中兴之业，在此行也！"垂曰："然。非汝，谁与成之！"

甲子，坚发长安，戎卒六十馀万，骑二十七万，旗鼓相望，前后千里。九月，坚至项城，凉州之兵始达咸阳，蜀、汉之兵方顺流而下，幽、冀之兵至于彭城，东西万里，水陆齐进，运漕万艘。阳平公融等兵三十万，先至颍口。

诏以尚书仆射谢石为征虏将军、征讨大都督，以徐、兖二州刺史谢玄为前锋都督，与辅国将军谢琰、西中郎将桓伊等众共八万拒之；使龙骧将军胡彬以水军五千援寿阳。琰，安之子也。

是时，秦兵既盛，都下震恐。谢玄入，问计于谢安，安夷然，答曰："已别有旨。"既而寂然。玄不敢复言，乃令张玄重请。安遂命驾出游山墅，亲朋毕集，与围棋赌墅。安棋常劣于玄，是日，玄惧，便为敌手而又不胜。安遂游陟，至夜乃还。桓冲深以根本为忧，遣精锐三千入援京师。谢安固却之，曰："朝廷处分已定，兵甲无阙，西藩宜留以为防。"冲对佐吏叹曰："谢安右有庙堂之量，不闲将略。今大敌垂至，方游谈不暇，遣诸不经事少年拒之，众又寡弱，天下事已可知，吾其左衽矣！"

……

冬，十月，秦阳平公融等攻寿阳；癸酉，克之，执平虏将军徐元喜等。融以其参军河南郭褒为淮南太守。慕容垂拔郧城。胡彬闻寿阳陷，退保硖石，融进攻之。秦卫将军梁成等帅众五万屯于洛涧，栅淮以遏东兵。谢石、谢玄等去洛涧二十五里而军，惮成，不敢进。胡彬粮尽，潜遣使告石等曰："今贼盛，粮尽，恐不复见大军！"秦人获之，送于阳平公融。融驰使白秦王坚曰："贼少易擒，但恐逃去，宜速赴之！"坚乃留大军于项城，引轻骑八千，兼道就融于寿阳。遣尚书朱序来说谢石等以"强弱异势，不如速降"。序私谓石等曰："若秦百万之众尽至，诚难与为敌。今乘诸军未集，宜速击之；若败其前锋，则彼已夺气，可遂破也。"石闻坚在寿阳，甚惧，欲不战以老秦师。谢琰劝石从序言。十一月，谢玄遣广陵相刘牢之帅精兵五千人趣洛涧，未至十里，梁成阻涧为陈以待之。牢之直前渡水，击成，大破之，斩成及弋阳太守王咏，又分兵断其归津，秦步骑崩溃，争赴淮水，士卒死者万五千人。执秦扬州刺史王显等，尽收其器械军实。于是谢石等诸军水陆继进。秦王坚与阳平公融登寿阳城望之。见晋兵部阵严整，又望见八公山上草木，皆以为晋兵，顾谓融曰："此亦劲敌，何谓弱也！"怃然始有惧色。

秦兵逼肥水而陈，晋兵不得渡。谢玄遣使谓阳平公融曰："君悬军深入，而置陈逼水，此乃持久之计，非欲速战者也。若移陈小却，使晋兵得渡，以决胜负，不亦善乎！"秦诸将皆曰："我众彼寡，不如遏之，使不得上，可以万全。"坚曰："但引兵少却，使之半渡，我以铁骑蹙而杀之，蔑不胜矣！"融亦以为然，遂麾兵使却。秦兵遂退，不可复止，谢玄、谢琰、桓伊等引兵渡水击之。融驰骑略陈，欲以帅退者，马倒，为晋兵所杀，秦兵遂溃。玄等乘胜追击，至于青冈。秦兵大败，自相蹈藉而死者，蔽野塞川。其走者闻风声鹤唳，皆以为晋兵且至，昼夜不敢息，草行露宿，重以饥冻，死者什七、八。初，秦兵小却，硃序在陈后呼曰："秦兵败矣！"众遂大奔。序因与张天锡、徐元喜皆来奔。获秦王坚所乘云母车及仪服器械、军资珍宝畜产不可胜计，复取寿阳，执其淮南太守郭褒。

坚中流矢，单骑走至淮北，饥甚，民有进壶飧、豚髀者，坚食之，赐帛十匹，绵十斤。辞曰："陛下厌苦安乐，自取危困。臣为陛下子，陛下为臣父，安有子饲其父而求报乎？"弗顾而去。坚谓张夫人曰："吾今复何面目治天下乎！"潸然流涕。

是时，诸军皆溃，惟慕容垂所将三万人独全，坚以千余骑赴之。世子宝言于垂曰："家国倾覆，天命人心皆归至尊，但时运未至，故晦迹自藏耳。今秦主兵败，委身于我，是天借之便以复燕祚，此时不可失也，愿不以意气微恩忘社稷之重！"垂曰："汝言是也。然彼以赤心投命于我，若之何害之！天苟弃之，何患不亡？不若保护其危以报德，徐俟其衅而图之！既不负宿心，且可以义取天下。"奋威将军慕容德曰："秦强而并燕，秦弱而图之，此为报仇雪耻，非负宿心也；兄奈何得而不取，释数万之众以授人乎？"垂曰："吾昔为太傅所不容，置身无所，逃死于秦，秦主以国士遇我，恩礼备至。后复为王猛所卖，无以自明。秦主独能明之，此恩何可忘也！若氏运必穷，吾当怀集关东，以复先业耳，关西会非吾有也。"冠军行参军赵秋曰："明公当绍复燕祚，著于图谶。今天时已至，尚复何待！若杀秦主，据鄴都，鼓行而西，三秦亦非苻氏之有也！"垂亲党多劝垂杀坚，垂皆不从，悉以兵授坚。平南将军慕容暐屯郾城，闻坚败，弃其众遁去；至荥阳，慕容德复说暐起兵以复燕祚，暐不从。

【参考书目】

1. （宋）司马光编著《资治通鉴》，中华书局，2009。
2. 柴德赓：《资治通鉴介绍》，中共中央党校出版社，2010。
3. 张国刚：《资治通鉴与家国兴衰》，中华书局，2016。
4. 陈垣：《通鉴胡注表微》，商务印书馆，2011。
5. 张煦侯：《通鉴学》，北京联合出版公司，2019。

《三国演义》：中国人的英雄圣经

【典籍概述】

一 罗贯中与《三国志演义》

《三国演义》是元末明初罗贯中（约一三三〇—约一四〇〇年）所撰的我国文学史上第一部章回小说，但《三国演义》这个书名在此前的几个世纪都没什么影响，人们知道的只有一本叫《三国志通俗演义》或《三国志演义》的书。直到二十世纪五十年代人民文学出版社出版了名为《三国演义》的整理本，大型工具书《辞源》和《辞海》用此作为条目，央视所拍电视剧也称《三国演义》，这才在群众中造成了影响。为什么要纠结于这个细部呢？恐怕还是实事求是的观念使然。无论是现存最早的元代三国讲史话本《三国志平话》，还是明代嘉靖间刊刻的《三国志通俗演义》以及另外一个系统的《新刻全像大字通俗演义三国志传》，"三国志"都是不可或缺的关键词；及至可观道人在《新列国志叙》中所言，"自罗贯中氏《三国志》一书，以国史演为通俗演义，汪洋百余回，为世所尚"；以及雉衡山人在《东西两晋演义序》中说："一代肇兴，必有一代之史，而有信史，有野史，好事者蒐取而演之，以通俗谕人，名曰演义。盖自罗贯中《水浒传》、《三国传》始也。"更明指罗氏是在历史记载（不论正史还是野史）的基础上所作的推演和详述，而不是对历史本身所作的推演，因为历史是过往发生的真实事件，它本身一旦凝结，就不会发生什么变化，所以这一"志"字的有无，其实关系甚大。

关于作者的情况，目前所知甚少。贾仲明的《录鬼簿续编》中说："罗贯中，太原人（蒋大器《三国志通俗演义序》称"东原罗贯中"），号湖海散人，与人寡合。乐府隐语，极为清新。与余为忘年交。遭时多故，各天一方。至正甲辰（一三六四年）复会。别后又六十余年。竟不知其所终。"虽寥寥数语，却异常宝贵。明人王圻说他是"有志图王者"（《稗史汇编》），清人顾苓则说他与元末农民起义领袖之一的张士诚关系密切（《跋水浒图》），这些情况都无法考证，但从《三国志演义》文字所表现的内容来看，作者应该是很有气概和抱负的。从他另一部仅存的杂剧作品《宋太祖龙虎风云会》来看，罗贯中对贤君明相颇为向往，这与刘备和诸葛亮"如鱼得水"的君臣关系有精神上的相通之处，但从他自号"湖海散人"以及雉衡山人所谓，"罗氏生不逢时，才郁而不得展"的情况判断。他更有可能是一位不得志的才子，接近于游民的落魄文人，在元末歧视汉人的民族政治背景下，可能一官半职都没有。

《三国志演义》并非一蹴而就写成的，是经历了正史撰述、民间流传、勾栏评话、戏曲演绎、文人整理、评者补苴等漫长的阶段才最终得以完成。从晋人陈寿的正史《三国志》开始记载三国的人物和历史，南朝宋人裴松之为《三国志》作注，引证了几十种书，辑录大量三国人物的传闻轶事，到隋代炀帝观看的水上杂戏当中，就有曹操谯水击蛟、刘备跃马檀溪等节目（《大业拾遗记》）。唐代初年，"死诸葛吓走活仲达"的故事开始流传（《史通·采撰》），晚唐三国故事流播更广，连儿童都会笑谑张飞的大胡子与邓艾的口吃（李商隐的《骄儿诗》："或谑张飞胡，或笑邓艾吃"）。到了北宋，"说三分"已经成为"讲史"中的独立科目之一，汴京的瓦子里就有专门演说"三分"的艺人霍四究（《东京梦华录》）。《东坡志林》就记载："涂巷中小儿薄劣，其家所厌苦，辄与钱，令聚坐听说古话。至说三国事，闻刘玄德败，颦蹙眉，有出涕者；闻曹操败，即喜唱快。"讲者不但有极高的艺术感染力，而且"尊刘贬曹"的正统偏向也开始出现。除了三国讲史，还有三国戏。徽宗时，就有村民入场观戏，归途兴起，将箍桶匠所箍之桶戴在头上，并说："与刘先主如何？"差点以谋逆罪被判处（《宋史·范纯礼传》）。南宋姜夔的《观灯口号》："纷纷铁马小回旋，幻出曹公大战年"也对舞台上的三国戏作了描述。虽然宋代就有了"说三分"的话本，但我们目前能见到的最早讲三国故事的话本却是元代至治年间新安虞氏刊刻的《全相三国志平话》，它与治元间刊行的话本《三分事略》同书而异名。元杂剧中的三国戏更达四十多种，像桃园结义、三英战吕布、过五关斩六将、火烧博望、单刀会、秋风五丈原等，都有演出的剧本。

目前所见的最早刻本是一四九四年序、一五二二年刊刻的《三国志通俗演义》。清朝初年，毛纶、毛宗岗父子对小说重新进行修订，仿金圣叹改《西厢》《水浒》例，增删改削罗本，定为"第一才子书"，共一百二十回，并逐回评论，更名为《三国演义》。毛本一出，正如鲁迅在《中国小说史略》中所说"一切旧本乃不复行"，它成为以后三百年间最流行的本子，一直延续到现在。

二 《三国演义》的思想内容

按照袁行霈《中国文学史》的说法，《三国演义》（以下简称《三国》）的作者"是以儒家的政治道德观念为核心，同时也糅合着千百年来广大民众的心理，表现了对于导致天下大乱的昏君贼臣的痛恨，对于创造清平世界的明君良臣的渴慕"。具体表现为：在政治上推崇"仁政"，人格上注重"道德"，而在才能上崇尚"智勇"。

（一）仁政方面，刘备被树立为"仁君"的典范。从桃园三结义开始，确立"上报国家，下安黎庶"的理想，到曹操大军南下，刘备撤离新野，却不忍舍弃与之同行的十多万百姓。与之相对照的是作者塑造的一系列反面形象，一如董卓，杀人如麻、人神共愤，最后暴尸街头，城内外的男女老少都欢欣雀跃、歌舞于道。奸雄曹操亦是如此，他狠心杀害好友吕伯奢一家，并提出"宁使我负天下人，休叫天下人负我"的极端利己主义口号，不惜成为"全民公敌"；官渡之战与袁绍对峙的过程中，因缺粮问题而杀害仓官王垕以稳定军心。其他如马惊踏麦田、割发代首、梦中杀人等，都表现了曹操的奸诈和对人命的不顾惜。

（二）道德方面，塑造了诸葛亮和关羽等恪守"忠义"的模范代表。诸葛亮是"忠"的代表，他从蜀汉政权的创立到为刘备南征北讨，从辅佐刘禅北伐中原到秋风五丈原殒命，自始至终殚精竭虑、忠心耿耿，真正做到了"鞠躬尽瘁，死而后已"。尤其是白帝城托孤和四次北伐却遭谗言召回二节，最能体现诸葛亮的忠心：第八十五回刘备临终泣嘱："君才十倍曹丕，必能安邦定国，终定大事。若嗣子可辅，则辅之；如其不才，君可自为成都之主。"孔明听毕，汗流遍体，手足失措，泣拜于地曰："臣安敢不竭股肱之力，尽忠贞之节，继之以死乎！"言讫，叩头流血。第一百回诸葛亮第四次伐魏，形势大好。司马懿在成都散播流言，说孔明自倚大功，早晚必将篡国。后主听信宦官谗言，将他召回。孔明受诏完毕，仰天长叹："主上年幼，必有佞臣在侧！吾正欲建功，何故取回？我如不回，是欺主矣。若奉命而退，日后再难得此机会也。"在功业与忠贞面前，诸葛亮选择了对后主的忠贞。

关羽是"义"的化身。面对曹操赠金送银、封侯赐爵的名利引诱以及守关将领的围追堵截和武力威胁，他充分表现出了孟子所言的"富贵不能淫，威武不能屈"的大丈夫义气；听闻长兄所在消息，毅然决然地"持印封金""千里走单骑""过五关斩六将"。另一方面，对于曹操的真心延揽，他也心怀感恩，先以斩颜良、诛文丑，解白马之围作为回报，后在华容道上，又不惜立下军令状放走曹操。这都反映了关羽以"事主不忘其本"和"义重如山"的"义绝"风范。由于《三国》作者的主观创造和努力，关羽形象深入人心，逐渐走向偶像化和神灵化，明清以降，"伏魔大帝""关圣帝君"的称号不一而足，关帝庙宇遍布天下，体现了民间对于扶危济困、忠肝义胆的美德颂扬。

（三）智勇方面，最杰出的代表莫过于足智多谋、料事如神的诸葛亮。《三国》作者深知，要在三国乱世中胜出，除了仁德，还需要实力和谋略作为保障，尤其对于国力偏弱的蜀汉而言，智慧谋略的重要性不言而喻。第三十五回水镜先生司马徽分析刘备初期落魄的原因是"左右不得其人"，玄德曰："备虽不才，文有孙乾、糜竺、简雍之辈，武有关、张、赵云之流，竭忠辅相，颇赖其力。"水镜曰："关、张、赵云，皆万人敌，惜无善用之之人。若孙乾、糜竺辈，乃白面书生，非经纶济世之才也。"所谓卧龙、凤雏，得一可以安天下。诸葛亮初见刘备时，就"定三分隆中决策"，为刘备提出了取荆州、据西川、联吴抗曹、北伐中原的战略思想，后又通过"火烧博望""草船借箭""借东风""巧布八阵图""空城计""木牛流马"等一系列智慧案例的展现，将诸葛亮塑造成一个军师、贤相的理想完人。不论魏国的曹操、司马懿，吴国的周瑜、吕蒙、陆逊，还是蜀国的庞统、姜维，与诸葛亮一比，都相形见绌。

作者通过文学虚构，将诸葛亮和关羽分别作为理想的文臣和武将来塑造，他们智勇背后的共同底色是忠君，而刘备也因此成为奉行"仁政王道"的贤明君主，他们三人组成理想的"明君，贤相，虎将"序列，是中国传统政治伦理的完美组合，也是"拥刘反曹"思想的民意基础。正是基于这样的命意，从东汉末年黄巾起义始，到晋国一统天下终，中间魏、蜀、吴三方兴衰的主线，通过层层皴染，全书重点才得以凸显，即在三国中，以魏、蜀斗争为主；在魏、蜀斗争中，又以蜀汉故事为重点；在蜀汉故事中，又以刘关张结义、诸葛亮隆中策和五虎上将的武勇为核心。蜀汉事业正是与这些英雄们的神武风采紧紧地联系在一起。

太过理想化地书写，很难避免脸谱失真。如鲁迅说《三国演义》写人之失，"以致欲显刘备之长厚而似伪，状诸葛之多智而近妖"。历史上的刘备充满草莽英雄气概，他"不甚乐读书，喜狗马、音乐、美衣服。……少语言，善下人，喜怒不形于色"（《三国志·蜀书·先主传》）。而小说中的刘备则被塑造为仁君典范，作家受传统道德史观的影响，片面夸大人的道德品性在历史事变中的作用。第四十一回"刘玄德携民渡江"记云："……两县之民，齐声大呼曰：'我等虽死，亦愿随使君！'即日号泣而行。

扶老携幼，将男带女，滚滚渡河，两岸哭声不绝。玄德于船上望见，大恸曰：'为吾一人而使百姓遭此大难，吾何生哉！'欲投江而死，左右急救止。"毛宗岗点评说：刘备打算投江与曹操的收买民心一样，都是假的。但曹操的假，百姓知道，刘备的假，百姓偏不以为假。虽然同属于假，刘备的假却远胜于曹操。前引白帝城托孤，主要结合诸葛亮对后主的尽忠来谈。而对于刘备临终遗言"如其（阿斗）不才，君可自为成都之主"的本意，毛宗岗认为未必是真心话，这其实是对有可能取刘禅而代之的诸葛亮的一种预先震慑。明代思想家李贽甚至明确指出："玄德真奸雄也！"

诸葛亮的情况也有夸大失真。《三国志·蜀书五·诸葛亮传》说："然亮才，于治戎为长，奇谋为短，理民之干，优于将略。"擅长打仗的将军必能出奇制胜，历史上的诸葛亮却持重有余，善于正谋而不擅军事征讨，对无十足把握的仗绝对不打，况且与他对敌的魏、吴统帅又都是不世出的天才。而小说却一反其说，把他的谋略胜算写得出神入化。比如"草船借箭"本是孙权所为，《三国志·吴书二·吴主传》：魏略曰："权乘大船来观军，公使弓弩乱发，箭著其船，船偏重将覆，权因回船，复以一面受箭，箭均船平，乃还。"但作者将它移用到诸葛亮身上，尽其笔力彰显他的足智多谋。然而，所谓过犹不及，第四十九回"七星坛诸葛祭风"中，诸葛亮"身披道衣，跣足散发"，以展现其"夺天地造化之法、鬼神不测之术"，其形象实已超出常人范围而近于妖。再如曹操赤壁之败，孔明料知曹操命不该绝，却故意让关羽去守华容道，又知关羽重信义，必会放走曹操，因此以军法相要挟，让立军令状才去。按照鲁迅的说法，这里的诸葛亮只见狡狯，而关羽则气概凛然。说到关羽，作者固然是将他作为义的化身来描写的，但对他刚愎自用、骄傲自大的缺点也持批评态度，以致荆州失守，败走麦城，以悲剧终尾。

至于曹操的"奸雄"形象，无疑塑造得最为成功。前引事例主要体现他残暴奸诈的一面，但作者并没有把这个反面人物简单化，而是写出了他性格的复杂性。在刻画他奸诈的同时，还表现了他作为一代大政治家的雄才大略。比如，"雄略冠时，智谋出众"的曹操不但有勇武过人、不避豪贵，前做洛阳北部尉时，有棒责蹇硕叔父之举，后敢单刀行刺董卓，更有横槊赋诗的气概；还能倾心结纳各方才智之士，官渡之战中宽仁大德，烧毁部下私通袁绍的书信。当然，小说所绘曹操之雄才大略都是为他极端的利己主义服务的，如他为报父仇，进攻徐州，所到之处，"尽杀百姓""鸡犬不留"，再如杨修、荀彧之死，都是因为违反了他的意志。以上种种，让人对曹操不禁爱恨交织、切齿难忘。

《三国志演义》"寓史于文"的特点使普通老百姓对历史的了解大多来自于以它为代表的历史演义小说，这让人们在了解历史的同时，容易歪曲真实的历史人物。例如，《三国演义》把曹操看作奸臣来描写，而《三国志》是把曹操看作历史上的正面人物来叙述的，陈寿评价说："汉末，天下大乱，雄豪并起，而袁绍虎视四州，强盛莫敌。太祖运筹演谋，鞭挞宇内，揽申、商之法术，该韩、白之奇策，官方授材，各因其器，矫情任算，不念旧恶，终能总御皇机，克成洪业者，惟其明略最优也。抑可谓非常之人，超世之杰矣"（《三国志·魏书·武帝纪》）。可是因为《三国演义》通俗又生动，看的人多，加上旧戏上演三国戏都是按《三国演义》为蓝本编造的，所以曹操在旧戏舞台上就是一个白脸奸臣。新中国成立以后，毛泽东等人为曹操平反，从某种程度上显示了中国大多数人把文学和历史混为一谈，纠正了国人喜欢把小说认作历史事实的错误。

清代史学家章学诚给《三国演义》作过"七分实事，三分虚构，以致观者往往为所惑乱"的总结（鲁迅概括为"七实三虚，惑乱观者"），可谓颇有识见的论断。"实事"方面要指九十七年（一八四—二八〇年）的三国历史事实，主要根据陈寿《三国志》和裴松之的注排比而来，而且多取陈、裴和东晋史家习凿齿、孙盛的论断，以及史官和后人的诗证。虽然不免附会，但取材渊博而丰富。比如诸葛亮平定南中，渡过泸水时，就把麪（miàn）捏作人头形，里面裹入牛羊肉来祭厉鬼，这是正史里没有的内容，作者从杂闻轶事中辛苦拾掇而来，有助于增广见闻，但"虚构"的地方则易使人混淆，对此章学诚言之甚详：

　　《演义》之最不可训者"桃园结义"，甚至忘其君臣而直称兄弟；且其书似出《水浒传》后，叙昭烈、关、张、诸葛。俱以《水浒传》

中萑（huán）苻啸聚行径拟之。诸葛丞相生平以谨慎自命，却因有祭风及制造木牛流马等事，遂撰出无数神奇诡怪；而于昭烈未即位前君臣寮寀（cǎi）之间，直似水浒传中吴用军师，何其陋耶！张桓侯（张飞谥号），史称其爱君子，是非不知礼者。《演义》直以拟《水浒》之李逵，则侮慢极矣。关公显圣，亦情理所不近。盖编演义者本无知识，不脱传奇习气，固亦无足深责。却为其意欲尊正统，故于昭烈、忠武颇极推崇，而无如其识之陋尔！①

　　章氏认为，《三国演义》以兄弟之义代替了君臣之伦，以《水浒传》啸聚梁山的寇盗模式演绎刘、关、张和诸葛亮的故事，为尊蜀汉正统，不惜歪曲历史、神话人物，识见其实浅陋。以今天的认识来看，章氏对《三国演义》存在明显的偏见，其"以史断文"的观点也显得保守。文学在创作的过程中难免会进行艺术加工，作家可以根据自身的价值观对历史事实加以取舍并进行加工。《三国演义》因为具有"为中国老百姓所喜闻乐见的中国作风和中国气派"，在中国流播甚广，作为"五四"以后确立的新经典地位的一部作品，当之无愧地成为"四大名著"之一。

　　但需要特别指出的是，《三国演义》中"最不可训"的"三结义"故事，其实正是从《三国志平话》沿袭而来的，它把宋以前文人士大夫常谈的诸葛亮和刘备君明臣贤的"忠"转化为（更确切地说是糅入了）平等道德的"义"。这个"义"字主要表现为刘、关、张三位异姓兄弟之间有福同享、有难同当、永不背叛的义气。当然，《三国志演义》纠正了《平话》中一些荒诞、粗糙的情节，使其内容更接近历史，但蕴含其间的绿林侠士气息并未稍息：如徐州失守，张飞欲自刎以谢刘备，刘备把他抱住，夺剑掷地说："兄弟如手足，妻子如衣服。衣服破，尚可缝；手足断，安可续？"（第十五回）又如，赵云在当阳桥单骑救阿斗之后，将他递给刘备，刘备接过掷之于地说："为汝这孺子，几损我一员大将！"（第四十二回）

---

①　（清）章学诚：《丙辰劄记》，冯惠民点校，中华书局，1986，第89~90页。

正如王学泰先生所言，《三国志演义》并非像作者自我标榜的"晋平阳侯陈寿史传，后学罗本贯中编次"，按照正史框架加以"演义"，而实际上是依据两宋艺人的说书底本敷衍而成的。"桃园三结义"这个主题正是江湖艺人创造的，它反映了处于社会下层的游民知识分子对历史与现实的理解。具而言之，《三国志演义》的主要线索可以归纳为刘备、关羽、张飞这三位异姓兄弟如何亲如手足、共同奋斗，由地位低下的平民发迹变泰成为帝王将相，这与正史《三国志》忠实记录东汉末年的战乱、三国鼎足之势的形成以及各国为生存和发展所作的奋斗完全不同。因为《演义》的叙事视角以西蜀为主，所以刘、关、张三人去世后，《三国志演义》的精彩度便一落千丈，人们的阅读兴趣遽然下降，到诸葛亮五丈原归天后，则令人不愿卒读。[①]

总之，《三国志演义》取材于陈寿的《三国志》及裴松之注，博采民间故事传说和文学作品（包括宋元三国戏和元代《三国志平话》），是经过综合熔裁和一定程度虚构的再创作作品。它不仅是一部古典文学名著，也是政治学、外交学、军事学、管理学、人才学不可或缺的文献典籍，是传统的儒家文化与道家文化、雅文化与俗文化的有机结合。

【文本选读】

《三国演义》的智慧

一　人才智慧

1. 识才，发现人才

如刘备蜀汉"五虎将"关羽、张飞、赵云、马超、黄忠。关羽荐举黄忠，徐庶走马荐举"卧龙先生"诸葛亮，诸葛亮发现邓芝、姜维。第七回"袁绍磐河战公孙 孙坚跨江击刘表"中写赵云："忽见草坡左侧转出一个

---

① 　王学泰：《游民文化与中国社会》（增修版）上册，山西人民出版社，2014，第279页。

少年将军，飞马挺枪，直取文丑。公孙瓒扒上坡去，看那少年：生得身长八尺，浓眉大眼，阔面重颐，威风凛凛，与文丑大战五六十合，胜负未分。""赵云一骑马飞入绍军，左冲右突，如入无人之境。公孙瓒引军杀回，绍军大败。""教与赵云相见。玄德甚相敬爱，便有不舍之心。"

曹操文臣谋士有郭嘉、荀彧、荀攸、许攸、司马懿等，武将猛士有夏侯惇、夏侯渊、于禁、典韦、徐晃、许褚、张辽等。第二十九回"小霸王怒斩于吉 碧眼儿坐领江东"中写孙策临终前嘱托弟孙权："倘内事不决，可问张昭；外事不决，可问周瑜。"周瑜向孙权推荐鲁肃，鲁肃又向孙权推荐诸葛瑾。

2. 礼贤，尊重人才

第三十七回"司马徽再荐名士 刘玄德三顾草庐"：时云长在侧曰："某闻管仲、乐毅乃春秋、战国名人，功盖寰宇；孔明自比此二人，毋乃太过？"徽笑曰："以吾观之，不当比此二人；我欲另以二人比之。"云长问："那二人？"徽曰："可比兴周八百年之姜子牙、旺汉四百年之张子房也。"众皆愕然。

二顾茅庐。张飞曰："量一村夫，何必哥哥自去，可使人唤来便了。"玄德叱曰："汝岂不闻孟子云：欲见贤而不以其道，犹欲其入而闭之门也。孔明当世大贤，岂可召乎！"遂上马再往访孔明。关、张亦乘马相随。时值隆冬，天气严寒，彤云密布。行无数里，忽然朔风凛凛，瑞雪霏霏；山如玉簇，林似银妆。张飞曰："天寒地冻，尚不用兵，岂宜远见无益之人乎！不如回新野以避风雪。"玄德曰："吾正欲使孔明知我殷勤之意。如弟辈怕冷，可先回去。"飞曰："死且不怕，岂怕冷乎！但恐哥哥空劳神思。"玄德曰："勿多言，只相随同去。"

三顾茅庐。第三十八回"定三分隆中决策 战长江孙氏报仇"：却说玄德访孔明两次不遇，欲再往访之。关公曰："兄长两次亲往拜谒，其礼太过矣。想诸葛亮有虚名而无实学，故避而不敢见。兄何惑于斯人之甚也！"玄德曰："不然。昔齐桓公欲见东郭野人，五反而方得一面。况吾欲见大贤耶？"张飞曰："哥哥差矣。量此村夫，何足为大贤；今番不须哥哥去；他如不来，我只用一条麻绳缚将来！"玄德叱曰："汝岂不闻周文王谒姜子牙之事乎？文王且如此敬贤，汝何太无礼！今番汝休去，我自与云长去。"
飞曰："既两位哥哥都去，小弟如何落后！"玄德曰："汝若同往，不可失
礼。"飞应诺。

于是三人乘马引从者往隆中。离草庐半里之外，玄德便下马步
行。……三人来到庄前叩门，童子开门出问。玄德曰："有劳仙童转报：
刘备专来拜见先生。"童子曰："今日先生虽在家，但今在草堂上昼寝未
醒。"玄德曰："既如此，且休通报。"吩咐关、张二人，只在门首等着。
玄德徐步而入，见先生仰卧于草堂几席之上。玄德拱立阶下。半晌，先生
未醒。关、张在外立久，不见动静，入见玄德犹然侍立。张飞大怒，谓云
长曰："这先生如何傲慢！见我哥哥侍立阶下，他竟高卧，推睡不起！等
我去屋后放一把火，看他起不起！"云长再三劝住。玄德仍命二人出门外
等候。望堂上时，见先生翻身将起，忽又朝里壁睡着。童子欲报。玄德
曰："且勿惊动。"又立了一个时辰，孔明才醒，口吟诗曰："大梦谁先觉？
平生我自知，草堂春睡足，窗外日迟迟。"孔明吟罢，翻身问童子曰："有
俗客来否？"童子曰："刘皇叔在此，立候多时。"孔明乃起身曰："何不早
报！尚容更衣。"遂转入后堂。又半晌，方整衣冠出迎。玄德见孔明身长
八尺，面如冠玉，头戴纶巾，身披鹤氅，飘飘然有神仙之慨。

玄德拜请孔明曰："备虽名微德薄，愿先生不弃鄙贱，出山相助。备
当拱听明诲。"孔明曰："亮久乐耕锄，懒于应世，不能奉命。"玄德泣曰：
"先生不出，如苍生何！"言毕，泪沾袍袖，衣襟尽湿。孔明见其意甚诚，
乃曰："将军既不相弃，愿效犬马之劳。"玄德大喜，遂命关、张入，献金
帛礼物。孔明固辞不受。玄德曰："此非聘大贤之礼，但表刘备寸心耳。"
孔明方受。

孙权"下马立待"鲁肃，第三十回"战官渡本初败绩 劫乌巢孟德烧
粮"中写官渡之战时，袁绍谋士许攸遭陷害，径投曹营。"时操方解衣歇
息，闻说许攸私奔到寨，大喜，不及穿履，跣足出迎，遥见许攸，抚掌欢
笑，携手共入，操先拜于地。攸慌扶起曰："公乃汉相，吾乃布衣，何谦
恭如此？"操曰："公乃操故友，岂敢以名爵相上下乎！"

3. 用才，重用人才

如曹操用郭嘉、刘备用诸葛亮，孙权用周瑜。第五十七回"柴桑口卧龙吊孝 耒阳县凤雏理事"：周瑜三十六岁英年早亡，鲁肃向孙权推荐庞统："此人上通天文，下晓地理；谋略不减于管、乐，枢机可并于孙、吴。往日周公瑾多用其言，孔明亦深服其智，现在江南，何不重用！"权闻言大喜，便问此人姓名。肃曰："此人乃襄阳人，姓庞，名统，字士元：道号凤雏先生。"权曰："孤亦闻其名久矣。今既在此，可即请来相见。"于是鲁肃邀请庞统入见孙权。施礼毕。权见其人浓眉掀鼻，黑面短髯，形容古怪，心中不喜。乃问曰："公平生所学，以何为主？"统曰："不必拘执，随机应变。"权曰："公之才学，比公瑾如何？"统笑曰："某之所学，与公瑾大不相同。"权平生最喜周瑜，见统轻之，心中愈不乐，乃谓统曰："公且退。待有用公之时，却来相请。"

庞统带着鲁肃的推荐信往荆州投刘备。玄德久闻统名，便教请入相见。统见玄德，长揖不拜。玄德见统貌陋，心中亦不悦，乃问统曰："足下远来不易？"统不拿出鲁肃、孔明书投呈，但答曰："闻皇叔招贤纳士，特来相投。"刘备委任庞统耒阳县令。统到任后不理政事，终日饮酒为乐；一应钱粮诉讼，并不理会。刘备听说后，怒曰："竖儒焉敢乱吾法度！"遂派张飞、孙乾去巡视。至耒阳县，军民官吏，皆出郭迎接，独不见县令。同僚说；"庞县令自到任及今，将百余日，县中之事，并不理问，每日饮酒，自旦及夜，只在醉乡。今日宿酒未醒，犹卧不起。"张飞大怒，欲擒之。孙乾曰："庞士元乃高明之人，未可轻忽。且到县问之。如果于理不当，治罪未晚。"飞乃入县，正厅上坐定，教县令来见。统衣冠不整，扶醉而出。飞怒曰："吾兄以汝为人，令作县宰，汝焉敢尽废县事！"……统曰："量百里小县，些小公事，何难决断！将军少坐，待我发落。"随即唤公吏，将百余日所积公务，都取剖断。……统手中批判，口中发落，耳内听词，曲直分明，并无分毫差错，民皆叩首拜服。不到半日，将百余日之事，尽断毕了，投笔于地面而对张飞曰："所废之事何在！曹操、孙权，吾视之若掌上观文，量此小县，何足介意！"飞大惊，下席谢曰："先生大才，小子失敬。吾当于兄长处极力举荐。"统乃将出鲁肃荐书。飞曰："先生初见吾兄，何不将出？"统曰："若便将出，似乎专藉荐书来干谒矣。"飞顾谓孙乾曰："非公则失一大贤也。"……刘备听取汇报后大惊曰："屈待大贤，吾之过也！"

鲁肃的推荐书大意说：庞士元非百里之才，使处治中、别驾之任，始当展其骥足。如以貌取之，恐负所学，终为他人所用，实可惜也！诸葛亮按察四郡回来，笑曰："士元非百里之才，胸中之学，胜亮十倍。"并说："大贤若处小任，往往以酒糊涂，倦于视事。"玄德曰："若非吾弟所言，险失大贤。"随即令张飞往耒阳县敬请庞统到荆州。玄德下阶请罪。统方将出孔明所荐之书。玄德看书中之意，言凤雏到日，宜即重用。玄德喜曰："昔司马德操言：'伏龙、凤雏，两人得一，可安天下。'今吾二人皆得，汉室可兴矣。"遂拜庞统为副军师中郎将，与孔明共赞方略。

第八十三回"战猇亭先主得仇人 守江口书生拜大将"中写彝陵之战初期，刘备连连获胜，不听马良劝谏，誓灭孙权东吴。权大惊，举止失措。阚（kàn）泽出班奏曰："现有擎天之柱，如何不用耶？"权急问何人。泽曰："昔日东吴大事，全任周郎；后鲁子敬代之；子敬亡后，决于吕子明；今子明虽丧，现有陆伯言在荆州。此人名虽儒生，实有雄才大略，以臣论之，不在周郎之下；前破关公，其谋皆出于伯言。主上若能用之，破蜀必矣。如或有失，臣愿与同罪。"权曰："非德润之言，孤几误大事。"张昭曰："陆逊乃一书生耳，非刘备敌手；恐不可用。"顾雍亦曰："陆逊年幼望轻，恐诸公不服；若不服则生祸乱，必误大事。"步骘（zhì）亦曰："逊才堪治郡耳；若托以大事，非其宜也。"阚泽大呼曰："若不用陆伯言，则东吴休矣！臣愿以全家保之！"权曰："孤亦素知陆伯言乃奇才也！孤意已决，卿等勿言。"

于是命召陆逊。逊本名陆议，后改名逊，字伯言，乃吴郡吴人也；……身长八尺，面如美玉。……孙权命人连夜筑坛完备，大会百官，请陆逊登坛，拜为大都督、右护军镇西将军，进封娄侯，赐以宝剑印绶，令掌六郡八十一州兼荆楚诸路军马。吴王嘱之："阃（kǔn 城门门限，指京城）以内，孤主之；阃以外，将军制之。"陆逊坚壁不出，麻痹敌人，火烧连营七百里，打败了刘备七十五万大军。

4. 容才，宽容人才

第三十回"战官渡本初败绩 劫乌巢孟德烧粮"：张辽、许褚、徐晃、于禁四员将，引军追赶袁绍。绍急渡河，尽弃图书车仗金帛，止引随行八百余骑而去。操军追之不及，尽获遗下之物。所杀八万余人，血流盈沟，溺水死者不计其数。操获全胜，将所得金宝缎匹，给赏军士。于图书中检出书信一束，皆许都及军中诸人与绍暗通之书。左右曰："可逐一点对姓名，收而杀之。"操曰："当绍之强，孤亦不能自保，况他人乎?"遂命尽焚之，更不再问。

第三十二回"夺冀州袁尚争锋 决漳河许攸献计"：操方欲起行，只见刀斧手拥一人至，操视之，乃陈琳也。操谓之曰："汝前为本初作檄，但罪状孤可也；何乃辱及祖父耶?"琳答曰："箭在弦上，不得不发耳。"左右劝操杀之；操怜其才，乃赦之，命为从事。

但曹操却杀害了孔融、杨修等一批知识分子。

5. 信才，信任人才

孙权信周瑜，刘备信孔明。第八十五回"刘先主遗诏托孤儿 诸葛亮安居平五路"：刘备在白帝城永安宫病危，取笔写了遗诏，递与孔明而叹曰；"朕不读书，粗知大略。圣人云：'鸟之将死，其鸣也哀；人之将死，其言也善。'朕本待与卿等同灭曹贼，共扶汉室；不幸中道而别。烦丞相将诏付与太子禅，令勿以为常言。凡事更望丞相教之!"孔明等泣拜于地曰："愿陛下将息龙体! 臣等尽施犬马之劳，以报陛下知遇之恩也。"先主命内侍扶起孔明，一手掩泪，一手执其手，曰："朕今死矣，有心腹之言相告!"孔明曰："有何圣谕!"先主泣曰："君才十倍曹丕，必能安邦定国，终定大事。若嗣子可辅，则辅之；如其不才，君可自为成都之主。"孔明听毕，汗流遍体，手足失措，泣拜于地曰："臣安敢不竭股肱之力，尽忠贞之节，继之以死乎!"言讫，叩头流血。先主又请孔明坐于榻上，唤鲁王刘永、梁王刘理近前，分付曰："尔等皆记朕言：朕亡之后，尔兄弟三人，皆以父事丞相，不可怠慢。"言罢，遂命二王同拜孔明。二王拜毕，孔明曰："臣虽肝脑涂地，安能报知遇之恩也!"

二 战略智慧

第三十八回"定三分隆中决策"：孔明曰："今操已拥百万之众，挟天子以令诸侯，此诚不可与争锋。孙权据有江东，以历三世，国险而民附，此可用为援而不可图也。荆州北据汉、沔，利尽南海，东连吴会，西通巴、蜀，此用武之地，非其主不能守；是殆天所以资将军，将军岂有意乎？益州险塞，沃野千里，天府之国，高祖因之以成帝业；今刘璋暗弱，民殷国富，而不知存恤，智能之士，思得明君。将军既帝室之胄，信义著于四海，总揽英雄，思贤若渴，若跨有荆、益，保其岩阻，西和诸戎，南抚彝、越，外结孙权，内修政理；待天下有变，则命一上将将荆州之兵以向宛、洛，将军身率益州之众以出秦川，百姓有不箪食壶浆以迎将军者乎？诚如是，则大业可成，汉室可兴矣。此亮所以为将军谋者也。惟将军图之。"言罢，命童子取出画一轴，挂于中堂，指谓玄德曰："此西川五十四州之图也。将军欲成霸业，北让曹操占天时，南让孙权占地利，将军可占人和。先取荆州为家，后即取西川建基业，以成鼎足之势，然后可图中原也。"

三 谨慎决策

第四十四回"孔明用智激周瑜 孙权决计破曹操"：瑜曰："今日府下公议已定，愿求破曹良策。"孔明曰："孙将军心尚未稳，不可以决策也。"瑜曰："何谓心不稳？"孔明曰："心怯曹兵之多，怀寡不敌众之意。将军能以军数开解，使其了然无疑，然后大事可成。"瑜曰："先生之论甚善。"乃复入见孙权。权曰："公瑾夜至，必有事故。"瑜曰："来日调拨军马，主公心有疑否？"权曰："但忧曹操兵多，寡不敌众耳。他无所疑。"瑜笑曰："瑜特为此来开解主公。主公因见操檄文，言水陆大军百万，故怀疑惧，不复料其虚实。今以实较之：彼将中国之兵，不过十五六万，且已久疲；所得袁氏之众，亦止七八万耳，尚多怀疑未服。夫以久疲之卒，御狐疑之众，其数虽多，不足畏也。瑜得五万兵，自足破之。愿主公勿以为虑。"权抚瑜背曰："公瑾此言，足释吾疑。"

四　创新精神

第七十一回"占对山黄忠逸待劳 据汉水赵云寡胜众"：曹操见云东冲西突，所向无前，莫敢迎敌，救了黄忠，又救了张著，奋然大怒，自领左右将士来赶赵云。云已杀回本寨。部将张翼接着，望见后面尘起，知是曹兵追来，即谓云曰："追兵渐近，可令军士闭上寨门，上敌楼防护。"云喝曰："休闭寨门！汝岂不知吾昔在当阳长坂时，单枪匹马，觑曹兵八十三万如草芥！今有军有将，又何惧哉！"遂拨弓弩手于寨外壕中埋伏；将营内旗枪，尽皆倒偃，金鼓不鸣。云匹马单枪，立于营门之外。

却说张郃、徐晃领兵追至蜀寨，天色已暮；见寨中偃旗息鼓，又见赵云匹马单枪，立于营外，寨门大开，二将不敢前进。正疑之间，曹操亲到，急催督众军向前。众军听令，大喊一声，杀奔营前；见赵云全然不动，曹兵翻身就回。赵云把枪一招，壕中弓弩齐发。时天色昏黑，正不知蜀兵多少。操先拨回马走。只听得后面喊声大震，鼓角齐鸣，蜀兵赶来。曹兵自相践踏，拥到汉水河边，落水死者，不知其数。赵云、黄忠、张著各引兵一枝，追杀甚急。操正奔走间，忽刘封、孟达率二枝兵，从米仓山路杀来，放火烧粮草。操弃了北山粮草，忙回南郑。徐晃、张郃扎脚不住，亦弃本寨而走。赵云占了曹寨，黄忠夺了粮草，汉军所得军器无数，大获胜捷，差人去报玄德。……玄德大喜，看了山前山后险峻之路，欣然谓孔明曰："子龙一身都是胆也！"

第九十五回"马谡拒谏失街亭 武侯弹琴退仲达"：孔明分拨已定，先引五千兵退去西城县搬运粮草。忽然十余次飞马报到，说："司马懿引大军十五万，望西城蜂拥而来！"时孔明身边别无大将，只有一班文官，所引五千军，已分一半先运粮草去了，只剩二千五百军在城中。众官听得这个消息，尽皆失色。孔明登城望之，果然尘土冲天，魏兵分两路望西城县杀来。孔明传令，教"将旌旗尽皆隐匿；诸军各守城铺，如有妄行出入，及高言大语者，斩之！大开四门，每一门用二十军士，扮作百姓，洒扫街道。如魏兵到时，不可擅动，吾自有计"。孔明乃披鹤氅，戴纶巾，引二小童携琴一张，于城上敌楼前，凭栏而坐，焚香操琴。

却说司马懿前军哨到城下，见了如此模样，皆不敢进，急报与司马懿。懿笑而不信，遂止住三军，自飞马远远望之。果见孔明坐于城楼之上，笑容可掬，焚香操琴。左有一童子，手捧宝剑；右有一童子，手执麈尾。城门内外，有二十余百姓，低头洒扫，傍若无人。懿看毕大疑，便到中军，教后军作前军，前军作后军，望北山路而退。次子司马昭曰："莫非诸葛亮无军，故作此态？父亲何故便退兵？"懿曰："亮平生谨慎，不曾弄险。今大开城门，必有埋伏。我兵若进，中其计也。汝辈岂知？宜速退。"于是两路兵尽皆退去。孔明见魏军远去，抚掌而笑。众官无不骇然，乃问孔明曰："司马懿乃魏之名将，今统十五万精兵到此，见了丞相，便速退去，何也？"孔明曰："此人料吾生平谨慎，必不弄险；见如此模样，疑有伏兵，所以退去。吾非行险，盖因不得已而用之。此人必引军投山北小路去也。吾已令兴、苞二人在彼等候。"众皆惊服曰："丞相之机，神鬼莫测。若某等之见，必弃城而走矣。"孔明曰："吾兵止有二千五百，若弃城而走，必不能远遁。得不为司马懿所擒乎？"

第一〇二回"司马懿占北原渭桥　诸葛亮造木牛流马"。《三国志·蜀书五·诸葛亮传》："九年，亮复出祁山，以木牛运，粮尽退军。"

第九十二回"赵子龙力斩五将 诸葛亮智取三城"：却说孔明率兵前至沔阳，……忽哨马报道："魏主曹睿遣驸马夏侯楙，调关中诸路军马，前来拒敌。"魏延上帐献策曰："夏侯楙乃膏粱子弟，懦弱无谋。延愿得精兵五千，取路出褒中，循秦岭以东，当子午谷而投北，不过十日，可到长安。夏侯楙若闻某骤至，必然弃城望横门邸阁而走。某却从东方而来，丞相可大驱士马，自斜谷而进。如此行之，则咸阳以西，一举可定也。"孔明笑曰："此非万全之计也。汝欺中原无好人物。倘有人进言，于山僻中以兵截杀，非惟五千人受害，亦大伤锐气。决不可用。"魏延又曰："丞相兵从大路进发，彼必尽起关中之兵，于路迎敌，则旷日持久，何时而得中原？"孔明曰："吾从陇右取平坦大路，依法进兵，何忧不胜！"遂不用魏延之计。

五　实事求是

第九十五回，孔明曰："街亭虽小，干系甚重：倘街亭有失，吾大军皆休矣。汝虽深通谋略，此地奈无城郭，又无险阻，守之极难。"谡曰："某自幼熟读兵书，颇知兵法。岂一街亭不能守耶？"孔明曰："司马懿非等闲之辈；更有先锋张郃，乃魏之名将：恐汝不能敌之。"……谡遂写了军令状呈上。孔明曰："吾与汝二万五千精兵，再拨一员上将，相助你去。"即唤王平分付曰："吾素知汝平生谨慎，故特以此重任相托。汝可小心谨守此地：下寨必当要道之处，使贼兵急切不能偷过。安营既毕，便画四至八道地理形状图本来我看。凡事商议停当而行，不可轻易。如所守无危，则是取长安第一功也。戒之！戒之！"又派高翔屯兵街亭东北列柳城，魏延屯扎街亭之后，赵云、邓芝各出箕谷为疑兵，令姜维作先锋，兵出斜谷。

马谡、王平二人兵到街亭，看了地势。马谡笑曰："丞相何故多心也？量此山僻之处，魏兵如何敢来！"王平曰："虽然魏兵不敢来，可就此五路总口下寨，却令军士伐木为栅，以图久计。"谡曰："当道岂是下寨之地？此处侧边一山，四面皆不相连，且树木极广，此乃天赐之险也：可就山上屯军。"平曰："参军差矣。若屯兵当道，筑起城垣，贼兵总有十万，不能偷过；今若弃此要路，屯兵于山上，倘魏兵骤至，四面围定，将何策保之？"谡大笑曰："汝真女子之见！兵法云：'凭高视下，势如劈竹。'若魏兵到来，吾教他片甲不回！"平曰："吾累随丞相经阵，每到之处，丞相尽意指教。今观此山，乃绝地也：若魏兵断我汲水之道，军士不战自乱矣。"谡曰："汝莫乱道！孙子云：'置之死地而后生。'若魏兵绝我汲水之道，蜀兵岂不死战？以一可百也。吾素读兵书，丞相诸事尚问于我，汝奈何相阻耶！"……王平引兵五千离山十里下寨，画成图本，星夜差人去禀孔明，具说马谡自于山上下寨。

司马懿大喜曰："若兵果在山上，乃天使吾成功矣！"遂更换衣服，引百余骑亲自来看。是夜天晴月朗，直至山下，周围巡哨了一遍，方回。回到寨中，使人打听是何将引兵守街亭。回报曰："乃马良之弟马谡也。"懿笑曰："徒有虚名，乃庸才耳！孔明用如此人物，如何不误事！"……司马懿大驱军马，一拥而进，把山四面围定。马谡在山上看时，只见魏兵漫山遍野，旌旗队伍，甚是严整。蜀兵见之，尽皆丧胆，不敢下山。

街亭失守，蜀军大败而返，赵云护送车仗人马，全师而归。诸葛亮挥泪斩马谡，悔不听刘备遗言。马谡亡年三十九岁。刘备白帝城永安宫托孤时，先主谓孔明曰："丞相观马谡之才何如？"孔明曰："此人亦当世之英才也。"先主曰："不然。朕观此人，言过其实，不可大用。丞相宜深察之。"

【参考书目】

1. 罗贯中：《三国演义》（新校注本），四川文艺出版社，1986。

2. 毛宗岗重编《增像全图三国演义》，浙江人民出版社，1985。

3. 沈伯俊评校《三国演义》，东方出版中心，2018。

4. 缪钺编注《三国志选》，中华书局，1962。

5. 鲁迅：《中国小说史略》，上海古籍出版社，1998。

6. 王学泰：《游民文化与中国社会》，山西人民出版社，2014。

《红楼梦》：为女儿立传的古典文学巅峰

【典籍概述】

《红楼梦》这部中国文学史上的巨构，以其丰厚的文化底蕴和卓越的艺术成就，位列四大名著之首。在它产生的清代，就已有"开谈不说红楼梦，读尽诗书也枉然"之说。二十世纪以来，它更令学术界产生以之作为研究对象的专门学问——"红学"，至今，红学研究依然热度不减，不少名家仍投入一生最高的热情来研究它。今天，我们就从"曹雪芹其人"、"《红楼梦》其书"和"红学研究"三个方面展开本书的导读。

一　曹雪芹其人

著名红学家周汝昌先生说过，研究《红楼梦》不可能脱离研究曹雪芹。事实上，"红学"中就有一个蔚为大观的"曹学"支流。《红楼梦》的作者就是由这个学术派别确定下来的。曹雪芹，本名霑（一七一五 ——一七六三年），字梦阮。曹家先祖是汉人入满洲籍，作为包衣成为煊赫一时的世家。其曾祖曹玺曾任江宁织造，曾祖母孙氏做过康熙帝玄烨的保姆，祖父曹寅曾做过玄烨的伴读和御前侍卫，后任江宁织造，兼任两淮巡盐御史，备受玄烨宠信。曹家成为江南"财势熏天"的百年望族，亦为"诗礼之家"，康熙帝六下江南，其中四次都是由曹寅负责接驾，并住在曹家。曹寅病故后，康熙继续让其子曹颙、曹頫先后担任江宁织造。雍正初年，曹家失势，遭受一系列打击，曹頫以"行为不端"、"骚扰驿站"和"织造款亏空"的罪名被革职抄家。后来曹雪芹随全家迁回北京居住，晚年生活非常穷苦，"生于繁华，终于沦落"的家世使他深切体验了世道的无情与人生的悲哀。以胡适为代表的考证派最先明确《红楼梦》是一部曹雪芹的自传性小说，他的创作与其亲身经历有着千丝万缕的联系。曹雪芹继承了家族的深厚学养，既是诗人，又是画家，文学天资极高，他在有着悲剧体验的同时，又能具有诗化的情感，拥有创新的意识，并且能够跳出阶级的局限与偏狭，超前地看到封建社会不可救治的衰颓运势，凭着"字字看来皆是血，十年辛苦不寻常"，熔铸出这部煌煌巨著，旷世奇书。

二　《红楼梦》其书

1. 主要内容与思想内涵

红楼梦本名《石头记》，是无才补天的顽石被带入人间历世后的传记。这块顽石化作贾宝玉，经历了与绛珠仙草（林黛玉的前世）的"木石前盟"和与薛宝钗"金玉良缘"的爱情悲剧，目睹"金陵十二钗"等女子的悲剧人生，真切体验了贵族大家由盛而衰的巨变之后产生的一番对人生以及生命的深刻理解。这是一个多重层次、互相融合的悲剧世界，具体包括贾宝玉的人生悲剧、宝黛钗的爱情悲剧、大观园的毁灭以及封建大族的没落（袁行霈《中国文学史》第四卷）。从《红楼梦》本名《石头记》，顽石无才补天、幻入红尘，历经爱情、人生和家族的悲剧体会来看，所谓"悲凉之雾，遍被华林，然呼吸而领会之者，独宝玉而已"（鲁迅《中国小说史略》第二十四篇）。这样的大命意，自非看见《易》的经学家、看见淫的道学家、看见缠绵的才子、看见排满的革命家、看见宫闱秘事的流言家、甚至看见雪芹家史的考据学家所能洞见。它是以传诸久远的艺术形式预判死亡，"证成多所爱者当大苦恼"，叙写离恨出家的人世因缘。

2. 艺术特色

《红楼梦》一经问世，同时代人便发出了"传神文笔是千秋"（清人永忠语）的赞叹。鲁迅高度评价说："自从《红楼梦》出来以后，传统的思想和写法都打破了。"《红楼梦》确是一座艺术宝殿，气象万千、蔚为大观，无论是其整体还是细部，都能引人入胜、开人心智。从总体上看，小说虽写儿女真情，却展现了极其广阔繁富的生活画面：从贵族世家、宫廷内帏、官衙寺庙到市井闲人、村野平民以至倡优艺妓，一幅幅生活图景连缀交织，令人目不暇接。在家庭内部，从晨昏定省、余馔游宴，到节庆大典、收租祭祀，一组组远近镜头运接变化，令人如历其境。

第一，巧妙的叙事结构。

前五回是整个悲剧的一个缩影。第一回楔子补天遗石和绛珠还泪两个神话把全书故事置于广阔的时空背景之中，寓意深长。第五回梦中幻境新颖奇警，判词和曲文是主要人物性格的提纲和命运的预示。从第六回起正式展开情节，整个结构是多头绪网络状的，前后呼应、"伏线千里"，牵一发而动全身。小说中设计了甄贾两府和甄贾两宝玉来谐"真假"二字，用意在既要追踪遗迹"实录"真事，又要以"假语存焉"有所避忌。大观园和太虚幻境遥相照应，是清净之境的女儿之界，具有象征意义。

第二，人物塑造的空前成功。

《红楼梦》全书写了四百多个人物，堪称艺术典型的就不下数十人，是一个长长的人物画廊，无论数量还是艺术质量上，其成就在中国小说中都罕有其匹。

曹雪芹塑造的主人公贾宝玉是在以往小说中从未出现过的人物，是第一个看到封建末世的人。作为封建社会的异端，他彻底蔑弃了立身扬名、光宗耀祖的人生道路，似傻如狂地违忤封建秩序，转而把自己的全副精神和全部感情都放在闺阁之中，专注于姐妹丫环之间，真诚细心地同情爱重清净女儿。他的名言："女儿是水作的骨肉，男人是泥作的骨肉。我见了女儿，我便清爽，见了男子，便觉浊臭逼人。""凡山川日月之精秀只钟于女儿，须眉男子不过是些渣滓浊沫而已。"宝玉对待女儿有一种特殊的亲昵、尊重、体贴、关爱的情感和态度，小说借警幻仙姑之口，把这种情态称为"意淫"，为"天分中生成一段痴情"。需要特别指出的是，《红楼梦》中的"意淫"绝非某些红学家所谓儿女之间一种纯真无邪的感情，而是与"皮肤淫滥之辈"有着同样"性"驱根源的"博爱"表现。根据何炳棣先生的研究，"意淫"可视为"淫意"的升华：其初始本有淫的意向和动机，但由于伦理道德的制约和心理"防御机制"的"移代"（displacement，弗洛伊德语），这种潜意识中自私满欲的驱力提升转化为体贴、同情、怜悯，从而达到一种趋向高尚纯洁的净化。恰恰是这种对"情"的透悟，使《红楼梦》能够超越《金瓶梅》这部白描现实世界、欲望众生的名著奇书，成为跻身世界文学史上最具永恒价值、最具人性价值的东方文化巨著。《红楼梦》这部为"闺阁昭传"的作品，描写了以"金陵十二钗"为核心的众多女子形象，她们无论身份贵贱、性格刚强柔懦、遭际坎坷悲离，最终都归入"薄命司"，成为宝玉同情、关切、痛惜的对象。鲁迅说他"爱博而心劳"，这是对贾宝玉思想性格最精当的概括。唯其"爱博"，整天为女儿悬心、为姐妹操劳、为丫头充役，所以"心劳"，得了个"无事忙"的绰号。千百年来，尤其是到了夕阳黄昏的末世，在男权社会和宗法制度的压迫和钳制下，女性"千红一哭""万艳同悲"的生活和命运在贾宝玉的心灵上引起了强烈的震撼和回响，贾宝玉保有一颗相对纯真和敏感的童心，他往往承受着比各个女性悲剧角色更为沉重的精神负担。最后一回雪中红尘圣僧的形象，"雪影里面一个人，光着头，赤着脚，身上披着一领大红猩猩毡的斗篷"，比之耶稣所背负的十字架亦不为过。

作为中国第一部真正意义上为女子立传的名著，本书在立意宗旨与汉代刘向的《列女传》有着极大的不同。后者要取"贤妃贞妇，兴国显家可法则"的女性纳入书中，《红楼梦》则描绘了众多女性的形象，无论"金陵十二钗"正册、副册还是又副册，这些女性形象既有鲜明突出的个性特征，又有丰富深厚的性格内涵。一如林黛玉的"愁"，因为父母双亡、孤苦伶仃，只身到贾府过着寄人篱下的生活，她孤高自许、曲高和寡，唯有宝玉成为她唯一的知音，"愿奴胁下生双翼，随花飞到天尽头。天尽头，何处有香丘？未若锦囊收艳骨，一抔净土掩风流！质本洁来还洁去，强于污淖陷渠沟"。二如宝钗的"冷"，借助薛音通"雪"、冷香丸、闺房"雪洞"的意象，深化其符合传统标准的"冷美人"形象。再如凤姐的"辣"，这个人物的鲜活生动在全书中堪称第一。作为"脂粉队里的英雄"，她泼辣、能干、绝顶聪明，出众的能力反衬出众多男人的平庸；她机关算尽，可以为个人膨胀的私欲践踏他人，"不怕阴司报应"害人性命，令人心寒。这两者交织形成了一个"辣"字，生动可爱，成为中国女性一道奇观，无怪乎红学前辈王昆仑先生在他的《红楼梦人物论》中用"恨凤姐，骂凤姐，不见凤姐，想凤姐"来评论这一人物。其他诸如湘云的"豪"、探春的"敏"、元春的"贵"、迎春的"懦"、妙玉的"洁"、香菱的"苦"、紫娟的"慧"等，既鲜明地突出了她们的个性特征，又融入了丰富深厚的性格内涵。

说到人物形象的塑造，一九八七年央视版的《红楼梦》值得一提。它的出现，可谓自《红楼梦》诞生以来最广大的普及，对于这部名著的推广传播功劳显著。其中由王立平先生作曲、陈力女士演唱的预示金陵十二钗命运的"红楼梦曲"，词、曲双绝，加之陈力女士的怆世悲音，即到如今，依然萦绕脑际，令人记忆犹新。

第三，第一流的文学语言。

作者的语言天才令人惊叹。《红楼梦》以北京话为基础，广泛吸收消融生活语言使之成为精粹的文学语言，俗语词、方言词、歇后语等都被驯化，更有不少精警的词句成为独创的新典，较以往的白话小说更加生活化，也更加文学化。如第四十回，刘姥姥装疯卖傻将贾府人逗笑：

贾母这边说声"请"，刘姥姥便站起身来，高声说道："老刘，老刘，食量大似牛，吃个老母猪不抬头。"自己却鼓着腮不语。众人先是发怔，后来一听，上上下下都哈哈的大笑起来。史湘云撑不住，一口饭都喷了出来，林黛玉笑岔了气，伏着桌子嗳哟，宝玉早滚到贾母怀里，贾母笑的搂着宝玉叫"心肝"，王夫人笑的用手指着凤姐儿，只说不出话来，薛姨妈也撑不住，口里茶喷了探春一裙子，探春手里的饭碗都合在迎春身上，惜春离了坐位，拉着她奶母叫揉一揉肠子。地下无一个不弯腰屈背，也有躲出去蹲着笑去的，也有忍着笑上来替他姊妹换衣裳的，独有凤姐鸳鸯二人撑着，还只管让刘姥姥。

《红楼梦》的人物语言更是有口皆碑，百十个人身份不同、流品复杂、禀性各异，却能描摹得当、绝妙尽致。

第四，文备众体，艺熔一炉。

小说中诗、词、曲、歌、谣、谚、赞、诔、偈、辞赋、联额、书启、灯谜、酒令、骈文等文体应有尽有。以诗为例，在数以百计的韵文中，作者绝少出面，却能把各个人物之作拟得诗如其人。此外，《红楼梦》是对中华文化风采的集大成者，戏剧、曲艺、绘画、书法、音乐、游戏、建筑艺术、园林艺术、服饰艺术、陈设艺术、纺织、风筝等手工艺，以至于茶文化、酒文化、饮食文化等无不在书中有精妙绝伦的反映，不愧为中华文化的结晶，是当之无愧的"中国文化百科全书"。

3. 版本

《红楼梦》的版本有两大系统：一是"脂本"系统，二为"程本"系统。最初是以八十回抄本形式在社会上流传的《石头记》，上面大都有脂砚斋、畸笏叟等人的评语，故题名《脂砚斋重评石头记》，习惯上称为"脂评本"或"脂本"。目前发现的脂评本有十多种，主要有甲戌本、己卯本、庚辰本和甲辰本，还有列藏本、戚蓼生序本等。

乾隆五十六年（一七九一年），由程伟元和高鹗将前八十回加以修改，与后四十回续稿合为一书，以活字排印，题作《新镌全部绣像红楼梦》，称"程甲本"，从此一百二十回本开始流行。次年，程、高二人又对甲本作了补订修辑的工作，重新排印，称"程乙本"。"程甲本"和"程乙本"合称"程高本"。"程高本"的印行结束了《红楼梦》的传抄时代，使《红楼梦》得到广泛传播，以后出现的各种一百二十回本大抵以上两本为底本。

对《红楼梦》前八十回与后四十回的评价大致存在两种意见：一种认为后四十回是续写的，有功也有过，但总的来说功大于过：它使全书首尾连贯、浑然一体，如黛玉之死、贾家败亡、宝玉出家等情节，能够保持原有矛盾的发展脉络；某些情节如黛玉焚稿、魂归离恨天的描写，艺术感染力极强，因此受到读者的肯定。然而，续作者安排贾府"兰桂齐芳，家道复初"的"大团圆"结局违背了曹雪芹的悲剧宗旨，人物性格也首尾不一，有违判词的隐喻，其历史意蕴和审美价值也较前八十回大为逊色。另一种评价多来自小说家，如林语堂、白先勇、王蒙等，他们凭借小说创作经验深感续书比创作更难，认为曹雪芹已将全书写完，高鹗不过是作了一定的删改。

三 "红学"研究

"红学"是研究小说《红楼梦》及其相关课题的学科。据李放《八旗画录注》所说："光绪初，京朝士大夫尤喜读之，自想矜为红学。"有的文人在当时浓厚的经学氛围中甚至戏称"吾之经（經），系少一横三曲者"，"盖红学也"。现在的红学家一般把与《红楼梦》同时产生的题咏和评点看作最早的红学。二十世纪初，王国维的《红楼梦评论》发表，标志着红学逐渐成为现代意义的学术。作者用西方哲学，即德国哲学家叔本华（Schopenhauer）的理论解释红楼梦，提出了著名的"三重悲剧"观，是红学史上第一篇从哲学和美学角度评价《红楼梦》的系统论文，可惜当时影响不大。反倒是乾嘉时期兴起的"索隐"研究至清末民初大为盛行，其中最具代表性的是蔡元培的《石头记索隐》，他采取政治解读的方式，主张《红楼梦》为"康熙朝政治小说"，是"吊明之亡，揭清之失"的反清寓言。此派与考证派的论争极大地扩大了红学的影响。一九二一年，胡适发表了《红楼梦考证》，廓清了索隐派的迷雾，以实证方法批驳附会之说，他的重大学术贡献是使曹雪芹的著作权被最终认定，并对《红楼梦》前八十回和后四十回作出真伪之辩，其观点还促成了俞平伯《红楼梦辩》（一九二三年）一书的产生。俞平伯的贡献在于他的考据和对脂砚斋的评论。脂砚斋是对《红楼梦》做评语的人，《红楼梦》前八十回的手抄本里面都有脂评。胡、俞二书的出现奠定了"新红学"的学术基础。五十年代成书的周汝昌的《红楼梦新证》则是新红学作者和版本的集成性著作。

二十世纪上半叶可以说是新红学占据主导的时期，但也不乏红学的多元倾向，如胡适提出的"自传说"仍受到质疑，俞平伯对此就有清醒的修正；再如对王国维卓见的响应及从文学批评的路子做出的独立研究。五十年代，政治的干预给新红学的批判带来了负面影响。改革开放以来，红学界出现了空前繁荣的景象。与此同时，中国台湾、香港地区以及美、英、日、法等国也取得了可喜成果。如夏志清的《中国古典小说》（*The Classic Chinese Novel*），用西方新批评（New Criticism）理论来谈《红楼梦》，其间不乏创见。近年来，由于台湾蒋勋和白先勇先生对《红楼梦》的"细说"，坊间和学界又掀起了新一轮的"红学热"。蒋说①侧重对红楼世界"青春王国"的美学诠绎；白著②则通过对前八十回庚辰本"不当或错误"的比较批评，以表达对程乙本《红楼梦》的致敬。作为当代中国台湾的著名作家，白先勇先生以其一贯独特的敏锐眼光和传统文化修养，对庚辰本和程乙本各自的思想艺术特点及其局限作了细致解读，并予《红楼梦》这部中国"情"文化的集大成者以最高的褒扬。但需要指出的是，他对《红楼梦》定本的深执以及"雅洁"文字的喜爱，也在一定程度上消泯了简、繁本《红楼梦》先后并存的复杂性。

目前《红楼梦》的校注本很多，以脂本为底本的有人民文学出版社、浙江文艺出版社、江苏古籍出版社诸种；以"程甲本"和"程乙本"为底本的则有中华书局、广西师范大学出版社等。《红楼梦》现已被译成英、

---

① 蒋勋的《蒋勋细说红楼梦》主要以线上音频的方式在广泛传播，故以"说"名之。
② 2014年，白先勇受邀回母校台湾大学开设《红楼梦》导读通识课，借三学期的细说，将其对《红楼梦》的钻研体会倾囊相授，深受两岸学生欢迎。其讲稿经过修订，于2017年在广西师范大学出版社出版。

法、日、德、俄等国文字出版。英译本方面，有杨宪益先生与夫人戴乃迭合作翻译的三卷本《红楼梦》（*A Dream of Red Mansions*）；但就地道标准而言，戴维·霍克思（David Hawkes）跟他女婿闵福德（John Minford）合译的《红楼梦》无疑最佳。李治华先生的法文全译本也早于二十世纪八十年代出版，当时的法国《快报》周刊发表评论说："现在出版这部巨著的完整译本，填补了长达两个世纪令人痛心的空白。这样一来，人们好像突然发现了塞万提斯和莎士比亚。我们似乎发现，法国古典作家普鲁斯特、马里沃和司汤达，由于厌倦于各自苦心运笔，决定合力创作，完成了这样一部天才的鸿篇巨制。"他们评价《红楼梦》是"宇宙性的杰作"，说"曹雪芹具有普鲁斯特的敏锐目光，托尔斯泰的同情心，缪西尔的才智和幽默，有巴尔扎克的洞察和再现整个社会自下而上的各阶层的能力"。可见《红楼梦》这部名著的价值越来越为世界人民所认识，它不仅属于中国，也属于世界。

【文本选读】

《红楼梦》卷五
游幻境指迷十二钗　钦仙醪曲演红楼梦

……宝玉听说，便忘了秦氏在何处，竟随了仙姑，至一所在，有石牌横建，上书"太虚幻境"四个大字，两边一副对联，乃是：

假作真时真亦假，无为有处有还无。

转过牌坊，便是一座宫门，上面横书四个大字，道是："孽海情天"。又有一副对联，大书云：

厚地高天，堪叹古今情不尽，
痴男怨女，可怜风月债难偿。

宝玉看了，心下自思道："原来如此。但不知何为'古今之情'，何为'风月之债'？从今倒要领略领略。"宝玉只顾如此一想，不料早把些邪魔招入膏肓（huāng）①了。当下随了仙姑进入二层门内，至两边配殿，皆有匾额对联，一时看不尽许多，惟见几处写的是："痴情司"，"结怨司"，"朝啼司"，"夜怨司"，"春感司"，"秋悲司"。看了，因向仙姑道："敢烦仙姑引我到那各司中游玩游玩，不知可使得？"仙姑道："此各司中皆贮的是普天之下所有的女子过去未来的簿册，尔凡眼尘躯，未便先知的。"宝玉听了，那里肯依，复央之再四。仙姑无奈，说："也罢，就在此司内略随喜②随喜罢。"宝玉喜不自胜，抬头看这司的匾上，乃是"薄命司"三字，两边对联写的是：

春恨秋悲皆自惹，花容月貌为谁妍。

宝玉看了，便知感叹。进入门来，只见有十数个大厨，皆用封条封着。看那封条上，皆是各省的地名。宝玉一心只拣自己的家乡封条看，遂无心看别省的了。只见那边厨上封条上大书七字云："金陵十二钗正册"。宝玉问道："何为'金陵十二钗正册'？"警幻道："即贵省中十二冠首女子之册，故为'正册'。"宝玉道："常听人说，金陵极大，怎么只十二个女子？如今单我家里，上上下下，就有几百女孩子呢。"警幻冷笑道："贵省女子固多，不过择其紧要者录之。下边二厨则又次之。余者庸常之辈，则无册可录矣。"宝玉听说，再看下首二厨上，果然写着"金陵十二钗副册"，又一个写着"金陵十二钗又副册"。宝玉便伸手先将"又副册"厨开了，拿出一本册来，揭开一看，只见这首页上画着一幅画，又非人物，也无山水，不过是水墨滃（wěng）染的满纸乌云浊雾而已。③后有几行字迹，写的是：

① 膏肓，人体脏腑中的一部分。"心下为膏；肓，鬲也。"心下膈上，为体内重要部位。后世遂称不治之症为"病入膏肓"。
② 佛家以为行善事可生"欢喜心"，随人做善事称为"随喜"。引申为到寺庙游览，也叫"随喜"。
③ 晴雯画面，比喻晴雯生于浊世，环境险恶。

霁月难逢，彩云易散。① 心比天高，身为下贱。风流灵巧招人怨。寿夭多因毁谤生，多情公子②空牵念。

宝玉看了，又见后面画着一簇鲜花，一床破席③，也有几句言词，写道是：

枉自温柔和顺，空云似桂如兰，堪羡优伶④有福，谁知公子无缘。

宝玉看了不解。遂掷下这个，又去开了副册厨门，拿起一本册来，揭开看时，只见画着一株桂花⑤，下面有一池沼，其中水涸泥干，莲枯藕败⑥，后面书云：

根并荷花一茎香，平生遭际实堪伤。自从两地生孤木，致使香魂返故乡。⑦

宝玉看了仍不解。便又掷了，再去取"正册"看，只见头一页上便画着两株枯木，木上悬着一围玉带，又有一堆雪，雪下一股金簪。也有四句言词，道是：

可叹停机德，堪怜咏絮才。玉带林中挂，金簪雪里埋。⑧

宝玉看了仍不解。待要问时，情知他必不肯泄漏，待要丢下，又不

---

① "霁月"指雨过天晴，明月高照，暗切一个"晴"字；彩云叫"雯"，暗切一个"雯"字。这是晴雯的判词。赞美她的品德，对她遭迫害短命致死的悲惨命运寄予深切同情。
② 多情公子指贾宝玉。
③ 一簇鲜"花"，一床破"席"，喻指花袭人。
④ 旧称戏曲演员为"优伶"，这里指蒋玉函。
⑤ 隐指薛蟠之妻夏金桂。
⑥ 莲藕隐指香菱，原名英莲。"莲枯藕败"暗示了香菱被夏金桂虐待致死的结局。
⑦ 两地生孤木，隐含一个"桂"字，即夏金桂。香魂返故乡，意即死亡。
⑧ 林中带（黛）玉，才华无人怜。雪（薛）埋金簪（宝钗），下场冷落。

舍。遂又往后看时，只见画着一张弓，弓上挂着香橼（yuán）。① 也有一首歌词云：

　　二十年来辨是非，榴花开处照宫闱。三春争及初春景，虎兕相逢大梦归。②

后面又画着两人放风筝，一片大海，一只大船，船中有一女子掩面泣涕之状。也有四句写云：

　　才自精明志自高，生于末世运偏消。清明涕送江边望，千里东风一梦遥。③

后面又画几缕飞云，一湾逝水。其词曰：

　　富贵又何为，襁褓之间父母违。展眼吊斜辉，湘江水逝楚云飞。④

后面又画着一块美玉⑤，落在泥垢之中。其断语云：

　　欲洁何曾洁，云空未必空。可怜金玉质，终陷淖（nào）泥中。⑥

后面忽见画着个恶狼，追扑一美女，欲啖之意。其书云：

---

① 弓上挂橼，意谓"元"入"宫"中，暗指贾元春入宫。
② 贾迎、探、惜春三姐妹都不如元春荣耀。虎兕相逢指贾元春死在虎（甲寅）年和兔（乙卯）年之交。
③ 探春远嫁。
④ 展眼吊斜辉，放眼凭吊夕阳。暗示史湘云嫁后好景不长，夫妇生活短促。
⑤ 美玉意指妙玉。
⑥ "洁"和"空"都是佛教术语，这里是说妙玉欲出家而不得，其高贵出身和和美丽容貌最终都被腌臜了。

子系中山狼①，得志便猖狂。金闺花柳质，一载赴黄粱。

后面便是一所古庙，里面有一美人在内看经独坐。其判云：

勘破三春景不长，缁衣顿改昔年妆。可怜绣户侯门女，独卧青灯古佛旁。②

后面便是一片冰山，上有一只雌凤。其判曰：

凡鸟③偏从末世来，都知爱慕此生才。一从二令三人木，哭向金陵④事更哀。

后面又是一座荒村野店，有一美人在那里纺绩。其判云：

势败休云贵，家亡莫论亲。偶因济刘氏，巧⑤得遇恩人。

后面又画着一盆茂兰，旁有一位凤冠霞帔（pèi）的美人。也有判云：

桃李春风结子完，到头谁似一盆兰。⑥ 如冰水好空相妒，枉与他人作笑谈。

后面又画着高楼大厦，有一美人悬梁自缢。⑦ 其判云：

---

① 指忘恩负义的孙绍祖。
② 暗示贾惜春最终出家的结局。
③ 凡鸟为"凤"。
④ 有两说：一指王熙凤被休后，哭着回到金陵老家；二指她死后，被家人哭着送回南京。
⑤ 巧字一语双关，既指巧姐，又有凑巧的意思。
⑥ "完"指李纨，"兰"指贾兰。
⑦ 甲戌本脂批说，这一节的回目本叫"秦可卿淫丧天香楼"，作者本来用的是史笔，写的也滴水不漏，但事情太过沉痛悲切，秦可卿的所作所为也有令人感服处，因此建议雪芹将过分揭露处删掉。

情天情海幻情身①，情既相逢必主淫。漫言不肖皆荣出，造衅开端实在宁。

宝玉还欲看时，那仙姑知他天分高明，性情颖慧，恐把仙机泄漏，遂掩了卷册，笑向宝玉道："且随我去游玩奇景，何必在此打这闷葫芦！"

宝玉恍恍惚惚，不觉弃了卷册，又随了警幻来至后面。但见珠帘绣幕，画栋雕檐，说不尽那光摇朱户金铺地，雪照琼窗玉作宫。更见仙花馥郁，异草芬芳，真个好所在。又听警幻笑道："你们快出来迎接贵客！"一语未了，只见房中又走出几个仙子来，皆是荷袂蹁跹，羽衣飘舞，姣若春花，媚如秋月。一见了宝玉，都怨谤警幻道："我们不知系何'贵客'，忙的接了出来！姐姐曾说今日今时必有绛珠妹子的生魂前来游玩，故我等久待。何故反引这浊物来污染这清净女儿之境？"

宝玉听如此说，便吓得欲退不能退，果觉自形污秽不堪。警幻忙携住宝玉的手，向众姊妹道："你等不知原委：今日原欲往荣府去接绛珠，适从宁府所过，偶遇宁荣二公之灵，嘱吾云：'吾家自国朝定鼎以来，功名奕世，富贵传流，虽历百年，奈运终数尽，不可挽回者。故遗之子孙虽多，竟无可以继业。其中惟嫡孙宝玉一人，禀性乖张，用情怪谲，虽聪明灵慧，略可望成，无奈吾家运数合终，恐无人规引入正。幸仙姑偶来，万望先以情欲声色等事警其痴顽，或能使彼跳出迷人圈子，然后入于正路，亦吾兄弟之幸矣。'如此嘱吾，故发慈心，引彼至此。先以彼家上中下三等女子之终身册籍，令彼熟玩，尚未觉悟；故引彼再至此处，令其再历饮馔声色之幻，或冀将来一悟，亦未可知也。"

说毕，携了宝玉入室。但闻一缕幽香，竟不知其所焚何物。宝玉遂不禁相问。警幻冷笑道："此香尘世中既无，尔何能知！此香乃系诸名山胜境内初生异卉之精，合各种宝林珠树之油所制，名'群芳髓'。"宝玉听了，自是羡慕而已。大家入座，小丫鬟捧上茶来。宝玉自觉清香异味，纯美非常，因又问何名。警幻道："此茶出在放春山遣香洞，又以仙花灵叶

---

① 意谓世间风月之情如天空、大海一样广阔深邃。

上所带之宿露而烹，此茶名曰'千红一窟'。"① 宝玉听了，点头称赏。因看房内，瑶琴、宝鼎、古画、新诗，无所不有，更喜窗下亦有唾绒，奁间时渍粉污。壁上也见悬着一副对联，书云：

　　幽微灵秀地，无可奈何天。

宝玉看毕，无不羡慕。因又请问众仙姑姓名：一名痴梦仙姑，一名钟情大士，一名引愁金女，一名度根菩提，各各道号不一。少刻，有小丫鬟来调桌安椅，设摆酒馔，真是：

　　琼浆满泛玻璃盏，玉液浓斟琥珀杯。

更不用再说那肴馔之盛。宝玉因闻得此酒清香甘洌，异乎寻常，又不禁相问。警幻道："此酒乃以百花之蕊，万木之汁，加以麟髓之醅（pēi）、凤乳之曲酿成，因名为'万艳同杯'。"② 宝玉称赏不迭。

饮酒间，又有十二个舞女上来，请问演何词曲。警幻道："就将新制《红楼梦》十二支演上来。"舞女们答应了，便轻敲檀板，款按银筝，听他歌道是：

　　开辟鸿蒙……

方歌了一句，警幻便说道："此曲不比尘世中所填传奇之曲，必有生旦净末之则，又有南北九宫之限。此或咏叹一人，或感怀一事，偶成一曲，即可谱入管弦。若非个中人，不知其中之妙。料尔亦未必深明此调。若不先阅其稿，后听其歌，翻成嚼蜡矣。"说毕，回头命小丫鬟取了《红楼梦》原稿来，递与宝玉。宝玉接来，一面目视其文，一面耳聆其歌曰：

① 千红一哭。
② 万艳同悲。

〔红楼梦引子〕

开辟鸿蒙，谁为情种？都只为风月情浓。趁着这奈何天，伤怀日，寂寥时，试遣愚衷。因此上，演出这怀金悼玉①的《红楼梦》。

〔终身误〕②

都道是金玉良姻，俺只念木石前盟。空对着，山中高士晶莹雪；终不忘，世外仙姝寂寞林。叹人间，美中不足今方信。纵然是齐眉举案，到底意难平。

〔枉凝眉〕③

一个是阆苑仙葩，一个是美玉无瑕。若说没奇缘，今生偏又遇着他，若说有奇缘，如何心事终虚化？一个枉自嗟呀，一个空劳牵挂。一个是水中月，一个是镜中花。想眼中能有多少泪珠儿，怎经得秋流到冬，春流到夏！

宝玉听了此曲，散漫无稽，不见得好处，但其声韵凄婉，竟能销魂醉魄。因此也不察其原委，问其来历，就暂以此释闷而已。因又看下道：

〔恨无常〕④

喜荣华正好，恨无常又到。眼睁睁，把万事全抛。荡悠悠，把芳魂销耗。望家乡，路远山高。故向爹娘梦里相寻告：儿命已入黄泉，天伦呵，须要退步抽身早！

〔分骨肉〕⑤

一帆风雨路三千，把骨肉家园齐来抛闪。恐哭损残年。告爹娘，休把儿悬念。自古穷通皆有定，离合岂无缘？从今分两地，各自保平安。奴去也，莫牵连。

---

① 借薛宝钗和林黛玉，对"薄命司"众女儿进行哀悼。
② 写贾宝玉对薛、林二人的态度。
③ 作者对黛玉浸透泪水的一生寄与深切同情和哀悼。
④ 假托元春鬼魂的唱词。
⑤ 写探春远嫁前，对父母的劝慰和叮嘱。

〔乐中悲〕①

襁褓中，父母叹双亡。纵居那绮罗丛，谁知娇养？幸生来，英豪阔大宽宏量，从未将儿女私情略萦心上。好一似，霁月光风耀玉堂。厮配得才貌仙郎，博得个地久天长，准折得幼年时坎坷形状。终久是云散高唐，水涸湘江：这是尘寰中消长数应当，何必枉悲伤？

〔世难容〕②

气质美如兰，才华馥比仙。天生成孤癖人皆罕。你道是啖肉食腥膻，视绮罗俗厌，却不知太高人愈妒，过洁世同嫌。可叹这，青灯古殿人将老，辜负了，红粉朱楼春色阑。到头来，依旧是风尘肮脏违心愿。好一似，无瑕白玉遭泥陷，又何须，王孙公子叹无缘。

〔喜冤家〕③

中山狼，无情兽，全不念当日根由。一味的骄奢淫荡贪欢媾。觑着那，侯门艳质同蒲柳，作践的，公府千金似下流。叹芳魂艳魄，一载荡悠悠。

〔虚花悟〕④

将那三春看破，桃红柳绿待如何？把这韶华打灭，觅那清淡天和。说什么，天上天桃盛，云中杏蕊多。到头来，谁见把秋捱过？则看那，白杨村里人呜咽，青枫林下鬼吟哦。更兼着，连天衰草遮坟墓。这的是，昨贫今富人劳碌，春荣秋谢花折磨。似这般，生关死劫谁能躲？闻说道，西方宝树唤婆娑，上结着长生果。

〔聪明累〕⑤

机关算尽太聪明，反算了卿卿性命。生前心已碎，死后性空灵。家富人宁，终个有家亡人散各奔腾。枉费了，意悬悬半世心；好一似，荡悠悠三更梦。忽喇喇似大厦倾，昏惨惨似灯将尽。呀！一场欢

---

① 写史湘云的孤苦身世、洒落胸怀和悲凉晚景。
② 写妙玉厌弃尘俗，终陷淖泥的可悲际遇。
③ 哀叹迎春的悲惨唱词。
④ 写惜春看破红尘、遁入空门的唱词。
⑤ 预示大悲结局的熙凤唱词，聪明反被聪明误，令人唏嘘。

喜忽悲辛。叹人世，终难定！

〔留余庆〕①

留余庆，留余庆，忽遇恩人，幸娘亲，幸娘亲，积得阴功。劝人生，济困扶穷，休似俺那爱银钱忘骨肉的狠舅奸兄！正是乘除加减，上有苍穹。

〔晚韶华〕②

镜里恩情，更那堪梦里功名！那美韶华去之何迅！再休提绣帐鸳衾。只这戴珠冠，披凤袄，也抵不了无常性命。虽说是，人生莫受老来贫，也须要阴骘积儿孙。气昂昂头戴簪缨，光灿灿胸悬金印；威赫赫爵禄高登，昏惨惨黄泉路近！问古来将相可还存？也只是虚名儿与后人钦敬。

〔好事终〕③

画梁春尽落香尘。擅风情，秉月貌，便是败家的根本。箕裘颓堕皆从敬，家事消亡首罪宁。宿孽总因情！

〔收尾。飞鸟各投林〕④

为官的，家业凋零；富贵的，金银散尽；有恩的，死里逃生；无情的，分明报应。欠命的，命已还；欠泪的，泪已尽。冤冤相报实非轻，分离聚合皆前定。欲知命短问前生，老来富贵也真侥幸。看破的，遁入空门；痴迷的，枉送了性命。好一似食尽鸟投林，落了片白茫茫大地真干净！

【参考书目】

1. 曹雪芹、高鹗著：《红楼梦》，中国艺术研究院、红楼梦研究所校注，人民文学出版社，1982。

---

① 以巧姐的遇难得救，规劝世人积德行善。
② 写李纨早年丧夫，青春守寡，晚年虽披凤冠霞帔，但死期已近，终是梦幻一场。
③ 写秦可卿之死，与贾府衰亡的原因。
④ 贾府衰败景象的总概括。

2.《脂砚斋重评石头记》，天津古籍出版社，2006。

3.《白先勇细说红楼梦》，广西师范大学出版社，2017。

4. 蔡义江：《红楼梦诗词曲赋鉴赏》，中华书局，2001。

5. 俞平伯：《红楼梦研究》，人民文学出版社，1973。

6. 张爱玲：《红楼梦魇》，上海古籍出版社，1995。

7. 余英时：《红楼梦的两个世界》，上海社会科学院出版社，2002。

8. 朱一玄：《红楼梦资料汇编》，南开大学出版社，1985。

9. 黄一农：《二重奏：红学与清史的对话》，中华书局，2015。

结语：中国文化的精神要素

中国传统文化可以用这么几句话来概括：一个中国；两大中华文明发祥流域，黄河、长江；三大思想维度，天、地、人；四大思想源泉，儒家思想、道家与道教思想、中国化的佛教思想；五大发明，指南针、造纸术、火药、活字印刷、科举制；此外还有五大名岳——东岳泰山、西岳华山、南岳衡山、北岳恒山、中岳嵩山；六大历史文化古都，西安、北京、洛阳、南京、杭州、开封，现在有八大古都之称，就是再加上郑州和商丘。而蕴含在中国传统文化中的就是中国文化精神，或者说中国民族文化精神的要素。

中国文化的精神要素有这么几个方面。

第一，是自强不息、厚德载物的民族人文精神。《易经·大象传》说："天行健，君子以自强不息。地势坤，君子以厚德载物。"意思是：天的运行是刚健的，君子处世应效法天，自强自重、刚毅坚卓、发愤图强、永不停息。大地的气势是厚实的，君子应像大地一样，培养自己宽厚的美德，以承载责任。它和《礼记·大学》中的"苟日新，日日新，又日新"，既是中华民族的先哲通过观察宇宙万物提出的重要思想，也深刻揭示了中华民族自强不息的民族精神，因此成为中国的千年传世格言。中国人民今天秉持的价值观念既来自自身在当今时代的丰富实践，也源于中华文明的深厚根基，成为激励中国人民变革创新、与时俱进的强大精神力量。

第二，刚柔相济、穷本探源的辩证思维。《老子》第二章："故有无相生，难易相成，长短相形，高下相倾，音声相和，前后相随，恒也。"指的是任何事物都难以独立地存在于自然和社会之中，总有它相辅相成的两方面或几方面，都存在着相互的联系。

第三，和而不同、以和为贵的文化会通精神。《老子》第四十二章："道生一。一生二。二生三。三生万物。万物负阴而抱阳，冲气以为和。"阴阳是我们中国一个重要的哲学概念，是生命万物创造的基本物质。《国语·郑语》说："和实生物，同则不继。"意思是说"和"才能够产生新的生命，而同一则不能发展。《论语·学而》篇讲："礼之用，和为贵。"《论语·子路》篇说："君子和而不同，小人同而不和。"其中所讲的"和"就是不同事物各自有特点、有特征地独立存在，然后共同构成一个和谐的整体，而"同"就是我们说的雷同、拷贝。任何事物正是由于它的差异，才产生了美、产生了和谐，而完全的同一则会消弭事物的差异，会消灭事物的生命力，所以古人主张"和而不同"，反对雷同，反对同一。

第四，究天人之际，关于自然与社会的关系探索。中国人关于天和人的关系有这么几层思考。一个是天人合一。《孟子·尽心上》说："尽其心者，知其性也。知其性，则知天矣。"就是把君子内心的修养和天意联系在一起。《庄子·齐物论》说："天地与我并生，而万物与我为一。"就是指我与天地万物是合二为一的、浑然一体的。第二层意思讲天人之分。古人既讲天人是一体的，也讲天人的职能是不同的。《荀子·天论》说："天有其时，地有其财，人有其治，夫是之谓能参。"自然万物都有各自的功能，大家互相并列、各行其是，不能混为一谈。"与天地参"是第三层意思，也是最高境界，强调人可以参与自然界的变化。《易传·说卦传·第二章》说："是以立天之道，曰阴与阳；立地之道，曰柔与刚；立人之道，曰仁与义。"讲的天道是阴阳、地道是柔刚，而人道是仁义。《礼记·中庸》说："能尽人之性，则能尽物之性；能尽物之性，则可以赞天地之化育；可以赞天地之化育，则可以与天地参矣。"那么能达到"与天地参"，也就是参与天地的造化和演化才是非常高的境界。

第五，经世致用，以天下为己任的责任意识。《礼记·大学》说："大学之道，在明明德，在亲民，在止于至善。"这个大学当然不是指我们今天的大学，而是指大人之学或君子之学，就是学做一个君子的学问，强调的就是要阐发光明之德、亲爱民众，达到至善的境界。此外，还说："古之欲明明德于天下者，先治其国；欲治其国者，先齐其家；欲齐其家者，先修其身；欲修其身者，先正其心；欲正其心者，先诚其意；欲诚其意者，先致其知，致知在格物。"这也是我们非常熟悉的一段话，我们可以把它简化为修、齐、治、平，是儒家所倡导的人格阶梯，也是传统知识分子尊崇的信条。儒家强调一个人要先从格物开始，"格物"的"格"就是观察、接触、研究。通过观察接触研究事物，然后探索知识就是致知，通过探索知识然后达到意念真诚，有了诚意，才能端正内心，正了心然后再修养自身的品德。其实就是要求人懂得约束自己的行为，保持头脑清醒，是非曲直分明，而后努力在待人处事方面做到真诚，断恶修善，久而久之自己的修养就起来了，这时才能齐家。"齐"就是"治"、"管理"的意思。家庭是国家的缩影，把自己的家庭经营好了的人也一定可以把国家治理好。当然这个国和今天的国不一样，只相当于我们今天的一个镇或一个县，一个很小的地方。一个能把自己国家治理好的人，那么他（她）也一定能让世界充满和谐，天下太平。大多数人可能关注于个人的修身齐家，只有少数人才能达到治国平天下。北宋名臣范仲淹在《岳阳楼记》中这样写道："予尝求古仁人之心，或异二者之为，何哉？不以物喜，不以己悲。居庙堂之高则忧其民，处江湖之远则忧其君。是进亦忧，退亦忧。然则何时而乐耶？其必曰'先天下之忧而忧，后天下之乐而乐'乎！"这段话成为后世中国士大夫的一个追求，尤其是其中的"先天下之忧而忧，后天下之乐而乐"。北宋张载有一句名言："为天地立心，为生民立命，为往圣继绝学，为万世开太平。"国民党原荣誉主席连战先生于 2005 年到大陆进行破冰之旅访问，他在北京大学演讲的时候就引用了张载的这段名言，"为万世开太平"成为两岸的共识。明代东林党首领顾宪成的"风声雨声读书声，声声入耳；家事国事天下事，事事关心"，也体现了儒家经世致用的思想。明代著名的思想家黄宗羲在《明夷待访录》中指出"为天下之大害者，君而已矣！"可以说是石破天惊，是经世致用学者对中国古代社会的一个最深刻认识，即中国皇权制度才是危害中国社会的最大祸首。近代著名思想家梁启超说："我自己的政治活动可以说是受这部书的影响最早而最深。"

第六，生生不息的创新精神和发展观念。《周易·系辞上》有这么一段话："一阴一阳之谓道，继之者善也，成之者性也。仁者见之谓之仁，知者见之谓之知，百姓日用而不知，故君子之道鲜矣。显诸仁，藏诸用，鼓万物而不与圣人同忧，盛德大业至矣哉！富有之谓大业，日新之谓盛德。生生之谓易，成象之谓乾，效法之谓坤，极数知来之谓占，通变之谓事，阴阳不测之谓神。"这段话讲的是我们中华民族自古以来就具有创新精神，也就是变的精神，即《周易》的精神，其中"生生"二字就将这种精神概括得很好。

附：中国传统文化在海外的影响：
以儒家文化在韩国的影响为例

中国传统文化博大精深、源远流长，不仅在中国大地上世代相传，在海外也产生了广泛影响。本文仅以韩国为例，探讨中国传统文化的核心——儒家文化在韩国的接受与影响情况。

众所周知，朝鲜在历史上相当长的一段时期内曾是我国的藩属国，深受儒家文化的浸染。近代以来，韩国不断受到西方文化的影响，但以忠、孝、仁、义、礼、智、信为核心思想的儒家文化仍在韩国人的日常生活中占据重要地位。可以说，儒家文化已经渗透到韩国人日常生活的方方面面，成为指导韩国人思想和行为的重要准则。笔者曾在韩国留学七年，对韩语及韩国社会比较熟悉，笔者认为不论是韩国的语言文字还是韩国人日常生活中的相处模式，都打上了儒家文化的深刻烙印。本文将主要从等级观念和祭祀文化两大方面来审视儒家文化对韩国人的日常生活所产生的重要影响。

一 等级观念在韩国家庭、校园及职场生活中的体现

韩国的等级观念森严。在家庭生活中，等级观念体现为对长幼尊卑礼仪的严格遵守，晚辈见到长辈要行鞠躬礼，对长辈使用敬语表示尊敬，即便是对年长一两岁的哥哥姐姐也需要鞠躬、说敬语。韩语中有敬语和非敬语之分，区别主要体现在终结语尾上。比如大家听到韩国人经常说的"思密达"是什么意思呢？其实，"思密达"没有任何意思，只是尊敬阶终结语尾，起到终结一句话的作用。又如"谢谢"在韩语里的非敬语表述是"고마워"，而敬语表述是"고맙습니다"，终结语尾"思密达"表示对听

者的尊敬。韩国家长要求孩子从小使用敬语，把遵守礼仪内化为自然而然的生活习惯。这种注重在家庭生活中培养的长幼尊卑意识扩大到社会层面就会发展成为一种强烈的集体意识。了解韩国文化的人可能知道，韩国人初次见面都从年龄问起，这是为了根据对方年龄，判断自己应该使用敬语还是非敬语。韩国人惯于用兄弟姐妹、叔侄姑嫂来称呼与自己毫无血缘关系的人，这也是我们经常听到韩剧里出现"欧巴"（哥哥）和"恩尼"（姐姐）的原因。从家庭到社会，韩国就像一个以儒家伦理观为圆点的不断向外扩展的同心圆。韩国和韩民族的"韩"字有"整体"之意，表示韩国是一个整体、一个大家庭。

在家庭生活中，等级观念还体现在"男为天，女为地"的夫妻关系上。《易经》中有"女正位乎内，男正位乎外，男女正，天地之大义也"，指女人在家庭中的角色是主内，男人则是主外，男女的角色摆正了，才符合天地阴阳之大道。夫妻关系是五伦关系的根本，《孟子·滕文公上》中有"父子有亲，君臣有义，夫妇有别，长幼有叙，朋友有信"，"夫妇有别"指男女在生活中所遵循的伦理规范不同，男人要做大丈夫、君子，妻子要做贤妻良母，辅佐丈夫，男女在家庭中承担的责任不一样。儒家文化中的"男女有别"观念在韩国得到进一步发展，"男为天，女为地"的谚语在韩国人尽皆知。老一辈的韩国女性大多是全职家庭主妇，现代韩国女性接受的新式教育决定其在思想和经济上更加独立，不需要像她们的母亲那样依附于男性，但迫于种种现实压力，不得不在婚后回归家庭的女性仍然不占少数。这主要是因为韩国托儿所收费高昂，几乎和一个普通职员的薪资相当，故很多女性宁愿选择放弃工作在家照顾孩子。另外，韩国企业对女性权益的保护不足，生育基本上就意味着离职，所以选择晚婚晚育甚至不婚不育的韩国女性越来越多。

等级观念在韩国的校园生活中也有所体现。例如，大学教授的社会地位很高，是韩国最受欢迎的三大职业之一（另两个职业是医生和律师），不仅工作体面，收入也相当丰厚，而且教授的权威最高、权力最大，顶撞教授被视为最不可容忍的恶劣行为。除教授外，师兄师姐也是有权威的，低年级学生称呼高年级师兄师姐为前辈，凡事需要多听前辈的建议，我行我素是不受待见的，如果后辈不按前辈的劝告行事，前辈有权去教授面前告状。当然，权利和义务也是相辅相成的，前辈有义务在学习和生活等方面帮助后辈，请后辈吃饭也是再正常不过的事情。韩国演艺圈在某种程度上也像校园一样，前辈有扶持后辈的义务，韩国 SM 等演艺公司在培养新人阶段，往往会安排新人与前辈明星同台出席活动。

韩国人的等级观念在职场生活中体现得最为明显。韩国企业大多遵循严格的等级制度，要求下属对上级唯命是从。为了表示对上级的敬重，行鞠躬礼和说敬语是理所当然的，除此之外，上下班时间也要根据上级的作息习惯而定。上班时，下属要比上级到的早；下班时，下属要等上级走后才能离开，除非上级允许才可以先走。职场中的等级观念还体现在酒桌文化上。韩国企业有会餐习惯，也就是指下班后的聚餐活动，旨在增进同事间的友谊，促进企业内部和谐，职员们如无特殊情况，都需要参加。聚餐时自斟自饮是禁忌，要互相斟酒，上级给下属斟酒时，下属要躬身双手接酒，接过来后饮酒时不能面向上级，必须向左或向右转头而饮，以表对上级的尊敬。

二十世纪六七十年代，韩国的一些重要企业刚刚起步，当时推行的是军事化管理模式，这与韩国人根深蒂固的等级观念很好地结合到一起，提高了企业的管理效率，使经济实现迅猛发展，创造了汉江奇迹。然而，韩国人后来逐渐意识到等级观念固化带来的种种弊端使其付出了惨痛的代价，如工作效率低下、上下级员工之间缺乏有效沟通等。一九九九年发生的大韩航空货运八五〇九号班机坠机事件骇人听闻，成为人类航空史上的灾难性事故之一，其主要原因被英国航空事故调查局（以下简称 AAIB）认定为过分重视等级观念的韩国文化所致——由于对专制机长的畏惧，副驾驶在飞机处于失控的紧急状态下不敢指出机长的错误操作，导致机组成员协同合作失败而最终酿成大祸。《国家地理》记录了 AAIB 对此事故的分析调查，大家可以观看视频了解详细情况。大韩航空是韩国最大的航空公司，这次空难无疑给整个韩国社会敲响了警钟，促使韩国人重新审视等级观念固化对企业和社会造成的危害。事故发生后，大韩航空对飞行员的训练过程进行了改革，建立了能够有效协作沟通的驾驶舱文化，经过整顿后的大韩航空公司没有再出现类似事故。制度和措施虽容易改变，文化作为一种习俗，却是比较顽固的，当下的韩国仍需关注过分重视等级观念的问题。

等级观念在韩国根深蒂固有一定的社会历史原因，笔者认为主要有以下三点：首先，儒家文化在韩国的传承没有断层。韩国与我国情况不同，没有经历过反儒批孔的历史时期，因此儒家文化保留得比较好；其次，韩国在一九一〇——一九四五年沦为日本殖民地，日本在韩国大力推行"皇民化运动"，强迫韩国人改姓更名、使用日语、崇拜日本天皇。日本不断向韩国人灌输天皇臣民思想，要求下级服从上级，人人服从天皇陛下，使等级观念在长达三十五年的时间里进一步强化；最后，一九六〇至一九七〇年代末朴正熙总统执政时期，军人出身的朴正熙总统严格按照军队的管理模式治理国家，建立了强大的权威主义政权，至此，韩国人的等级观念最终确立起来。

二　祭祀文化在韩国的传承现状与困境

《礼记·祭统》载："凡治人之道，莫急于礼。礼有五经，莫重于祭。"也就是说礼共有五种，其中祭祀是儒家礼仪中最重要的部分。韩国一直保留着传统的祭祀礼仪文化，每年孔子诞辰和忌日都会举行大型祭祀仪式，其中在成均馆大学举行的祭孔仪式规模最为盛大。成均馆大学是韩国历史最为悠久的大学，也是韩国传播儒家思想的重要中心。在成均馆大学举行的祭孔仪式上，大学生们身穿韩国传统服饰表演舞蹈，一番壮观景象总能吸引大量外国游客驻足欣赏。在这里，我想借此机会澄清一个误会，几年前国内网络上开始散播韩国人自称孔子是韩国人的谣言，一时引起网民的强烈愤怒，甚至还掀起了抵制韩货运动。笔者在韩国留学多年，结识了不少韩国教授和学生，但他们没有一个人认为孔子是韩国人。这就说明，即便真有韩国人提出这种主张，也是个别极少数韩国人的观点，不能代表多数韩国人的看法。至于是谁、为何扭曲事实散播谣言，原因不得而知，互联网上的有些信息具有较大的欺骗性和虚假性，我们要警惕不被网络世界抛给我们的表象迷惑，学会用自己的双眼去探知真实的世界，而不是人云亦云。

祭奠祖先、为过世的亲属举行祭祀是韩国人日常生活的一部分。一些韩国家庭每年至少要举行四五次祭祀，即除夕、清明、中元、重阳和忌日。在这些日子里，韩国家庭会准备丰盛的祭品来供奉祖先，而且摆放的祭品还会根据节日的不同而有所差别。一般来讲，祭祀的餐桌需分五行摆放，每行摆放的祭品顺序也要遵循规定，不能随意。

祭品的准备工作纷繁复杂，主要由家庭中的女性来承担，特别是长媳责任最重。传统观念认为，大丈夫不得出入厨房，男性只负责将女性准备好的祭品供奉给祖先，参与祭祀仪式。据报道显示，由于男性和女性在祭祀活动中的不平等关系，每当节日过后，韩国就会出现节后两大高峰现象，即离婚高峰和奢侈品消费高峰，女性以此来表达对繁重的祭品准备工作的不满。

随着韩国女权运动的高涨，要求性别平等的呼声越来越高，不少女性开始拒绝参与祭品的准备工作，反对祭祀文化对女性价值的贬损。另外，基督教文化在韩国的发展速度迅猛，信仰基督教的家庭通常不举行祭祀。近年来，有些韩国民众甚至向政府请愿，要求从法律上废除祭祀。由此可知，祭祀文化在韩国得到传承的同时，也面临着前所未有的困境。

通过以上对儒家文化在韩国的接受与影响情况的探讨，我们可以得出以下结论。

第一，儒家文化是中国的，也是世界的。

正如新儒家学派代表人物杜维明所指出："虽然儒家是中国传统文化的一部分，但是中国传统文化并不能涵盖儒家。"[1] 儒家文化在以韩国为代表的汉字文化圈国家扎根并开花结果，其影响力之深远是值得华夏儿女引以为豪的。儒家文化在韩国经历了漫长的本土化过程，相继出现了李退溪、李栗谷等巨儒，他们的见解丰富了儒家文化的阐释空间，值得我们深入研究。

第二，关注儒家文化在韩国的发展，能够为儒家文化的世界化提供

---

[1] 〔美〕杜维明著《儒家传统与文明对话》，彭国翔编译，人民出版社，2010，第187页。

参照。

二十一世纪是全球化时代，有学者一针见血地指出全球化的真正含义其实是西方化，西方的文化和价值观已逐渐渗透进我们的生活，影响着我们的行为和思维方式。面对西方化浪潮的冲击，儒家文化应该如何应对呢？也就是说，我们应该如何在吸纳其他文化的同时，继承和发扬我们的传统文化呢？在此方面，我们不妨借鉴韩国在保护传统文化方面的经验，因为韩国尽管在政治经济方面采取了西方的发展模式，但在文化方面却始终坚守自己的传统，是将传统文化与现代文明较好结合起来的典范。据夏威夷文化研究中心进行的现代社会的儒家价值调查结果显示：汉城、中国香港、中国台湾台北、日本、上海青浦这五个地方中，汉城最能体现儒家价值，接着是日本、中国香港、中国台北、青浦。因此，我们有必要借鉴韩国经验，与韩国一起推动儒家文化的发展、促进儒家文化的世界化。

面对西方文化的冲击，韩国国家和民间层面的共同努力发挥了至关重要的作用。韩国国会在二〇〇七年七月通过了世界上第一部《孝行奖励资助法》，借助法律的力量弘扬传统文化，对孝行为进行奖励和支援，并设立孝文化振兴院，推动孝文化的学术研究，同时还面向社会开展多种多样的孝文化体验和孝文化教育活动。韩国民间也自觉发起了孝道文化的推广运动，还创办了一些儒学学校，使汉诗文吟诵在民间得到了绵延不断的传承。韩国的儒学学校称作书堂或书院，相当于我国的私塾和书院，一般坐落在远离城市喧嚣的山清水秀之地，既有全日制学生，也有利用寒暑假等闲暇时间进行短期修习儒学的学生，在书院求学的学生们能够熟练地吟诵诗歌和四书五经。这些儒家书院反对西式教育，注重培养学生的生活习惯和人格修养。韩国一些企业积极推行儒家经济伦理，将其作为企业文化的核心。总之，韩国民间各界人士为保护传统文化所做出的努力有效地推动了儒家文化在韩国的传承，值得我们学习和借鉴。

第三，儒家文化内在批判的重要性。

面对西方文化的挑战，儒家文化能否与西方自由、民主、平等的主流价值观相融合，是检验儒家文化是否具有普适性的关键问题。美国波士顿大学南乐山（Robert C. Neville）教授认为，为使儒学能够成为一门"世界哲学"，必须在实践中接受文化多样性与多元性的挑战。的确，任何一种传统文化如想保持永久的生命力、产生广泛的影响力，都需要不断地发展和完善自身、创造新的知识以适应时代的变化和人们的精神需求。基督教文化之所以能够世代流传，并成为支配西方人思想与行动的主流价值观，与其自身理念的持续更新息息相关。在中世纪，西方人普遍相信人的灵魂只有通过教会才能抵达天堂；文艺复兴时期，人们认识到教会的权力过大，以至于严重侵害到人的权利时，宗教改革者马丁·路德提出通过信仰就能得到救赎的主张，这个新见解被基督教文化所吸纳，从而为西方人的信仰危机找到了出路。

瑞士神学家孔汉思先生曾说，儒家的恕道（"己所不欲，勿施于人"）和仁道（"己欲立而立人，己欲达而达人"）可以作为全球伦理的基本原则。笔者认同孔汉思的见解，因为在人情淡薄的市场经济体制下，以儒家文化为代表的具有关怀意识的集体主义价值观能够克服现代社会个人利益至上的个人主义价值观。早在十八世纪初，西方学者莱布尼茨就曾称赞中国文化在世俗人生的日常生活伦理上是超过欧洲的。[①] 儒家文化中的恕道和仁道是需要我们大力继承和发扬的部分。但另一方面，我们也应对儒家文化中不适应时代变化和人们精神需求的部分进行反思。例如，以"君为臣纲、父为子纲、夫为妇纲"为内涵的"三纲"思想是否需要坚守，便是一个值得反思的问题。正像著名儒家学者杜维明所言："从君为臣纲来讲，这确实是专制主义；从父为子纲来讲，这是权威主义；从夫为妇纲来讲，这是男性中心主义。"[②] 然而，在当代社会语境下，专制主义、权威主义、男性中心主义都是行不通的，因此，我们有必要就如何看待"三纲"思想展开探讨，避免盲目遵循传统而无视社会现实。

为了方便大家进一步了解儒学在韩国的发展，推荐以下几部著作供大家参考。

第一，《韩国儒学史：韩国儒学的特殊性》，人民出版社，由韩国著名

---

① 〔美〕安乐哲著《儒家角色伦理学》，孟巍隆译，山东人民出版社，2017，第9页。
② 〔美〕杜维明著《儒家传统与文明对话》，彭国翔编译，人民出版社，2010，第193页。

儒学专家尹丝淳教授撰写（邢丽菊、唐艳翻译），是韩国学界内评价非常高的儒学史著作。该书按照历史发展的时间顺序，从儒学的传入开始直到二十世纪末，对每一阶段韩国儒学的特点进行了整体上的介绍，是韩国儒学领域最重要、最具权威性的著作。

第二，《韩国儒学思想史》，中国社会科学出版社，由在成均馆大学东洋哲学系取得博士学位的琴章泰教授撰写（韩梅译）。成均馆大学东洋哲学系是韩国儒学研究的重要阵地，产生了许多知名儒学学者。该书同样按照时间顺序，对韩国儒学发展史进行了梳理，相比尹丝淳教授的《韩国儒学史》更为简要，适合韩国儒学研究的初学者使用。

第三，《韩国儒学与现代精神》，东方出版社，由韩国学中央研究院院长柳承国撰写（姜日天、朴光海等译）。该书围绕韩国儒学思想是怎样形成的、韩国儒学具有哪些特性和社会功能等问题展开了较为深入的探讨。

第四，《中韩宗教思想比较研究》，中央民族大学出版社，由我国中央民族大学金京振教授撰写。该书从中韩比较的视角分别对中韩儒学思想、朱子学思想、阳明学思想以及实学思想进行了细致分析，针对性、侧重性强，是比较宗教学研究方面的代表性著作。

最后，我将以韩国著名儒学家金钟浩先生的话来结束本文，金钟浩先生在韩国全州市顺昌郡训蒙斋书院无偿传授儒学，这位德高望重的老先生曾说："儒学的复兴毕竟要靠中国，只有中国的儒学复兴了，韩国、日本的儒学才能复兴起来，亚洲的和平繁荣不能靠西学，还是要靠儒学，儒学才能把全亚洲、全世界团结在一起，消除隔阂，共同发展。"

后　记

　　文化经典传承必以人为载体。自 1997 年广州大学（原广州师范学院）开设传统类的文化课程以来，到 2003 年正式定名《中国文化名著导读》，及至 2017 年被纳入省级在线开放课程培育项目，这门课前后经历了二十三载的岁月。其间选课的学生，一次次为其深厚的文化底蕴和师者的儒雅风范所打动，随着老教师的荣休，年轻吾辈志当继起，在吴小强等教授留下的自编讲义基础上，撰写一部有心得的名著导读教材。

　　教学之路，薪火相传，这是本教材编写的初衷。但中国文化经典何其博大精深，想要通过一部小书还原它的内在，谈何容易！然而彰显人性光辉的中国文化精神必须有人传承，因为它基于中国人性本体，聚焦于真知，钟情于道德，又超越世俗信条的终极价值关怀，让我们既不妄自尊大，又不妄自菲薄。

　　提炼真知灼见，培养有识之士，这是文化人的初心，也是中国文化繁荣发展的不竭动力。在教育、出版部门的精诚合作下，本教材得以出版，否则以"象牙塔"中人的拖延与迟缓，本书的问世，最终也只能"寄之梦寐，存乎遐想而已"。最后，以三句话与读者共勉：

　　文化复兴从读中国书开始。

　　读中国书是为了汲取仁、义、礼、智、信、勇，并顺应自然等中国文化精髓。

　　传承此等精髓，做一个堂堂中国人，中国文化才有复兴的希望。

《中国文化名著导读》编写组

二〇二〇年十二月于广州

图书在版编目（CIP）数据

中国文化名著导读 / 王睿等编著. -- 北京：社会
科学文献出版社，2020.12

ISBN 978-7-5201-7303-2

Ⅰ.①中…　Ⅱ.①王…　Ⅲ.①中国文学-文学欣赏
Ⅳ.①I206

中国版本图书馆 CIP 数据核字（2020）第 176002 号

中国文化名著导读

编　　著／王　睿　吴小强　等

出 版 人／王利民

责任编辑／范　迎

出　　　版／社会科学文献出版社·人文分社（010）59367215
　　　　　　地址：北京市北三环中路甲 29 号院华龙大厦　邮编：100029
　　　　　　网址：www.ssap.com.cn

发　　　行／市场营销中心（010）59367081　59367083

印　　　装／三河市龙林印务有限公司

规　　　格／开本：787mm×1092mm　1/16
　　　　　　印　张：19　字　数：286 千字

版　　　次／2020 年 12 月第 1 版　2020 年 12 月第 1 次印刷

书　　　号／ISBN 978-7-5201-7303-2

定　　　价／138.00 元

本书如有印装质量问题，请与读者服务中心（010-59367028）联系